btb

Casey Rae

William S. Burroughs & der Rock 'n' Roll

Aus dem Amerikanischen von
Teja Schwaner und Iris Hansen

btb

Die Originalausgabe erschien 2019 unter dem Titel *William S. Burroughs and The cult of rock 'n' roll* bei University of Texas Press, Austin.

Penguin Random House Verlagsgruppe FSC® N001967

1. Auflage

Redaktion: Michael Kellner
Umschlaggestaltung: semper smile, München unter Verwendung der Umschlagfotografie von Iconic Images/ Terry O'Neill
Satz: Satzwerk Huber, Germering
Druck und Bindung: GGP Media GmbH, Pößneck
MN · Herstellung: sc
Printed in Germany
ISBN 978-3-442-77383-1

www.btb-verlag.de
www.facebook.com/penguinbuecher

Für Sandy,
unter den Sternen

Inhaltsangabe

Einleitung

William Burroughs' Künstlerleben
ist von vielen Wandlungen geprägt.
Den einen Burroughs gibt es nicht.

VICTOR BOCKRIS

Im Jahr 1995, gegen Ende seines Lebens, ließ sich William S. Burroughs von Kate Simon fotografieren, mit der er zwanzig Jahre lang zusammengearbeitet hatte. Auf dem Bild raucht der gut achtzigjährige Schriftsteller einen Joint, hinter ihm prangt in Schwarz-Weiß und großen Lettern die Botschaft LIFE IS A KILLER. Berühmt oder berüchtigt war Burroughs in erster Linie als Autor so bahnbrechender Romane wie *Junkie* (Junkie), *Naked Lunch* (Naked Lunch), *The Wild Boys* (Die Wilden Boys) und *Cities of the Red Night* (Die Städte der Roten Nacht) und zahlloser Artikel, Essays und Interviews. Im Bereich der bildenden Kunst erregte er überdies Aufsehen mit seinen obskuren Schrotflinten-Bildern, die dadurch entstanden, dass er aus beiden Gewehrläufen auf Spraydosen schoss, die er dicht vor mit Bildcollagen beklebten Sperrholzplatten platzierte. Mit einundachtzig war Burroughs ein lebendes Symbol, das über vier Jahrzehnte kreativer, psychologischer und pharmakologischer Entdeckungsreisen etliche jüngere Künstler – besonders Musiker – inspiriert hatte.

Burroughs war unter den Beat-Schriftstellern derjenige, der die meisten Grenzen überschritt, und auch in der Entwicklung des Rock 'n' Roll so etwas wie ein verborgener Drahtzieher hinter den Kulissen – ein Phantom, das den kulturellen Underground heimsuchte und half, ihn in den Mainstream zu heben. Der direkte Einfluss, den Burroughs ein halbes Jahrhundert lang ausgeübt hat, ist immens, aber weitgehend unerforscht. Von den Beatles über Punk bis zur aktuellen Remix-Szene half Burroughs, eine Sound-Evolution zu beschleunigen, die bis heute über Kontinente und Epochen nachhallt. In diesem Buch wird die Geschichte seiner persönlichen Verbindungen zu Musikern erzählt und darüber hinaus gezeigt, wie sein Einfluss noch zwanzig Jahre nach seinem Tod weiterlebt.

Burroughs hatte bei seinem letzten Fototermin noch viel Elan. Er posierte mit großer Ausdauer, und Simon durfte ihn unter einem Werk seines guten Freundes John Giorno fotografieren. »Ich fand den Siebdruck sehr schön«, erinnerte sie sich. »William rauchte einen Joint. Es wurde meine letzte Porträtaufnahme von ihm … Sie hat was: Life is a Killer.« Eine kraftvolle Aussage, bissig und unmöglich zu ignorieren. Wie ein Messerstich in den Unterleib. Und obendrein so wahr. *Born to Die* ist nicht nur der Titel des zweiten Albums von Lana Del Rey, sondern auch Teil des Quellcodes der Menschheit, der nach Meinung von Burroughs von einem nicht wahrnehmbaren Administrator, den er »Control« nannte, in unsere Physis geprägt wurde. »Sämtliche Spezies sind von der Empfängnis an ebenso todgeweiht wie jedes Individuum«, sagte er.

Burroughs verbrachte sein Leben damit, Möglichkeiten zur Veränderung seiner selbst und der Welt um ihn herum zu erforschen und in Experimenten zu überprüfen. Er tat dies sowohl durch sein Schreiben als auch durch seine Audio-Arbeiten – beides inspirierte Künstler von Bob Dylan bis Kurt Cobain und half, den Weg für die heutige Sample- und Remix-basierte Musik zu ebnen. Es ist verblüffend, dass dieses Relikt des Jazz-Zeitalters, dessen geschliffene Gentleman-Manieren über einen kompromisslosen Intellekt hinwegtäuschten, so viele verschiedene Genres beeinflusst hat. Aber es besteht kaum ein Zweifel daran, dass die Musik des zwanzigsten Jahrhunderts Burroughs' Methoden und seiner Weltanschauung viel zu verdanken hat.

Burroughs erforschte innere wie äußere Landschaften intensiv und hielt seine Erkenntnisse in Berichten fest, die er Tag für Tag mit bemerkenswerter Disziplin in die Schreibmaschine tippte. Dieses Engagement, zusammen mit seinem immensen Talent und Intellekt, machte ihn zu einem kreativen Visionär, wie es nur wenige gibt.

Aber was sah Burroughs durch seine vernarbte Linse? Pures, unstillbares Verlangen. Statt davor wegzulaufen, untersuchte er es aus der Nähe. Drogen, das Okkulte, psychische Selbstchirurgie – alles war es wert, erlebt und dokumentiert zu werden. Wie die Musiker, die er inspirierte, war Burroughs ein furchtloser und unerschrockener Reporter, der seine Abenteuer nicht nur katalogisierte, sondern sie als Rohmaterial nutzte, um echte Veränderungen in der Welt um sich herum in Gang zu setzen. So eröffnete er anderen neue kreative Perspektiven, und mithilfe von Techniken, an deren Entwicklung er mitgewirkt hatte, gaben diese von ihm Inspirierten kulturellen Phänomenen ein neues Gesicht.

Heute fasziniert Burroughs als Symbol ebenso wie als Autor. Er war bemüht, sein Werk mithilfe von Cut-ups – einer Technik, bei der bereits vorhandene Texte, Filme oder Audiodateien zerschnitten und neu arrangiert werden – zu entpersonalisieren, doch seine Biografie wurde ebenso legendär wie seine berühmtesten Romane. Er war ein homosexueller Drogenabhängiger, geboren in der »Progressive Era«, der beim Nachstellen einer Szene aus der Wilhelm-Tell-Geschichte im betrunkenen Zustand seine Frau tötete und obszöne Prosa schrieb, in der es um orgasmische Hinrichtungen ging, um Aliens, die ihre körperliche Erscheinung verändern können, und um alle Arten von Süchtigen, Sadisten und gruseligen Krabbenmenschen. Doch hinter der Legende gibt es eine reale Person, einen Mann, der allen, die ihn kannten, darunter viele der in diesem Buch erwähnten Musiker und Musikerinnen, mit aufrichtiger Freundlichkeit und großzügiger Gastfreundschaft begegnete.

In mehr als einer Hinsicht ist Burroughs eine Chiffre, ein zu entschlüsselndes Rätsel. Wie ein facettenreiches Prisma oder ein Spiegel reflektiert Burroughs für verschiedene Menschen unterschiedliche Dinge, je nach ihren persönlichen Interessen und Zielen. Für die einen ist Burroughs ein Junkie-Priester, der hartgesottene Weisheiten aus der abgründigen Welt der Drogen verkündet. Für andere ist er ein dunkler Magus, dessen okkulte Philosophien den Weg für die heutigen DIY-Hexer ebneten. Wieder andere – vor allem Künstler und Songwriter – lassen sich von seinen kreativen Methoden inspirieren, wie zum Beispiel dem Cut-up von Texten und dem Tape-Splicing. Dass es so viele verschiedene Möglichkeiten gibt, sich mit Burroughs' Werk und Weltanschauung auseinanderzusetzen, ist der entscheidende Grund für seinen anhaltenden Einfluss. Er gibt anderen Künstlern die Möglichkeit, seine Vision – oft in abgewandelter Form – weiterzuführen. Im Lauf der Zeit ähnelte der Mann mit der knarzigen Stimme, Sohn des Mittleren Westens mit privilegierter Herkunft, immer mehr einem außerirdischen Virus aus einem seiner Bücher, das von einem Wirt zum anderen und von einem Medium zum anderen springt, wobei alles, was es infiziert, die Kultur auf tiefgreifende, wenn auch manchmal obskure Weise verändert. Genau so hätte er es gewollt.

Burroughs ist eine höchst bedeutsame Figur in der Welt der Musik, auch wenn er nur wenig über diese Form zu wissen glaubte. Es ist leicht nachzuvollziehen, dass seine Schriften, die von beunruhigender, ja sogar grausiger Metaphorik strotzen, Genres wie Punk, Heavy Metal und Industrial den nötigen Stoff liefern können. Sicher sind die meisten heutigen Burroughs-Anhänger in diesen Subkulturen zu finden. Aber seine Anti-Establishment-Haltung und seine unkonventionellen persönlichen Gewohnheiten fanden auch Anklang bei Künstlern wie Paul McCartney, Bob Dylan, den Rolling Stones, Lou Reed, Frank Zappa, Iggy Pop, Patti Smith, Laurie Anderson und unzähligen anderen musikalischen Erneuerern. Die Beatles brachten ihn sogar, neben Leuten wie Carl Jung, Lenny Bruce, Karl Marx und Oscar Wilde, auf das Cover von *Sgt. Pepper's Lonely Hearts Club Band*. Sobald man zu suchen anfängt, entdeckt man Burroughs überall. Es ist, als würde man in dem Wimmelbilderbuch *Where's Waldo* zu einem tollen Soundtrack nach dem berühmten Weltenbummler suchen. Aber statt eines putzmunteren Jünglings im gestreiften Pullover entdecken wir einen bleichen Junkie mit einem alten Filzhut auf dem Kopf.

Sein Einfluss entwickelt sich nicht nur aus seinem Werk allein, sondern auch aus dessen Entstehungsmethoden. Burroughs' Fokussierung auf rekombinante Medien – das heißt: zerschnittener Text, »gefundener Sound« und das Spleißen von Tonbändern – wurde in den 1990er-Jahren zur Lingua franca der experimentellen Audioproduktion und ist es bis heute geblieben. Zusammen mit dem Maler Brion Gysin begann er in den 1950er-Jahren in Paris mit Cut-ups zu arbeiten. Die ursprüngliche Methode bestand darin, vorformulierten Text aus einer oder mehreren Quellen in Quadranten zu zerschneiden und die Teile nach dem Zufallsprinzip neu anzuordnen. Spätere Experimente beinhalteten maschinell erstellte Cut-ups, die von Burroughs' Liebhaber Ian Sommerville entwickelt wurden, einem der ersten Computerprogrammierer. In der Folgezeit arbeitete Burroughs fast immer mit Zufallselementen, insbesondere bei seinen Audioexperimenten, von denen einige mit Tonbandgeräten durchgeführt wurden, die Paul McCartney in der Wohnung von Ringo Starr zur Verfügung stellte. Dieses Vorgehen inspirierte die Beatles dazu, gefundene Geräusche und Tonband-Zusammenschnitte in bahnbrechende Alben wie *Sgt. Pepper* und *The White Album* einzubauen und damit eine neue Ära aufgezeichneter Sounds einzuläuten.

Sample- und Remix-basierte Musik ist ohne Burroughs, ohne die Künstler, die er inspirierte – darunter David Bowie, Throbbing Gristle und Coil –, gar nicht vorstellbar. Hip-Hop- und Elektronik-Acts wie Michael Franti, DJ Spooky und Justin Warfield lassen Burroughs' Ideen in ihre Arbeit einfließen, und einige hatten das Glück, mit ihm zusammenzuarbeiten. Die Stadien-Eroberer U2 nutzten Video-Cut-ups auf gigantischen Welttourneen und besuchten Burroughs für ihr Video zu »The Last Night on Earth« von 1997 – sein letzter gefilmter Auftritt. Unzählige Bands haben sich nach Burroughs' Romanen benannt oder seine Sätze in Songtitel und Texte eingebaut. Steppenwolf, denen zugeschrieben wird, den Begriff »Heavy Metal« in die Musik gebracht zu haben, entlehnten den Ausdruck von Burroughs. Dann sind da noch Steely Dan, die ihren Namen von einem hochmodernen Dildo aus *Naked Lunch* übernommen haben. Und es gibt weitere Beispiele: Soft Machine, Nova Mob, Wild Boys und Mugwumps, um nur einige zu nennen. Iggy Pop und Patti Smith haben Zeilen von Burroughs geklaut und sich nicht gescheut, dies der Welt auch mitzuteilen. Die Synthie-Popper Duran Duran versuchten einmal, einen abendfüllenden Film zu drehen, der auf ihrem Video zu »Wild Boys« basierte, einem Song, der von dem gleichnamigen Burroughs-Roman inspiriert ist. Kürzlich borgten sich die Psychedelic-Rocker Howlin Rain den Titel für einen Song, den Bandleader Ethan Miller als eine Hommage an Burroughs bezeichnete. »An all dem Chaos und der Zerrissenheit im gegenwärtigen Amerika gibt es kaum etwas Erstaunliches zu entdecken, das nicht schon vor langer, langer Zeit in einer furchterregenden und schäumenden Litanei absoluter Verachtung von Burroughs geäußert wurde«, sagte Miller dem *Relix Magazine*.

Burroughs war ein unerschrockener Erforscher des Paranormalen und interessierte sich aktiv für das, was wir heute als Grenzwissenschaft bezeichnen würden. Er hatte starken Einfluss auf okkultistisch gesinnte Künstler wie Genesis P-Orridge von Throbbing Gristle, Chris Stein von Blondie und John Balance und Peter Christopherson von Coil. Jimmy Page, Lead-Gitarrist und Chefmagier von Led Zeppelin, verbrachte Zeit mit Burroughs und diskutierte mit ihm über das übernatürliche Potenzial von Musik und die Verbindung zwischen Zeppelins Getöse und den Master Musicians of Joujouka – einem Stamm marokkanischer Musiker, die Burroughs als »eine 4.000 Jahre alte Rock-'n'-Roll-Band« bezeichnete. Auch wenn er wenig von musikalischer Komposition verstand, wusste Burroughs, wie sich die Realität durch Performance beeinflussen ließ. Er war begeistert von Patti Smiths schamanischer Bühnenkunst, und die beiden wurden gute Freunde. »Er thront ganz oben neben dem Papst«, sagte Smith über Burroughs. Bob Dylan nötigte ihn praktisch zu einem Treffen, das Anfang 1965 in einem Café in Greenwich Village stattfand. Nicht lange danach zelebrierte der lernbegierige Folkie auf dem Newport Folk Festival seine Auferstehung als wilder Visionär, der von einer ketzerischen elektrischen Band begleitet wurde.

David Bowie verwendete Cut-ups in sämtlichen seiner Werke von *Diamond Dogs* (1974) bis zu *Blackstar*, das wenige Tage vor seinem Tod 2016 veröffentlicht wurde. Bowie nannte Cut-ups »eine Form des westlichen Tarots« und schrieb während seiner gesamten Karriere Burroughs das Verdienst zu, seine Kunst und Ästhetik vorangebracht zu haben. Bowies Freund und Kollege Lou Reed war seit seiner Zeit bei Velvet Underground von Burroughs besessen. Reed schätzte die Cut-up-Technik nicht, machte jedoch bei seiner nüchternen Darstellung der verheerenden Folgen der Sucht und seinen sardonischen Beobachtungen des Straßenlebens Anleihen bei früheren Burroughs-Büchern wie *Junkie*. Sowohl Bowie als auch Reed trafen sich in den 1970er-Jahren mit Burroughs – Szenen, die hier zusammen mit Analysen ihrer von Burroughs beeinflussten Aufnahmen nacherzählt werden sollen.

Burroughs verbrachte einen Großteil seiner Zeit im Ausland, lebte in Mexiko, Marokko, Paris und London, kehrte aber immer wieder nach New York City zurück und wurde dort Mitte der 1970-Jahre sesshaft. Nachdem er in einigen Wohnungen in der Innenstadt zur Miete gewohnt hatte, ließ er sich in einem fensterlosen ehemaligen YMCA-Umkleideraum nieder, der liebevoll »der Bunker« genannt wurde. Das Versteck lag nur ein paar Straßen vom legendären Club CBGB entfernt im schäbigen Viertel Bowery. Hier wurden Angehörige der aufkommenden Punkszene seine Stammgäste, darunter Patti Smith, Chris Stein und Debbie Harry von Blondie, Joe Strummer von The Clash und Richard Hell von den Voidoids, um nur einige zu nennen. Obwohl Burroughs den ihm von den Medien verliehenen liebevollen Titel »Godfather of Punk« eigentlich ablehnte, fand er die neue Generation interessanter als die Hippies. Als die Sex Pistols wegen ihrer Single »God Save the Queen« von 1977, einer Abrechnung mit der Monarchie, Ärger bekamen, schickte er ihnen sogar einen Unterstützerbrief. »Ich habe immer gesagt, dass England erst dann eine Chance hat, wenn 20.000 Leute sagen: ›Bugger the Queen!‹«, eiferte Burroughs.

1978 kam auf der Nova Convention im Entermedia Theater in New York ein Kreis von Musikern, Schriftstellern und Performance-Künstlern zusammen, um Burroughs' Rückkehr in die Vereinigten Staaten zu feiern. Frank Zappa las die berühmt-berüchtigte Talking-Asshole-Stelle aus *Naked Lunch*; trotz einer Lungenentzündung gelang Smith, unterstützt von ihrem treuen Gitarristen Lenny Kaye, eine passable Lesung; Laurie Anderson brachte mit ihrem Gesang in wechselnden Tonhöhen und spärlicher Elektronik einen experimentellen Touch in das Geschehen; und Philip Glass grillte mit seiner damals neuen Komposition »Einstein on the Beach« so manche Gehirnzelle. Auf der After-Show-Party traten Suicide, Blondie, die B-52s und King-Crimson-Gitarrist Robert Fripp auf.

Aus dem Punk entwickelte sich die Industrial-Musik, so zum Beispiel die bahnbrechenden Klangattacken von Throbbing Gristle und Psychic TV – zwei Bands, deren Leader der Doyen der »Okkultisten« Genesis P-Orridge war. Man wird kaum einen hartnäckigeren Verfechter der Burroughs'schen Weltanschauung finden als P-Orridge, der eine Vielzahl von Geschichten und Beobachtungen über die noch junge Industrial-Szene und Burroughs' Hintergrundrolle bei deren Gestaltung zu bieten hat. P-Orridge ist das Bindeglied zwischen Burroughs und den technikversierten »Chaosmagiern«, die mit dem Aufkommen der Dial-up-Einwahl das »Weird Wide Web« zu kolonisieren begannen. Burroughs hat nicht mehr miterlebt, wie das Internet zu der kreativen, sozialen, wirtschaftlichen, kulturellen und politischen Kraft wurde, die es heute ist. Aber er hätte es zweifellos als das erkannt, was es ist: ein Cut-up. Heute werden wir mit fragmentarischen Klängen und Bildern regelrecht bombardiert. Sie werden neu kombiniert und oft im Dienst der einen oder anderen Agenda als Waffe eingesetzt. Wie nennen wir es, wenn eines dieser »kleinen Informationselemente« kurzzeitig die Herrschaft über unser Bewusstsein erlangt? Wir sagen: Es ist »viral gegangen«. Irgendwo in der Raum-Zeit verzieht der alte Mann seine schmalen Lippen zu etwas, das einem Lächeln ähnelt.

Auch nachdem Burroughs 1981 nach Lawrence in Kansas gezogen war, nahm er weiterhin Einfluss auf die Welt der Musik. Seine frühen Spoken-Word- und Tape-Splicing-Experimente wurden auf dem Vinylalbum *Nothing Here Now but The Recordings* gesammelt, das ursprünglich 1981 auf Industrial Records, dem Label von Throbbing Gristle, herauskam. Im selben Jahr erschien ein gemeinsames Album von Burroughs, dem Performance-Poeten John Giorno und der Experimentalmusikerin Laurie Anderson mit dem Titel *You're the Guy I Want to Share My Money With* – Andersons erste offizielle

Veröffentlichung. Nicht lange danach konnte man Burroughs auf Platten neben Künstlern wie Nick Cave, Tom Waits, den Butthole Surfers, den Swans und David Byrne entdecken.

In den 1990er-Jahren – Burroughs war damals schon Ende siebzig – stieg sein Ansehen als Held der Musikwelt noch weiter. Er schrieb den Text für *The Black Rider,* eine Zusammenarbeit mit Robert Wilson und Tom Waits fürs Theater, die auch als ein Waits-Soloalbum veröffentlicht wurde. Darauf ist Burroughs zu hören, wie er mit schleppend krächzender Stimme »T'ain't No Sin« singt. Als »magische Fabel«, die Anleihen bei der Geschichte vom »Freischütz« macht und Burroughs' versehentliche Erschießung seiner Frau thematisiert, wird *The Black Rider* auch heute noch weltweit unter dem Beifall der Kritiker aufgeführt. Das Spoken-Word-Album *Dead City Radio* erschien 1990 und enthielt Hintergrundmusik von Donald Fagen von Steely Dan, Sonic Youth und John Cale. Wieder ist Burroughs' Gesang zu hören, diesmal in einer eigenwilligen Version des Marlene-Dietrich-Dauerbrenners »Ich bin von Kopf bis Fuß auf Liebe eingestellt«.

In den 90ern reiste Burroughs nur noch selten, aber viele bekannte Persönlichkeiten besuchten ihn. Im letzten Lebensjahrzehnt empfing er in seinem roten Bungalow in Lawrence unter anderen Kurt Cobain, Sonic Youth und Mitglieder von R.E.M. und Ministry. 1992 veröffentlichte der Bassist und Produzent Bill Laswell *The Western Lands,* basierend auf Burroughs' gleichnamigem Buch. Im selben Jahr sampelten Ministry Burroughs im Song »Just One Fix«; er selbst ist im Video zu sehen. Burroughs arbeitete mit den Disposable Heroes of Hiphoprisy für das Album *Spare Ass Annie and Other Tales* von 1993 zusammen, und kurz vor dessen Selbstmord im Jahr 1994 veröffentlichte er mit Cobain die gemeinsame Platte *The »Priest« They Called Him*. 1996 tat sich Burroughs für eine Coverversion von deren Song »Star Me Kitten« mit R.E.M. zusammen und ging in der bizarren Sound-Collage »Is Everybody In?« mit den Doors auf Zeitreise zurück in die 60er.

Burroughs' Einfluss auf die heutige Musikszene ist etwas weniger prägnant. Und doch ist er oft gerade dann am stärksten, wenn seine

Präsenz am schwierigsten zu erkennen ist: Man nannte ihn nicht umsonst »El Hombre Invisible«. Die Musik ist nur die Spitze des Eisbergs. Burroughs' Bedeutung für eine Reihe populärer Medien – darunter Filme, Comics, Videospiele und Literatur – ist ebenso immens. Er sagte eine Zukunft voraus, in der Gehirne buchstäblich von »sehr kleinen Ton- und Bildelementen« infiziert werden. Das sehen wir heute bei den Meme-Kriegen in den sozialen Medien und in bestimmten Message-Boards wie 4Chan, wo Horden junger, meist männlicher Maulhelden unaufhörliche Wutattacken gegen Toleranz und Vernunft führen. »Stürmt die Zitadellen der Aufklärung«, schrieb Burroughs einst. Und im Internet ist es schnell zu einer Plattitüde geworden, dass »nichts wahr ist und alles erlaubt«, so einer seiner Lieblingssätze. Die auf diesen Seiten festgehaltenen Episoden zeigen, dass Burroughs unsere zunehmend chaotische Gegenwart und ungewisse Zukunft nicht nur prognostiziert, sondern vielleicht sogar mit initiiert hat. Doch die enthusiastischsten Botschafter seiner Weltanschauung sind und bleiben Musiker. Diejenigen, die in diesem Buch auftauchen, dienen als Rosetta-Stein für das Verstehen von Schlüsselaspekten in Burroughs' Werk, das so viel über unsere heutige Gesellschaft vorausgesehen und vielleicht noch mehr darüber zu verraten hat, was uns erwartet.

In diesem Buch geht es um Musik, Musiker und William S. Burroughs. Es ist jedoch auch eine Bestandsaufnahme der sozialen, politischen und technologischen Veränderungen, die stattgefunden haben, seit Burroughs beschloss, sich aus seinen persönlichen Traumata »herauszuschreiben«, von denen viele selbst verschuldet waren. Die Musiker, die sich zu Burroughs hingezogen fühlen, haben viel gemeinsam, auch wenn sie aus sehr unterschiedlichen Verhältnissen stammen. Sie alle brennen für den Wunsch, aus dem Gewöhnlichen auszubrechen, der sozialen oder institutionellen Konditionierung zu entkommen. Viele haben mit einer Impulskontrollstörung zu kämpfen. Zweifellos wollten einige von ihnen einfach nur mit dem Drogenpapst abhängen, aber seine unerschütterlichen Anhänger haben stattdessen mit seinen Techniken und Zielen als Autor auf sich aufmerksam gemacht. Verwoben mit Burroughs' eigener Biografie werden ihre Abenteuer hier nacherzählt. So wird eine breite Palette von Konzepten, Ideen, Methoden, Obsessionen und Ergebnissen erforscht, die Elektronische Tanzmusik, Hip-Hop, Punk, Heavy Metal, Drogenkultur, Okkultismus, Medien und technologische Dystopie miteinander verbindet.

Als Autor dieses Buchs muss ich gestehen, dass selbst ich zu Beginn meiner Recherchen keine Ahnung hatte, wie viele faszinierende und relevante Überschneidungen im Burroughsversum zu finden sind. Aber man vergegenwärtige sich: Dies ist nur eine Facette – eine Sammlung von Eindrücken aus der Welt der Musik, die wiederum die breitere Kultur speist und prägt. Die realen Interaktionen zwischen Burroughs und den Musikern, die in diesem Buch beschrieben werden, waren urkomisch, verwirrend und einschneidend, genau wie das Beste, was er geschrieben hat. Burroughs sagte, der einzige Grund zu schreiben sei, dafür zu sorgen, dass »etwas geschieht«. Alle der auf diesen Seiten erwähnten Künstler haben die Gesellschaft auf mehr oder weniger entscheidende Weise verändert. Wie Burroughs sind sie Weltreisende, Vordenker, Süchtige, Chamäleons, Einflussnehmer und Wahrsager. So wie Burroughs erweitern auch sie mit ihren kühnen Ausflügen an die Grenzen der Kreativität und sogar der geistigen Gesundheit unsere Horizonte und inspirieren dazu, sich in den verschiedensten Medien auszudrücken.

Wäre dies nur eine Sammlung von Anekdoten darüber, wie Burroughs mit Rockstars abhängt, wäre sie bestimmt sehr unterhaltsam. Aber es steckt viel mehr dahinter. Ich sehe das Buch als eine Hommage an alle großen Künstler, die an ihre Grenzen gehen, selbst wenn sie dabei eine Menge investieren. Alles hat einen Preis, und immer und überall wird geschachert, ob es um Sex, Drogen, Religion, Politik, Finanzen oder Technologie geht. Wir befinden uns alle ständig im Visier der Pusher. Sie zielen darauf, uns abhängig zu machen – ob von sonnengetrockneten Produkten, Erfahrungen oder Ideologien. Und wir brennen darauf, uns den begehrten Stoff zu beschaffen – immer auf der Jagd nach einer kleinen Ablenkung von der Pein unserer Existenz. Aber es ist nicht unsere Schuld. Laut Burroughs ist unsere Physis bereits mit einem vorgeschriebenen

Skript infiziert: Wir sind die »soft machines«, in die die »Algebra des Verlangens« verschlüsselt eingeschrieben ist.

* * *

Es gibt eine ganze Reihe von Burroughs-Biografien, darunter viele interessante. Eine der frühen, Ted Morgans *Literary Outlaw: The Life and Times of William S. Burroughs*, basiert auf Interviews mit dem Autor und seinen Weggefährten. Die neuere Biografie *Call Me Burroughs: A Life* von Barry Miles ist ein mächtiger Wälzer, der nicht an Details spart. Andere Bücher behandeln eher esoterisches Terrain, wie zum Beispiel *Scientologist! William S. Burroughs and the Weird Cult* von David Willis oder *The Magical Universe of William S. Burroughs* von Matthew Levi Stevens. Victor Bockris gebührt das Verdienst, in *With William Burroughs: A Report from the Bunker* viele faszinierende Gespräche zwischen Burroughs und den Künstlerstars der 1970er-Jahre bewahrt zu haben. Das hier vorliegende Buch soll diese Werke nicht ersetzen, sondern sie durch zusätzliche, für die Welt der Musik charakteristische Einblicke und Analysen ergänzen. Um die Themen zu finden, die Burroughs mit den Musikern in diesem Buch verbinden, ist es jedoch notwendig, sich mit seiner Biografie zu beschäftigen. Unsere Geschichte entfaltet sich überwiegend chronologisch, wenngleich sie gelegentlich auf der »Zeitspur« umherspringt, um einen von Burroughs geprägten Ausdruck zu gebrauchen. Grund dafür ist, dass Burroughs' persönliche Geschichte lange vor dem Aufkommen des Rock 'n' Roll beginnt. Den Großteil seiner Biografie wird der Leser in den ersten Kapiteln kennenlernen. Anschließend richtet sich die Beschreibung seines Lebens zunehmend an musikbezogenem Material aus. Wer bereits mit Burroughs vertraut ist, wird hier zweifelsohne weitere relevante Aspekte entdecken. Wer den Autor jedoch noch nicht kennt, sollte sich nicht wundern, wenn er vom ersten Moment an gefesselt ist – Burroughs' Geschichte ist unwiderstehlich.

Ich weiß noch, wie ich auf Burroughs gestoßen bin. Es war 1988, und weil ich auf der Highschool noch neu war, orientierte ich mich an zwei Schülern aus der Oberstufe, die in einer Coverband spielten und auf Schulbällen auftraten. Sie waren megacool. Und das sage ich nicht nur, weil sie duldeten, dass sich eine frühreife Quasselstrippe an ihre Fersen heftete. Diese Kids erkundeten mit Enthusiasmus Kunst und Kultur von Dylan bis Dada. Sie erweiterten meinen literarischen Horizont und trugen dazu bei, dass ich ein halbwegs anständiger Gitarrist und Studiofreak wurde. In der Hoffnung, einen Blick auf die Welt jenseits meiner Provinzstadt in Neuengland zu erhaschen, und ermutigt von meinen älteren Mitschülern, konsumierte ich erstklassige VHS-Kost wie *Repo Man* (unter der Regie des Burroughs-Enthusiasten Alex Cox) und hörte Sonic Youth, als sie noch Lärm machten. Auf dem Bücherregal eines Freundes, eingequetscht zwischen Vonnegut und Brautigan, stand *Naked Lunch*, das dreißig Jahre zuvor erschienen war – für einen Sechzehnjährigen eine Unendlichkeit. Und doch waren die Wörter wie Drähte unter Strom, die sich direkt in meine noch in Entwicklung befindliche Großhirnrinde bohrten. Ich war infiziert.

Schon als junger Leser hatte ich mich zu Hause durch die Schauerliteratur gewühlt und die Werke von Bram Stoker, Edgar Allan Poe, H. G. Wells und Jules Verne verschlungen. Verstohlene Blicke ins oberste Regal, wo Anaïs Nin und Henry Miller angemessen nebeneinanderstanden, ließen eine laszivere Welt erahnen. Aber nichts, nicht einmal H. P. Lovecraft, Burroughs' kosmischer Horror-Doppelgänger, hätte mich auf *Naked Lunch* vorbereiten können, auf die mal erschreckenden und mal urkomischen Visionen von Drogenmissbrauch, Fleischeslust und sowohl menschlichen als auch insektenähnlichen Monstern. Heutzutage können sich Kinder mit einem Fingerschnippen alle möglichen subversiven Medien zu eigen machen. In den 80er-Jahren und den Jahrzehnten davor musste man sich noch richtig anstrengen. Schon allein, weil die Dinge Geld kosteten. Man konnte nicht einfach einen Song, einen Film oder gar ein Buch umsonst aus dem Internet herunterladen. Selbst um die relativ kleine Anzahl von Cure-Alben zu kaufen, die damals erhältlich war, musste man so manchen Rasen mähen und viele Einfahrten freischaufeln. (Ich spreche aus Erfahrung.)

Mein Interesse an Burroughs wurde durch andere Medien noch verstärkt, insbesondere durch die Musik. Ich erinnere mich, dass ich 1993 von Kurt Cobains Audio-Kollaboration mit Burroughs hörte, der Maxi-Single *The »Priest« They Called Him*, und in die nächste Stadt zum einzigen anständigen Plattenladen fuhr, um zu sehen, ob sie dort zu haben war. War sie nicht, aber als ich ein paar Jahre später selbst einen Plattenladen führte, stellte ich sicher, dass sie dort immer vorrätig war. Mitte der 90er-Jahre hatte ich die meisten, wenn nicht sogar sämtliche Romane von Burroughs gelesen und auch sämtliche Sachliteratur, die ich in die Finger bekam. Ich erinnere mich, dass ich besonders von *The Job* angetan war, das aus einer Reihe von Interviews hervorging, die Daniel Odier in den 60er-Jahren geführt hatte, als Burroughs in England lebte. Es war weniger eine Frage-Antwort-Runde als eine Bewusstseinsstrom-Tirade, in der Burroughs die Vorstellung vertrat, dass Sprache buchstäblich ein Virus sei, das den menschlichen Kehlkopf im frühen Entwicklungsstadium unserer Spezies infiziert habe. Dieses Virus habe eine Mutation im biologischen Wesen des Menschen verursacht, und diese Mutation wiederum unsere mentalen Schaltkreise umgestaltet. Ob sich diese Vorstellung in irgendeiner Weise mit der Evolutionstheorie vereinbaren ließ, war unwichtig: Sie war äußerst unterhaltsam, ebenso wie die Syntax des Autors – spärlich, aber mit einem eigenen speziellen Metrum, ähnlich wie Charlie Watts' Schlagzeugspiel bei den Stones.

Als ich später eine seiner aufgezeichneten Lesungen hörte, nahm ich diese Qualitäten noch stärker wahr und spürte, wie dieser fremdartigen Materie in meinem Kopf Raum zur Entfaltung geschaffen wurde. In dem kreativen Menschen, der ich bin, erweckte Burroughs eine Art Furchtlosigkeit, den Drang zum Experimentieren und das Gefühl, nicht allein zu sein, so entfremdet ich mich auch immer fühlte. Es gab noch andere außer mir.

Wie aus den Geschichten in diesem Buch deutlich wird, brauchen kreative Menschen andere kreative Menschen. Viele junge Künstler durchleben intensive persönliche Kämpfe, die oft damit zusammenhängen, dass sie sich in irgendeiner Form als Außenseiter fühlen.

Das ist wahrscheinlich der Grund, warum sich kleine Gruppen von Künstlern zusammenschließen; es ist eine Überlebensstrategie, eine Art soziale Versicherung in einer feindseligen Welt, die dazu neigt, Freigeistigkeit nicht zu tolerieren. Das gilt heute noch genauso wie in den 40er-Jahren, als der junge Burroughs in New York, wo er die Qualen unerwiderter Zuneigung zu spüren bekam, seinen einzigartigen Ansatz zum Komponieren von Szenen entwickelte und hoffnungslos heroinabhängig wurde. Als Mitglied der sogenannten Beats krempelte Burroughs zusammen mit Jack Kerouac, Allen Ginsberg und einer bunten Schar von Mitstreitern die amerikanische Literatur um und begründete eine Gegenkultur, die bis heute lebendig ist. Nicht lange danach kam der Rock 'n' Roll mit seinem eigenen Pantheon an Renegaten und Außenseitern. Selbst wenn ihr Publikum in die Tausende oder Millionen geht, neigen Rockstars dazu, in kleinen Stämmen zu agieren. Eine Band ist ein Stamm. Eine Ersatzfamilie. Denn von wenigen Ausnahmen abgesehen, halten Künstler zu ihren Ursprungsfamilien oft keine enge Verbindung.

Burroughs' relativ kleiner, aber überaus engagierter Kreis ermöglichte es ihm, neue Ideen in die Welt zu setzen und Experimente der metaphysischen und pharmakologischen Art durchzuführen. Seine Freunde unterstützten ihn bei der Fertigstellung seines Meisterwerks *Naked Lunch* – das ein Produkt des »Team-Editing« von Ginsberg und Kerouac ist, die beide aus denselben Gründen zu ihm aufschauten, wie es später Musiker taten. Burroughs mag seinen Status als Pate des Punk nicht bewusst angestrebt haben, aber nichtsdestotrotz ist er der ultimative Antiheld, jemand, der sich nicht von den Normen des Establishments konditionieren lassen wollte. Sicher, einige seiner Jünger mögen bloß einem Lifestyle gefrönt haben, anfangs zumindest. Doch auch das ist interessant. Wer fühlt sich zu einem Mann hingezogen, der seine eigene Frau erschossen hat? Wer bewundert einen reuelosen Süchtigen? Wer würde mit einem verrückten alten Junkie abhängen wollen, der in fensterlosen ehemaligen Umkleideräumen in der Bowery wohnt? Offensichtlich eine ganze Menge Leute. Und ich besitze vermutlich sämtliche ihrer Schallplatten.

Als jemand, der das »Burroughs-Gen« in sich trägt und sich seit langer Zeit nicht nur am Rande für Leben und Werk des Autors interessiert, fühle ich mich nach wie vor von seinem scharfen Intellekt und schwarzen Humor angezogen, ebenso wie von seiner Weigerung, sich anzupassen. Aber es geht nicht nur um mittelbaren Nervenkitzel. Je mehr man von Burroughs liest, sich seine Aufnahmen anhört oder seine Interviews studiert, desto stärker wird man in seine Welt hineingezogen. Burroughs bewohnt sein eigenes Universum: einen Bereich jenseits der bekannten Raum-Zeit-Koordinaten, in dem er sowohl als Herrscher als auch als Botschafter fungiert. Mit Burroughs zu reisen, bedeutet, zu sehen, wie die Welt, die man zu kennen glaubte, zerlegt und in seltsamen, lustigen und manchmal erschreckenden Formen neu zusammengesetzt wird. Burroughs ist nicht nur das Ticket: Er ist die Lokomotive und das Gleis, die Rakete und die Startrampe. Natürlich wird man William S. Burroughs nie verstehen, indem man über ihn liest. Genauso wie man eine Schallplatte nie verstehen wird, wenn man sie anschaut. Man muss die Ware kosten. Gut, dass es davon eine Menge gibt: Interviews, Essays, Videos, Alben und natürlich Bücher. Und ich habe die Ehre, mein eigenes hinzuzufügen. Und jetzt legen Sie los und lassen sich süchtig machen.

Nirvana the Hard Way

Mit dem Jungen stimmt was nicht.
Er runzelt ohne triftigen Grund die Stirn.

WILLIAM S. BURROUGHS nach einem
Treffen mit Kurt Cobain im Jahr 1993

El Hombre Invisible

Zu Beginn der 80er hatten Jahrzehnte im Ausland und mehrere Jahre, in denen er im New Yorker Underground Hof hielt, William S. Burroughs über den Rand der Erschöpfung gebracht und, wieder einmal, in die Sucht abrutschen lassen. Das Fernweh, das ihn durch Südamerika, Nordafrika und Europa getrieben und Bücher wie *Naked Lunch*, *The Soft Machine* und *Die Wilden Boys* geprägt hatte, spürte er nicht mehr. Jetzt, in seinen Sechzigern, war es für Burroughs an der Zeit, clean zu werden und sich nach Hause zu begeben. Aber wo war dieses Zuhause? Sicherlich nicht in St. Louis, wo er geboren worden war und eine privilegierte Kindheit als Sohn einer Familie aus dem Mittleren Westen mit allerdings schwindendem industriellem Wohlstand erlebt hatte. Seine Eltern waren mittlerweile verstorben, ebenso wie sein Sohn, William S. Burroughs Jr., der 1981 im Alter von dreiunddreißig Jahren einer Leberzirrhose erlag. James Grauerholz – Burroughs' unerschütterlicher literarischer Sekretär, Business Manager und Freund – wurde in dessen letzten Jahren Burroughs engster Angehöriger. Um Burroughs' Gesundheit besorgt, ermutigte Grauerholz den Autor, in seine eigene Heimatstadt Lawrence in Kansas zu ziehen. Burroughs war an den meisten Orten gewesen, die einen Besuch wert waren, und an vielen, die es nicht waren. Lawrence schien angenehm zu sein, wenn auch ruhig. Aber das war gut so. Lawrence war eine

Stadt, in der keine Nazis aufmarschieren würden, wenn er mit einer Schrotflinte zum Beispiel auf eine Dose Sprühfarbe schießen wollte, die vor einem Stück Sperrholz stand. Das war die Formel für die Schrotflintenmalerei, eine kreative Marotte, die Burroughs in seinen späteren Jahren aufnahm und die auch half, die Rechnungen zu bezahlen; auf dem Kunstmarkt machte er sich bemerkenswert gut. Ein weiteres Interesse galt Tieren, insbesondere diversen Exemplaren der Katzenspezies. Auf die Frage, was ihn an der verschlafenen College-Stadt reizte, witzelte Burroughs, dass Lawrence die Möglichkeit bot, »zu schießen und Katzen zu halten«.[1]

Als der siebenundsechzigjährige Burroughs im Dezember 1981 in Lawrence ankam, hatte er gerade einen Vertrag über sieben Bücher mit Viking Press abgeschlossen. In den Jahren zuvor hatte er zahlreiche öffentliche Lesungen seiner Werke auf der ganzen Welt abgehalten und seinen Ruf bei einer neuen Generation von Künstlern innerhalb der Rock-, Punk- und New-Wave-Szene gefestigt. Aber zu Hause in seinem bescheidenen roten Bungalow war er nur William. »Burroughs fühlte sich sehr wohl, weil der Rest der Stadt ihn einfach gewähren ließ«, sagt Phillip Heying, ein lokaler Fotograf, der sich mit dem alternden Autor anfreundete und zu einer kleinen, aber engagierten Gruppe von Einheimischen gehörte, die Burroughs abwechselnd das Abendessen kochten und ihm bei Hausarbeiten und Besorgungen halfen.[2]

Viele Jahre zuvor, als er im Ausland lebte, hatte sich Burroughs bei Einheimischen den Spitznamen »El Hombre Invisible« (Der unsichtbare Mann) verdient. Sie hatten seine Fähigkeit bemerkt, unauffällig zu bleiben – keine geringe Leistung für einen steifbeinigen Weißen auf den Straßen von Tanger. Er besaß bereits viel Übung darin, unter dem Radar der Behörden zu agieren, und wohl deswegen hielt er Unsichtbarkeit für eine Technik, die man lernen könne. In *The Adding Machine*, einer Essaysammlung, die erstmals 1985 veröffentlicht wurde, verriet der Magier seine Geheimnisse – nun, zumindest eines davon. »Die ursprüngliche Version dieser Übung wurde mir von einem alten Mafia-Don in Columbus, Ohio, beigebracht: jeden auf der Straße zu sehen, bevor er dich sieht«, schrieb Burroughs. »In Tanger habe ich es auf diese Weise sogar geschafft, an einem ganzen Block von Fremdenführern und Schuhputzern vorbeizukommen, und mir so meinen marokkanischen Spitznamen verdient.«[3]

Im Nordafrika der 1950er-Jahre jagte Burroughs zu den Klängen von Schilfrohren und Trommeln, die von musikalischen Mystikern gespielt wurden, nach Drogen, Sex und literarischer Unsterblichkeit. Sein bekanntestes Werk, *Naked Lunch,* entstand größtenteils in dieser berauschenden Umgebung. Es wurde 1959 in Paris veröffentlicht, während Burroughs im berüchtigten Beat Hotel im Quartier Latin der Stadt wohnte. In den 60er-Jahren suchte er London heim, wo er mit den Beatles und den Rolling Stones verkehrte und ein Loblied auf die »Apomorphin-Kur« sang, die ihm half, vom Heroin loszukommen – wenn auch nur kurz. Nächste Station war das New Yorker Viertel Bowery, wo er Mitte bis Ende der 70er einen umgebauten YMCA-Umkleideraum requirierte, der liebevoll »the Bunker« genannt wurde. Es waren produktive Jahre, doch Burroughs' Underground-Berühmtheit erwies sich nicht mehr als unterhaltsame Ablenkung, sondern wurde angesichts aufdringlich-unterwürfiger Verehrer zur Belastung. Wie Blondie-Mitbegründer Chris Stein sagt: »Ich glaube, im Bunker war es irgendwann so weit, dass jedes Mal, wenn er das Haus verließ, ein Typ mit einem eigenen Manuskript auf ihn zukam.«[4]

Selbst wenn er das Haus nicht verließ, standen die Chancen gut, dass er mit Leuten wie Mick Jagger, Lou Reed oder Joe Strummer zu Abend aß, um nur einige der bekannten Gäste zu nennen, die Burroughs im Bunker besuchten. Aber das bezahlte nicht die nächste Miete, zumal die Rücklage dafür meist schon von seiner damaligen Heroinsucht angeknabbert war. In Anbetracht dieser Tatsachen schien der Umzug nach Lawrence eine kluge Entscheidung zu sein. Burroughs' Verbindungen zu New York blieben jedoch intensiv, und er kehrte in späteren Jahren zu gesellschaftlichen Anlässen, Ehrungen und gelegentlichen Auftritten dorthin zurück. Ein großes Ereignis war die Party anlässlich seines siebzigsten Geburtstags im Jahr 1984, die in einem Nachtclub namens Limelight stattfand – einer ehemaligen Kirche, in der sich viele Prominente versammelten, um mit dem berühmten Autor zu feiern. Madonna und Lou Reed waren da, ebenso Philip Glass, Jim Carroll, Lydia Lunch und der aufstrebende Star Sting, begleitet von seinem damaligen Bandkollegen Andy Summers. Als Burroughs hörte, dass auch »the police« auf der Party war, sagte er besorgt zu einem Freund: »Ich weiß nicht, ob du was dabei hast, aber mir hat jemand gesteckt, dass die beiden Typen da drüben Bullen sind.«[5] Die Fête war witzig und die Gäste interessant, aber in New York wollten alle immer was von ihm.

Das war in Lawrence erfreulicherweise anders. Es dauerte nicht lange, bis Burroughs sich einen Tagesablauf angewöhnt hatte, der Schreiben, Zielschießen, Methadon-Termine und Fütterung der Katzen umfasste. Unter dem Vordach der Ulmen und Robinien, die die breiten Bürgersteige und die nachgemachte 19.-Jahrhundert-Architektur der Stadt schmückten, dehnten sich Monate zu Jahren. Die Stadtbewohner betrachteten Burroughs nicht als drogenabhängigen Brandstifter, sondern als sympathischen, wenn auch exzentrischen alten Mann, und genau das war er auch geworden. Der in Lawrence lebende Dichter Jim McCrary, der mit Burroughs in dessen letzten Lebensjahren befreundet war, erinnerte sich an eine zuvorkommende Person mit korrekten Midwestern-Manieren. »Er war ein netter Kerl. Wenn man ihn zu Hause besuchte und eine Weile blieb, wartete er beim Abschied auf der Veranda, bis man ins Auto gestiegen war. Wenn er dich nach Hause fuhr, wartete er, bis du die Haustür hinter dir geschlossen hattest.«[6] Nach Jahren der Weltenbummlerei war Burroughs endlich sesshaft geworden.

Wenngleich er weniger soziale Verpflichtungen hatte als in New York, kamen doch regelmäßig alte Freunde und Kollegen zu Besuch, darunter Allen Ginsberg, Keith Haring, Norman Mailer, Timothy Leary und Hunter S. Thompson. Auch Bewunderer aus der Musikwelt – wie Kurt Cobain von Nirvana, Michael Stipe von R.E.M., Thurston Moore von Sonic Youth und Al Jourgensen von Ministry – erwiesen ihm die Ehre. Chris Stein von Blondie, der Mitte der 80er-Jahre mehrere Wochen in Lawrence verbrachte, in denen er sich von einer Krankheit erholte, begegnete dem alten Mann zum ersten Mal im New York der 70er. Die beiden blieben bis zu Burroughs' Tod 1997 befreundet. »Ich fand immer, er sei ein wirklich entzückender Kerl«, sagt Stein. »Einfach ein sehr netter Mensch. Ich mag Waffen, wissen Sie, das verband uns also.«[7] Früh abends ging Burroughs mit Freunden zum Schießen auf ein nahe gelegenes Maisfeld. Später besuchte Stein allein das Outhouse, einen lokalen Punkladen. »Gesetzlose und Angehörige von Randgruppen tummelten sich dort, denn der Club, buchstäblich ein Betonbunker, war nur über eine unbefestigte Straße zu erreichen«, erinnert sich Stein. »Ich weiß nicht, ob sie den Strom stahlen, aber er wurde von einem Laternenpfahl oder so etwas abgezapft, und ganz viele Punkbands machten dort Halt, um zu spielen.«[8] Zu diesen Bands gehörten Bad Brains, Circle Jerks, Meat Puppets und ein Trio aus Seattle namens Nirvana, das schon bald auftrumpfen sollte. Der Leader dieser Band, Kurt Cobain, war ein Burroughs-Besessener, und für ihn empfand der ältere Schriftsteller echte Zuneigung.

Teen Spirit and Other Viruses

Es ist kaum zu überschätzen, welchen Einfluss das Album *Nevermind*, mit dem Nirvana 1991 der Durchbruch gelang, auf die Popmusik und auf das Leben der jungen Männer ausübte, die sie kreierten und einspielten. Cobain, Bassist Krist Novoselic und Schlagzeuger Dave Grohl gaben das Startsignal für Alternative Rock und definierten damit das in Seattle beheimatete Genre Grunge. In eine von Langhaarbands und Schablonen-Dancepop dominierte Musiklandschaft krachte *Nevermind* mit der Schlagkraft eines jener Meteoriten, die direkt für das Aussterben einer ganzen Spezies sorgten – in diesem Fall das von Haarspray-und-Spandex-Gockeln wie Poison, die in den 80er-Jahren mit Flunsch und Schmollmund tänzelnd in den Mainstream stolzierten. *Nevermind* bewirkte eine massive Umstrukturierung des Musikgeschäfts, das zuvor besonders auf Glam Metal gesetzt hatte. Jetzt fielen Labelmanager in lokale

Szenen ein und nahmen jeden Jüngling unter Vertrag, der einen Ziegenbart trug und eine Pfandhausgitarre dabeihatte. »Alle waren davon geschockt«, sagt Janet Billig Rich, die einst 90er-Megastars der Alternative Music wie Nirvana, Smashing Pumpkins und Hole managte. »Alles wurde wirklich simpel, weil plötzlich diese Konjunktur herrschte – Nirvana waren die Konjunktur.«[9]

Die Popularität von Nirvana glich einer Epidemie. Nevermind erreichte Diamant-Verkaufsstatus und verdrängte Michael Jackson von der Spitze der Charts. Die Videos der Band liefen ununterbrochen auf MTV, und ihr Backstage-Gezänk mit Guns N' Roses bei den Video Music Awards 1992 wurde zur Legende.[10] Es war bereits eine Weile her, dass jemand einen solchen die Kultur verändernden Einfluss gehabt hatte, aber es geschah auch nicht zum ersten Mal. Elvis Presleys Beckenrotationen während des Auftritts in der Ed Sullivan Show 1956 hatten neue Sinnlichkeit in die Popmusik gebracht. Der Auftritt der Beatles 1964 bei Ed Sullivan zementierte den Rock 'n' Roll als internationale Sprache der Jugend. Seitdem ist Musik – vielleicht mehr als jedes andere populäre Medium – zu einem riesigen globalen Geschäft gereift.

Auch wenn sie noch so sehr zum Allerweltsprodukt geworden sein mag, würde dennoch niemand bestreiten, dass Musik die Massen zu bewegen vermag, selbst heute in der sogenannten »distraction economy«. Im Jahr 2014 regte der Hip-Hop-Produzent Pharrell Millionen von Menschen auf der ganzen Welt an, Fan-Videos zu seinem Song »Happy« zu drehen. Der Song explodierte auf YouTube, einer Website, deren globale Reichweite und Einfluss mittlerweile den Begriff »viral« definieren. Heutzutage versuchen Plattenlabels, Filmstudios, Künstler und politische Kandidaten, aus der gegenseitigen Beeinflussung Kapital zu schlagen. Das ist der moderne Medienrummel, bei dem man entweder Pusher ist oder Konsument. Burroughs starb fast ein Jahrzehnt, bevor YouTube ein Funke im Hirn seiner Entwickler war, aber er hat sein Leben lang studiert, wie Einflüsse entstehen und wirken; insbesondere, wie der Virus von Wort und Ton das Schicksal der Menschheit formen kann. Wie er 1986 erklärte:

> Seit 1971 vertrete ich die allgemeine Theorie, dass das WORT buchstäblich ein Virus ist und als ein solches nicht erkannt wurde, weil es einen Zustand relativ stabiler Symbiose mit seinem menschlichen Wirt eingegangen ist; das heißt, das Wort-Virus (The Other Half) hat sich so fest als akzeptierter Teil des menschlichen Organismus etabliert, dass es über Gangsterviren wie die Pocken spotten und sie an das Pasteur-Institut verweisen kann. Doch das WORT besitzt das eindeutige Erkennungsmerkmal eines Virus: Es ist ein Organismus, der keine andere innere Funktion hat, als sich zu replizieren.[11]

In Burroughs' Weltanschauung ist die Sprache ein Mechanismus dessen, was der Autor »Control with a capital C« nannte: eine heimtückische Kontrollkraft, die die Freiheit und das Potenzial des Menschen einschränkt. Wörter erzeugen mentale Trigger, die wir manchmal intuitiv erahnen, jedoch nie ganz verstehen können, was uns sehr anfällig für Beeinflussung macht. Aber es gibt auch eine positive Seite: Sprache kann zur Befreiung eingesetzt werden, indem sie vorprogrammierte Ideen und Assoziationen kurzschließt. Burroughs glaubte, dass die Menschheit durch Zwänge in Schach gehalten wird, die ihr von feindlichen äußeren Kräften auferlegt werden und die sich in unserer Realität als diverse Aspekte des Establishments äußern. Mithilfe von Wort-, Ton- und Bildfragmenten, die er neu ordnete und regelrecht bewaffnete, versuchte Burroughs, »Control« und zugehörige Systeme zu demontieren. Seine Haltung inspirierte andere Künstler über Generationen und Genres hinweg, ähnliche Methoden zu verwenden, um den Status quo auf eine Weise zu erschüttern, die selbst er nicht vorhersehen konnte. Im Verlauf der Lektüre des Buchs wird man diese Methoden und ihre Verbindungen zu Burroughs näher kennenlernen.

Burroughs sah die Realität als feindselig, formbar und im Besitz eines verborgenen Potenzials, das durch eine Art okkulte Medienkunst genutzt werden konnte. Obwohl Burroughs vor allem als Autor bahnbrechender Romane wie *Junkie* (1953), *Naked Lunch* (1959), *The Soft Machine* (1961) und *The Wild Boys* (1971) bekannt ist, begeisterte er sich auch für Tonbänder, denn damit konnte man seiner Meinung nach das Raum-Zeit-Kontinuum blockieren, indem man vorweg aufgenommene Klänge in zufälliger Reihenfolge abspielte. Burroughs' Tonbandexperimente sind auf Alben wie *Call Me Burroughs* (1965), *Nothing Here Now but the Recordings* (1981) und *Break Through in Grey Room* (1986) zusammengestellt, und sie alle übten Einfluss auf die in diesem Buch besprochenen Musiker aus.

In seinen Schriften, Aufnahmen, Filmen und Gemälden versuchte Burroughs, gewohnte Denkprozesse und logische Strukturen zu unterlaufen. In der Literatur hat er nur wenige Gleichgesinnte, wenngleich James Joyce und Thomas Pynchon ihm insofern ähnlich sind, als ihre schriftstellerischen Leistungen sowohl dissoziativ als auch evokativ sind. Dennoch ist keiner von ihnen so weit gegangen wie Burroughs, und das war vermutlich die eigentliche Absicht, die hinter seinem Schreiben steckte. Burroughs war überzeugt, dass die Menschheit an der Schwelle eines evolutionären Durchbruchs steht, der es der Spezies ermöglichen wird, ungehindert durch Raum und Zeit zu reisen. Seiner Ansicht nach erfordert diese nächste und letzte Stufe der menschlichen Entwicklung eine Mutation, die nur möglich wird, wenn wir die Tyrannei des WORTES – also der Sprache selbst – überwinden, die nach Burroughs' Ansicht tief in unsere individuellen biologischen Elemente codiert ist. Diese sind die »soft machines«, auf denen das Control-Skript prangt; Burroughs' Werk war ein Versuch, die unsichtbare Autorität zu umgehen, die die menschliche Erfahrung konditioniert.

Das klingt ziemlich verrückt, aber ganz von allein ist Burroughs nicht darauf gekommen. Viel verdankt seine »Sprache als Virus«-Prämisse dem metaphysischen Syllogisten Alfred Korzybski, dessen Theorie der allgemeinen Semantik besagt, dass das zentrale Nervensystem des Menschen evolutionär durch die Sprache in dem Maße geformt wurde, wie sie unsere Wahrnehmungsrealität definiert.[12] Der einzige fortschrittliche Weg besteht darin, unseren Verstehensbereich zu erweitern – damit aufzuhören, die Karte (Wörter) mit dem Territorium (Wahrnehmung) zu verwechseln. Burroughs' Philosophie hat auch Gemeinsamkeiten mit der von William Blake – dem englischen Dichter, Grafiker und Mystiker, in dessen protopsychedelischen Visionen die sich bekriegenden Götter der Befreiung und Unterordnung agierten.[13] In Blakes Kosmologie erzwingt die autoritäre Gottheit Urizen Konformität durch das »Book of Brass«, den Quellcode der Massenbeeinflussung. Dies ähnelt Burroughs' eigenen Vorstellungen von »Control« – jener heimtückischen Kraft, die die menschliche Freiheit und das menschliche Potenzial durch verschiedene Manipulationen, einschließlich Massenmedien, einschränkt. Das Ziel eines jeden ernsthaften Künstlers ist es seiner Ansicht nach, die Mechanismen dieser »Control« zu zerlegen, indem er sich in sie hinein »hackt« und ihre zentralen Programme mit den nämlichen Werkzeugen durcheinanderbringt: mit Wörtern, Klängen und Bildern.

Burroughs sah »Control« als Nebenprodukt einer aus dem Weltraum stammenden Mutation, die vor Jahrtausenden die menschlichen Kehlköpfe kolonisiert hat und durch die Sprache fortbesteht, indem sie Individuen zu keinem anderen Zweck als der viralen Replikation infiziert – in diesem Fall könnte Pharrells »Happy« von »Control« konstruiert worden sein, um spastische Drehbewegungen wie die der lilaärschigen Paviane zu erzeugen, auf die Burroughs in seinem Werk häufig Bezug nimmt. (Beweisstück A: »Roosevelt After Inauguration«, eine beißende Satire auf die amerikanische Politik, in der der gesamte Oberste Gerichtshof von entarteten Affen übernommen wird.)[14] Burroughs' Ansicht nach sind alle Formen von »Control« abzulehnen. »Autoritätspersonen werden als das gesehen, was sie sind: tote, leere Masken, manipuliert von Computern«, krächzt er auf *Seven Souls*, einer Veröffentlichung der Band Material aus dem Jahr 1989. »Und was steckt hinter den Computern? Natürlich Fernsteuerung. Seht euch das Gefängnis an, in dem ihr – wir alle – eingesperrt seid: eine Strafkolonie, die jetzt ein Todeslager ist.«[15]

Radio-Friendly Unit Shifter

Für Kurt Cobain war das Musikgeschäft ein besonders zermürbendes Gefängnis. Von Künstlern mit so großen Hits wie »Smells Like Teen Spirit« wird erwartet, dass sie auf Tourneen zwei oder drei Jahre am Stück um die Welt ziehen – ein anstrengender Lebensstil, vor allem, wenn man heroinsüchtig ist und ständig Stoff auftreiben muss, um sich nicht elend zu fühlen. Aber auch ohne Drogensucht kann Erfolg – oder jede Form von Berühmtheit – Stress bedeuten. Cobain bewunderte Burroughs' bahnbrechendes Werk *Naked Lunch*, dürfte sich der feindlichen Attacken aber nicht bewusst gewesen sein, denen der Autor wegen des Buchs ausgesetzt war – darunter ein Prozess wegen Obszönität. Die Öffentlichkeit begegnete seiner Darstellung der Sucht mit Unverständnis. Wenn Cobain die Geschichte hinter der Veröffentlichung des Buchs doch kannte, vertiefte das zweifellos die Verbindung, die er zu Burroughs empfand. Er erkannte wohl auch, dass dieser sich in der eigenen Haut nicht ganz wohl fühlte. Ein Zustand, der nach Selbstmedikation schrie, und beide Männer bevorzugten Opiate. Möglicherweise ließ Burroughs Junk so cool erscheinen, dass Cobain versucht war, davon zu probieren; vielleicht ist er aber auch selbst darauf gekommen. Im pazifischen Nordwesten war Heroin zu Cobains Zeiten verbreiteter als Sonnenschein.

Vor der Droge hatte Cobain die Musik. Manchmal fühlte es sich an, als wäre sie alles, was er hatte. Als er neun war, ließen sich seine Eltern scheiden, und die Musik half ihm, das traumatische Erlebnis zu bewältigen; sie half ihm auch durch schlimme Tage in der Schule und milderte sein tief reichendes Gefühl der Isolation. Wenn Musik die Macht besaß, so zu wirken, könnte sie ihn vielleicht auch davor bewahren, irgendwann an einer Tankstelle oder, schlimmer noch, in den Wäldern zu arbeiten. Also beschloss Cobain gegen jede Erwartung, Rockstar zu werden. Zu seinem vierzehnten Geburtstag schenkte ihm sein Onkel eine gebrauchte E-Gitarre, mit der er sich, um einen Burroughs-Satz zu gebrauchen, »seinen Weg in die Freiheit schrieb«.[16] Burroughs selbst stellte sich vor, zu einem Schriftsteller heranzuwachsen, der an exotischen Orten lebte und seltsamen Lastern frönte. Er behauptete, Zweck des Schreibens sei es, »es geschehen zu machen« – und für ihn tat es das. Auch Cobain ließ Ängste und Animositäten in seine Songs einfließen und verwandelte sich vom gemobbten Unzufriedenen zum Helden aller gemobbten Unzufriedenen auf der Welt. Er war aber auch ein Fall von: »Überleg dir genau, was du dir wünschst – es könnte womöglich in Erfüllung gehen.«

Cobains Rock-'n'-Roll-Träume wurden wahr, aber seine Realität war wie ein Albtraum im Wachzustand. Je mehr Leute wegen Nirvana durchdrehten, desto klaustrophobischer fühlte er sich. Zusammen mit dem Gefühl der Entfremdung verschlimmerte sich seine Sucht. Cobain versuchte, seine Abhängigkeit vor Kollegen und in den Medien zu rechtfertigen, indem er behauptete, dass er sich selbst medikamentös behandelte, um ein nicht diagnostiziertes Magenleiden zu lindern. Seine Schmerzen mögen echt gewesen sein, ebenso die Befreiung, die ihm das Heroin vorübergehend verschaffte. Doch schon bald war er hochgradig süchtig, was sein Leiden nur noch verstärkte.

Cobains Zerrissenheit fand ihren authentischen Ausdruck auf *Nevermind*, der LP, die als Soundtrack für die Flanellhemden-Bewegung diente, die kurzzeitig die Musikkultur der 90er definierte. Es brauchte nur eine Aufnahme – das bipolare Rave-up »Smells Like Teen Spirit« –, und die Kids waren süchtig. Cobains Status als depressiver Märtyrer wird seitdem von immer neuen Wellen an jungen Menschen aufrechterhalten, die seinen Look und seine Einstellung nachahmen. Heute ist seine Legende ungleich größer als das musikalische Werk, das er hinterlassen hat: Nirvana-T-Shirts werden von allen getragen, vom jungen Burschen, der im Supermarkt Einkäufe eintütet, bis zu Justin Bieber. Trends kommen und gehen, aber Nirvana gilt immer noch als hip und subversiv, was zum größten Teil an Cobains kompromissloser Haltung liegt. Auf die gleiche Art fühlen sich die Leute bis heute von Burroughs angezogen. Oft ist diese Anziehungskraft oberflächlich: Der Autor ist als Idol mindestens so fesselnd wie sein Werk (nicht, dass die beiden sinnvoll voneinander getrennt werden könnten). Ein paar Auserwählte aber werden total süchtig. Wie Cobain.

Nirvana hat die Musikindustrie auf den Kopf gestellt, aber es gab in den späten 80ern und in den 90ern auch andere Pioniere, die der alternativen Revolution den Weg bereiteten. R.E.M. aus Athens, Georgia, und Ministry aus Chicago lehnten beide den dominierenden Sound der Zeit ab und wurden mit – wenn auch unterschiedlichem – Erfolg im Mainstream belohnt. 1991, im Jahr der Veröffentlichung von *Nevermind*, brachten R.E.M. ihr zweites Major-Label-Album *Out of Time* heraus. Befeuert durch »Losing My Religion«, den Hit und das Video, kletterte das Album sowohl in den USA als auch im Vereinigten Königreich an die Spitze der Charts. Sänger Michael Stipe reiste nach Lawrence, um Burroughs zu besuchen, und die Band arbeitete 1996, ein Jahr vor dem Tod des Autors, mit ihm an einer Neufassung ihres Songs »Star Me Kitten«. Der Frontmann von Ministry, Al Jourgensen, freundete sich in dessen späten Jahren mit Burroughs an und überredete ihn sogar, 1992 im Video zum Industrial-Metal-Song »Just One Fix« der Band mitzuwirken. Auch andere Künstler, wie Sonic Youth und U2, knüpften im letzten Jahrzehnt seines Lebens direkte Verbindungen zu Burroughs; ihre Geschichten werden in den folgenden Kapiteln erzählt.

Im Gegensatz zu seinem Freund Allen Ginsberg, der oft mit der Populärkultur sympathisierte, hatte Burroughs wenig Interesse an der zeitgenössischen Szene. Das hieß jedoch nicht, dass er den Rock-'n'-Roll-Lifestyle nicht zu schätzen wusste. »Er hatte nicht viel Ahnung von Musik, aber auf der Bühne kannte er sich aus«, sagt James Grauerholz.[17] »Und er wusste etwas über den Backstage-Bereich. Wusste etwas über das Leben im Wohnwagen, der die Straße hinunter zum nächsten Auftritt fährt.« Das taten auch die Gruppen auf der ursprünglichen Lollapalooza-Tour 1991, die Punk, Gothic, Metal, Industrial und Gangster-Rap unter dem neuen Banner »Alternative« zusammenbrachten. In seiner Anfangszeit brüstete sich das reisende Festival mit dem Geist des »Anything Goes«, der jedoch schon bald von kommerziellen Kräften erstickt wurde. Heutzutage ist das Lollapalooza nichts als ein gefundenes Fressen für Vermarkter, und zufällig spielen dabei auch Bands mit. (»Control« sollte wirklich darüber nachdenken, in ein Musikfestival zu investieren.)

Ebenfalls 1991 wurde David Cronenbergs Verfilmung von *Naked Lunch* veröffentlicht. Der Film nahm sich beträchtliche Freiheiten, was das Ausgangsmaterial betraf, infizierte aber dennoch eine ganz neue Generation von Möchtegern-Subversiven mit dem Burroughs-Fieber. Der Autor selbst war sich seines wachsenden Einflusses bewusst, besaß aber nur begrenztes Interesse daran, ihn zu hegen. »Er war wie ein Spiegel, und andere fanden sich in seinem Werk wieder«, sagt Grauerholz. »Er hat sein Selbstbild nicht geschaffen, aber er wusste genau, wie man sich für ein Fotoshooting kleidet.«[18] Es gibt zahlreiche Fotos des Autors mit bekannten Musikern wie Patti Smith, Mick Jagger, David Bowie und Cobain, um nur einige zu nennen. Obwohl er alt genug war, um ihr Großvater zu sein, wirkt Burroughs auf keinem einzigen der Fotos deplatziert.

Come as You Are

Nirvanas scharfkantige Riffs und pockennarbige Melodien hatten in den Single-Charts der 90er-Jahre wenig Konkurrenz, schon gar nicht, wenn man sie mit Interpreten wie Paula Abdul und Bryan Adams verglich. Die Songs der Band enthielten viele eingängige Hooks, aber ihre Attitüde war durch und durch Punk. Als es 1989 von dem Indie-Königsmacher Sub Pop Records veröffentlicht wurde, machte ihr Debütalbum *Bleach* die Mitglieder von Nirvana auf der Stelle zu Underground-Heroen. Dennoch konnten die mitreißenden Clubauftritte der Band und die Unterstützung durch College-Radiostationen den Mainstream nicht überzeugen. Cobain und Co. wagten den Sprung in die große Liga und unterschrieben für ihre nächste Veröffentlichung, *Nevermind*, bei Geffen Records. Der Schachzug funktionierte, und Cobain verbrachte die letzten Tage seines kurzen Lebens damit, den plötzlichen und überwältigenden Erfolg zu verkraften. Jeder schien jetzt etwas von dem kunstbesessenen jungen Mann zu wollen, der nie das Gefühl gehabt hatte, erwünscht zu sein.

Wie Burroughs, der Anerkennung schätzte, aber Erwartungen verschmähte, suchte Cobain Bestätigung und sträubte sich gleichzeitig gegen den Ruhm. Natürlich erlebte Burroughs den Erfolg völlig anders als Cobain. Einen Großteil seines Lebens war der Schriftsteller ein Mysterium im Exil, El Hombre Invisible. Im Gegensatz dazu spürte Cobain das Rampenlicht am eigenen Leib, und die Erwartungen seines Publikums und seiner Entourage steigerten sich zu dem anhaltenden Gefühl, in einem immer engeren Gefängnis zu leben. Diejenigen, die Cobain am nächsten standen, taten ihr Bestes, um den Gedanken zu verscheuchen, dass er nicht mehr lange auf dieser Welt sein würde – eine Ahnung, die er wahrscheinlich auch selbst äußerte. Burroughs' Freunde waren zu bestimmten Zeiten im Leben des Autors ähnlich besorgt um ihn. Aus diesem Grund sah sich James Grauerholz irgendwann veranlasst, ihn nach Kansas zu bringen – um ihn von Versuchungen fernzuhalten, die ihn das Leben kosten würden.

Im Herbst 1993 sah Cobain in Burroughs mehr als nur einen Quell obskurer Junkie-Weisheiten. Allein durch sein Überleben weckte der fahle Neunundsiebzigjährige in dem engelhaften Superstar einen Hoffnungsschimmer. Hier war jemand, der die Verwüstungen durch Sucht und Ruhm erlebt hatte und mit intakter Integrität daraus hervorgegangen war. »Es war wie: ›Okay, ich bin nun einmal in dieser Situation, aber ich kann durchhalten, ich kann durchkommen‹«, sagt Alex MacLeod, Nirvanas Tourmanager und Cobains enger Freund.[19]

Ein Jahr vor ihrem Treffen in Kansas kontaktierte Cobain Burroughs, um an einem Projekt zu arbeiten, das er in seinem Tagebuch beschrieb. »Ich habe mit einem meiner wenigen Idole, William Burroughs, zusammengearbeitet, und ich könnte mich nicht cooler fühlen«, schrieb Cobain.[20] Diese Zusammenarbeit, *The »Priest« They Called Him*, wurde 1993 auf einer 10-Inch-Vinyl-Picture-Disc veröffentlicht, die heute auf dem Sammlermarkt Höchstpreise erzielt. Auf dem Zwei-Song-Set fangen Cobains schrottige Gitarrentöne Burroughs' lakonisches Gekrächze mit faszinierender Wirkung in einem Netz aus Rückkopplungen ein. Obwohl sich die beiden später persönlich trafen, wurden ihre Parts getrennt voneinander aufgenommen: der von Burroughs in den Red House Studios in Lawrence im September 1992 und der von Cobain im November in den Laundry Room Studios in Seattle.

The »Priest« They Called Him hat seine Wurzeln in einer früheren Zusammenarbeit mit dem Filmemacher Gus Van Sant, die den Titel *Burroughs: The Elvis of Letters* trägt. Die 1985 auf Tim/Kerr Records erschienene EP enthält Burroughs' gesprochene Vignetten, die Van Sant mit Gitarre, Bass und Drum Machine begleitet. Sie ist überraschend melodiös und beweist, dass der Regisseur seinen Indierock-Exkurs durchaus ernst nahm. Mitbetreiber des Labels der Van-Sant-Platte war der 2017 verstorbene Thor Lindsay. Er trug dazu bei, das Cobain-Burroughs-Projekt auf den Weg zu bringen. »Thor war es, der sagte: ›Vielleicht sollten wir was mit Kurt machen‹«, erinnert sich Grauerholz. »Und er wurde tatsächlich zum Mittelsmann. Wir machten die Tape-Swaps schon vor dem eigentlichen Treffen.«[21]

Die Kombination von Cobains Gitarreninnovationen und Burroughs' zittrigem Krächzen verursacht leichtes Unbehagen. Die musikalische Verquickung von »Silent Night« mit dem Track »Anacreon in Heaven« umrahmt die düstere Geschichte des Junkies »Priest«, der versucht, am Heiligabend Stoff aufzutreiben. Burroughs' gesprochene Parts stammen aus *Exterminator!* – einer Kurzgeschichtensammlung, die 1973 erstmals veröffentlicht wurde. Mit ihrem harschen Sound und der düsteren Thematik konnte sich die Platte nicht in den Weihnachtscharts platzieren. Dennoch ist sie ein bleibendes Zeugnis für Burroughs' generationenübergreifende Anziehungskraft und unterstreicht die unvergleichliche Fähigkeit des Autors, die Unbarmherzigkeit der Sucht zu vermitteln. »Dann traf es ihn wie schwerer, stiller Schnee«, sagt Burroughs müde. »All die grauen Tage der Junk-Vergangenheit. Er saß da und wurde belohnt mit dem ›perfekten Schuss‹. Und da er ja selbst Priester war, brauchte er keinen zu rufen.«[22]

Zu dieser Zeit quälte sich Cobain mit Nirvanas zweitem Werk für Geffen Records, dem rohen und depressiven *In Utero*. Beinahe hätte sich das Label geweigert, das Album zu veröffentlichen, denn man fürchtete, es sei nicht kommerziell genug – ein schwerer Schlag für das Selbstvertrauen des Songwriters. Lichtblicke gab es damals in Cobains Welt nur wenige, und in mindestens zweien davon spielte Burroughs eine Rolle: die Reise nach Lawrence und ihre frühere Zusammenarbeit. Cobain liebte das Gemeinschaftswerk *The »Priest« They Called Him*, weil es so unkonventionell und harsch war – die Art von Musik, die nur auf einem Independent-Label veröffentlicht werden konnte. Auf keinen Fall würde *diese* Musik bei den DJs Anklang finden, die er in den Songtexten geißelte: »He's the one / Who likes all our pretty songs / And he likes to sing along / And he likes to shoot his gun / But he don't know what it means.«[23]

Cobains Faszination für Burroughs hatte schon Jahre zuvor begonnen. Das Universum des Autors stand in krassem Gegensatz zur Alltagswelt des Bankers, des Lehrers oder entlassenen Holzfällers. Auf einen jungen Mann auf dem Weg ins Nirgendwo wirkten Burroughs' exotische Eskapaden an weit entfernten Orten wie Marokko unwiderstehlich. Cobain entdeckte Burroughs zunächst als Teenager, als er zwischen dem Unterrichtschwänzen und Experimenten mit Drogen und Alkohol in der Bibliothek heimlich die mit Eselsohren versehenen Exemplare von *Naked Lunch* und *Junkie* las. Es war nicht nur der Lifestyle, der ihn faszinierte, Cobain war auch von der bahnbrechenden Arbeit des Autors mit Cut-ups angetan – eine Technik, die Burroughs 1958 in Zusammenarbeit mit dem bildenden Künstler Brion Gysin in einem Pariser Hotel entwickelte. Die Methode ist einfach: Man nimmt einen Text, schneidet ihn in Viertel und setzt die Schnipsel dann wahllos wieder zusammen. Burroughs glaubte, dass Cut-ups ein genaueres Abbild der Realität waren, wenn nicht sogar ein Nebenprodukt unserer eigenen Existenz. »Das Bewusstsein ist ein Cut-up«, erklärte er 1986 in der Essaysammlung *The Adding Machine*. »Sobald Sie die Straße entlanggehen oder aus dem Fenster schauen, eine Seite umblättern, den Fernseher einschalten – wird Ihr Bewusstsein zerschnitten«, schrieb Burroughs. »Das Schild im Schaufenster, das vorbeifahrende Auto, der Klang des Radios … Das Leben ist ein Cut-up.«[24]

Kurz nachdem »Smells Like Teen Spirit« Nirvana in den Mainstream katapultiert hatte, bezeichnete Cobain Burroughs in einem Interview als seinen Lieblingsautor und nannte die Cut-up-Methode »revolutionär«. Während der Europatournee für *Nevermind* im Jahr 1991 war sein einziges Gepäckstück eine kleine Tasche, in der er *Naked Lunch*, das er kurz zuvor in einem Londoner Antiquariat wiederentdeckt hatte, bei sich trug.[25] Cobain war ein so großer Fan, dass er Burroughs bat, im Video zu »Heart-Shaped Box« als Kreuzigungsopfer aufzutreten. In einem Brief von 1993 an Burroughs zeigte sich Cobain aufrichtig und respektvoll. »Ich wollte Sie wissen lassen, dass diese Bitte nicht auf dem Wunsch basiert, Sie in irgendeiner Weise auszunutzen«, schrieb er. »Mir ist klar, dass die Pressegeschichten über meinen Drogenkonsum Sie glauben lassen könnten, dass diese Bitte dem Wunsch entspringt, unser Leben zu parallelisieren. Ich möchte Ihnen versichern, dass dies nicht der Fall ist. Als Fan und Schüler Ihrer Arbeit würde ich die Gelegenheit, direkt mit Ihnen zu arbeiten, sehr schätzen.«[26] In seinem Tagebuch beschrieb Cobain seine Vision für das Video:

> William und ich sitzen uns an einem Tisch gegenüber (schwarz-weiß), durch die Fenster blendet die Sonne. Wir halten Händchen und sehen einander tief in die Augen. Er befummelt mich von hinten und fällt tot auf mich. Medizinische Aufnahmen von Sperma, das durch den Penis fließt. Geisterdampf kommt aus seiner Brust und Leistengegend und dringt in meinen Körper ein.[27]

Burroughs lehnte das Angebot ab – er wollte sich nicht im Film als Sterbender zeigen lassen –, aber er lud Cobain ein, ihn jederzeit in Lawrence zu besuchen. An einem sonnigen Tag im Oktober 1993 erschien Cobain – nur drei Tage nach Beginn der Amerika-Tournee für *In Utero* – in Burroughs' Haus an der 1927 Learnard Avenue. Mit fast 70.000 Einwohnern war Lawrence weitaus größer als Aberdeen, Washington, Cobains Jugendort, in dem es mehr Bäume gab als Menschen. Cobain war mit der Stadt bereits vertraut, da er dort mit seiner Band aufgetreten war, kurz bevor sie Eintritt in den Mainstream fand. Sein Besuch in Lawrence bot kurze Erholung vom Tretmühlendasein eines Superstars, der zu der Zeit alles andere sein wollte als das. Erschöpft, süchtig und unglücklich mit der ungebetenen Ernennung zur »Stimme einer Generation«, brauchte Cobain dringend eine Verschnaufpause.

Tourmanager Alex MacLeod fuhr Cobain nach Nirvanas Auftritt in der Memorial Hall in Kansas City zu einem Treffen mit dem alten Mann. »Ich rief in seinem Zimmer an, und er war sofort bereit loszufahren«, sagt MacLeod. »Ich merkte, dass es völlig anders war als sonst, denn ich brauchte nicht zu drängen und hörte kein: ›Lass mich, du raubst mir den letzten Nerv.‹«[28] Selbst an seinen besten Tagen war Cobain niemand, der seine Euphorie hinausposaunte; in den Abgründen rauschhafter Betäubung und Depression war er noch weiter davon entfernt. Aber nicht so an diesem Tag. »Er war ziemlich aufgeregt, und er war nervös«, erinnert sich MacLeod. »Er würde jemanden treffen, vor dessen schriftstellerischem Werk er immensen Respekt hatte. Burroughs war ein Künstler, der viele Medien abdeckte, und genau das wollte Kurt auch sein. Er sah sich selbst als jemanden, der in verschiedenen Medien kreativ sein konnte, so wie er es mit seinen Gemälden, Zeichnungen, seinem Schreiben, seiner Musik und allem anderen bewies.«

Schwindlig vor Erwartungsfreude, aber mit aller Kraft bemüht, cool zu bleiben, schritt Cobain den schmalen Gang entlang, der zu der gemütlichen Veranda von Burroughs' Haus führte. »William öffnete die Tür und begrüßte Kurt«, schreibt MacLeod. »Ich meine, er war ein echter Gentleman. Wir gingen hinein, setzten uns und redeten. Es wurde Tee gereicht. Dann sonderten sich die beiden ab. Sie unterhielten sich und machten die ganze Tour – Sie wissen schon, die Schreibmaschine und der Rest. Die beiden liefen zusammen durchs Haus und dann nach draußen.« Der Einklang zwischen ihnen war echt. »William sorgte schnell dafür, dass er sich wohlfühlte. Auf künstlerischer Ebene gab es definitiv Gemeinsamkeit. Ich glaube, William sah viel mehr in ihm, als Kurt selbst erkannte.«

Burroughs erspürte eine zutiefst verstörte Seele. »Als wir im Begriff waren, den Raum zu verlassen, sagte William zu mir: ›Dein Freund hat nicht gelernt, seine Grenzen zu erkennen, und er wird es nicht schaffen, wenn er so weitermacht‹«, erinnert sich MacLeod.

> Ich glaube, er erkannte sich selbst an einem bestimmten Punkt in seinem Leben wieder, oder er sah jemanden, der ihm in vielerlei Hinsicht sehr ähnlich war. Damals hätte er eine bestimmte Richtung einschlagen können, und es wäre alles verloren gewesen. Er sah, dass sich Kurt sehr schnell in ebendiese Richtung bewegte. Es war vielsagend, wie William mit ihm kommunizierte. Wie er Kurt und mich in seinem Haus willkommen hieß und ihn sozusagen in seiner Welt herumführte. William begriff wohl, an welchem Punkt Kurt sich befand … Das ist vielleicht der Grund, warum er seine Bedenken äußerte.

Scentless Apprentice

Fünfunddreißig Jahre und zwei Monate zuvor, im Juli 1958, hatte Burroughs einem älteren Künstler gegenübergestanden, den er sehr bewunderte: Louis-Ferdinand Céline. Zusammen mit Allen Ginsberg, seinem lebenslangen Freund und einstigen Objekt der Begierde, reiste Burroughs nach Meudon, einem Vorort von Paris, wo Céline und seine Hundeschar wohnten. Célines Haus war, wie Burroughs' späteres Zuhause in Lawrence, rot gestrichen und lag von der Straße zurückgesetzt. Inzwischen führte Céline, der auch Arzt war, ein einsames Leben und moserte und fluchte über jeden, der ihm in letzter Zeit oder in der fernen Vergangenheit über den Weg gelaufen war. Burroughs und Ginsberg wurden von wütendem Gebell begrüßt, bis eine schlaksige und zerzauste Gestalt auftauchte und die Hunde zu etwas wie Ruhe überredete. Zu den Tieren bemerkte Céline: »Ich nehme sie nur mit zur Post, um mich vor den Juden zu schützen.«[29] Trotz seiner antisemitischen Vorurteile galt Céline als

Titan der französischen Literatur, und seine misanthropische, aber schwarzhumorige Prosa erfreute Burroughs und Ginsberg.

Das Trio ließ sich zum Gespräch auf einem gepflegten Fleckchen Hof außerhalb des Hauses nieder. Céline plauderte ausführlich über diejenigen, die ihn beleidigt hatten, über seine Erfahrungen im Gefängnis und darüber, wie die Nachbarn versuchten, seine Hunde zu vergiften. Als das Gespräch auf seine Arbeit als Arzt kam, äußerte Céline eine zynische Art von Berufszufriedenheit, indem er sagte: »Kranke Menschen sind weniger beängstigend als Gesunde.« Darauf erwiderte Burroughs: »Und tote Menschen sind weniger beängstigend als lebende.«[30] Auf die Frage nach literarischen Zeitgenossen zögerte Céline nicht, andere Schriftsteller und Landsleute wie Jean Genet, Jean-Paul Sartre und Henri Michaux als »nichts als weitere kleine Fische im literarischen Teich« abzutun.[31]

Burroughs und Ginsberg reisten mit dem Gefühl ab, dass Céline, so brillant er auch sein mochte, für niemanden außer sich selbst Zeit hatte – am allerwenigsten für ein junges Schriftstellerpaar aus einer rebellischen amerikanischen Literaturbewegung. Dennoch genossen sie ihren Besuch, den sie sowohl amüsant als auch legitimierend fanden. Es ist möglich, dass Burroughs' Toleranz gegenüber den jüngeren Künstlern, die ihm später ihre Aufwartung machten, von seinen eigenen Erfahrungen mit Menschen wie Céline geprägt war. Vielleicht entsprang sie aber auch nur gutem Benehmen.

He Likes to Shoot His Guns

Cobains Treffen mit Burroughs dauerte einige Stunden, während derer sie auch Geschenke austauschten. Burroughs präsentierte Cobain ein selbst gemaltes Bild, und der Musiker schenkte dem Autor eine signierte Biografie von Leadbelly, von dem Cobain behauptete, er habe ihn durch die Lektüre eines Interviews mit Burroughs entdeckt. Er schenkte ihm auch ein großes, dekoratives Messer, das eher Kunstwerk als Waffe war und das Burroughs später seinem Lawrence-Freund Wayne Propst weitergab.[32] Mutig erforschte

Cobain Burroughs' Orgon-Akkumulator, eine sargähnliche Kiste, die nach einem Entwurf des österreichischen Psychoanalytikers Wilhelm Reich gebaut war und eine starke, aber schwer fassbare Energie namens Orgon einfangen sollte. In diesem unansehnlichen Sperrholzbehältnis ließ Burroughs sich von der »universellen Lebenskraft« umströmen, die Reich erstmals 1939 beschworen hatte. Reich war ein Paria des medizinischen Establishments und starb 1957 in dem Gefängnis, in das er von der US Food and Drug Administration gesteckt wurde, weil er unter anderem mit der Behauptung, das Gerät würde Krebs heilen, »Betrug ersten Ranges« begangen hatte.[33] Burroughs seinerseits sagte oft, der Orgon-Akkumulator sei Ersatz für Orgasmen (was vielleicht einleuchtet, wenn man bedenkt, dass bei einem Junkie die Libido so gut wie nicht mehr vorhanden ist). Dennoch war die Box nicht ohne Risiken. »Warnung – der Missbrauch des Orgon-Akkumulators kann zu Symptomen einer Orgon-Überdosis führen. Entfernen Sie sich vom Akkumulator und rufen Sie sofort einen Arzt«, war die Anweisung, die an Reichs persönlichem Gerät angebracht war.[34]

Cobain wagte sich in den Akkumulator und posierte für ein Foto, wobei ihm ein seltenes Grinsen übers Gesicht huschte. Vielleicht lag es am Orgon. MacLeod hat jedoch eine andere Theorie: »Er selbst stand nicht im Mittelpunkt der Aufmerksamkeit. Er war offensichtlich glücklich. Er war gestärkt. Er hat gelächelt. Und wissen Sie, das geschah damals nicht allzu oft.« Auf dem Rückweg zur Tournee war Cobain gesprächiger als sonst, sogar überschwänglich. »Er redete über die Kunstwerke, die er gesehen hatte, den Orgon-Akkumulator und all das«, erinnert sich MacLeod. Cobain war tief berührt davon, dass Burroughs ihn als Künstlerkollegen akzeptiert hatte. »Ich glaube, ihn überkam etwas wie Hochachtung, dass diese Person, die er als – Sie wissen schon – als erhaben wahrgenommen hatte, ihn als gleichwertig behandelte.«

Burroughs' Eindrücke von Cobain waren rührend respektvoll. Wie er sich später erinnerte, »war Cobain sehr schüchtern, sehr höflich und genoss offensichtlich die Tatsache, dass ich nicht in Ehrfurcht erstarrte, als ich ihn traf. Er hatte etwas an sich, das zerbrechlich und auf Mitgefühl weckende Weise verloren wirkte. Er rauchte Zigaretten, aber er trank nicht. Es gab keine Drogen. Ich habe ihm nie meine Waffensammlung gezeigt«.[35] Burroughs war sein Leben lang Liebhaber von Feuerwaffen und fühlte sich durch die Waffenbestimmungen in New York City, wo er von 1974 bis 1981 lebte, bevormundet und eingeschränkt. In Lawrence konnte er sich ein kleines Arsenal aufbauen, das mehrere Schrotflinten, einen Colt .45 und eine .38 Special umfasste. Thurston Moore, damals Sänger und Gitarrist der New Yorker Noise-Rock-Helden Sonic Youth, lernte Burroughs in den frühen 90er-Jahren kennen: »Ich erinnere mich, dass ich in seinem Wohnzimmer saß, wo eine Menge *Guns and Ammo*-Magazine herumlagen. Er war erpicht darauf, übers Schießen und Messerstechen zu reden … Ich fragte ihn, ob er eine Beretta habe, und er sagte: ›Pah, die Beretta ist eine Pistole für die Damenhandtasche. Mir gefallen nur Pistolen, die schießen, und Messer, die stechen.‹« [36]

Burroughs' einziger wirklicher Konkurrent in der Abteilung Literaturlegende/Feuerwaffenfreak war Hunter S. Thompson, der Mitte der 90er-Jahre von seinem Wohnsitz in Woody Creek, Colorado, aus aufbrach, um in seinem mit Drogen, Waffen und Munition vollgepackten bonbonfarbenen 1971er Chevy Impala nach Lawrence zu fahren und sich zwei Tage lang mit Burroughs am Zielschießen zu erfreuen. Zwischen den Schießübungen stellte der berühmt-berüchtigte »Gonzo« Thompson die Stadt auf den Kopf, aber in Anwesenheit des älteren Autors hielt er sich deutlich zurück. Wie Jim McCrary später sagte: »Wir hatten die letzten paar Blocks auf dem Weg zu Williams Haus hinter uns, als etwas Erstaunliches geschah. Dr. Thompson schaltete einen Gang zurück. In der Minute, in der er das Haus betrat, waren sein Auftreten, seine Energie, sein Selbst gefasst und aufmerksam wie bei einem Schüler angesichts seines Meisters.«[37] Thompson schenkte Burroughs eine einzigartige Pistole vom Kaliber .454. »Der Rückstoß hat ihn mindestens einen halben Meter nach hinten geworfen«, sagte McCrary. »Als sich der Rauch lichtete, rieselte ein Rinnsal Blut an Williams Daumen und Handgelenk hinunter. ›Der Hurensohn hat mich gebissen‹, kicherte er.«

Burroughs' Beziehung zu Waffen – er war begeisterter Schütze, jagte aber nie – wurde durch den tragischen Mord an seiner Frau Joan Vollmer zu einem komplizierten Problem. Obwohl das Geschehnis als Unfall eingestuft wurde, verbrachte der Autor den Rest des Lebens damit, seine Rolle bei ihrem Tod zu hinterfragen. Vollmer, Dichterin und ebenfalls drogenabhängig, war Burroughs' ständige Begleiterin in den Jahren, die zu seinem Aufstieg als Schriftsteller führten. Sie war – wenngleich hinter den Kulissen – auch eine Schlüsselfigur in der frühen Beat-Bewegung. Ihre Wohnung an der 100th Street, Ecke Broadway in New York war Treffpunkt der aufstrebenden Helden der neuen Literatur, darunter Allen Ginsberg, Jack Kerouac und Neal Cassady.

Die Beat-Bewegung war ein reiner Männerclub, aber wenn sich Vollmers allseits anerkannter messerscharfer Witz mit pessimistischen Nebenbemerkungen mischte, die Burroughs beitrug, wurde es für Außenstehende schwierig, mit der Schlagfertigkeit der beiden Schritt zu halten. Der Dichter und Stricher Herbert Huncke, der Burroughs die erste Heroindröhnung verpasste und den Begriff »Beat« prägte, kommentierte, die beiden seien »sehr witzig und ungeheuer ätzend, beinahe hasserfüllt in ihrem Sarkasmus. Sie führten extrem geistreiche Unterhaltungen … Ich verstand sie nicht immer und fühlte mich irgendwie gedemütigt, weil ich offensichtlich nicht wusste, wovon sie sprachen«.[38] Wie Kerouac – Autor von *Unterwegs*, *Gammler*, *Zen und hohe Berge* und *Engel, Kif und neue Länder* – es ausdrückte: »Sie liebte den Mann irrsinnig, aber auf eine verrückte, delirierende Weise.«[39]

Am Abend des 6. September 1951 hielten sich Burroughs, siebenunddreißig, und Vollmer, siebenundzwanzig, stark betrunken in der Wohnung ihres Freundes John Healey in Mexico City, 122 Monterrey, auf. Sie befand sich über einer Bar, die bei Burroughs und der Clique von Expats am Mexico City College, wo er Maya-Archäologie studierte, beliebt war. Die spätsommerliche Hitze war drückend, ebenso wie die miese Stimmung, die sich über die Feierlichkeiten gelegt hatte. Vollmer war fast so betrunken wie ihr Mann; das Benzedrin, das sie seit Jahren einwarf, war südlich der Grenze nur schwer zu bekommen, sodass sie sich über den Großteil ihrer wachen Stunden damit behalf, zur Tequilaflasche zu greifen.

Als der Tag in einen stickigen Abend überging, rollte Vollmer wie zwanghaft ein leeres Schnapsglas zwischen den Handflächen und ließ gelegentlich abfällige Bemerkungen über die »Flitterwochen« fallen, die Burroughs kürzlich im südamerikanischen Dschungel mit Lewis Marker, einem einundzwanzigjährigen amerikanischen Jungen aus Jacksonville, Florida, verbracht hatte. Marker war das Objekt seiner Liebesobsession, aber die erhoffte Affäre mit ihm war nicht der einzige Grund der Reise gewesen. Burroughs war auf der Suche nach einem pflanzlichen Halluzinogen namens »Yage«, das er in seinem Roman *Queer* beschreibt, den er zwischen 1951 und 1953 verfasste, der aber erst 1985 veröffentlicht wurde. »Er besaß diverse Grundstücke in Ost-Texas und Süd-Texas, und unmittelbar einhergehend mit dem Verkauf dieser Grundstücke wandte er sich an Lewis: ›Hey, lass uns eine Reise nach Südamerika machen und dieses Yage-Zeug auftun‹«, berichtet James Grauerholz. »Geld hatte er ja. Er sagte: ›Ich werde meine Alte und die Kinder gut unterbringen, und du und ich werden hinfahren. Und es finden.‹« Nun, das gelang ihnen nicht, wie man am Ende von *Queer* nachlesen kann.[40]

Der romantische Teil der Reise verlief auch nicht besonders gut. Marker erwies sich als unwilliger Sexualpartner, der vorwiegend heterosexuell orientiert war. Nichtsdestotrotz ließ Burroughs die Idee nicht fallen, die Familie, Marker eingeschlossen, nach Ecuador zu bringen, wo sie von der Landwirtschaft leben würden. Am Abend ihres Todes schmetterte Vollmer, die Burroughs' gescheiterte landwirtschaftliche Bemühungen in Texas und seine juristischen Probleme in New Orleans ertragen hatte, diesen Plan mit harten Worten ab – vor Marker und dessen Schulfreund Eddie Woods aus Jacksonville, dem einzigen anderen Zeugen. »Ich denke, es ist Zeit für unsere Wilhelm-Tell-Routine«, soll Burroughs erwidert haben. Laut Zeugenaussagen setzte Vollmer dann das Schnapsglas auf ihr ungepflegtes Haar, das durch Stress, Polio und langfristige Alkohol- und Amphetaminabhängigkeit immer dünner geworden war. Burroughs, der bei Freunden als Meisterschütze bekannt war, zielte und feuerte. Vollmer sackte zu Boden, in der linken Stirnhälfte ein Einschussloch.

Something in the Way

Die Geschichte, wie Burroughs, Vollmer, ihre Tochter aus einer früheren Ehe und ihr kleiner Sohn, William S. Burroughs Jr., in Mexico City landeten, ist eine Geschichte von Verzweiflung, Kriminalität und schlichtem Pech. Im November 1946 hatte die Familie New York City verlassen und war nach Süd-Texas gezogen, wo Burroughs einen – wie sich herausstellen sollte – glücklosen Ausflug in den Gemüse- und Marihuana-Anbau unternahm. Er hatte soeben seine Heroinsucht besiegt, die mitsamt dem Druck juristischer Scherereien und psychischer Anspannung die Flucht der Familie aus New York beschleunigt hatte. Burroughs war wegen Rezeptfälschung angeklagt und Vollmer gerade erst aus dem Bellevue Hospital entlassen worden, wo sie wegen unberechenbaren Verhaltens unter Beobachtung gestanden hatte. Burroughs' Flucht nach Texas war in gewisser Weise der Versuch, seinen Eltern zu beweisen, dass er seine Familie auch ohne ihr monatliches Taschengeld von etwa 200 Dollar versorgen konnte (ein hübsches Zubrot, von dem er bis zu seinem fünfzigsten Lebensjahr Gebrauch machte). Die leidgeprüften Eltern Laura und Mortimer (»Mote«) Burroughs waren heilfroh, dass ihr Sohn sich anscheinend von harten Drogen und der Kleinkriminalität abwandte.

Zusammen mit Herbert Huncke, einem äußerst redegewandten Stricher und gewieften Landarbeiter, der auch als Kindermädchen und Drogenkurier fungierte, richtete sich die Familie in einem baufälligen Haus ein. Der Biograf Ted Morgan beschrieb in den 80er-Jahren nach ausführlichen Interviews mit Huncke die Beziehung von Burroughs und Vollmer:

> Sie schliefen in getrennten Zimmern, und körperlichen Kontakt schien es zwischen ihnen nicht zu geben. Eines

> Nachts, als [Huncke] zu schlafen versuchte, hörte er Joan an Burroughs' Tür klopfen. Als sich die Tür öffnete, hörte Huncke sie sagen: »Alles, was ich will, ist, ein bisschen in deinen Armen liegen.« … Als sie einmal im Wald spazieren gingen und Joan, die Julie tragen musste, allmählich müde wurde, sagte Huncke: »Warum hilfst du ihr nicht, verdammt noch mal«, und Burroughs antwortete, schon die Spartaner hätten gewusst, wie man mit weiblichen Säuglingen umging, die zum Ballast wurden: Man warf sie einfach von den Klippen … [Huncke spürte], dass dieser sardonische Humor Burroughs' Art war, mit Gefühlen umzugehen, aber [er] hat sich nie daran gewöhnt. Andererseits: Wenn jemand Joan kritisierte, schlug Burroughs sich auf ihre Seite. Als Huncke sagte, sie sei ein wenig verschwenderisch beim Einkaufen von Lebensmitteln, sagte Burroughs: »Na ja, schließlich will sie ja dafür sorgen, dass wir uns vernünftig ernähren.« Über ihre Benzedrin-Sucht verlor er nie ein Wort.

Im Oktober war das Marihuana erntereif. Man rechnete mit einem Geldregen. Burroughs überredete Vollmer und Huncke, nach New York City zu fahren, um Käufer für das Gras zu finden, das sie in Einmachgläser gefüllt und in Seesäcke gepackt hatten. Mit dem zuverlässigen Jeep, vollgestopft mit dem, wovon Burroughs annahm, dass es sich um »primo tea«, also beste Ware, handelte, fuhren er und Huncke direkt nach New York, während Vollmer und die Kinder separat mit dem Zug reisten. Aber Burroughs hatte bei der Cannabis-Kultivierung einen wesentlichen Schritt vergessen: das Aushärten. Es stellte sich heraus, dass sein schönes Gras als Rauschmittel so gut wie keinen Wert besaß – eine Tatsache, die Burroughs entdeckte, als er versuchte, seinen ersten Käufer zu finden. Erschwerend kam hinzu, dass Burroughs und Huncke nach ihrer Ankunft in New York feststellen mussten, dass Vollmer an der Grand Central Station von der Polizei festgehalten worden waren, weil sie verdächtigt wurde, die Kinder aussetzen zu wollen. Vollmer wurde erneut zur Beobachtung ins Bellevue gebracht, aber Burroughs konnte sie befreien, indem er sich auf seine Mitgliedschaft im Harvard Club berief und vage Andeutungen über seine gesellschaftliche Stellung machte.[41]

Außerstande, Käufer für die verpfuschte Ernte zu finden, trieb sich Burroughs ein paar Wochen in der Stadt herum, verfiel einmal wieder dem Heroin und gab sich alle Mühe, der Polizei aus dem Weg zu gehen. Seine Tage in New York – ursprünglich einmal als einer der Kriminellen, Sonderlinge und Aussteiger, die sich bei Vollmer herumtrieben, und jetzt als verzweifelter Süchtiger mit zwei Kindern – sollten später in *Junkie* beschrieben werden, einem knappen, reportageartigen Roman, der Künstler von Lou Reed bis Hüsker Dü in seinen Bann zog. Burroughs fühlte sich schon immer von der zwielichtigen Seite des Lebens angezogen. Als junger Mann begeisterte er sich für den »Switchblade«-Slang in *You Can't Win*, der Autobiografie des Landstreichers Jack Black aus den 1920er-Jahren. Die Drogenschilderungen im Buch spiegeln Burroughs' eigene Erfahrungen mit der Sucht wider. »Es waren die kleinen, stillen Stunden der Nacht, die mich erwischten«, schrieb Black. »Opium, der Judas der Drogen, der küsst und verrät, hatte mich fest im Griff, und ich wollte mich loseisen.«[42]

Außer dem Mord an Vollmer umfasste Burroughs' kriminelle Vorgeschichte Rezeptfälschung, Bagatelldiebstahl, Besitz von Betäubungsmitteln und auch einfach das Schwulsein in Amerika, Jahrzehnte vor *Lawrence v. Texas*, dem bahnbrechenden Urteil des Obersten Gerichtshofs von 2003, das die letzten verbliebenen Sodomiegesetze des Landes aufhob. In gewisser Weise kann man sein Verhalten als Versuch sehen, etwas anderes zu verkörpern als einen Niemand aus der oberen Mittelschicht, wenn auch die Reaktionen, denen er sich dadurch aussetzte, negativ waren. Viele seiner Späße waren harmlos. Burroughs liebte es, seine Freunde in Rollenspiele, »Routines«, zu verwickeln, die oft Charaktere und Situationen enthielten, die später in seinen Werken auftauchen würden. Er war besessen davon, diese Inszenierungen festzuhalten, denn er sah sie als wirksames Mittel, Geschehnisse in der realen Welt hervorzurufen. Sie verschafften ihm die Möglichkeit, Fantasien, Obsessionen und Animositäten, Eckpfeiler seiner Arbeit, aufzuzeichnen, wenn keine anderen Mittel zur Verfügung standen. Außerdem hatte er dabei großen Spaß. Zu den regelmäßigen Teilnehmern gehörten der Studienanfänger Ginsberg von der Columbia University und der verwegen gut aussehende Kerouac, ehemals College-Football-Star und Mitglied der Handelsmarine. Burroughs, Ginsberg und Kerouac bildeten das Triumvirat, das die amerikanische Literatur verändern und eine Revolution der Jugendkultur inspirieren sollte. Doch noch bevor ein einziges Buch oder Gedicht veröffentlicht wurde, gab es Ärger.

Man schrieb das Jahr 1944, Endphase des Zweiten Weltkriegs – eine kritische Zeit in Amerika, da ein Sieg der Alliierten noch längst nicht sicher war. Trotzdem ging das Leben weiter, besonders in New York. In der Stadt brodelte die Leidenschaft, aber es herrschte auch Misere. In den Clubs lebte der Jazz, auf den Straßen wurde Junk gedealt, und GIs suchten nach ein wenig Spaß, bevor sie in den Krieg zogen. Lucien Carr, der frühreife Puck aus Burroughs' sozialem Dunstkreis, war ein neunzehnjähriger College-Student, der eine intensive Freundschaft zu David Kammerer pflegte, einem Lehrer aus St. Louis, der sich in den jungen Mann verliebt hatte und ihm sogar nach New York gefolgt war. Die beiden waren eng befreundet, doch Carr zeigte sich von Kammerers hartnäckigen sexuellen Avancen zunehmend genervt. Am 13. August nahmen die Spannungen zwischen den beiden eine tödliche Wendung. In den frühen Morgenstunden stolperte Carr betrunken am Ufer des Riverside Parks entlang, erstach Kammerer und warf die Leiche in den Hudson. In Panik wandte sich der junge Mann an Kerouac und Burroughs, seine engsten Freunde. Kerouac war dabei, als Carr die Mordwaffe vergrub, und wurde später als wesentlicher Zeuge des Verbrechens in Gewahrsam genommen. Auch Burroughs wurde einkassiert, nachdem Carr zu ihm in die Wohnung gekommen war und ihm eine Packung mit Kammerers blutverschmierten Zigaretten gegeben hatte. Burroughs spülte sie umgehend die Toilette hinunter und riet Carr, einen guten Anwalt zu finden und sich zu stellen. Carr suchte schließlich den Bezirksstaatsanwalt auf und legte ein Geständnis ab. Er verbüßte zwei Jahre wegen Totschlags und ließ sich nach seiner Entlassung wohl kaum mehr etwas zuschulden kommen.

Viele Jahre später, 2013, wurde die Carr-Kammerer-Affäre in dem nicht sonderlich guten Film *Kill Your Darlings* verarbeitet. Positiv erwähnenswert ist nur Ben Fosters zurückhaltende Burroughs-Darstellung. Insgesamt erinnert die Geschichte an die norwegische Black-Metal-Szene der 90er-Jahre, in der ein Mitglied der Gruppe Mayhem einen Bandkollegen im Affekt tötete – auch das ein schrecklicher Vorfall mit homophoben Untertönen, der verfilmt wurde. Viele Menschen sind, aus welchem Grund auch immer, fasziniert von Geschichten über kleine gewalttätige Cliquen, deren Anführer künstlerische Ambitionen hegen. Zumindest erklärt das die anhaltende Faszination von Charles Manson.

Im Januar 1948 hatte Burroughs mehr als nur ein paar Gründe, den Fallen und Verlockungen von New York City entkommen zu wollen. Die Ermordung Kammerers war für ihn und sein Umfeld eine große Belastung. Überdies war Burroughs einer ungezügelten Junk-Sucht verfallen, von der er sich unbedingt befreien wollte. Entzugskliniken waren rar gesät und in den meisten ging es brutal zu. Für Junkies, die clean werden wollten, war damals die berüchtigte »Federal Narcotics Farm« in Lexington, Kentucky, die Klinik der Wahl. Dort bekamen Patienten im Austausch für die Teilnahme an einem experimentellen Drogenprogramm der US-Regierung Opiate zugeteilt. Burroughs versuchte zunächst, sich auf der Fahrt nach Texas, wo er das Farmerleben wiederaufnehmen wollte, vom Heroin zu entwöhnen. Schon zuvor hatte er unter selbst auferlegten Bedingungen eine Radikalkur versucht, die aber auch nicht anschlug. Also machte er sich schließlich auf dem schnellsten Weg auf nach Kentucky in die seltsamste Rehab-Einrichtung Nordamerikas.

Das Clinical Research Center des US Public Health Service Hospital in Lexington öffnete 1935 seine Pforten für neuropsychiatrische Patienten und wurde später zu einer streng geheimen CIA-Institution, in der Drogen wie LSD an Patienten getestet wurden.[43] Junkies bekamen alles, was sie wollten, solange sie einwilligten, sich Psychostimulanzien in Industriequalität verabreichen zu lassen, von denen die Geheimagenten glaubten, dass sie der Schlüssel zu programmierbaren Attentätern und zum Umdrehen feindlicher Agenten waren.[44] Burroughs nahm an diesem Programm nicht teil und wählte stattdessen die reguläre zehntägige Dosisreduzierungstherapie. Lexington war auch eine beliebte Rehab-Einrichtung für Musiker, in der etwa Chet Baker und Sonny Rollins einen Entzug machten. Sachlich schildert Burroughs in *Junkie* die Zeit in Lexington, die Auswirkungen der Heroinsucht und die eigene Genesung:

> Junk verwandelt den Konsumenten in eine Pflanze. Pflanzen fühlen keinen Schmerz, da Schmerz in einem stationären Organismus keine Funktion hat. Junk ist ein Schmerzmittel. Eine Pflanze besitzt keine Libido im menschlichen oder tierischen Sinne. Junk tritt an die Stelle des Sexualtriebs. Aussaat ist der Sex der Pflanze und die Funktion des Opiums ist es, die Aussaat zu verzögern.
>
> Vielleicht ergibt sich das heftige Unbehagen beim Entzug aus der Wandlung von der Pflanze zurück zum Tier, von einem schmerzlosen, sexlosen, zeitlosen Zustand zurück zu Sex und Schmerz und Zeit, vom Tod zurück ins Leben.

Nachdem er sich aus den Fängen des Junk befreit hatte, schlugen Burroughs und seine Familie als Nächstes ihre Zelte in New Orleans auf. Am 23. Juni 1948 war er die Farm in Texas losgeworden und lebte zu diesem Zeitpunkt bereits mit Vollmer und den Kindern in einem Wohnhaus am 111 Transcontinental Drive. Kurz darauf ließen sie sich auf der anderen Seite des Flusses in Algiers nieder, in einem Haus in der 509 Wagner Street, das sie mit finanzieller Unterstützung seiner Eltern gekauft hatten. Burroughs verbrachte seine Zeit hauptsächlich damit, zu trinken und jungen Männern nachzustellen. Er schaffte es jedoch, sich vom Heroin fernzuhalten, vor allem, weil er nicht in der Lage war, die Regeln der Junkie-Szene von New Orleans zu entschlüsseln. Sex war leichter zu bekommen. »Im French Quarter gibt es mehrere Queer-Bars, die jede Nacht so voll sind, dass die Schwuchteln auf den Bürgersteig schwappen«, sagte er.[45]

Schließlich brachte er es mit Hilfe des ortsansässigen Süchtigen Joe Ricks (in *Junkie* »Pat« genannt) fertig, völlig abzudrehen. Als Jack Kerouac Burroughs Anfang 1949 besuchte, fand er ihn in einem Zustand derartiger Verwirrung vor, dass er nach etwa einer Woche abreiste, weil er die desolaten Zustände im Haus nicht mehr ertrug. Auch Vollmers verwahrlostes Äußeres schreckte ihn ab: leblose Augen, geschwollenes Gesicht und ein Hinken, das von ihrer Polio-Erkrankung herrührte. Im April geriet Burroughs erneut in Konflikt mit dem Gesetz und wurde verhaftet, weil seine Freunde erwischt wurden, als sie im zugedröhnten Zustand mit seinem Auto fuhren, was eine Hausdurchsuchung in der Wagner Street zur Folge hatte, bei der die Polizei Schmuggelware und einige Handfeuerwaffen fand. Wieder einmal zahlten Burroughs' Eltern die Kaution und holten ihn aus dem Gefängnis, doch jetzt hatte er genug von der Strafverfolgung in Amerika, die seiner Meinung nach zu drakonisch war. Vollmer beschrieb die Situation in einem Brief an Kerouac vom 13. April 1949:

> Ich weiß nicht, was wir machen werden – wahrscheinlich irgendeine Kreuzfahrt oder für den Anfang eine Reise nach Texas. Was danach geschieht – vorausgesetzt, Bill kommt vor Gericht davon –, ist schwer zu sagen. New Orleans wäre wohl nicht ratsam, da ein zweites vergleichbares Vergehen nach den Gesetzen von Louisiana eine schwere Straftat darstellt und automatisch sieben Jahre Staatsgefängnis nach sich zieht. Texas ist fast genauso schlimm, da eine zweite Verurteilung wegen Trunkenheit am Steuer dort in etwa auf ein gleiches Strafmaß hinauslaufen dürfte. N.Y. scheidet fast sicher aus – größtenteils wegen familiärer Einwände … Das macht die Sache für Bill ziemlich schwierig; mir ist es egal, wo ich lebe, solange ich bei ihm bin.

Vollmer und die Kinder folgten Burroughs schließlich nach Mexiko. In den Monaten vor ihrem Tod rutschte sie weiter in den Alkoholismus ab und ihr einst so verführerisches Gesicht wirkte weit über ihre siebenundzwanzig Jahre hinaus gealtert. Burroughs hatte bereits seine unglückliche Romanze mit Lewis Marker begonnen und machte sich daran, in den Kneipen der Gegend für Remmidemmi zu sorgen. Seine problembeladene Frau kümmerte sich nach Kräften um die gemeinsamen Kinder, die Tequilaflasche immer in Reichweite.

Im Frühjahr 1951 ging Burroughs mit seiner *loco*-Masche mehr als einmal zu weit und musste sich sogar von einem mexikanischen Polizisten die Schusswaffe abnehmen lassen, weil er sie betrunken auf Barbesucher gerichtet hatte. Es scheint, als hätte bei Burroughs eher der Alkohol als der Junk zum Kontrollverlust geführt. Könnte es sein, dass es den Wilhelm-Tell-Schuss nie gegeben hätte, wenn Burroughs zugedröhnt gewesen wäre?

Schon lange vor dem verhängnisvollen Abend ballten sich am Horizont unheilvolle Wolken zusammen. Lucien Carr tauchte im August mit Allen Ginsberg auf, und manche glauben, dass Vollmer nach einer kurzen Affäre mit Carr die Scheidung eingereicht hat. Aber Burroughs und Vollmer versöhnten sich schnell wieder, und er blieb bei der Behauptung, keine echten Eheprobleme mit Joan durchlitten zu haben – abgesehen von der Tatsache, dass er homosexuell und drogensüchtig war und sie alkoholkrank und infolge ihres anhaltenden Benzedrin-Missbrauchs allgemein gesundheitlich angeschlagen. Dennoch blieb die Verbindung, die sie zu Beginn ihrer Beziehung hatten – diese Telepathie, die Vollmer so liebevoll beschrieb –, bis zu ihrem Tod intakt.

Carrs Besuch, der stattfand, während Burroughs mit Marker durch den Dschungel reiste, war ebenso Provokation wie Wiedersehen. Was er darüber später in Howard Brookners *Burroughs: The Movie* (1983) sagte, lässt an Rock-'n'-Roll-Bestien wie Lou Reed oder Jim Morrison denken. »Joan und ich waren oft schwer betrunken im Auto unterwegs, und einmal konnten wir nur weiterfahren, wenn ich mich hinlegte und aufs Gaspedal drückte, während sie mit ihrem heilen Bein Bremse und Kupplung bediente«, so Carr. »Es war ein ziemlich irrer Trip, aber Joan und ich fanden es sehr lustig. Allen, glaube ich, war anderer Meinung, und die Kinder fanden es sicher nicht spaßig.« Ginsberg erinnerte sich, dass Carr »um Haarnadelkurven lenkte und sie ihn anfeuerte: ›Wie schnell kann diese Kiste fahren?‹ Die Kinder und ich kauerten derweil voller Angst auf dem Rücksitz.«

Man ist versucht, Vollmers Verhalten als eine Episode ihrer Todessehnsucht zu sehen, eine weitere in einer Reihe, die mit dem Schuss aus der Pistole ihres Mannes endete. Diese Ansicht vertrat Ginsberg, um einen Sinn in dem Mord zu sehen: »Ich habe immer gedacht, dass sie [Burroughs] irgendwie dazu herausgefordert hat ... dass sie ihn in gewisser Weise benutzt hat, um ihr irdisches Dasein zu beenden. Ich glaube nämlich, sie hatte große Schmerzen.«[46] Burroughs akzeptierte Ginsbergs Erklärung nicht und sagte dem Biografen Morgan in den 80er-Jahren: »Ich werde nie ganz verstehen, was passiert ist. Allen hat es immer als Selbstmord dargestellt, dass sie mich gereizt hat, ihr sozusagen dabei zu helfen. Aber ich akzeptiere diese Ausrede nicht. Ganz und gar nicht. Ganz und gar nicht.«

Verlust kann Menschen dazu bringen, sich an alle möglichen fragwürdigen Ideen zu klammern. Man denke nur an die besessenen Fans von Kurt Cobain, die wirklich glauben, Courtney Love habe jemanden angeheuert, ihn zu töten. Es ist kaum überraschend, dass Burroughs' Freunde, Liebhaber, Kollegen, Biografen und Leser versucht haben, in der grausamen Tat einen höheren Sinn zu erahnen. Doch bei aller Spekulation durchschauen wir weiterhin nicht, was Burroughs veranlasst haben mochte, die Frau zu erschießen, die doch, allem Anschein nach, seine Verbündete und Partnerin war.

1953 schrieb Burroughs an Ginsberg und sprach dabei einen merkwürdigen Moment mit seinem Jugendfreund Kells Elvins an, der sich zur Zeit der Tragödie ebenfalls in Mexiko City herumtrieb. »Habe ich dir erzählt, was Kells in der Nacht von Joans Tod geträumt hat?«, schrieb Burroughs. »Natürlich bevor er wusste, was geschehen war. In seinem Traum kochte ich etwas in einem Topf, und als er fragte, was es war, sagte ich ›Hirn!‹. Ich hob den Deckel und präsentierte, was wie ›eine Masse weißer Würmer‹ aussah.« Das

Ausmaß seiner Schuld entzog sich Burroughs. Wie er in demselben Brief an Ginsberg sagte:

> Und da ist noch etwas. Die Idee, ihr ein Glas vom Kopf zu schießen, war mir nie bewusst in den Sinn gekommen, bis ich – soweit ich mich erinnern kann – (natürlich war ich sehr betrunken) aus heiterem Himmel sagte: »Es wird Zeit für unsere Wilhelm-Tell-Nummer. Setz dir ein Glas auf den Kopf, Joan.« All diese Vorsichtsmaßnahmen, als ob ich es wie der ursprüngliche Wilhelm Tell tun müsste. Warum, statt nur vorsichtig zu sein, die Idee nicht aufgeben? Warum eigentlich nicht? In meinem jetzigen Gemütszustand habe ich Angst, zu tief in die Materie einzusteigen. Aus sechs Fuß Entfernung habe ich konzentriert auf die Oberkante des Glases gezielt.

All Apologies

Chaos und Verwirrung beherrschten die Zeit danach. Burroughs änderte seine Geschichte mindestens viermal, und die Zeitungen hatten ihr gefundenes Fressen. Burroughs' Bruder Mort Jr. reiste an und sorgte für Irritation unter seinen Freunden. Bernabé Jurado, der aalglatte Anwalt, der ihn vertrat, hatte Erfahrung mit der Kultur der Bestechung und Bestechlichkeit in Mexiko City. Haben Burroughs' Eltern gezahlt, um ihn herauszupauken? James Grauerholz kommt zu dem Schluss, dass sie wahrscheinlich eine erkleckliche Summe aufbrachten, um vom Ballistikexperten bis zu den Vertretern der Anklageerhebung auf jeden einzuwirken, ohne deshalb notwendigerweise Einfluss auf das Urteil nehmen zu können.[47] Burroughs' Strafmaß liegt in einem Bereich, der nicht nur in Mexiko, sondern auch in vielen Teilen der Vereinigten Staaten üblich ist. Die zweijährige Bewährungsstrafe erscheint angesichts der Schwere des Verbrechens als gering. Das bedeutet jedoch nicht, dass Burroughs unter seiner Tat nicht gelitten hätte. Tatsächlich verfolgte sie ihn bis zu seinem eigenen Ende. Am 27. Juli 1997, nur fünf Tage vor seinem Tod, nahm er in seinem Tagebuch Bezug auf Joan. Seine Reue ist offensichtlich: »Warum, wer, wo, wann, kann ich sagen – Tränen sind wertlos, wenn sie nicht echt sind, Tränen aus der Seele und den Eingeweiden, Tränen, die schmerzen und brennen und zerreißen. Tränen über das, was war …«[48]

Burroughs wurde in Abwesenheit wegen Totschlags angeklagt und entging so einer schweren Strafe, die unsere Welt einer bedeutenden literarischen Stimme hätte berauben können. Und doch ist seine Schuld an Vollmers Tod unbestreitbar, selbst wenn hinter der Tat keine Absicht steckte. Aber was, wenn Absicht gar keine Rolle spielt? Burroughs war für die Tat verantwortlich. »Im magischen Universum gibt es keine Zufälle und *keine Unfälle*«, sagte er.[49] Eine Kugel verlässt die Kammer und verfehlt ihr Ziel nur knapp. Das Tonbandgerät spielt die Schleife wieder ab: vorwärts, rückwärts; rückwärts, vorwärts. Die Kugel findet vom Laufende her zurück in die Kammer. Ein hagerer Mann kneift das Auge zu und zielt. Wieder rattert die Spule, die Szene entfaltet sich. Rückwärts. Vorwärts. Die Waffe fixiert ihr Ziel. Die Frau dreht den Kopf. Ein Schuss ertönt.

Schüsse markierten Kurt Cobains Lebensweg – zunächst setzten Nadeln diese Schüsse, dann folgte ein einzelner Schuss aus einem eilig beschafften Gewehr. In der düsteren Vorahnung des eigenen Endes wurde Cobain bei seiner letzten Fotosession in Paris mit einer Handfeuerwaffe am Mund abgebildet, eine Idee, die offenbar von ihm stammte. Die Bilder, die im Februar 1994 aufgenommen wurden, passen schmerzlich gut zu denen vom 5. April 1994, als die Welt Cobains Turnschuhfuß erblickte, der aus dem Gewächshaus seines Hauses am Lake Washington ragte. Cobain hatte sein kurzes Leben beendet, und zwar, wie die Ermittler konstatierten, mit einem Kopfschuss aus einer Schrotflinte.

Hätte Cobain andere Entscheidungen getroffen, wenn er Burroughs nicht begegnet wäre? *Junkie* – ursprünglich 1953 unter dem Pseudonym William Lee veröffentlicht – ist immer noch der Goldstandard für Heroinreportagen. Das Buch und sein Autor wurden dafür kritisiert, die Sucht zu verherrlichen, ein Vorwurf, den Burroughs stets zurückwies. Wie sein Freund und Mitarbeiter

Victor Bockris sagt: »Er stellte sich eine Lebensweise vor, die er in seinen Büchern zu vermitteln versuchte, und er bemühte sich auch, diese so exakt wie möglich vorzuleben.«[50] Cobain räumte ein, dass auch Burroughs ihn inspiriert hatte, Heroin zu probieren: »Als ich in meiner Jugend einige seiner Bücher las, habe ich vielleicht einen falschen Eindruck gewonnen. Vielleicht dachte ich damals wirklich, es wäre irgendwie cool, Drogen zu nehmen. Ich kann diesem Einfluss nicht die Schuld geben, es war eher dieser ganze Rock-'n'-Roll-Mix – du weißt schon, Keith Richards und Iggy Pop und all die anderen Leute, die Drogen nahmen.«[51]

Bemüht, die eigenen Beweggründe für den Drogenkonsum zu ergründen, erforschte Burroughs »die Algebra des Verlangens«, wie er die unzähligen Gleichungen der Abhängigkeit nannte. »Es darf natürlich gefragt werden: Warum haben Sie jemals Rauschgift probiert?«, schrieb er in *Junkie*. »Warum haben Sie es lange genug genommen, um süchtig zu werden? Man wird rauschgiftsüchtig, weil man in anderer Richtung keine starke Motivation spürt.«

Cobain spürte Motivationen in anderer Richtung: Sie betrafen unter anderem seine Frau und seine kleine Tochter, aber, aus welchem Grund auch immer, sie waren nicht stark genug. Man könnte Kindheitstraumata, die Sucht und die Belastung durch den Ruhm für seine letzte Entscheidung verantwortlich machen – die aber auch in seinem anrührenden und weitschweifigen Abschiedsbrief nicht plausibel wird. Müßig, sich zu fragen, wohin ihn seine Talente gebracht hätten, wäre er unter uns geblieben. Wir werden es nie erfahren. Burroughs gelang es zu überleben, und er produzierte einen Berg von Werken, die die Fantasie von Künstlern vor und nach Cobain beflügelt haben. Aber wer ist der Mann hinter dem Symbol Burroughs? Hat die Figur, die Kurt Cobain, Patti Smith, David Bowie, Lou Reed, Thurston Moore und viele andere bewunderten, etwas mit dem echten William S. Burroughs gemein?

Burroughs' Beziehung zur Musik war wie ein in Bernstein gefangener Tausendfüßler – eingefroren in der Zeit. Bei der Zusammenstellung des Soundtracks für *Burroughs: The Movie* wollte Grauerholz Songs verwenden, die Burroughs kannte und mochte. Er holte sich Hank O'Neal zu Hilfe, einen versierten Musikproduzenten, Autor, Fotografen und ehemaligen CIA-Agenten. O'Neal nahm schließlich ein paar Kassetten für Burroughs auf. »Wir hörten sie immer auf der Fahrt zur Methadonklinik«, sagt Grauerholz. Auf den Kassetten waren beliebte Künstler von damals zu hören, darunter Wendall Hall und Max Morath. »Diese kalten grauen Morgenstunden … er ist gerade erst aufgewacht und schnieft. Wir hörten uns diese Kassetten an, und es erklang ein Echo aus den 1920er-Jahren: ›Please don't be angry, 'cause I was only teasing yoooou …‹ Und diese Musik stammte ursprünglich von einer 78er. Er besaß einen Victrola-Plattenspieler. Er war wahrhaft ein Geschöpf des neunzehnten Jahrhunderts.«[52]

Angesichts solcher Vorlieben gehörte Burroughs wohl kaum zur Zielgruppe von Nirvana. Aber er hegte eine Schwäche für den Bandleader. Zu Cobains siebenundzwanzigstem Geburtstag am 20. Februar 1994 schickte Burroughs ein Foto von Kurt im Inneren des Orgon-Akkumulators, das er an einem seiner Bilder befestigt hatte. Die Notiz in krakeliger Handschrift lautete: »Für Kurt, alles Gute zum 27. Geburtstag und viele, viele weitere Jahre. Von William S. Burroughs.« Weniger als zwei Monate später war der junge Star tot. Im Zuge der Tragödie sinnierte Burroughs über ihr Treffen und Cobains Entscheidung, sich das Leben zu nehmen. »Woran ich mich erinnere, ist die todesgraue Färbung seiner Wangen«, bemerkte er. »Es war kein Willensakt von Kurt, sich selbst zu töten. Nach meinem Dafürhalten war er bereits tot.«[53]

Wie Christopher Sandford in der Biografie *Kurt Cobain* schreibt, versuchte Burroughs, betroffen vom gewaltsamen Ende des Musikers, Kurts Texte zu deuten: »Es war ergreifend zu erleben, wie der 80-jährige Autor, dem Tragödien nicht fremd waren, Cobains Songs nach Hinweisen auf den Selbstmord durchforstete. Am Ende fand er nur die ›allgemeine Verzweiflung‹, die er schon bei ihrem einzigen Treffen wahrgenommen hatte.« Cobains Abschiedsbrief beweist seine intensiven empathischen Gefühle: »In jedem von uns steckt etwas Gutes, und ich glaube, ich liebe die Menschen einfach zu sehr, so sehr, dass es mich zu verdammt traurig macht.«

Burroughs' eigener Abgang sollte drei Jahre später folgen. Seinen letzten Tagebucheintrag machte er am 30. Juli 1997, nur drei Tage, bevor er an den Komplikationen eines Herzinfarkts starb. Dieses letzte Testament weist einige Ähnlichkeiten mit dem des Musikers auf: »Es gibt kein endgültiges Genug an Weisheit, an Erfahrung – an irgendeinem Scheiß. Keinen Heiligen Gral, kein finales Satori, keine Lösung. Nur Konflikt. Das Einzige, was den Konflikt lösen kann, ist Liebe, wie ich sie für Fletch und Ruski, Spooner und Calico empfand. Reine Liebe. Was ich für meine Katzen empfinde, früher und heute. Liebe? Was ist sie? Das natürlichste Schmerzmittel, das es gibt. LOVE.«

Subterranean Homesick Burroughs

Da die Musik mit dem ganzen Körper wahrgenommen wird, kann sie einem Organismus zur Kommunikation mit einem anderen dienen. … Agent besucht ein Konzert und bekommt dort seine Anweisungen.[54]

WILLIAM S. BURROUGHS, *Western Lands*

Simple Twist of Fate

Im Jahrzehnt nach der Veröffentlichung seiner ersten Bücher ließen sich erstmals Musiker von Burroughs' Arbeit und seinem Lebensstil beeinflussen. Bob Dylan etwa, der Burroughs 1965 kennenlernte, als er sich anschickte, die Sprache des Rock 'n' Roll neu zu formen und sie mit neuer erzählerischer Kraft auszustatten, ohne ihr das Ungehobelte und Wilde zu nehmen. Was einst ein Teenie-Bopper-Phänomen war, Musik, die es auf amerikanischen Highschool-Tanzveranstaltungen, sogenannten *sock hops,* zu hören gab, entwickelte sich bald zu einer Religion der Rebellion, praktiziert von Menschen auf der ganzen Welt. Gäbe es einen Altar, würde darüber Burroughs' Porträt prangen. Doch bevor er zum Schutzpatron der Outlaw-Künstler wurde, war Burroughs ein junger Mann, der seinen wildesten Wünschen nachging und sich in einem nervenaufreibenden Hazardspiel mit seinen persönlichen Dämonen vor Verantwortung und Rechenschaft drückte.

In der Zeit nach dem Tod seiner Frau machte Burroughs um Nordamerika zunächst einen großen Bogen. Erst 1953 begab er sich zum zweiten Mal auf die Suche nach der wirkungsstarken psychedelischen Pflanze, auf die er bei seiner Forschung auf dem Gebiet der Anthropologie gestoßen war. »Vielleicht ist Yage der endgültige Fix«, schrieb Burroughs am Ende von *Junkie*, seinem Debütroman, der im Jahr zuvor erschienen war. Die zweite Exkursion plante er genauso wie die erste, nämlich so gut wie gar nicht. Doch Burroughs' Philosophie des »do easy« – nämlich mit geringstmöglichem Aufwand ein bestimmtes Ziel zu erreichen – bescherte ihm die zufällige Begegnung mit einem freundlichen englischsprachigen Botaniker, der sich auf seltene bewusstseinsverändernde Pflanzen spezialisiert hatte und ihm Zugang zu Yage verschaffte. Ein lokaler Schamane bereitete den Sud der Liane für die Einnahme auf und diente als Führer für Burroughs' Reise ins Ich.

Burroughs' Korrespondenz mit Allen Ginsberg aus dieser Zeit – erstmals veröffentlicht 1963 als *The Yage Letters* – geht den sogenannten Acid-Tests voraus, die von dem Beat-Jünger Ken Kesey ins Leben gerufen wurden und bei denen ausgeflippte Hippies zu einem Live-Soundtrack von Grateful Dead groovten, angeleitet von Burroughs-Fan Jerry Garcia. Bis in alle Ewigkeit wird Musik dieser Ära mit den jungen Männern assoziiert werden, die nach Vietnam geschickt wurden, mit Bands wie Iron Butterfly und Vanilla Fudge, die den müden Soldaten, die in den Dschungeln Südostasiens einen unpopulären und brutalen Krieg kämpften, akustischen Bombast lieferten. Burroughs' eigene Tour durch die Tropen war zwar weniger bedrohlich, aber mit Sicherheit auch kein Zuckerschlecken. »Do easy« hatte seine Grenzen, und da Burroughs' grundlegende Pläne sich gerne in Wohlgefallen auflösten, verfiel er schon in den ersten Wochen in eine mürrische Stimmung. Nachdem er in Panama aufgehalten worden war und mit zänkischen Europäern auf einem engen Schnellboot festgesessen hatte, fiel Südamerika Burroughs bereits auf die Nerven, bevor er überhaupt Ecuador erreicht hatte. Wenigstens konnte er diesmal das begehrte Yage ausfindig machen.

In Briefen an Ginsberg bezeichnet Burroughs Yage als »die stärkste Droge, die ich je erlebt habe ... Sie bewirkt eine gänzliche Umnachtung der Sinne«. Die Einnahme war von starker Übelkeit begleitet, die Burroughs auf die allumfassenden, durch Yage verursachten Wahrnehmungsverzerrungen zurückführte. »Es entsteht ein eindeutiges Gefühl von Raum-Zeit-Reisen, das den Boden unter den Füßen beben lässt«, schrieb er. Seiner Meinung nach war das Erbrechen nicht auf fremdartige Gifte zurückzuführen, sondern auf die »Zeit-Raum-Reisekrankheit«. Unwohlsein hin oder her – für einen legendären Rausch nahm man das gern in Kauf. Burroughs war nun, um es mit Psychedelic-Rocker Jimi Hendrix zu sagen, »experienced«.

Als Burroughs zurückkehrte, checkte er bei seinen Eltern in Palm Beach ein, wo Mote und Laura einen Schnickschnackladen betrieben und sich um seinen Sohn Billy kümmerten, der zu einem frühreifen Sechsjährigen herangewachsen war und sich allmählich Gedanken über seinen abwesenden Vater machte. Ende 1953 verbrachte Burroughs dann mit dem Schriftsteller und Dramatiker Alan Ansen ein paar Wochen in Rom. Die Stadt war ganz und gar nicht nach seinem Geschmack, aber sie bot die Gelegenheit, das monatliche Taschengeld zu verprassen, das ihm seine Eltern immer noch schickten. Bald darauf zog es ihn der Langeweile wegen, doch auch aus Interesse an der Arbeit des Schriftstellers Paul Bowles, nach Tanger in Marokko, eine internationale Hafenstadt, die damals unter der gemeinsamen Verwaltung von Frankreich, Spanien und Großbritannien stand. Dort verbrachte Burroughs lange Tage und träge Nächte damit, sich zu bedröhnen, nach Sex zu suchen und die radioaktive Prosa zu kanalisieren, die zur Grundlage für sein bekanntestes Werk wurde: *Naked Lunch*.

Für die anderen Beatniks war vieles im Wandel. In der Zeit zwischen Joan Vollmers Tod und der Veröffentlichung von *Naked Lunch* im Jahr 1959 machten zwei Mitglieder des ursprünglichen Dreigestirns, Allen Ginsberg und Jack Kerouac, plötzlich von sich reden. Dies ebnete den Weg für andere Mitglieder des Stammes, Burroughs eingeschlossen. Bald sollte er zu einer wichtigen Stimme werden, deren schräge Vignetten die Grenzen dessen verschoben, was in der Literatur als akzeptabel angesehen wurde. Aber erst Ginsbergs Langgedicht *Howl (Das Geheul)* sorgte im ganzen Land für Aufsehen und läutete eine neue literarische Bewegung ein, die wiederum viele Rock 'n' Roller inspirierte. »Bei anderen angehenden Erneuerern und Rebellen hatte der Dichter intensive Träume von Transformation über die literarische Sphäre hinaus entfacht«, schreibt Simon Warner in *Text and Drugs and Rock 'n Roll: The Beats and Rock Culture.*[55]

Ginsbergs turbulente Verse erschienen ursprünglich 1956. Sie weckten gewaltiges Interesse, provozierten jedoch auch einige Kontroversen. Heutzutage ist schwer vorstellbar, dass ein Gedicht eine so intensive gesellschaftliche Wirkung haben kann, doch wegen seiner kompromisslosen Reflexion Generationen umfassender und zwischenmenschlicher Wandlungen war *Howl (Das Geheul)* der Beat-Startschuss, der um die Welt ging. Die nächste Salve folgte mit Kerouacs *On the Road* – einer Art Proto-GPS für rastlose Bohèmiens. Basierend auf den realen Abenteuern des Autors mit Neal Cassady, führt *On the Road* kreuz und quer durchs Land, wobei seine erlebnishungrigen Protagonisten einen Boxenstopp in Louisiana einlegen, um einen gewissen Old Bull Lee zu besuchen. Diese hochgebildete Figur mit ihrem von Drogen vernebelten Gehirn basierte natürlich auf Burroughs:

> Von Old Bull Lee zu erzählen, würde die ganze Nacht dauern, sagen wir vorläufig also nur, er war Lehrer, und es sei hinzugefügt, dass er alles Recht hatte zu lehren, weil er nichts anderes tat, als dauernd zu lernen. Und was er lernte, waren die Fakten des Lebens, wie er es nannte und wie er sie sah, und er lernte sie nicht nur aus Notwendigkeit, sondern aus eigenem Wunsch. Seinerzeit hatte er seine lange, hagere Gestalt quer durch die Vereinigten Staaten geschleppt, durchs halbe Europa, durch Nordafrika, nur um zu sehen, was da los sei; … es gibt Fotos von ihm, mit dem internationalen Kokain-Set der Dreißigerjahre – Typen mit struppigem Haar, die sich in den Armen liegen; es gibt auch andere Fotos von ihm, mit einem Panamahut, wie er auf die Straßen von Algiers blickt; … Er war Kammerjäger in Chicago, Barmann in New York, Gerichtsdiener in Newark. In Paris saß er an Cafétischen und sah mürrische Franzosengesichter vorbeiziehen. In Athen blickte er von seinem Ouzo auf und sah, wie er meinte, die hässlichsten Menschen der Welt. In Istanbul schob er sich

> durch die Mengen der Opiumraucher und Teppichverkäufer, auf der Suche nach den Fakten. In englischen Hotels las er Spengler und den Marquis de Sade. In Chicago wollte er einmal ein türkisches Bad überfallen, zögerte genau zwei Minuten zu lange bei einem Drink, erbeutete schließlich zwei Dollar und musste die Flucht ergreifen. All dies tat er nur um der Erfahrung willen.

Kerouac und Ginsberg erlebten als Berühmtheiten in der Nachkriegszeit alle Höhen und Tiefen, die Medienrummel und Skandale mit sich brachten. Ihr Leben hatte damals viel Ähnlichkeit mit dem eines Rockstars. Ginsberg kam mit der Aufmerksamkeit gut zurecht, doch Kerouac sträubte sich. 1957 war er in ein Haus in Florida gezogen – zusammen mit seiner frankokanadischen Mutter, die ihn nicht davon abhielt, sich ungestört zu Tode zu saufen. Ginsberg machte das Beste aus seiner wachsenden Rolle als kultureller Wegbereiter und intellektueller Vermittler, indem er half, zwischen der Beat-Generation und der aufkommenden psychedelischen 60er-Jahre-Bewegung mit ihrer Alles-ist-erlaubt-Einstellung eine Brücke zu schlagen. (Obwohl sie seine Bücher kauften und seine Lesungen besuchten, was ihm im Alter von fünfzig Jahren endlich zu finanzieller Unabhängigkeit verhalf, hatte Burroughs für Hippies wenig übrig.)

Während sich der Ruf der Beats festigte und ihr Einfluss zunahm, wuchs auch Burroughs' persönliche Fixierung auf Ginsberg. Auch wenn die beiden Männer einander sehr liebten, führte ihre Nähe nie zu einer festen Beziehung. Ginsberg wehrte sich gegen Burroughs' aufdringliche Versuche, eine »Seelenverwandtschaft« zwischen ihnen zu etablieren; der schmächtige und blasse Burroughs war körperlich einfach nicht sein Typ, und sein emotionales Getue schreckte ihn ab. Dennoch sah sich Ginsberg wegen seines tiefen Respekts für Burroughs' Talent am Anfang von dessen Karriere gezwungen, ihm als Assistent und Literaturagent zu dienen. Im Lauf der Jahre unterstützte Ginsberg Burroughs bei der Vorbereitung mehrerer Manuskripte, darunter das ausufernde und zutiefst experimentelle *Naked Lunch* – ein Werk, das Künstler von Bob

Dylan bis U2 beeinflussen sollte, wenngleich nur wenige von ihnen es von vorne bis hinten gelesen haben.

Born Under a Bad Sign

Es ist zweifelhaft, ob Burroughs' künstlerische Laufbahn erst begann, nachdem seine Kugel in Joan Vollmers Stirn eingedrungen war. In Wirklichkeit hatte er seit seiner Kindheit in St. Louis geschrieben, zumindest phasenweise. Als fantasiebegabtes, etwas sonderbares Kind fühlte sich »Billy« Burroughs dazu hingezogen, denn in seiner Vorstellung waren Schriftsteller exotische Typen mit gefährlichen Gewohnheiten und Bekanntschaften, die um die Welt reisten. Burroughs' frühestes veröffentlichtes Werk hat wenig Ähnlichkeit mit der schonungslosen Prosa, für die er später bekannt werden sollte. »Personal Magnetism« hieß sein Beitrag in der Literaturzeitschrift der John Burroughs School (keine Verwandtschaft) von 1929. Der Text klingt so gequält, wie man es von einem überdurchschnittlich begabten Fünfzehnjährigen erwartet, der darum kämpft, dazuzugehören. Aber das Thema, die Verwendung geheimer Techniken zur Manipulation der Gedanken, entspricht bereits ganz und gar William S. Burroughs:

> »Sind Sie schüchtern? Unsicher? Nervös? Verlegen? Wenn ja, schicken Sie mir zwei Dollar, und ich erkläre Ihnen, wie Sie andere mit Blicken kontrollieren, Ihr Gesicht zwanzig Jahre jünger erscheinen lassen oder gewisse orientalische Geheimnisse anwenden können. Außerdem liefere ich Ihnen Informationen zu Dutzenden anderer lebenswichtiger Themen.«
>
> Ich bin weder schüchtern noch sonst etwas in der Art, aber ich wüsste gerne, wie man andere mit Blicken kontrolliert (besonders meinen Lateinlehrer). Also schnitt ich den Coupon aus und fühlte mich von dem Angebot mit jeder Minute stärker angezogen.

Binnen einer Woche erhielt ich ein beeindruckendes rotes Buch mit riesigen magnetischen Strahlen auf dem Einband. Hoffnungsvoll schlug ich es auf und begann zu lesen. Leider! Es war eine Ansammlung wissenschaftlichen Gefasels, geschickt so zusammengestellt, dass der verwirrte Leser die Nutzlosigkeit des Inhalts nicht so leicht erkannte …

… Habe ich herausgefunden, wie man andere mit Blicken kontrolliert? Mit Sicherheit, aber ich hatte nie den Nerv, es auszuprobieren. So geht's: Ich sehe meinem Opfer direkt in die Augen und sage mit tiefer, ernster Stimme: »Ich rede, du hast zuzuhören«, dann intensiviere ich den Blick und sage: »Du entkommst mir nicht.« Sobald ich mein Opfer völlig unterworfen habe, sage ich: »Ich bin stärker als meine Feinde.« Weiche von mir, Satan. Stellen Sie sich vor, ich würde das an Mr. Baker testen!

In einem Punkt lag das Buch wohl richtig: Würde ich seinen Anweisungen folgen, stünde ich auf jeder Party im Mittelpunkt des Interesses. Und Mittelpunkt ist noch harmlos ausgedrückt!

Der Wunsch, andere zu kontrollieren, entstand aus seiner Unfähigkeit, sich anzupassen. Burroughs' Kindheit war geprägt von dem permanenten Gefühl des Andersseins, das ihn bewusst zu einem Verhalten bewegte, das die Kluft zu Familie und Gleichaltrigen nur noch vertiefte. Es war, als wäre etwas in ihn eingedrungen, das sich nicht beschreiben ließ, etwas, das ihn isolierte und entfremdete. Solche Empfindungen sind nicht einzigartig. Viele Menschen – kreativ oder nicht – kämpfen mit einem Gefühl des Abgetrenntseins, und das kann ein Leben lang zu Schwierigkeiten mit Eltern, Geschwistern, Klassenkameraden, Lehrern, Arbeitgebern, Kollegen, Freunden und Liebhabern führen. Wie Burroughs selbst bemerkte, schien ihn immer etwas zur Selbstsabotage zu treiben, sogar dann, wenn die Dinge gut liefen. Später führte er dieses Phänomen auf ein Wesen in seinem Inneren zurück, das er den »Ugly Spirit« nannte, doch als Kind fühlte es sich an wie ein schlichter Fluch.

Auch Flüche dienten in Burroughs' Leben einem praktischen Zweck: Sie boten Schutz gegen einen bedrohlichen Kosmos. Die irische Köchin der Familie praktizierte die Hexenkunst der Alten Welt, was den Jungen gleichermaßen faszinierte wie verschreckte. Sie war es, die ihm die Augen für das Konzept eines magischen Universums öffnete, in dem die Manipulation von Wörtern, Klängen und Objekten bewirken konnte, dass die Vorstellung eines Menschen zur Realität wurde. Die Köchin lehrte ihn den Fluch des »blinding worm« – ein Stück keltischer Volksmagie: Man durchsticht ein verschimmeltes Brot mit einer Nadel und vergräbt es anschließend unter dem Zaun eines Schweinepferchs. Dann folgte die Beschwörungsformel, die Burroughs seinem Biografen Ted Morgan vortrug: »Nadel im Faden, Nadel im Brot, Auge in der Nadel, Nadel im Auge, vergrabe das Brot tief im Pferch.«

Nicht nur von der irischen Köchin lernte Burroughs den einen oder anderen Fluch, sondern auch von seinem Kindermädchen Mary Evans – einer Frau, die seiner Behauptung nach ein Feuer entfachen konnte, indem sie einfach einen Befehl aussprach. Bis er vier Jahre alt war, hing er sehr an Evans, doch dann traumatisierte ein Zwischenfall mit ihr und ihrem Freund den Jungen so sehr, dass er die genaue Erinnerung daran verdrängte. Er war sich sicher, dass es sexueller Natur war, und er konnte sich an einige Details aus der Zeit vor und nach dem Ereignis erinnern. Alles begann mit einem Ausflug, den er mit Evans an einem ihrer freien Tage unternahm. Er fuhr mit ihr und ihrem Freund an irgendeinen entlegenen Ort. Sie gingen in den Wald, das Kindermädchen spornte ihn an. Der große Bruder Mort überlegte, ob sie der Mutter davon erzählen sollten ... Aber es fehlte noch so viel ... wie bei einer Geschichte, aus der man mit einer Rasierklinge Teile herausgetrennt hat. Hat es den Vorfall tatsächlich gegeben? Burroughs muss daran geglaubt haben. »Letztlich hat er das Ereignis wohl irgendwie verdinglicht«, sagte Grauerholz. »Als würde man Drogen nehmen und sich einer Hypnose unterziehen und sonst noch alles Mögliche anstellen, nur um irgendetwas herauszufinden. Weil man *irgendetwas* herausfinden *muss.*«[56]

Ob etwas passiert war oder nicht, Burroughs knüpfte daran sein Streben nach Selbsterkenntnis. Er wandte sich der Psychoanalyse und kurzzeitig auch Scientology zu, um die ihm nicht bewussten Gründe für seine Impulse zu finden. »Es geht darum, dass er sich sehr, sehr verletzlich fühlte«, sagte Grauerholz. »Er war das jüngere von zwei Kindern. Während sein älterer Bruder dem Vater sehr nahestand und in dessen Werkstatt mit Werkzeugen spielte, wurde William auf die Hände geklopft, sobald er eines anfasste. Wenn er Zeit mit seiner Mutter verbrachte, erzählte sie ihm Geschichten und die beiden hielten Séancen ab. Er war ein ausgeprägtes Muttersöhnchen.«[57]

Burroughs' notorisch schroffe Ansichten über Frauen erklären sich zu einem gewissen Grad aus seiner Erziehung, bei der er abwechselnd verhätschelt und ausgegrenzt wurde. »Es ist keine Frauenfeindlichkeit im eigentlichen Sinn«, sagte Grauerholz. »Und es handelt sich auch nicht um den verinnerlichten Selbsthass eines Schwulen. Seine Mutter Laura hatte ihn einfach zu abgöttisch geliebt. Natürlich hätte er es niemals auf sie geschoben, sondern eher auf die Frauen der Oberschicht im zentralen West End. Dr. Sensenys Frau zum Beispiel, die sagte: ›Das Kind ist ungesund. Es sieht aus wie eine wandelnde Leiche.‹«[58] Diese prägenden Erfahrungen waren die treibende Kraft hinter Burroughs' Versuchen, sich selbst zu verstehen und gleichzeitig zu entkommen. Genauso ging es den Musikern, die er beeinflusste – sie alle strebten mit jedem verfügbaren Mittel nach Transformation, sei es durch kreative Innovation, Drogenexperimente, okkulte Erkundungen, Körpermodifikationen oder eine Kombination all dieser Dinge.

Metamorphose ist ein zentrales Thema in Burroughs' Leben und Werk. Oft richtete er seine Bemühungen auf sich selbst, versuchte jedoch auch, die Außenwelt zu transformieren, indem er ihre Artefakte – also Text, Bild und Ton – zerschnitt, neu arrangierte und wiedergab. Burroughs' Ideen und Techniken lassen sich in vielen verschiedenen Kontexten anwenden, auch in der Musik. Aber natürlich braucht man dazu das richtige Werkzeug. Für Burroughs bestand dies aus Schreibmaschine, Tonbandgerät, Kamera, Schere und Stimme. Wir können es als Burroughs' heiliges Waffenarsenal betrachten, das er nutzte, um seine Visionen der Realität aufzuzwingen. Dabei handelt es sich um eine fundamentale okkulte Illusion. Indem Praktizierende Inspiration und Energie aus Symbolen, Siegeln, Rezitationen und aufgeladenen Objekten schöpfen, versetzen sie sich in nicht-normative Zustände, in denen ihr Wille – oder ihr Wunsch – in die alltägliche Welt projiziert wird, um dort Wirkung zu zeigen. Wie effektiv eine kreative oder magische Handlung ist, kommt auf ihr Ziel an. Ein Fluch braucht ein Ziel, so wie ein Kunstwerk ein Publikum benötigt. Ein Geschoss braucht ein Ziel. Und auf dem Weg zur Vollendung schließt sich der Kreis.

Burroughs' Experimente im »reality hacking« nahmen interessante Wendungen. In den frühen 70er-Jahren sorgte er angeblich dafür, dass ein Londoner Restaurant, in dem er sich schlecht behandelt gefühlt hatte, den Betrieb einstellte (ein Kunststück, bei dem er Tonbandaufzeichnungen eines Autounfalls abspielte und sie mit Alltagsgeräuschen auf dem Bürgersteig des Restaurants zusammenschnitt). Flüche wurden wesentlicher Teil seines kreativen und emotionalen Rüstzeugs und erlaubten ihm, Breitseiten gegen »Control« abzufeuern und sich gleichzeitig vor psychischen oder sogar physischen Verletzungen zu schützen (zumindest glaubte er das). Sie halfen ihm auch, die Verbindung zu dem Kind aufrechtzuerhalten, das er einst gewesen war – dem dürren Kind mit einer Vorliebe für Manipulation und exotische Abenteuergeschichten. Durch radikale Ausdrucksformen versuchte Burroughs, seine eigene Realität umzugestalten und dabei die Welt zu verändern. In seinem Fall funktionierte der Zauber: Nicht nur erschütterte er den Literaturbetrieb mit Donnerschlägen – dank der Künstler, die seine Ideen und Methoden weiterführten, erstreckte sich sein Einfluss auch auf breitere Kulturbereiche. Wie Patti Smith sagte: »Bei allem und jedem scheint es eine Verbindung zu William zu geben. Wenn man einen Film wie *Blade Runner* sieht, erfährt man, dass die Wortschöpfung von ihm stammt. Der Begriff ›Heavy Metal‹ wird auf ihn zurückgeführt … Es gibt so viele Formulierungen und Bandnamen, die aus Williams Arbeit stammen. Er ist fast eine Art Bibel.«[59]

Appetite for Destruction

Ist Burroughs' Einfluss gut oder schlecht? Die Antwort richtet sich vermutlich nach der Sichtweise des Betrachters. Nichtsdestotrotz ist es bezeichnend, dass sich so viele Künstler von der Arbeit, dem Lebensstil, der Einstellung und dem Intellekt von Burroughs angesprochen fühlten. Musiker sind oft Außenseiter, die ähnlich wie Burroughs darum kämpfen, dazuzugehören. Was sie ausdrücken, kann intensive Sehnsucht sowie starke Entfremdung der romantischen, sozialen und spirituellen Art hervorrufen. Bis zu einem gewissen Grad sind diese Befindlichkeiten universell. Schließlich fühlt sich auch, wer viele Freunde und Bewunderer hat, manchmal einsam oder unterdrückt. Bei jungen Menschen können sich solche Emotionen aufstauen, bis sie von dem Drang beherrscht werden, aus voller Kehle zu schreien. Das ist genau der Impuls, aus dem der Rock 'n' Roll entstanden ist: der Wunsch, sich zu wehren, abzulehnen, Grenzen zu überwinden. Die Exzentriker und Taugenichtse, die diese Musik machen, sind Outlaws von eigenen Gnaden. Aber auch Antihelden haben Helden, und für eine bestimmte Gattung von Künstlern – darunter Bob Dylan, Patti Smith, Lou Reed und Thurston Moore – ist William S. Burroughs der Paladin.

Künstler pflegen oft einen Lebensstil, der durch Wohltätigkeit oder auch Verzweiflung ermöglicht wird: Überleben mit allen Mitteln. Manchmal sind es Vorschüsse von Plattenfirmen. Manchmal sind es Drogenhandel und Zuhälterei. Manchmal ist es ein schnöder weißer Umschlag, begleitet von einem Brief leidgeprüfter Eltern. Künstler neigen auch dazu, von Zwängen getrieben zu sein, was ihre Produktivität fördern kann. Die Kehrseite kreativer Verwirklichung ist die Selbstzerstörung; zum Beweis dafür betrachte man nur die lange Liste von Musikern und Musikerinnen, die vor ihrer Zeit gestorben sind – Opfer dieser und jener unbedachten Entscheidung oder Gewohnheit. Diese Impulse sind wahrscheinlich Teil der kreativen Erfahrung, seit Kunst zu einer populären Beschäftigung wurde. *The Imp of the Perverse* (*Der Dämon der Perversität*) heißt eine Geschichte von Edgar Allan Poe aus dem Jahr 1845. Sie beschreibt sehr detailliert den unbändigen Wunsch des Autors, genau das Falsche zu tun, nur weil er die Möglichkeit dazu hat. Das Bewusstsein des Erzählers für diese Dynamik ist eine ganz eigene Art von Folter – jeder Künstler, der sich selbst sabotiert, obwohl er Werke von unbestreitbarer Brillanz hervorbringt, ist mit diesem Phänomen vertraut.

Der zweifache Drang, sowohl zu erschaffen als auch zu zerstören, treibt viele Musiker an. Billie Holliday, Jerry Lee Lewis, Johnny Cash, Keith Richards, Lou Reed, Iggy Pop, Mark E. Smith, Shane McGowan, Amy Winehouse – sie alle bewegten sich auf dem schmalen Grat zwischen Euphorie und Zerstörung. »Every time I thought I'd got it made, it seems the taste was not so sweet«, singt David Bowie in »Changes« auf dem Album *Hunky Dory* von 1971. Und dann ist da noch Burroughs, der Schutzpatron aller, die zum richtigen Zeitpunkt das Falsche tun. Aber woher rührt dieser Drang? Burroughs glaubte, er sei in unserem Nervensystem fest verdrahtet, und zwar mit Befehlswörtern, auf die wir reagieren wie Pawlow'sche Hunde auf den Schlag einer Glocke. Wie er in *Der Job* beschreibt:

> Betrachten wir ein weiteres Paar Befehle, die sich widersprechen: ›einen guten Eindruck machen‹, ›einen schlechten Eindruck machen‹. Das bezieht sich auf viel elementarere Ziele. Jeder will einen guten Eindruck machen. Selbstachtung, Lebensunterhalt, sexuelle Befriedigung hängen davon ab, dass man einen guten Eindruck macht. Warum macht dann ein Mensch gerade dann, wenn er höchst verzweifelt versucht, einen guten Eindruck zu machen, den denkbar schlechtesten Eindruck? Weil er zusätzlich auch das Ziel verfolgt, einen schlechten Eindruck zu machen, eine Verhaltensweise, die unfreiwillig automatisch erfolgt. Dieses selbstzerstörerische Ziel ist eine solche Bedrohung für seine Existenz, dass er dagegen reagiert. Er ist sich vielleicht dieses negativen Ziels bewußt, zumindest teilweise, aber er kann sich nicht direkt damit auseinandersetzen. Das negative Ziel zwingt ihn, zu reagieren.[60]

Der Drang zur Selbstzerstörung ist mehr als schlechtes Benehmen oder Mangel an Selbstdisziplin. Der »Imp of the Perverse« ist einer der effektivsten Agenten von »Control«. Er nährt sich von der Versagensangst und der Abneigung dagegen. »Negative Ziele werden durch die Furcht eingeimpft«, schrieb Burroughs.[61] Und die Angst wird durch Worte und Symbole gefestigt, die in einer sich wiederholenden – wenn auch nicht unbedingt vorhersehbaren – Weise präsentiert werden. Burroughs verweist auf antike Eliten, die den Kalender als Mittel nutzten, den Eindruck göttlicher Allwissenheit zu erzeugen. Priester der Maya vermochten scheinbar, jedes astrologische oder landwirtschaftliche Ereignis vorherzusehen, und erweckten damit beim Volk den Eindruck von Allwissenheit. Burroughs stellte sich vor, die moderne Gesellschaft könnte in ähnlicher Weise durch elektronische Medien gesteuert werden, deren Inhalte von Computern auseinandergeschnitten und neu gruppiert werden, um eine maximale psychische Wirkung zu erzielen, ähnlich wie bei heutigen Memes. »Ich vertrete die Vorstellung, dass in der elektronischen Revolution ein Virus eine sehr kleine Einheit aus Wort und Bild ist«, sagte Burroughs.[62] Im Zeitalter der unmittelbaren Kommunikation wird die Angst zur Waffe und immer ansteckender. Aufgabe des Künstlers ist es seiner Meinung nach, diesen bösartigen Apparat mit den ihm verfügbaren Mitteln aus den Angeln zu heben.

Man ist versucht, das alles als die Fantasien eines drogensüchtigen Geistes abzutun. Aber Burroughs war ein ernst zu nehmender Student der mesoamerikanischen Anthropologie mit dem Schwerpunkt Linguistik, und die Studien nahmen einen Großteil seiner produktiven Zeit in Mexiko in Anspruch. Diese Untersuchungen ergänzen Burroughs' lebenslange Faszination für die Mechanismen von Macht und Massenbeeinflussung – von den Maya über Scientology bis hin zu Led Zeppelin mit ihrem bewusstseinserweiternden Hardrock. Letztendlich verstand Burroughs seine Mission als den Kampf gegen die Kräfte von »Control«. Kein Wunder also, dass sich so viele kreative Outlaws von ihm angezogen fühlten.

Sein Leben lang wurde Burroughs zunächst durch Drogensucht, Zusammenstöße mit dem Gesetz und Familiendramen sowie später durch eine scheinbar endlose Parade von Mitläufern von seiner Arbeit abgelenkt. Dennoch blieb er bemerkenswert konzentriert, verbrachte lange Stunden mit Schreiben und Überarbeiten, Träumen und Experimentieren. Darin fand er die wahre Freiheit. Kreatives Vertieftsein vertreibt ähnlich wie ein Orgasmus oder ein Drogenrausch vorübergehend weltliche Sorgen. Es gibt nichts mehr zu erreichen – das Werk ist Mittelpunkt und Umfang des eigenen Begreifens. In Trance können Künstler Energien kanalisieren, die stärker sind als sie selbst. Burroughs-Verehrer Jerry Garcia drückte es 1991 treffend aus: »Ich habe über Grateful Dead und unseren Erfolg nachgedacht. Und ich glaube, dahinter steckt eine Art Transformationsprinzip, denn wenn wir auf die Bühne gehen, wollen wir uns wirklich von gewöhnlichen Musikern in außergewöhnliche verwandeln, ausgestattet mit Kräften eines höheren Bewusstseins.«[63]

Burroughs' Werk ist sowohl Spiel mit der Transformation als auch Streben nach Unsterblichkeit. Er glaubte, dass Wörter auf einer Buchseite oder Töne von einem Tonband jenseits der Person, die sie dort platziert hat, ein Eigenleben annehmen. Für Burroughs ist der kreative Ausdruck Eintrittskarte in das Ewige, das er »the Western Lands« nannte:

> Personengebundene Unsterblichkeit ist in einem Körper nicht möglich, denn ein Körper existiert in der Zeit und Zeit ist endlich. Ein Schritt in Richtung sinnvoller Unsterblichkeit wäre, das Konzept der Trennung eines personengebundenen und damit unausweichlich sterblichen Egos aufzugeben. Das öffnet viele Türen. Dein Geist könnte in mehreren Körpern hausen, und zwar nicht nur als irgendein schrecklicher Parasit, sondern als hilfreicher kleiner Besucher.[64]

Burroughs' Bücher, Aufnahmen, Essays und Interviews sind diese »Körper«, in denen der Autor weiterlebt. Um Burroughs im Hier und Jetzt zu begreifen, muss man lediglich seine Worte lesen oder hören. Wenn der Tag kommt, an dem wir Bob Dylan verlieren (hoffentlich nicht in naher Zukunft), werden wir noch immer seine Begabung erleben können, indem wir eine seiner fast 400 Originalkompositionen abspielen. Im Wesentlichen geht es darum, dass große Kunst zeitlos ist, weil große Künstler etwas wagen. Das gilt mit Sicherheit für Burroughs ebenso wie für Dylan, denn beide haben sich ihre Zeitlosigkeit durch beharrliche Anstrengungen erarbeitet.

Es gibt ein Foto, das auf den gefährlichen Reiz der Kreativität hinweist. Darauf steht der junge Burroughs vor einer Wand mit der Aufschrift D-A-N-G-E-R. Das Streben nach künstlerischer Unsterblichkeit ist nichts für Halbherzige. Vielleicht ist das der Grund, warum wir es in Literatur und Musik gleichermaßen hochhalten. Allein durch seine Lebensweise war Burroughs' wohl dazu prädestiniert, Leitstern für Musiker zu werden, die bekanntlich gerne Grenzen sprengen – und sei es auf Kosten von körperlicher oder geistiger Gesundheit. Wie viele Rockstars haben für ihr »break on through« Drogen genommen? Wie viele sind am Okkulten interessiert? Wie viele waren in Gewalt oder Exzesse verwickelt? Mehr, als es Tage im Kalender der Maya gibt.

Fallout Boy

Der Weg zur künstlerischen Unsterblichkeit kann lang und beschwerlich sein, wobei die ersten Schritte oft in rebellischer Jugend gegangen werden. Als Teenager begehrte Burroughs gegen das System auf, als er auf der Los Alamos Ranch School in New Mexico eine »Freilufterziehung« erlebte, die teilweise an Kindesmisshandlung grenzte. Seine klassenbewusste Mutter, die einmal in einer Hausfrauenreportage im *Life Magazine* zu sehen war, hatte nämlich geglaubt, seine hartnäckigen Nebenhöhlenprobleme könnten gelindert werden, wenn er die letzten beiden High-School-Jahre in trockeneren Gefilden unter anderen wohlhabenden Burschen des amerikanischen Mittleren Westens verbringen würde. Mit fünfzehn war Burroughs, wie viele Jungen in diesem Alter, schlaksig und unbeholfen. Doch seine stahlblauen Augen zeugten von scharfer Intelligenz und einer gewissen Unnahbarkeit.

Burroughs kam 1929 auf die Boys School, wo er wie ein Stück Rindvieh gewogen und inspiziert wurde. Wer den Mann hinter dem Mythos verstehen will, muss sich mit Los Alamos beschäftigen, glaubt Grauerholz. »Von ›Ich bin der große und mächtige Oz‹ keine Spur«, sagte er. »Patti Smith verehrte den Großen Oz, und alle verehrten den Großen Oz. Dabei ist der kleine Mann hinter dem Vorhang in Wirklichkeit dieser Junge auf der Los Alamos Boys School.«[65] In die ärmliche Gegend von Los Alamos führte damals keine »Yellow Brick Road«; der US-Highway 501 sollte erst in den 70er-Jahren gebaut werden. Burroughs war nicht gerade beeindruckt von dem Campus mit seinen schlichten Bauten und der Langeweile, die von diesem Ort ausging. Er wäre es vielleicht gewesen, hätte er gewusst, dass die US-Regierung die Schule später kaufen würde, um sie als Standort für ihr streng geheimes Manhattan-Projekt zu nutzen.

Fast zwanzig Jahre nach Burroughs' Ankunft in Los Alamos erschütterte in den frühen Morgenstunden des 16. Juli 1945 eine mysteriöse Explosion die trostlose Landschaft New Mexicos und verängstigte und verwirrte die Einwohner. Militärs versuchten, die Leute zu beruhigen, indem sie behaupteten, Munition sei explodiert, doch da es Asche vom Himmel regnete, war dies eine schwer zu schluckende Erklärung. Tatsächlich hatte es auf dem nahe gelegenen Trinity-Testgelände eine nukleare Detonation gegeben, die den Moment markierte, in dem Amerika das Atom spaltete und die Menschheit in eine völlig neue Realität führte. Die Wissenschaftler in Los Alamos hatten dem Planeten einen gefährlichen Weg geebnet, auf dem es kein Zurück geben würde. »Kein Atomphysiker muss sich irgendwelche Sorgen machen, denn der Mensch wird seinesgleichen immer in Massen töten wollen«, kommentierte Burroughs dieses Ereignis.[66]

Man zerschneide ein Atom oder man zerschneide eine Textseite und warte ab, was passiert. »Wenn man in die Gegenwart schneidet, sickert die Zukunft durch«, pflegte Burroughs über die Cut-up-Methode zu sagen. Die Arbeit des erwachsenen Burroughs schockierte das Establishment der Literatur ähnlich wie die Trinity-Detonation die Bewohner von Los Alamos. Wie sich zeigte, ist »die Bombe« auch eine geeignete Metapher für das selbstzerstörerische Element einer Dröhnung. In dem Song »White Light/White Heat« von The Velvet Underground kommt die Intensität zum Ausdruck, wenngleich der »Fallout« unerwähnt bleibt:

> *White light, white light goin' messin' up my mind.*
> *White light, and don't you know it's gonna make me go blind.*
> *White heat, aww white heat, it tickle me down to my toes.*
> *White light, oh have mercy, white light have it goodness knows.*

Nicht nur eine Droge, auch Musik kann die Welt um uns verschwinden lassen. Eine energiegeladene Live-Performance oder ein aufregendes Album versetzt uns in sprachloses Staunen – so muss es auch den Beobachtern des Trinity-Atombombentests ergangen sein. Pilzwolken erblühen über einem schwarz-weißen Horizont. In kaleidoskopischen Soundexplosionen schickt Jimi Hendrix seine Töne in Höhen jenseits der Stratosphäre. Die Luft erzittert; wir werden von der Detonation verschlungen. Es fallen weitere Bomben, es folgen weitere Hits: 1959 *Naked Lunch*, 1964 die Beatles bei *Ed Sullivan*, 1965 Bob Dylan auf dem Newport Folk Festival, 1971 Patti Smith in der St. Mark's Church – jedes dieser Ereignisse erzeugte gewaltige kulturelle Schockwellen. Diese Kettenreaktionen wirken bis in die Zukunft, doch wir können jederzeit in die Vergangenheit zurückkehren, indem wir einfach das Band zurückspulen.

Burroughs' grundlegende Vorstellung von Zeitreisen sah so aus: Medien, die mit Assoziationen aus der Zeit ihrer Entstehung verbunden sind, können genutzt werden, um zwischen Vergangenheit, Gegenwart und Zukunft hin- und herzuspringen. Ereignisse lassen sich neu arrangieren oder sogar herausschneiden, vorausgesetzt, man verfügt über das passende Werkzeug und die richtige Denkart. Songs sind aufgrund ihrer wiederkehrenden Leitmotive und dadurch, dass sie Erinnerungen auslösen, ein besonders effizientes Mittel: »Durch Wiederholung und Neuanordnung musikalischer

Thematiken werden wir auf der Zeitschiene ständig vorwärts und rückwärts bewegt«, schrieb Burroughs.[67] Bob Dylan verstand Musik zweifellos als Vehikel für Zeitreisen; seine frühen Songs speisten sich aus wesentlich älteren Traditionen, von populistischen Folk-Hymnen bis zu den düster beschwörenden Balladen aus den Appalachen. Als die beiden einander 1965 persönlich kennenlernten, war Dylan bereit, der Vergangenheit den Rücken zuzukehren und sich auf die Zukunft einzulassen. Er wurde in nicht geringem Maße von Burroughs' visionären Techniken und seiner kreativen Furchtlosigkeit inspiriert.

Gotta Serve Somebody

Die kühnsten Schöpfer und Denker – Menschen wie Burroughs und Dylan – suchen permanent nach neuen Perspektiven, nach alternativen Arten des Seins, die sich anderen gegenüber in Form von Möglichkeiten ausdrücken lassen. Zunächst mag dieser Impuls lediglich der Wunsch sein, auszubrechen – ein Mittel, die Plackerei der täglichen Existenz zu überwinden, und sich etwas Größeres vorzustellen, von einer sinnvolleren Zukunft zu träumen. Damals in Los Alamos ersehnte der junge Burroughs nichts mehr, als seiner lähmenden Umgebung zu entkommen, doch zu jener Zeit waren seine Optionen begrenzt.

Burroughs' Tage im Camp waren streng reglementiert und begannen um 6:30 Uhr mit dem Weckruf »all rise«, woraufhin die Jungen zwei große Gläser eiskaltes Wasser hinunterstürzen mussten, bevor sie nach draußen gingen, um einen Tag voller anstrengender Aktivitäten zu absolvieren, die sie zu jungen Industriekapitänen abhärten sollten. Die Lektionen in Los Alamos basierten auf Überlebensfetischismus mit einer Prise Laissez-Faire-Ökonomie – eine Art Cosplay-Darwinismus für Männer, die sich nie um die nächste Mahlzeit sorgen mussten. Das Schulgeld war hoch, und Burroughs' Mitschüler waren Sprösslinge wohlhabender amerikanischer Familien, die sich diese Erziehung für ihre Söhne leisten konnten. Obwohl Burroughs zur oberen Mittelschicht gehörte – das Vermögen seiner Familie stammte aus dem Verkauf der letzten Firmenaktien für 200.000 Dollar kurz vor dem Börsencrash –, fühlte er sich unter den Mitschülern wie ein Bauerntrampel. Doch eines hatte er mit ihnen gemeinsam: eine gesunde Abneigung gegen staatliche Regulierung, die er als Affront gegen die natürliche Ordnung betrachtete. Politiker hatten kein Recht, sich in Aktivitäten der Leute einzumischen. Nicht, dass er jemand war, der sich gerne verausgabte – Burroughs sträubte sich gegen Freiübungen und Pflichtaufgaben für die Gemeinschaft. Eine Regel der Schule in Los Alamos besagte, dass die Jungen jeden Nachmittag zwischen 14:30 und 16:30 Uhr draußen bleiben mussten, unabhängig vom Wetter. Ein Klassenkamerad von damals berichtete Ted Morgan, Burroughs' Biograf, dass William einmal von heftigen Regengüssen bis auf die Knochen durchnässt in der Tür einer Campushütte stand und auf das Zeichen wartete, hineingehen zu dürfen.

In New Mexico begann Burroughs ein Leben voller Drogenexperimente. Im Alter von sechzehn Jahren, als er mit seiner Mutter, die zu Besuch gekommen war, und dem Schulkameraden Roger Scudder einen Ausflug ins nahe gelegene Santa Fe unternahm, stahl er sich davon und suchte eine Apotheke auf. Burroughs fragte den Mann hinterm Tresen nach Chloralhydrat – damals bekannt als K.o.-Tropfen. Wozu sollte ein Jugendlicher so etwas brauchen? »Um Selbstmord zu begehen«, krächzte er mokant.[68] Das hatte den Apotheker offenbar nicht beunruhigt, denn ein paar Tage später beobachtete Scudder, wie Burroughs von der Schulkrankenschwester gestützt über den Sportplatz begleitet wurde, wo er gerade zusammengebrochen war.

Burroughs geriet erneut in Schwierigkeiten, als er versuchte, sich an Henry Bosworth, einem seiner Lehrer, zu rächen, der ihm besonders zugesetzt hatte. Mit Schrecken entdeckte Bosworth eines Morgens nach dem Frühstück über dem Kamin eine Gipsfigur in Pfadfindermontur, aufgehängt an einer Miniatur-Galgenschlinge. An der Uniform war ein Schild befestigt: »Verdammt sei Bozzybitch.« War es ein Scherz oder ein Fluch? Bei Burroughs kann man sich nie ganz sicher sein. Hätte Bosworth nicht unter dem Verdacht gestanden, einen unangemessenen Umgang mit einer Schülerin zu pflegen, wäre Burroughs womöglich härter bestraft worden. Unbeeindruckt von den Ermahnungen benahm er sich weiterhin daneben. Während einer Exkursion nach Santa Fe wurde er sogar wegen Landstreicherei festgenommen, weil er sich auf der Suche nach Schnaps (zur Zeit der Prohibition) heimlich von der Gruppe entfernt hatte. Er verbrachte die Nacht in einer Gefängniszelle und wurde anschließend von dem zunehmend ungehaltenen Schuldirektor auf Bewährung gesetzt. Ein Outlaw war geboren.

Als er nach New Mexico verfrachtet wurde, hatten sich Burroughs' sexuelle Vorlieben bereits gefestigt. Dennoch fiel es ihm sein Leben lang schwer, gesunde Liebesbeziehungen einzugehen. Es war nicht so, dass er sich nicht wünschte, geliebt zu werden oder intime Begegnungen genießen zu können – er sehnte sich sogar verzweifelt danach. Doch aus irgendeinem Grund war er davon überzeugt, nicht liebenswert zu sein, was wiederum dazu führte, dass er sich zu Männern hingezogen fühlte, die seine Zuneigung nicht erwiderten. Entweder waren sie hetero oder vorwiegend hetero oder aus anderen Gründen nicht interessiert. Damit, dass er sich von Männern angezogen fühlte, hatte er seinen Frieden gemacht, aber seine Neigung, sich den Objekten der Begierde vollends zu unterwerfen, stand ihm im Weg. In Los Alamos ließ sich ein Junge zunächst auf ein Liebesspiel mit Burroughs ein, wies ihn dann jedoch zurück. Burroughs war umso besessener, je mehr sein Begehren auf Ablehnung stieß.

»Deshalb floh er nach anderthalb Jahren«, sagt Grauerholz.

> Er machte mit einem Jungen herum, der ihn anschließend outete und allen erzählte, »William Burroughs sei eine Schwuchtel.« Er führte Tagebuch, und es war gefüllt mit liebevollen Gedanken an Russ Faucett, einen Erben von Faucett Publishing … Faucett sagte: »Ich konnte ihn nicht aufhalten! Er ist verrückt nach so was!« Und daher floh William. Dann wartete er darauf, dass seine Sachen nach Hause geschickt wurden, und als der Koffer ankam, durchwühlte er ihn und

> warf alles hektisch beiseite. Als er das Tagebuch fand, vernichtete er die anstößigen Seiten, ohne sie auch nur anzuschauen.[69]

Burroughs' war zutiefst beschämt, so sehr, dass er fast ein Jahrzehnt lang nicht mehr schrieb.

Aufgrund dieses Ereignisses und anderer Demütigungen eignete sich die Los Alamos Ranch School für William S. Burroughs nicht mehr als Zufluchtsort. Auch St. Louis nicht – nicht mehr. Als er 1932 in Harvard angenommen wurde, sehnte sich Burroughs nach Autonomie und einem Tapetenwechsel. Vielleicht würde er unter den Tweedjacket-Trägern von Cambridge, Massachusetts, – später von zentraler Bedeutung für das aufkommende Revival der Folk-Musik – endlich ein Gefühl von Zugehörigkeit erfahren.

Most Likely You Go Your Way (and I'll Go Mine)

In Harvard, wo er 1936 seinen Abschluss mit Auszeichnung machte, verliebte sich Burroughs in Coleridge – der im Opiumrausch »Rime of the Ancient Mariner« gedichtet hatte. (Auch Dylan war von dem epischen Dichter angetan; die Existenz seiner sehnsuchtsvollen Ballade »If Not For You« haben wir nicht zuletzt Coleridges gefühlvollem »Frost at Midnight« zu verdanken.)[70] Burroughs' literarischer Horizont wurde in Harvard noch breiter. Es gab Kurse über Chaucer und Shakespeare, und T. S. Eliot hielt eine Vorlesung, die Burroughs in seinem ersten Studienjahr besuchte. Er war Mitglied des exklusiven Wohnheims Adams House, trat aber keinem Club bei und wurde von seinen Mitbewohnern als Außenseiter behandelt. Inzwischen hatte er sich daran gewöhnt, nicht dazuzugehören, und ging einfach seiner Arbeit nach. »Wenn Harvard mich in Ruhe lässt, lasse ich Harvard in Ruhe«, lautete Burroughs' Mantra.[71]

Entscheidend war, dass er nicht verhaftet wurde und es keine schriftlichen Verweise gab, die nach St. Louis geschickt wurden. Anstelle von Medikamenten stellte er Badewannen-Gin her. Die meiste Zeit verbrachte er einfach in seinem Zimmer, wo er las oder mit seinem Frettchen und seinem treuen .38er spielte. Der Revolver stand dann im Mittelpunkt eines Vorfalls: ein alarmierender Vorbote des tödlichen Schusses auf Joan Vollmer. Als er eines Tages im Wohnheim mit seinem Freund Richard Stern herumalberte, richtete Burroughs die Waffe, die er für nicht geladen hielt, auf den Bauch des jungen Mannes. Stern, ein Fechter, drehte seinen Körper geschickt weg, als Burroughs den Abzug drückte und direkt hinter der Stelle, wo Stern einen Moment zuvor noch gestanden hatte, ein Loch in der Wand hinterließ. Es gibt keinen Beleg, dass dieser Vorfall irgendeine Disziplinarmaßnahme nach sich zog. Später fiel Burroughs wieder ein, dass er zu Hause in St. Louis eine Kugel in die Kammer gesteckt hatte, und er schwor sich, nie wieder eine Waffe auf jemanden zu richten, ohne sicher zu sein, dass sie völlig leer war, es sei denn, er wollte sie benutzen.

Burroughs' Mangel an sexueller Erfahrung brachte ihn in peinliche Situationen. Als er in Harvard einmal mit seinen Kommilitonen abhing, rutschte ihm heraus, dass er dachte, Babys würden aus dem Bauchnabel von Frauen geboren. Seine Mitstudenten waren so freundlich, ihm alles zu erklären. Schließlich trieb sein Verlangen Burroughs in ein Bordell in St. Louis, wo er oberflächlichen Sex mit einer mütterlichen Frau hatte. In seinem letzten Studienjahr schaffte er es, eine sexuelle Erfahrung zu machen, die seiner Orientierung entsprach. Unglücklicherweise verpasste der Stricher Burroughs jedoch Syphilis. Es dauerte zwei Jahre, bis diese sich bemerkbar machte, und fast genauso lange, bis sie wieder verschwand. In der Zwischenzeit hatte er seinen Abschluss gemacht, schwänzte aber wegen des allgegenwärtigen Gefühls der Entfremdung die Entlassungsfeier. Seine Eltern schenkten ihm zum bestandenen Examen einen Europatrip mit einem Freund. Die beiden reisten über Paris und Wien nach Salzburg, wo sie auf einschüchternde Nazi-Braunhemden trafen. Schließlich landeten Burroughs und sein Begleiter in Kroatien (damals Jugoslawien), wo sie einer hippen Jüdin namens Ilse Klapper vorgestellt wurden, die in Dubrovnik jeden kannte, den man kennen musste. Burroughs fand sie erfrischend unprätentiös und witzig. Klapper zeigte ihm die Stadt, und er hatte eine so gute Zeit, dass er am Ende seines Urlaubs beschloss, in Wien Medizin zu studieren, obwohl er keine der traditionellen Voraussetzungen mitbrachte.

Um das Jahr 1937 war der Faschismus auf dem Vormarsch, begleitet von grassierendem Antisemitismus und der Diskriminierung Homosexueller. (Paradoxerweise leistete Burroughs' Onkel Ivy Lee – ein Innovator in Sachen »Krisenkommunikation«, dessen größter Kunde die Rockefeller-Familie war – in den Vereinigten Staaten Öffentlichkeitsarbeit für einen gewissen Adolf Hitler.) Klappers jugoslawisches Visum war nicht mehr lange gültig, und die beiden entschieden, es sei für sie das Beste, Europa für immer zu verlassen. Also brach Burroughs sein Medizinstudium ab (mit dem er sich ohnehin furchtbar schwertat) und heiratete die ältere Frau, um ihre Überfahrt nach Amerika zu sichern. Doch gleich nach der Hochzeit kehrte Klapper nach Jugoslawien zurück, und Burroughs ging wieder nach Cambridge, wo er zusammen mit seinem alten Freund Kells Elvins ein Haus mietete.

1939 bemühte sich Burroughs, Klapper dauerhaft aus Jugoslawien herauszuholen. Mit seinem White-Anglo-Saxon-Protestant-Charme überzeugte er die Einwanderungsbehörden davon, dass er Klapper aus Liebe geheiratet hatte, und so traf sie ein paar Wochen später in New York ein. Die beiden lebten getrennt, blieben jedoch befreundet und trafen sich privat, bis Burroughs' neuer Freund Jack Anderson mehr und mehr seiner Zeit in Anspruch nahm. Anderson war attraktiv und antiintellektuell, was bedeutete, dass er Burroughs nicht guttat. Außerdem schleppte Anderson Männer wie Frauen in ihr beengtes Quartier im Taft Hotel an der Seventh Avenue in der Nähe des Times Square und genoss lauten Sex mit ihnen. Das brachte Burroughs dazu, sich eine Geflügelschere zu kaufen und sich in einem Anfall eifersüchtiger Wut die Spitze des linken kleinen Fingers abzuschneiden. Anderson und er trennten sich schließlich für immer, was Burroughs in eine tiefe Depression stürzte, die anhielt, bis Allen Ginsberg in sein Leben trat.

Burroughs' selbstlose Ehe mit Klapper – die beiden ließen sich 1946 offiziell scheiden – und seine Selbstverstümmelung wegen

Anderson deuten auf ein verwirrtes, aber mitfühlendes Individuum, das dem Stereotyp des verbitterten Misanthropen widerspricht. Besonders in diesen frühen Jahren hatte er Kämpfe mit sich auszufechten. Schon als junger Mann bezweifelte Burroughs, dass ein Mensch tatsächlich die Kontrolle über sein eigenes Leben besitzt. Irgendwann vertrat er die Idee, das Universum selbst – alles, was wir sehen, fühlen, denken, tun oder berühren – sei eine Aufzeichnung. Aber aufgezeichnet von wem? Er sprach in diesem Zusammenhang von »Control«. Es leuchtete jedoch ein Silberstreif am Horizont: Wenn alles aufgezeichnet war, konnte es bearbeitet werden. Die eigene Kontrolle sei wiederzuerlangen, indem man das »Control«-Programm störte. Das war Burroughs' ganzer Lebensinhalt. Er nahm seine Mission ernst und bewaffnete sich sorgfältig. Neben seinem .38er waren die Schreibmaschine und das Tonbandgerät die Waffen, denen er vertraute. Als unerschrockener Agent war Burroughs weltweit im Einsatz, in Mexico City, Tanger, Paris, London und New York. Natürlich erforderte seine Mission eine Tarngeschichte, damit er nicht aufflog. Internationaler Homme de Lettres passte da gut.

Secret Agent Man

Nach dem Überraschungserfolg von *Naked Lunch* verwendete Burroughs fortan Cut-ups in seinen Texten. Die Technik prägte seine Nova-Trilogie der frühen 60er-Jahre: *The Soft Machine*, *The Ticket That Exploded* und *Nova Express*. Cut-ups dienten ihm als perfekte Waffe im Kampf gegen die Tyrannei des Wortes, und er konnte sogar seine eigenen Viren erschaffen. Die Tatsache, dass er ein Autor war, dessen Bücher veröffentlicht wurden, verschaffte ihm außerdem eine großartige Tarnidentität. Jetzt konnte er richtig loslegen. Er kam sich vor wie der Gangster Dutch Schultz, der undercover als G-Man arbeitete. Vielleicht war es auch andersherum. Wie auch immer, es gab einen Job zu erledigen. »Control« würde sich nicht selbst zerstören.

Was kaum jemand weiß, ist, dass Burroughs es fast in die CIA oder zumindest in deren Vorläuferorganisation geschafft hätte. Das

Office of Strategic Services, kurz OSS, war ein Nachrichtendienst, der anstößiges Material über Hitler und seine Kabale zusammentrug und immer abenteuerlichere Pläne schmiedete, um die Achsenmächte zu besiegen. Kaum zu glauben, aber wahr: Bevor Ginsberg half, Burroughs zum Schreiben von *Junkie* zu überreden, bevor der Obszönitätsprozess wegen *Naked Lunch* vielen der in vorliegendem Buch erwähnten Platten den Weg ebnete, und auch vor den Cut-ups und ihren digitalen Nachkommen, den Memes, gab es William S. Burroughs, den Möchtegern-Geheimagenten.

Bereits 1939 wollte Burroughs der Navy beitreten, wurde jedoch wegen schlechter Sehkraft und Plattfüßen abgelehnt. In seiner Verzweiflung wandte er sich an den American Field Service, aber der Kriegssanitätsdienst wies ihn ab, weil sein Mangel an außerschulischen Aktivitäten beim anwerbenden Offizier, einem Harvard-Mann, wenig Anklang fand. Dann erzählte ihm sein Vater von einem neuartigen Spionageregiment, das von einem gewissen Colonel William »Wild Bill« Donovan zusammengestellt wurde. Mit seinem Status als frischgebackener Ivy-League-Absolvent gelang es Burroughs, eine Audienz bei Donovan in Washington, D.C., zu ergattern. Sie kamen gut miteinander aus, und für einen kurzen Moment schien Burroughs auf dem besten Weg zu sein, ein echter Geheimdienstler zu werden. Bereit, Nägel mit Köpfen zu machen, stellte Donovan ihn seinem Direktor für Forschung und Analyse vor, ebenfalls ein Harvard-Mann. Burroughs drehte sich der Magen um, und das aus gutem Grund: Bei dem Offizier handelte es sich ausgerechnet um seinen ehemaligen Housemaster James Phinney Baxter, der weder Burroughs noch sein Frettchen mochte. Mit Baxters Ablehnung war Burroughs' Traum, Spion für die Vereinigten Staaten zu werden, geplatzt. Immerhin dürfen wir uns ausmalen, wie die Welt wohl ausgesehen hätte, wenn »Lee … Bill Lee« auf irgendeine Art James Bond ersetzt hätte, die berühmte Figur des Schriftstellerkollegen und ehemaligen Spions Ian Fleming.

In *The Soft Machine* schrieb Burroughs sich selbst in die Rolle des mutierenden Geheimagenten. Die zentrale Handlung des Buches, wenn man von einer solchen überhaupt sprechen kann, betrifft

Inspector J. Lee, der die Fähigkeit besitzt, sich nach Belieben zu verwandeln, und mithilfe einer selbst gebauten Zeitmaschine durch wabernde Realitäten reist. *The Soft Machine* rühmt sich der erstmaligen Verwendung des Wortes »Heavy Metal« und begeisterte Rocker wie Iggy Pop, der die Figur Johnny Yen in seiner durchgeknallten Straßenhymne »Lust for Life« erwähnt. Das Buch inspirierte auch eine Gruppe langhaariger, progressiver Rocker aus Großbritannien, sich nach dem Titel des Werks zu nennen. Der Anführer dieser Band, Daevid Allen, traf den Autor zum ersten Mal 1963 in Paris. »Burroughs engagierte mein Jazztrio, um an der Aufführung eines Auszugs aus seinem Buch *The Ticket That Exploded* mitzuwirken«, sagte Allen.[72] »Er war in ein Nonnenkostüm gekleidet und sprang zu Beginn der Show von einer riesigen Spritze.« Burroughs erteilte Allen die Erlaubnis, den Titel für seine Band zu verwenden, und gab ihm dazu den besten Rat, den er nach eigener Aussage je bekommen hatte: »Sitze immer auf gepackten Koffern, bereit zu gehen.«

Bringing It All Back Home

Wegen seiner Ablehnung durch den Geheimdienst am Boden zerstört, ging Burroughs wieder nach New York City, wo sein Vater ihm einen Job als Texter in einer um ihre Existenz kämpfenden Werbeagentur besorgte. Es war nicht gerade das, was er mit seinem Leben anfangen wollte, doch es gab ihm die Möglichkeit, im Spiel mit Worten das Verhalten der Massen zu beeinflussen. Nach dem Untergang der Firma arbeitete Burroughs nie wieder in der Werbebranche, aber man kann diese Erfahrung durchaus als prägend bezeichnen. Ähnlich wie beim Cartoonisten Robert R. Crumb, der als Grußkartenzeichner angefangen hatte und dessen spätere psychedelische Comics immer noch Spuren von dem enthielten, was er den »Fluch des Niedlichen« nannte, blieb auch an Burroughs etwas vom ungeschminkten Jargon der Madison Avenue haften. Werbetexte waren auch Dylan vertraut, der im Elektrogerätegeschäft seines Vaters mit Verkaufsslogans aufgewachsen war. Solche Erfahrungen färben leicht auf subtile und nicht ganz so subtile Weise ab. Man braucht nur den Text von »It's All Right, Ma« aus *Bringing It All Back Home* anzuschauen:

Disillusioned words like bullets bark
As human gods aim for their mark
Made everything from toy guns that spark
To flesh-colored Christs that glow in the dark
It's easy to see without looking too far
That not much is really sacred

Es mag paradox erscheinen, dass Bob Dylan und viele seiner Zeitgenossen den Materialismus kritisierten, während ihnen der Verkauf von Platten und Auftritte in Städten auf der ganzen Welt ein sehr gutes Auskommen bescherten. Wie Burroughs vielleicht sagen würde, gibt der Handelsreisende eine gute Tarnung ab.

Wer schon Schwierigkeiten hat, Burroughs' Texte zu verstehen, dem dürfte Dylan kaum leichter fallen. Robert Zimmerman, ebenfalls Sohn des Mittleren Westens, wurde sechs Monate, bevor die Vereinigten Staaten in den Zweiten Weltkrieg eintraten, am 24. Mai 1941 in Duluth, Minnesota, geboren. Er genoss eine ruhige und ereignislose Kindheit, so zumindest die offizielle Version. Wer mit Bob Dylan auch nur im Geringsten vertraut ist, weiß um seinen Ruf als Chamäleon und Rätselgestalt. Eine Antwort auf die Frage, ob es den »wahren Dylan« überhaupt gibt, oder wer dieser Mensch sein könnte, würde den Rahmen dieses Buches sprengen. Und doch steckt wie bei den meisten klassischen Helden auch hinter dem Künstler Dylan eine Entstehungsgeschichte, und bei seiner gibt es eine direkte Verbindung zu Burroughs. »Ich lernte Bob Dylan kennen, als er gerade in New York anfing«, sagte Burroughs 1982 in einem BBC-Interview. »Er sagte, er würde ein Star werden … Er schien seine Karriere sehr genau zu planen, und es hat funktioniert.«[73]

Dylan und Burroughs haben mehr gemeinsam als die Nähe zum Mittleren Westen. Ähnlich wie Burroughs, der von klein auf

Schriftsteller werden wollte, stellte der junge Dylan, der damals noch den Namen Robert Zimmerman trug, seine kreativen Ambitionen über alle anderen Bestrebungen.

»Ich wollte immer Gitarrist und Sänger sein«, sagte er 1985 zu Cameron Crowe. »Schon mit zehn, elf oder zwölf war das alles, was mich interessierte … Es war das Einzige, was mir wirklich etwas bedeutete.«[74] Laut dem Musiker Tony Glover aus Minnesota entdeckte Dylan Burroughs erstmals Ende 1959, als Glover ihm ein Exemplar von *Naked Lunch* lieh.[75]

Zwar sollte es noch einige Jahre dauern, bis sich der Einfluss auch in seinem Werk zeigte, doch es ist durchaus wahrscheinlich, dass die halluzinatorische Prosa des Buches den jungen Songwriter beeindruckte.

Nach seinem Highschool-Abschluss 1959 machte sich Dylan auf den Weg nach Minneapolis, wo er an der University of Minnesota studierte und nebenbei in Cafés in Dinkytown auftrat – damals eine Enklave für Künstler und Musiker, von denen sich viele zweifellos an den Beatniks orientierten. Das war die Zeit, als Dylan Aufnahmen von Big Bill Broonzy, Roscoe Holcomb und auch Leadbelly – auf den Kurt Cobain nach eigener Aussage von Burroughs aufmerksam gemacht wurde – für sich entdeckte. Laut Dylan war das Amerika der frühen 60er-Jahre »immer noch spießig bis zum Dorthinaus, nachkriegsmäßig und irgendwie fixiert auf graue Flanellanzüge, McCarthy und Rote, puritanisch und sehr klaustrophobisch«.[76] Alternativen zu finden, erforderte sowohl Hingabe als auch Fleiß. »Was auch immer an wirklich Wertvollem geschah, ereignete sich abseits von allem anderen und irgendwie versteckt«, bemerkte Dylan.[77] Er war besessen von dem neuen künstlerischen Underground, zu dessen Eckpfeilern Burroughs' Arbeit zählte. »Von ihm ließ ich mich ebenso sehr beeinflussen wie von Elvis Presley, Pound, Camus, T. S. Eliot, E. E. Cummings«, sagte er und verwies damit auf seine Schwäche für »Exilamerikaner, die sich in Paris und Tanger herumtrieben … Burroughs, *Nova Express* … das ließ alles andere weit hinter sich … Ich wusste aber, dass ich nach New York musste, davon hatte ich schon lange geträumt.«[78]

Wie Burroughs ist auch Dylan ein Spiegel: Wir sehen in seinem Werk, was wir sehen wollen, und manchmal auch das, was wir nicht sehen wollen. Dylan operiert unter mehreren Identitäten und scheint mit jeder Plattenveröffentlichung oder jedem Interview eine neue zu erfinden. Eines ist sicher: Der eifrige Nachahmer mit einer Vorliebe für die Eisenbahn, der 1961 zum ersten Mal nach New York kam, ist nicht der Künstler, der 1965 aus seiner Begegnung mit Burroughs hervorging. Zumindest nicht, wenn man den Unterschied zwischen *Bob Dylan*, seinem Debüt-Album von 1962, einer reizvollen, aber noch zurückhaltenden akustischen Folk-Platte, und *Highway 61 Revisited* sowie *Bringing It All Back Home* betrachtet, die beide in dem Jahr erschienen, in dem er Burroughs kennenlernte.

Greenwich Village war in den frühen 60er-Jahren eine Geburtsstätte der Kreativität, vor allem im Bereich Musik, wo die Klänge, die von der Lower East Side ausgingen – Jazz, Blues und Folk eingeschlossen – dazu beitrugen, Amerika in eine neue Ära zu leiten, in der sich eine breite, übergreifende und im Streben nach Fortschritt geeinte Bewegung gegen die Unterdrückung, die Vorurteile und die Ungerechtigkeiten früherer Jahrzehnte auflehnte. Dieser Trend setzte sich während des gesamten Jahrzehnts und darüber hinaus fort, wobei zahlreiche kulturelle, soziale und zivilgesellschaftliche Bereiche eine rasche Wandlung erlebten. Diese Revolution brauchte natürlich auch einen Soundtrack. Vor dem Aufkommen der psychedelischen Subkultur und der freien Liebe gab es das Fingerpicking auf der Gitarre und Harmoniegesang, der von der Härte des Lebens in Amerika und dem Durchhaltevermögen seiner Menschen erzählte.

Die rebellische Jugend der frühen 60er stand nicht nur auf Marihuana, sondern auch auf traditionelle amerikanische Musik – von Bluegrass und Balladen aus den Appalachen über Gospel & Spirituals und Delta Blues bis hin zu Protestsongs und Arbeiterhymnen. Die Kids waren verrückt nach dem, was für sie authentischer klang als der zuckersüße Pop mit seiner Fokussierung auf Beziehungen zwischen Jungen und Mädchen, der im AM-Radio zu hören war. Bald spielten dieselben Sender Lieder von Folk-Helden wie Peter, Paul and Mary und Shirley Collins. Das kam bei den Anhängern des amerikanischen Folk-Revivals, die sich als Teil einer kommerzfeindlichen Avantgarde sahen, nicht immer gut an. Was ihnen vorschwebte, war eine Revolution des menschlichen Geistes, eine Revolution, die Freiheit für alle Menschen anstrebte, unabhängig von Rasse und Klasse. Und ihre größte Hoffnung war ein Junge mit näselnder Stimme namens Bob Dylan.

Dylan enterte die Szene mit einer ramponierten Akustikgitarre und einer Stimme, die David Bowie später in seinem »Song For Bob Dylan« vom Album *Hunky Dory* (1971) mit »Sand und Leim« verglich. Das Stück ist sowohl Echo als auch Parodie einer frühen Dylan-Nummer, die dieser für Woody Guthrie geschrieben und auf seinem Debütalbum veröffentlicht hatte. Binnen weniger Jahre gelangte Dylan an einen kreativen Scheideweg. Er war wütend auf diejenigen, die ihm Grenzen setzen oder ihn in eine Form zwingen wollten. Burroughs' Lebensstil und sein intellektuelles Schaffen, all die schrägen Wortspiele und die Billy-the-Kid-Attitüde versprachen Freiheit. In der Szene, in der Dylan seine ersten Erfolge erzielt hatte, schürten sein Talent und sein Ehrgeiz Ressentiments. Nicht wenige seiner Künstlerkollegen betrachteten Dylan mit einer Mischung aus Eifersucht und Skepsis. Traditionalisten hielten ihn für hoffnungslos selbstverliebt; sogar seine Anhänger ärgerten sich über seine wachsende Anerkennung außerhalb der »Enklave«. Dylan war verzweifelt auf der Suche nach einer neuen Identität. Inspiriert von Burroughs, machte sich der junge Folkie daran, die Figur des »Bob Dylan« in aufregende, verwirrende und immer wieder andere Formen zu zerlegen und neu zu arrangieren.

Für Dylan, der beim Songwriting noch bis kurz zuvor einen eher impressionistischen Ansatz verfolgt hatte, eröffneten Burroughs' Quecksilberabstraktionen neue kreative Möglichkeiten. »Sag mal, magst du so etwas wie Cut-ups? Ich meine, wie bei William Burroughs?«, fragte Dylan den Interviewer Paul J. Robbins in einem Gespräch, das 1965 in der *Los Angeles Free Press* veröffentlicht wurde. Burroughs hatte in jenem Frühjahr Tanger verlassen und war nach New York zurückgekehrt, wo er hoffte, clean zu werden und von seinem aufkommenden Status in der Gegenkultur zu profitieren, den Ginsberg ihm prophezeit hatte. Ginsberg war bereits mit Dylan befreundet, aber noch kein Groupie. »Erzähl ihm, dass ich Sachen von ihm gelesen habe und dass ich ihm jedes Wort glaube«, sagte Dylan zu Ginsberg über Burroughs.[79] Aber mit welchen Weisheiten konnte ein alternder Junkie-Autor einen Vierundzwanzigjährigen, der an der Schwelle zum Superstar stand, schon beglücken? Vielleicht konnte er Dylan lehren, wie man sich vor aller Augen unsichtbar macht. Einem grünschnäbeligen Agenten beibringen, was eine gute Verschleierungsgeschichte ausmacht. Ihm Tipps geben, wie er sie im Kopf behält. Burroughs wusste nicht nur, wie das Spiel lief, sondern war Meister darin. Es war Zeit, sich einander vorzustellen.

Burroughs und Dylan trafen sich in einem kleinen Café in Manhattans East Village, wo und wann genau, ist mit der Zeit in Vergessenheit geraten. »Er wirkte auf mich kompetent«, sagte Burroughs später zu Victor Bockris. »Wäre sein Thema eines gewesen, über das ich absolut nichts weiß, wie zum Beispiel Mathematik, hätte er auf mich dennoch denselben kompetenten Eindruck gemacht. Dylan sagte, er habe das Talent, Songtexte zu schreiben, und gehe davon aus, dass er viel Geld verdienen werde.« Persönlich hatte Burroughs für Geld wenig Verwendung, abgesehen von seiner Nützlichkeit für den Kauf von Rauschgift und die Vermeidung harter Arbeit. Aber er erkannte sofort, wenn jemand Elan besaß, und der war bei Dylan in Hülle und Fülle vorhanden. »Im Gespräch war er sympathisch direkt und zugleich kühl, zurückhaltend«, erinnerte sich Burroughs Bockris gegenüber. »Er war sehr jung und auf markante Art recht attraktiv. Er trug einen schwarzen Rollkragenpullover.« Obwohl sie einander nur einmal persönlich begegneten, hinterließ Burroughs bei dem jüngeren Künstler einen bleibenden Eindruck. Der Kritiker R. B. Morris meint: »Es besteht kein Zweifel, dass Burroughs' ungestüme Arrangements von Bildern und Szenen und auch Themen ihn stark beeinflussten.«[80] Nach der Begegnung mit Burroughs wurde Dylans Werk noch abstrakter, bissiger und surrealer.

Der unverwüstliche Iggy Pop, selbst Gefolgsmann von Burroughs, verweist in einem BBC-Radioprofil über den Autor auf die Verbindung zu Dylan: »Er kommt sogar in Dylans ›Tombstone Blues‹ vor!«, ruft Pop aus, bevor er das Stück anstimmt, das eine Strophe enthält, die sich mutmaßlich auf Burroughs bezieht: »I wish I could give Brother Bill his great thrill / I would set him in chains at the top of the hill / Then send out for some pillars and Cecil B. DeMille / He could die happily ever after.« Für Dylan war Burroughs unerreicht hip – ein James Joyce mit üblen Angewohnheiten, ein T. S. Eliot mit Stockdegen. Dylans Entwicklung vom schüchternen Folkie zur unnachahmlichen Ikone wurde stark beschleunigt, als er sich auf Rhythmus und Metrum der Schriften Burroughs' einließ. Der Gelehrte James Adams merkt an: »Ohne Burroughs und seine Experimente wäre Dylan womöglich nicht dazu gebracht worden, Zeilen zu verfassen, die Cut-ups ähneln, aber dennoch persönlicher, zielgerichteter, ehrlicher und menschlicher klingen – etwa diejenigen, die Dylan 1965 schrieb.«[81] Betrachten wir zum Beispiel den Text von »Gates of Eden«, der die Erleuchtung heraufbeschwört, die durch Cut-ups möglich wird:

With a time rusted compass blade
Aladdin and his lamp
Sits with utopian hermit monks
Side saddle on the Golden Calf
And on their promises of paradise
You will not hear a laugh
All except inside the Gates of Eden

Burroughs konnte auch Mut machen. Auf dem Newport Folk Festival im Juli 1965 trieb Dylan mit einem elektrifizierten Set einen Pfahl durchs Herz des akustischen Purismus – ein unverzeihliches Sakrileg in den Augen (und Ohren) der Folk-Kenner. Doch Dylan folgte nur seinem Instinkt. Gerade fünfundzwanzig Jahre alt, glich er, was Kreativität betraf, einem Schwamm, und im East Village gab es für ihn jede Menge aufzusaugen. Vermutlich besuchte Dylan zwei

Lesungen, die Burroughs im East End Theater gab, demselben YMCA-Gebäude, das der Autor ein Jahrzehnt später sein Zuhause nennen sollte. Er rezitierte Abschnitte aus *Naked Lunch* und *Nova Express* – Werke, von denen Dylan behauptet, sie hätten ihn beeinflusst.[82] Im Jahr 2016 sollte Dylan einen Nobelpreis erhalten, der auch seinem Roman *Tarantula* aus dem Jahr 1965 Anerkennung zollte. Das Buch hat Burroughs viel zu verdanken, womöglich auch seinen Titel, der auf eine Lesung zurückgehen könnte, die in einer Rezension der *New York Times* wie folgt beschrieben wurde:

> Mr. Burroughs, ein hagerer, förmlich auftretender Mann, der ein wenig so klingt, als würde der verstorbene Will Rogers trockene Witze abspulen, las eine Geschichte vor, in der die Vorstellung vermittelt wurde, dass sich verschiedene bizarre Charaktere in einem mit Atomminen verseuchten Hafen befanden. Die Leute in der Story wollten flüchten, Mr. Burroughs' Publikum jedoch nicht. Durch dieses Interesse beflügelt, belebte er seine monotone Darbietung mit plötzlichen Ausbrüchen dramatischer Aktivität und riss schließlich einen weißen Überwurf herunter, um ein Gemälde mit furchterregenden Taranteln zu enthüllen.

Dylan bekannte sich auch zur Cut-up-Technik, wenngleich nicht klar ist, wie häufig er sie anwendete. Er behauptet, sie für seine Songtexte nicht genutzt zu haben, da diese Reime erforderten. Allerdings gibt es Hinweise dafür, dass einige seiner Zeilen Cut-ups enthalten, etwa »The ghost of electricity howls in the bones of her face« aus »Visions of Johanna«, ein Titel, der im Jahr nach seiner Begegnung mit Burroughs veröffentlicht wurde.[83] Dylan bestreitet, dass *Tarantula* ein Cut-up-Werk war, doch jeder, der mit der Technik oder dem Buch selbst vertraut ist, wird dies anzweifeln. Auf dem in jüngerer Zeit veröffentlichten Bonusmaterial zu D. A. Pennebakers bedeutendem frühen Dylan-Biopic *Don't Look Back* liefert Dylan eine Anleitung zum Cut-up, in der er auch die Anordnung der vier Teile einer Seite demonstriert. Dies beweist, dass er mit Burroughs' damals neuem kreativen Ansatz vertraut war. In gewisser Weise erinnert Dylan, wenn er Burroughs' Methode nachahmt, an einen Nachwuchsagenten auf Lehrmission mit einem älteren Spion. Dazu passt, was er in »Desolation Row« vom Album *Highway 61 Revisited* singt:

Now at midnight all the agents
And the super human crew
Come out and round up everyone
That knows more than they do

Als Bewohner des Village kam Dylan auch mit der damaligen Underground-Literatur in Berührung, den sogenannten »Mimeo Magazines« – einer Art Vorläufer der »Zines« der 90er-Jahre. Diese selbst gemachten Publikationen enthielten Werke von Avantgarde-Autoren und -Künstlern aus allen Ecken des Undergrounds. Bekanntere Mitwirkende wie Burroughs und Dylan nutzten Mimeos, um neue Ideen oder laufende Arbeiten zu präsentieren. Dylan war Fan von Blättern wie *Broadside* und trug als freier Mitarbeiter gelegentlich frühe Songs und Gedichte bei. Er las auch gerne Mimeos aus aller Welt, darunter *Gnaoua*, das aus Tanger stammte und mehrere Artikel von Burroughs enthielt: »Notes on Page One«, »Pry Yourself Loose and Listen«, »Just So Long and Long Enough« und »Ancient Face Gone Out«. Neben anderen Objekten, die dem Songwriter damals lieb und teuer waren, ziert eine Ausgabe von *Gnaoua* auch das Cover von Dylans LP *Bringing It All Back Home*.

Das Faible für Burroughs könnte ähnlich wie bei Cobain auch Dylan dazu veranlasst haben, harte Drogen auszuprobieren. In einem Interview aus dem Jahr 1966 sagte er: »In New York City war ich heroinabhängig. Ich war eine Zeit lang sehr, sehr fertig. Ich meine, echt fertig. Und dann bin ich davon losgekommen.«[84] Hat Dylan das erfunden, um glaubhafter einen Outlaw zu verkörpern, jemanden mit einem ähnlich verwegenen Background wie Burroughs? Mag sein, aber er hielt mindestens ein Jahrzehnt lang an dieser Geschichte fest. »I had taken the cure and had just gotten through / Staying up for days in the Chelsea Hotel / Writing ›Sad Eyed Lady of the Lowlands‹ for you«, singt er im Song »Sara« aus seinem 1976er-Album *Desire*.

Im selben Jahr schlug Burroughs das Angebot aus, Dylan auf seiner Rolling-Thunder-Revue-Tour zu begleiten, bei der auch Ginsberg mitwirkte. Geplant war, dass Burroughs im Film zur Tournee eine Anleitung zum Cut-up gibt und dabei Dylan-Texte und die Schriften von Edgar Allan Poe verwendet.[85] Burroughs behauptete, er wolle kein weiterer Mitläufer Dylans sein, doch der wahre Grund für seine Ablehnung war, dass Dylan ihm keine Tagespauschale anbot. Dylan und Burroughs begegneten einander also nur das eine Mal im Frühjahr 1966 – zumindest gibt es für ein weiteres Treffen keinen Beleg. Doch diese einzige Begegnung hat den Songwriter nachdrücklich inspiriert. Als Ausnahmeagent sollte Dylan im Lauf seiner langen Karriere viele Tarnidentitäten annehmen: Vagabund, Wahrsager, Hedonist, Schauspieler, Evangelikaler, Radiomoderator, Darsteller im Dessous-Werbespot, Nobelpreisträger und viele mehr.

Wie eine Mary Poppins auf Junk schwebte Burroughs zurück nach England, wo er bald im Dunstkreis zweier wegweisender Acts, der Beatles und der Rolling Stones, auftauchen sollte. Seine unheimliche Fähigkeit, in entscheidenden Karrierephasen anderer Künstler deren Weg zu kreuzen, erinnert an *Zelig*. Allerdings schrieb Burroughs seinen jungen Schützlingen nie vor, wie sie ihr Leben leben sollten. Wie Poppins im Klassiker von P. L. Travers sagt: »Wisst ihr nicht, dass jeder sein eigenes Märchenland hat?«

Here, There and Everywhere

Halbstarke Rock 'n' Roller stürmen die Straßen aller Länder. Sie stürzen in den Louvre und schleudern der Mona Lisa Säure ins Gesicht.[86]

WILLIAM S. BURROUGHS, *Naked Lunch*

The Future Leaks Out

1966 war Burroughs zweiundfünfzig und lebte in Großbritannien, wo er sich sechs Jahre zuvor niedergelassen hatte. Er strich wie lichter, grauer Nebel durch den Dunst des Swinging London und machte keine Anstalten, sich an der nächsten Ecke der High Street unter die spirituellen Sucher und Acid-Esser zu mischen. Und doch hinterließ er, ohne es darauf anzulegen, bei einer Reihe junger Künstler und Intellektueller, die sich über die triste Nachkriegswelt ihrer Eltern mokierten, seine Spuren. Man kann sich nur schwer vorstellen, dass dieses wortkarge Relikt des Jazz-Zeitalters den psychedelischen Barden Mitte der 60er-Jahre als Inspiration diente. Und doch setzten die Beatles, die fabelhaftesten der Fabelhaften, Burroughs aufs Cover ihres bahnbrechenden Albums *Sgt. Pepper's Lonely Hearts Club Band*. Sein fahles Antlitz erscheint dort neben mehreren Dutzend Koryphäen, darunter Mae West, Aleister Crowley, Lenny Bruce, Aldous Huxley und Carl Jung. Eingefleischte Beatles-Fans wissen, dass die Songs »Being for the Benefit of Mr. Kite«, »Good Morning, Good Morning« und »A Day in the Life« vom Avantgarde-Komponisten Karlheinz Stockhausen beeinflusst sind. Weniger bekannt ist, dass Burroughs' Tonband-Experimente Paul McCartney dazu ermutigten, neue Ansätze im Studio auszuprobieren. Noch bevor die Beatles die Abbey Road betraten, um ihr Meisterwerk zu produzieren, machte Burroughs in Ringo Starrs

Wohnung mit von McCartney zur Verfügung gestelltem Equipment Aufnahmen.

Der Erfolg von *Sgt. Pepper* trug dazu bei, dass die Burroughs'schen Cut-ups aus dem Underground in die Hi-Fi-Anlagen gelangten und unser Verhältnis zum aufgenommenen Sound völlig veränderten. Zuerst waren es Tonbänder, dann digitale Sampler und schließlich das Internet, von denen die Unterschiede zwischen hoher und niedriger Kunst in einem unaufhaltsamen Strom von Memes und Mash-ups verwischt wurden. In der heutigen Online-Welt ist das Ausgangsmaterial nur noch insofern von Bedeutung, als es in der vergleichenden Gegenüberstellung etwas offenbart. Pink Floyds *Dark Side of the Moon* verrät seltsame Synchronizitäten, wenn es als Soundtrack zu *The Wizard of Oz* gespielt wird. Donald Trumps Schnieftöne werden zu Dope Beats gespleißt. DJ Girl Talk vergeht sich subversiv an der Popmusik, indem er Songs von Elton John und Notorious B.I.G. zusammenmischt. Wenn heutige »Culture Jammers« mit Zeitschleifen operieren, mag es ihnen nicht bewusst sein, aber sie sind direkte Nachfahren von Burroughs, der durch seine Arbeit mit Cut-ups zur Hebamme der Zukunft wurde.

Der Maler Brion Gysin stieß 1958 zufällig auf Cut-ups. Eines Tages schnitt er Leinwände zu und entdeckte, dass er auch eine Zeitung in Sektionen zerschnitten und dabei neu arrangiert hatte. Er spielte mit verschiedenen Anordnungen und stellte fest, dass mit nur wenigen Textquellen eine breite Palette von Permutationen zu erreichen war. Gysin ahnte, dass Cut-ups das Potenzial besaßen, die Vorgehensweise seines Freundes Burroughs beim Schreiben zu verändern. Die beiden verbrachten die nächsten zwei Jahrzehnte damit, Cut-ups als publikumswirksame Revolution zu propagieren. Die literarische Welt mit ihrer Fixierung auf Urheberschaft blieb resistent. »Das Schreiben hinkt der Malerei fünfzig Jahre hinterher«, konterte Gysin häufig.[87] Für Burroughs war alles, was als Filter der Selbstdarstellung benutzt wurde, nur eine weitere Form von »Control«. Gysins und Burroughs' Träume von einer Zukunft ohne Torwächter erfüllten sich schließlich mit dem Internet, in dem die Aufhebung der Autorisierung von Text, Ton und Bild alltäglich ist.

Natürlich bieten das Netz und seine Milliarden von Nutzern auch eine enorme Chance für »Control«. Was hätte Burroughs wohl über die digitale Massenüberwachung, das Data Mining von Unternehmen und von Algorithmen gesteuerte Propaganda gedacht?

Die ursprüngliche Cut-up-Methode funktioniert immer noch wie ein Zauber. Die Schönheit liegt in ihrer Einfachheit. Jeder kann ein Cut-up durchführen. Man kann es sofort versuchen, mit diesem Buch, vorausgesetzt, man besitzt ein physisches Exemplar. Hier ein Beispiel, für das der Text dieser und der nächsten Seite verwendet wurde:

> Mit dem Einstreuen von Klängen aus verschiedenen Unternehmen zum Beispiel experimentierte er über das Hier und Jetzt hinaus. Digitale Massenüberwachung konnte mit zwei Tonbandgeräten erreicht werden. Die ursprüngliche Cut-up-Methode funktioniert immer noch.

Man nehme eine Seite und zerschneide sie in vier Quadranten. Anschließend setzt man die Abschnitte wieder zusammen. Es lässt sich auch mit einer Zeitschrift oder Zeitung, einer Broschüre oder einem Scientology-Traktat machen. Aufschneiden und wieder zusammenkleben. Man entdeckt, dass die zufälligen Kombinationen neue Erzählungen offenbaren. Vielleicht erhascht man sogar einen Blick über das Hier und Jetzt hinaus. Wie bereits erwähnt, pflegte Burroughs zu sagen: »Wenn man in die Gegenwart schneidet, sickert die Zukunft durch.«[88] Nun, das Sickern ist jetzt eine Flut.

Von Gysin angetrieben, ging Burroughs mit seinen Cut-ups bald über bedruckte Seiten hinaus. So experimentierte er mit dem Einstreuen von Klängen aus verschiedenen Quellen: zum Beispiel gesprochenes Wort, Straßenlärm und Radiosendungen. Bei einem einfachen Audio-Cut-up sprach Burroughs einen Text ins Mikrofon und spielte die Aufnahme anschließend in anderer Abfolge ab. Komplexere Effekte konnten mit zwei Tonbandgeräten erzielt werden: mit einem wurde die Originalaufnahme wiedergegeben, mit dem zweiten wurden Töne aus einer völlig anderen Quelle dazugemischt. Heutzutage erreicht man dasselbe Ergebnis mit einem Smartphone. Damals erforderte der Prozess ein hohes Maß an technischem Know-how und konzentrierter Aufmerksamkeit. Um seine Audio-Cut-ups zu produzieren, verbrachte Burroughs Stunden damit, Tonbänder aufzunehmen, zurückzuspulen, zu schneiden und zu manipulieren. Auf »Origin and Theory of the Tape Cut-ups«, einem Track der LP *Break Through in Grey Room (*Sub Rosa, 1986) erklärt er die Methode:

> Die ersten Tonband-Cut-ups waren nichts als die Fortführung von Papier-Cut-ups. Es gibt viele Möglichkeiten, sie anzufertigen, eine davon funktioniert so: Man nimmt, sagen wir, zehn Minuten mit dem Rekorder auf. Dann dreht man die Spule vorwärts oder rückwärts, ohne aufzunehmen, hält an einer beliebigen Stelle an und schneidet einen Satz hinein. Jetzt hat man natürlich an dieser Stelle alles gelöscht, was vorher aufgezeichnet war, und es hat sich eine neue Juxtaposition ergeben. Wie zufällig ist zufällig? Wir wissen so viel, dass wir nicht bewusst wissen, was wir wissen. Dass der Zusammenschnitt vielleicht kein zufälliger war. Der Handelnde wusste auf irgendeiner Ebene genau, wo zu cutten war.

Weitere Ergebnisse sind auf *Nothing Here Now but the Recordings* zu hören – einer Burroughs-LP aus dem Jahr 1981, die ursprünglich auf Industrial Records, dem Label der britischen Noise-Pioniere Throbbing Gristle, erschien und kürzlich auf dem Dais-Label wiederveröffentlicht wurde. Hier werden Burroughs' knarzend gemurmelte Beschwörungen mit körperlosen Stimmen aus Radiosendungen und dem sogenannten EVP »electronic voice phenomenon« (Tonbandstimmen-Phänomen) verwoben. Das Gesamtprodukt ist verwirrend und kann kaum als musikalisch bezeichnet werden. Dennoch kann man verstehen, warum Patti Smith Burroughs als »einen Schamanen … jemanden, der mit anderen Ebenen der Realitäten in Kontakt steht …«[89] bezeichnete.

Checking in, Checking out

Bevor Burroughs Old Blighty heimsuchte, verbrachte er einige entscheidende Jahre in Frankreich, wo sein bahnbrechendes Werk *Naked Lunch* erstmals veröffentlicht wurde. Genervt von der Touristenflut in Tanger, bestieg Burroughs im Januar 1958 ein Flugzeug nach Paris, wo sich Ginsberg und dessen Liebhaber Peter Orlovsky aufhielten. Einige Zeit später empfahl Burroughs' Freund Harold Norse ihm eine englischsprachige Buchhandlung in der Rue de la Bucherie, gegenüber der Kathedrale Notre Dame. Dort lernte Burroughs den jungen Elektroniker und späteren Aufnahmetechniker der Beatles Ian Sommerville kennen, der in dem Geschäft als Verkäufer arbeitete. Ihre erste Begegnung glich einer romantischen Komödie, denn während er auf einer Regalleiter stand, ließ Sommerville versehentlich ein Buch auf Burroughs' Kopf fallen. Sommerville, ein großer, blasser Junge mit roten Haaren und einem Faible für Mathematik, war kurz zuvor in Paris angekommen, um durch Immersion Französisch zu lernen. Sowohl als Begleiter als auch als Assistent bei der Erstellung von Audio-Cut-ups sollte er in Burroughs' Leben eine wichtige Rolle spielen. Innerhalb weniger Wochen entwickelte sich zwischen den beiden eine Liebesbeziehung. Bevor Sommerville sich versah, half er Burroughs in Zimmer 15 in der Rue Gît-le-Coeur Nummer neun – für immer bekannt als das Beat Hotel – per Reduktionskur eine üble Codein-Sucht loszuwerden.

Das Beat Hotel war eher Absteige für Künstler, Junkies und Ausgestoßene als Hotel. Das Gebäude auf dem linken Seine-Ufer steht noch immer, und eine kleine Gedenktafel verrät, dass hier einst einige wichtige Figuren der Beat-Bewegung und ihre Partner wohnten: Brion Gysin, Harold Norse, Gregory Corso, Allen Ginsberg, Peter Orlovsky, Ian Sommerville und Burroughs. Die Zimmer im Beat Hotel waren trist und schmuddelig, aber mit einem Preis ab zehn Francs pro Nacht (etwa fünfzig Cent in US-Währung) auch günstig. Die Ausstattung umfasste ein mit Stroh gepolstertes Einzelbett und dazu eine Armeedecke, außerdem einen kleinen Tisch und einen Stuhl, einen Wasserhahn, aus dem ausschließlich kaltes Wasser floss, und ein paar Haken, um Oberbekleidung aufzuhängen. Die teureren Unterkünfte boten Telefon und Gasherd. Burroughs zahlte für sein Zimmer, das eine nackte Glühbirne und ein Fenster aufwies, durch das man in den schummrigen Flur blickte, etwa fünfundzwanzig Dollar im Monat. Eine einsame Badewanne im Erdgeschoss musste für die Bewohner aller zweiundvierzig Zimmer reichen, und, ebenfalls im Parterre, gab es ein kleines Bistro, in dem Speisen und Essen serviert wurden.

Über das Haus und seine Bewohner wachte Madame Rachou, die das Anwesen 1933 zusammen mit ihrem Mann erworben hatte und als Hotel der Klasse 13 für Dauergäste führte. Das Haus in dieser niedrigsten Klasse öffentlicher Unterkünfte in Frankreich war kaum mehr bewohnbar, aber Madame Rachou liebte ihre Mieter und war sehr stolz darauf, Künstler, Homosexuelle und interkulturelle Paare zu beherbergen. Sie bot überdies auch Mitgliedern der Bewegung gegen die französische Besatzung Algeriens Unterschlupf. Durch die engen Gänge des Beat Hotels waberte der Geruch von Haschisch, das Burroughs und seine Gäste regelmäßig konsumierten. Hier, in einem kleinen grauen Raum, stellten Burroughs und seine Mitstreiter die in Tanger verfassten Vignetten für die erste Ausgabe von *Naked Lunch* zusammen.

Im Beat Hotel verbrachte Burroughs einige Zeit auch mit dem, was wir heute als »Persönlichkeitsentwicklung« bezeichnen würden. Nach einer Einführung in den tibetischen Buddhismus an der Universität Harvard entwickelte er eine Achtsamkeitsmethode, die darin bestand, zu sitzen und den Gedanken zu erlauben, zu kommen und zu gehen, ohne sie zu bewerten. Auf diese Weise gelang es ihm allmählich, die verstörenden Fantasien und Obsessionen in den Griff zu bekommen, die sein Innenleben beherrscht hatten. Manche Düsternis ließ sich jedoch nicht so leicht vertreiben. Auch wenn er sich noch so lange in Selbstbetrachtung übte, vermochte er nicht zu ergründen, inwiefern ein bestimmtes Kindheitserlebnis mit seiner Nanny ihn traumatisiert hatte. Im Lauf der Jahre verwendete Burroughs eine Menge Energie darauf, diesen Schmerz mit Drogen,

Psychotherapie, einem kurzen Flirt mit Scientology und seiner Schriftstellerei zu lindern.

Dass Burroughs sich im Beat Hotel wie zu Hause fühlte, lag auch an den vielen Weggefährten, die ebenfalls dort wohnten. Allen Ginsberg und Peter Orlovsky blieben eine Zeit lang, und Gregory Corso galt als Inventar des Hauses. Der holländische Maler Guy Harloff legte sein Haupt im Zimmer nebenan zur Ruhe, und der Romanautor und Kritiker Herb Gold schaute regelmäßig vorbei. Burroughs verkehrte in Cafés und Bars, in denen unter anderen die Folksänger Alex Campbell und Derroll Adams – ein Freund von Ramblin' Jack Elliot – für musikalische Unterhaltung sorgten und Geselligkeit suchten. Ein weiterer Stammgast war der amerikanische Schriftsteller Baird Bryant, der seit kurzem Pornografisches für den Pariser Verlag Olympia Press schrieb, bei dem 1959 die erste Ausgabe von *Naked Lunch* erschien. Obwohl im Großen und Ganzen geerdet, wurde Burroughs dennoch süchtig nach Paregoric, einer Opiumtinktur, die in örtlichen Apotheken erhältlich war. Bald darauf machte er die Bekanntschaft von Jacques Stern, dem Sohn einer Gräfin und eines wohlhabenden Bankiers. Durch seine Privilegien hatte Stern ständig Zugang zu Heroin, eine Quelle, die Burroughs bereitwillig in Anspruch nahm.

Ginsberg kehrte im Juli 1958 in die Staaten zurück, aber bevor er abreiste, besuchten er und Burroughs noch den cholerischen Louis-Ferdinand Céline. Diese und andere Gelegenheiten in Paris, bei denen Burrouhgs und Ginsberg eine gewisse Verbundenheit empfanden, halfen, die negative Energie zwischen den beiden zu vertreiben, die aus Burroughs' Missmut über seine nicht erwiderten Avancen herrührte. Ebenfalls während dieser Zeit entwickelten er und Brion Gysin eine enge Freundschaft und produktive Zusammenarbeit. Obwohl beide zur gleichen Zeit in Tanger wohnten, hatten sie dort kaum Kontakt gehabt. Im Gegenteil: Burroughs hielt Gysin für einen Snob, und für Gysin wiederum existierte Burroughs überhaupt nicht. Sie wurden jedoch schnell Freunde, als eine zufällige Begegnung auf dem Place Saint-Michel zu einem Gespräch führte, das sich schließlich über Tage, Wochen, Monate und Jahre hinzog.

Life of Brion

Brion Gysin ist für Burroughs' Werk wahrscheinlich genauso wichtig wie Burroughs selbst. Gysin zählte zu den vielen kaum beachteten Medienkünstlern des zwanzigsten Jahrhunderts, und Burroughs' Bekanntheitsgrad übertraf den seines Freundes und Kollaborateurs bei weitem, obwohl er sich bemühte, die Cut-up-Methode Gysin zuzuschreiben und bei jeder Gelegenheit hervorhob, dass er ein Visionär war. Burroughs' okkulte Ideen wurden von Gysin verfeinert, und im Beat Hotel verbrachten die beiden einen Großteil ihrer Zeit mit der Ausübung paranormaler Experimente.

Der 1916 in Kanada geborene Gysin war der Sohn eines britischen Auswanderers und seiner kanadischen Frau. Seinen Vater, der nach England zurückkehrte, um im Ersten Weltkrieg zu kämpfen, und in der Schlacht an der Somme fiel, hat er nie kennengelernt. Als frühreifes Kind mit einer Tendenz zur Selbstmythologisierung entwickelte Brion seine künstlerischen Instinkte schon in jungen Jahren. Er besuchte die prestigeträchtige katholische Institution Downside College in Somerset, Großbritannien, wo seine Wertschätzung für Kunst und Geschichte tiefe Wurzeln schlug. Im Jahr 1934 zog er nach Paris und schloss sich den Surrealisten an. Er war gerade erst neunzehn Jahre alt, als seine Bilder neben Werken von Picasso, Duchamp, Dalí, Magritte und Man Ray im Rahmen einer Gruppenausstellung in der Galerie des Quatre Chemins präsentiert wurden. Leider zog er damit den Zorn von André Breton auf sich, der verlangte, dass Brions Bilder entfernt wurden. Grund dafür war wohl, dass auf Gysins Ausstellungsplakat eine Kuh abgebildet war, die keine geringe Ähnlichkeit mit Breton aufwies, woran der ältere Surrealist Anstoß nahm. Der Schmerz über diese Aussperrung bewirkte, dass Gysin nie wieder Geborgenheit in Cliquen suchte, selbst wenn es seiner Karriere förderlich gewesen wäre.

Während des Zweiten Weltkriegs diente Gysin sowohl in der amerikanischen als auch in der kanadischen Armee. Nach dem Waffenstillstand erhielt er die amerikanische Staatsbürgerschaft. 1946 veröffentlichte er ein Buch über die Sklaverei in den USA und Kanada und bis zu seiner Übersiedlung nach Marokko im Jahr 1950 malte er. Dort begeisterte er sich für die musikalischen und magischen Traditionen des Landes. Gysin erlebte die Macht einheimischer Hexenkunst, als das Restaurant 1001 Nights, das er besaß und betrieb, von Schamanen verflucht wurde, die als *Shawafa* bekannt waren. Offenbar waren diese Beschwörer über Notizen und Skizzen verärgert, die Gysin zu marokkanischen magischen Praktiken angefertigt hatte. Er behauptete, die *Shawafa* hätten anfangs versucht, ihn zu vergiften. Als das nicht gelungen war, deponierten sie im Küchenventilator des Restaurants ein mit Menstruationsblut, Schamhaaren und den Augen eines Molchs versiegeltes Papierpäckchen, das sie mit sieben Scherben eines zerbrochenen Spiegels und sieben Samen in ihren Schoten dekorierten. Der im Päckchen enthaltene Zauberspruch sollte einen *Djin* heraufbeschwören, der Gysin aus dem Etablissement vertreiben möge. Eine Woche später kündigten seine Geschäftspartner - zwei Scientologen aus den USA - seinen Kredit, und er verlor das Restaurant an sie.

In Paris verbrachte Gysin lange Tage damit, Bilder zu malen, wobei Burroughs ihn genau beobachtete. Fasziniert von Gysins Kreativität und Methoden, schrieb Burroughs an Ginsberg: »Ich sehe in seiner Malerei die psychische Landschaft meiner eigenen Arbeit ... Er betrachtet sein Gemälde als ein Loch in der Textur der sogenannten ›Realität‹, durch das er einen tatsächlichen Ort im Weltraum erkundet. Das heißt, er bewegt sich in das Gemälde hinein und durch es hindurch, wobei sein Leben und sein Verstand auf dem Spiel stehen, wenn er malt.«[90] Burroughs war von den interdimensionalen Aspekten der Kunst seines Freundes beeindruckt und sah »eine Art Spielzeugwelt, und zwar eine, die irgendwie beängstigend ist, bevölkert von mechanischen Insekten, die sich gegenseitig angreifen, und Männern von anderen Planeten in Rüstungen.«[91]

Die frappierenden Visionen reichten über den Rand der Leinwand hinaus. Im November 1958 besuchte Burroughs in Paris einen Laden für Zauberartikel, wo er einen Schlüsselanhänger erstand, an dem eine kleine Edelstahlkugel baumelte. Als Gysin sie sah, machte er Burroughs mit dem ›Scrying‹ bekannt, einer okkulten Praxis des Hellsehens, bei der ein Seher in eine reflektierende Oberfläche blickt, um Bilder von zukünftigen oder vergangenen Ereignissen wahrzunehmen. Hellsehen funktioniert am besten, wenn man die Augen und den Geist entspannt und gleichzeitig auf das Objekt konzentriert bleibt. Da Burroughs schon oft Stunden damit verbracht hatte, im narkotischen Rausch seine Schuhe anzustarren, war er ein Naturtalent. In einem Experiment, bei dem er einen Spiegel benutzte, sah er sich selbst in eine außerirdische Kreatur verwandelt, geschmückt mit blassen Ringellocken wie aus einem Roman von H. P. Lovecraft.

Er war nicht der Einzige, der diese Vision hatte: Ein symphatischer Hetero aus Kansas namens Jerry Wallace zuckte auf der anderen Seite des Raums vor Schreck zusammen, als er die Mutation bemerkte. Baird Bryant hatte ein paranormales Erlebnis, als er in eine mit kaltem Leitungswasser gefüllte Kokosnussschale blickte. Ein Saxofonspieler und Autor aus Texas namens Sheldon Thomas sah einen Sarg in einer Bibliothek, eine Vision, die Burroughs, Gysin und Jacques Stern teilten. Gysin, der sich niemals übertreffen lassen wollte, verbrachte sechsunddreißig Stunden in einer einzigen Hellsehersitzung und bekam viel Sonderbares zu Gesicht.

Für Burroughs war das alles ein Riesenvergnügen. »An der Magie und dem gesamten Bereich des Okkulten gefällt mir, dass man daran Spaß hat«, sagte er seinem Biografen Ted Morgan. »Es passieren lustige Dinge. Großartig. Nichts davon hat mich je gestört, man kann gar nicht zu extrem werden.« Seine psychischen Experimente und die Arbeit mit Cut-ups halfen ihm, den Tod von Joan Vollmer zu begreifen. Eines von Gysins Cut-ups warf zusätzliches Licht auf die Tragödie: »Raw peeled winds of hate and mischance blew the shot. (Raue, ungezügelte Winde des Hasses und des Missgeschicks vermurksten den Schuss.)« Unter Anleitung seines Freundes akzeptierte Burroughs den »Ugly Spirit« als einen realen und unbestreitbaren Bestandteil seiner Identität, »eine hassenswerte parasitäre Annektierung«, wie er es in seiner Einleitung zu *Queer* nannte.

Gysin verhalf Burroughs auch zu der Erkenntnis, dass Kunst und Okkultes nach denselben Prinzipien funktionieren. Ein Wunsch oder ein Ideal wird in einem Symbol kodifiziert, in der Absorption aufgeladen und bei Bedarf weitergegeben. Letztere nimmt oft die Form des Zufalls an, weshalb Cut-ups so wichtig wurden: Sie sind das Mittel, durch das der Zufall in die Kunst eingeführt wird, ob prophetisch oder nicht. Burroughs zerschnitt alte Texte und stellte seine eigenen Worte neben Material, das von überall kommen konnte – von Rimbaud, dem Koran oder sogar dem Rundschreiben des Lebensmittelhändlers. Den resultierenden Text kombinierte er in Scrapbooks, die als eine Art Mixed-Media-Grimoire dienten, mit visuellen Elementen. Audio-Cut-ups waren eine weitere mächtige Waffe in seinem Arsenal. Diese und andere Methoden verwendete Burroughs immer wieder in seinem lebenslangen Bestreben, die alltägliche Realität zu unterwandern.

Getting Naked

So wichtig die Cut-ups für Burroughs' Werk waren – sein bekanntestes Buch schrieb er, bevor er und Gysin diese Technik entdeckten und entwickelten. Obwohl manchmal fälschlicherweise für einen Cut-up-Roman gehalten, wurde *Naked Lunch* während epischer Schreibsitzungen in Tanger ganz konventionell an der Schreibmaschine verfasst. Eine kleine Gruppe von Mitarbeitern, darunter Gysin, Ginsberg und Kerouac, reihte die Kapitel in zufälliger Folge aneinander. Die Vignetten waren so bizarr und intensiv, dass sie Kerouac, während er an dem Manuskript arbeitete, immer wieder den Schlaf raubten:

> Als ich anfing, es für seinen Verleger sauber und mit doppeltem Zeilenabstand abzutippen ... plagten mich furchtbare Alpträume ... als müsste ich mir eine endlos lange Mortadella aus dem Mund ziehen, aus den Eingeweiden, Meter um Meter, das ganze Grauen dessen, was Bill sah und schrieb ...[92]

Naked Lunch liest sich wie das Werk eines sexbesessenen Beat-Reporters, der in einem Gemälde von Hieronymus Bosch gefangen ist. Oder vielleicht wie eine beißende Satire im Stil von Jonathan Swift, wenn Swift ein reueloser Junkie auf der Flucht vor den Behörden gewesen wäre. »Beim Schreiben agiere ich als Kartenleger, als Erforscher psychischer Regionen«, sagte Burroughs. »Und ich sehe keinen Sinn darin, Regionen zu erforschen, die bereits gründlich vermessen wurden.«[93]

So entdeckungsfreudig und eigentümlich die Rockmusik in den kommenden Jahrzehnten auch werden sollte, verblasst sie immer noch vor dem Hirnfick *Naked Lunch*. Eine Reihe von Musikern hat versucht, die Essenz des Romans einzufangen, entweder im Geiste oder durch direkte Bezugnahme. Die Erz-Jazz-Rocker Steely Dan haben sich nach einem Dildo benannt, der im Buch erwähnt wird. (»Mary schnallt sich einen Gummipenis um. ›Steely Dan III from Yokohama‹, sagt sie und streichelt den Schaft.«) Die Post-Punks Joy Division nahmen für ihr Debüt den Song »Interzone« auf, benannt nach dem obskursten Ort des Buches. Der Elektro-Act Klaxons nannte eins seiner Stücke »Atlantis to Interzone«. Die Alt-Country-Band Clem Snide lieh sich ihren Namen von einer wiederkehrenden Burroughs-Figur, die erstmals in *Naked Lunch* auftaucht. Auch Mugwumps, eine Folkband aus den 1960er-Jahren, und die psychedelische Improvisationsgruppe Insect Trust bedienten sich beim Buch. Die Liste ließe sich fortsetzen.

Wie der Tourplan eines Dance-DJs führt *Naked Lunch* an exotische Schauplätze. Etablierte Charaktere verwandeln sich in völlig neue Wesen, so wie klassische Songs aus unterschiedlichen Genres zu einem Mash-up werden. Hat dieser Irrsinn einen Sinn? Das hängt vom Leser ab und davon, womit er sich identifizieren kann oder will. Zu den Hauptthemen des Buches zählen Sucht, sexuelle Besessenheit und die Gefahren der Autorität. Vielleicht ist es deshalb immer noch aktuell.

»Kontrolle und Reglementierung sind nur Symptome einer tieferen Krankheit, der kein politisches oder wirtschaftliches Programm etwas anhaben kann«, schrieb Burroughs. Er beschwor immer wieder finstere Mächte, die versuchen, Individualität und persönliche Freiheit auszumerzen. In Burroughs' epischer Dystopie – und sie ist episch im klassischen Sinne des Wortes – wird der Mensch »ein Roboter, eine austauschbare Größe in der politischen und wirtschaftlichen Gleichung.«[94]

Naked Lunch passt gut zu einer Zeit, in der jeder paranoide Halbgedanke durch digitale Medien verstärkt werden kann, egal ob er vom Präsidenten ausgesprochen wird oder einfach nur von jemandem, der seine Medikamente abgesetzt hat. Obwohl es sich nicht um ein Science-Fiction-Werk handelt, geht das Buch auf die fortschreitend engere Beziehung der Menschen zur Technologie ein: »Das Studium der denkenden Maschinen lehrt uns mehr über das Gehirn, als wir mit introspektiven Methoden lernen können. Der westliche Mensch externalisiert sich in Form von Gadgets«, heißt es an einer prophetischen Stelle. *Naked Lunch* ist wie ein musikalischer Ohrwurm und bleibt hängen, ob man will oder nicht. »Ich kenne diesen einen Pusher, der läuft herum und summt eine Melodie, und jeder, an dem er vorbeigeht, nimmt sie auf«, schrieb Burroughs. »Er ist so grau, schemenhaft und anonym, dass niemand ihn wahrnimmt und jeder denkt, die Melodie sei ihm gerade selbst eingefallen.«[95]

Doctor, Doctor

Der Großteil dessen, was zu *Naked Lunch* werden sollte, wurde zwischen 1954 und 1957 in Tanger geschrieben. In jenen Jahren war Burroughs drogensüchtig und unglücklich, lebte vom Taschengeld, das seine Eltern spendierten, und geriet immer tiefer in die Sucht. Er hatte Freunde, sah sie aber nur selten, sondern starrte lieber, in Narkonebel gehüllt, tagelang auf seine Schuhe. Wäre er nicht im Frühjahr 1956 nach Großbritannien gereist, um sich bei Dr. John Yerbury Dent einer experimentellen Behandlung zu unterziehen, wäre Burroughs wohl in Tanger dahingesiecht und hätte nur einen einzigen Roman produziert: *Junkie*, ein Werk, das überdies nur wenige gelesen haben. Wie Burroughs sagte: »*Naked Lunch* wäre ohne Dr. Dents Behandlung nie geschrieben worden.«[96]

Der Arzt unterhielt eine kleine Praxis in der 34 Addison Road in London, wo er eine als Apomorphin bekannte Substanz verabreichte, die hergestellt wurde, indem man Morphin in Salzsäure kochte. Obwohl es keinen Rausch erzeugte und zu heftiger Übelkeit führte, glaubte Dent, dass Apomorphin den Stoffwechsel eines Junkies so rekalibrierte, dass das Verlangen nach Opioiden beseitigt wurde. Für Burroughs war die Kur ein Wunder. Natürlich wurde seine Genesung durch die persönliche Zuwendung von Dent, der nächtelang bei ihm blieb, wenn er nicht schlafen konnte, stark gefördert. Die beiden diskutierten über Burroughs' Erfahrungen mit Yage und über ihre gemeinsame Begeisterung für die Archäologie. Burroughs propagierte die Apomorphin-Kur noch lange nach dem Tod des Arztes im Jahr 1962.

Nach dem erfolgreichen Entzug in England verbrachte Burroughs ein paar Wochen bei Alan Ansen in Venedig, einer Stadt, für die er wenig Sympathie empfand. Dann ging es zurück nach Tanger, und dort erlaubte ihm seine neu erwachte Konzentrationsfähigkeit, die verschiedenen Szenen und »Routines« aufzuzeichnen, die zu *Naked Lunch* wurden. Damals war unmöglich vorherzusagen, welche Auswirkungen das Buch auf die gängige Kultur haben würde. Im Roman *Naked Lunch*, mit seinen Schilderungen von Drogensucht, erotischer Verderbnis und albtraumhaften Kreaturen, ist an jeder beliebigen Stelle von Abartigem zu lesen. Kein Wunder, dass viele Rock-, Punk- und Experimentalmusiker darauf abfahren.

Überdies ist das Buch oft zum Schreien lustig. Betrachten wir zum Beispiel die Figur des Dr. Benway, eines weiteren wichtigen Arztes in der Burroughs-Story. Wann immer der aberwitzige Doktor auftaucht, kann sich der Leser auf zweierlei gefasst machen: eine haarsträubende medizinische Prozedur und mindestens einen herzhaften Lacher. Benways Auftritt ist ebenso blutrünstig wie lustig – und den Bühnenpossen des Schockrockers Alice Cooper nicht unähnlich. Hier ein Beispiel:

Die Toilette ist jetzt schon seit drei Stunden abgeschlossen ... Ich glaube, sie wird als Operationssaal benutzt ...

SCHWESTER: »Ich kann ihren Puls nicht finden, Doktor.«
DR. BENWAY: »Vielleicht hat sie ihn in einem Fingerling in der Fotze stecken.«
SCHWESTER: »Adrenalin, Doktor?«
DR. BENWAY: »Das hat sich der Nachtportier reingehauen, nur so zum Spaß.« Er schaut sich um und entdeckt einen dieser Gummisauger, mit denen man verstopfte Toiletten bearbeitet ... Damit nähert er sich der Patientin ... »Machen Sie einen Einschnitt, Dr. Limpf«, sagt er zu seinem entsetzten Assistenten. »Ich werd mal das Herz massieren.«

Dr. Limpf zuckt mit den Schultern und setzt das Skalpell an. Dr. Benway wäscht den Gummisauger, indem er ihn durch die Kloschüssel schwenkt ...

SCHWESTER: »Sollte der nicht sterilisiert werden?«
DR. BENWAY: »Höchstwahrscheinlich, aber dazu ist keine Zeit.« Er setzt sich auf den Sauger wie auf einen Jägerstuhl und sieht seinem Assistenten dabei zu, wie er den Einschnitt macht ... »Ihr jungen Schnösel könnt doch ohne elektrisches Vibrationsskalpell, das automatisch absaugt und die Naht legt, nicht mal einen Pickel öffnen ... Bald werden wir die Patienten gar nicht mehr zu Gesicht bekommen und per Fernbedienung operieren ... Wir werden nur noch auf Knöpfe drücken. Vom Handwerk der Chirurgie bleibt nichts mehr übrig ... Das ganze Fachwissen und das Improvisieren ... Habe ich Ihnen schon mal erzählt, wie ich eine Appendektomie mit einer rostigen Sardinendose gemacht habe? Und einmal hatte ich nichts dabei, kein einziges Instrument, und habe einen Gebärmuttertumor mit meinen Zähnen entfernt. Das war am Oberen Effendi, und außerdem ...«
DR. LIMP: »Der Einschnitt ist fertig, Doktor!«

DR. BENWAY zwängt den Gummisauger in den Einschnitt und beginnt zu pumpen. Blut spritzt über die Ärzte, die Schwester und an die Wand. Der Sauger macht ein grässliches, schmatzendes Geräusch.

SCHWESTER: »Ich glaube, sie ist hinüber, Doktor.«
DR. BENWAY: »Das kann im Eifer des Gefechts schon mal passieren.«[97]

Dr. Benway tauchte zum ersten Mal in »Twilight's Last Gleaming« auf, einem in Zusammenarbeit mit Kells Elvins abgefassten Text, der vom Magazin *Esquire* als »zu abgedreht und für uns ganz gewiss ungeeignet« abgelehnt wurde.[98] In dem Essay »Remembering Jack Kerouac« aus *The Adding Machine* erinnert sich Burroughs daran, wie er und Elvins die Figur entwickelten: »Wir saßen auf einer Seitenveranda des weißen Fachwerkhauses, das wir zusammen gemietet hatten, und spielten die Rollen nach. Das war der Geburtsort von Dr. Benway.«

Dr. Benway ist eine von Burroughs' einprägsamsten Figuren. Das ist wahrscheinlich der Grund, warum es in der Popkultur von Verweisen auf den verrückten Arzt nur so wimmelt. In »Dr. Benway's House«, einem Song, der 1990 für die Burroughs-Kollaboration *Dead City Radio* aufgenommen wurde, spielen auch die Noise-Rocker Sonic Youth auf den Doc an. Der Track ist ein vielschichtig überlagertes Mikro-Pandämonium, wirkt wie der Schmatzer eines Mugwump-Monsters und gibt eine ganze Minute und 17 Sekunden lang keine Ruhe. »Es ist eigentlich eine 16-Spur-Schleife«, erklärt Gitarrist Lee Ranaldo. »Wir begannen die Aufnahme auf einer Spur und hatten ein Band, das sich quer durch den Raum zog.« Schlagzeuger Steve Shelley: »Wir haben ein paar Durchgänge gemacht und alle Sounds zusammengemischt, die sich darauf befanden. Das wurde dann der Track.«[99] Auch Burroughs experimentierte bei seinen Tonbandaufnahmen mit Überlagerungen, die er durch die Aufnahme- und Wiedergabemechanismen von zwei Tonbandgeräten erreichte.[100]

Obwohl er oft als Witzfigur präsentiert wird, ist Dr. Benway eine starke Metapher für Autorität, die ausrastet und Amok läuft. Benway ist sowohl approbiert als auch unqualifiziert, und er führt unstatthafte Operationen durch, ohne einen Gedanken an das Wohl des Patienten zu verschwenden. Er verkörpert die rüpelhafte Summierung all dessen, was Burroughs an jenen Menschen abstoßend fand, die Einfluss gewinnen, indem sie das naive Vertrauen ausnutzen, das die Öffentlichkeit in Autoritätspersonen hat. Man wäre nicht schockiert, Dr. Benway, psychopathisch lächelnd, unter den Kandidaten einer anstehenden Parlamentswahl zu sehen. Tatsächlich steckt in Dr. Benways schwachköpfiger Egomanie etwas von Donald Trump. »Dem Mann kann man einfach nicht trauen«, schrieb Burroughs. »Der ist zu allem fähig ... Macht selbst aus einem Massaker noch eine Sexorgie ... Oder einen Witz.«[101]

I Fought the Law

Naked Lunch ist, wie für Hauptwerke typisch, untrennbar mit seinem Autor verbunden und wohl der einzige Burroughs-Titel, den auch viele Literaturliebhaber nennen können. Er würde sich hervorragend für eine der ersten Runden in *Jeopardy* eignen: »Nachdem er seine Frau erschossen hatte, schrieb William S. Burroughs dieses Buch, von Rauschgift benebelt, in Tanger und Paris.« Was den Bekanntheitsgrad betrifft, könnte man *Naked Lunch* eventuell mit *Kind of Blue* vergleichen, dem Album von Miles Davis, das ebenfalls 1959 erschienen ist. Radikal für seine Zeit, klingt *Kind of Blue* heute altmodisch, bleibt aber unbestreitbar ein Meisterwerk. *Naked Lunch* hingegen kann beim Leser immer noch Gefühle der Verwirrung und des Unbehagens hervorrufen. Das ist wahrscheinlich der Grund, warum sich die Verleger damals nicht gerade überschlugen, das Buch auf den Markt zu bringen. Lawrence Ferlinghetti vom legendären Verlag City Lights in San Francisco sagte zu Allen Ginsberg, dass niemand das Risiko eingehen würde, diese »Flut von Junk und Sperma«[102] zu drucken, und er hatte gar nicht so unrecht.

Olympia Press wagte sich 1959 an *Naked Lunch*, und es sollte noch drei Jahre dauern, bis Grove Press die US-Ausgabe veröffentlichte. Indem sie das Material der Öffentlichkeit zugänglich machten, provozierten beide Verlage Repressalien. Sie waren jedoch davon überzeugt, dass es sich um ein Werk von großer Bedeutung handelte, dazu bestimmt, ein Meilenstein in der Entwicklung des Romans zu werden. Wie nicht anders zu erwarten, hielten bestimmte Vertreter des Establishments *Naked Lunch* für grob, vulgär und literarisch wertlos. Die US-Ausgabe musste sich einem aufsehenerregenden Prozess wegen Obszönität stellen, dessen Ausgang letztendlich zahlreichen anderen Werken – darunter auch Platten – den Weg zu ihrem Publikum ebnete. Doch zuerst erschien in Paris die Ausgabe der Olympia Press unter dem Titel *The Naked Lunch* in einer Erstauflage von fünftausend Exemplaren. Und so kommt Maurice Girodias von Olympia Press ein Großteil des Verdienstes zu, William S. Burroughs zu einem internationalen literarischen Phänomen gemacht zu haben.

Girodias wurde 1919 als Maurice Kahane geboren. Sein Vater war Jude, seine Mutter eine katholische Erbin. Als das Geld während der Depression knapp wurde, kam sein Vater über die Runden, indem er in Paris erotische Literatur veröffentlichte, die sich an englische Touristen richtete, die zu Hause aufgrund der britischen Obszönitätsgesetze derartigen Lesestoff nicht in die Hände bekamen. (In Frankreich gab es ein ähnliches Verbot, das jedoch nicht für Werke in englischer Sprache galt.) Bei Ausbruch des Zweiten Weltkriegs nahm Girodias den Mädchennamen seiner Mutter an, um der Verfolgung durch die Nazis zu entgehen. Im Alter von fünfzehn Jahren arbeitete er im väterlichen Verlag, der neben geschmacklosen pornografischen Traktaten auch provokante literarische Kost von Henry Miller und Anaïs Nin veröffentlichte. Im Alter von zwanzig Jahren übernahm er den Verlag und brachte *Zorba the Greek* von Nikos Kazantzakis und *Sexus* von Henry Miller heraus. 1953 gründete er den Verlag Olympia Press und veröffentlichte nur zwei Jahre später Vladimir Nabokovs *Lolita*. Seine Liebe zur Literatur brachte ihm wütende Briefe von Pornokonsumenten ein, die sich darüber aufregten, dass das Buch nicht prickelnd genug sei. (Man stelle sich eine ähnliche Reaktion auf *Naked Lunch* vor: »Es geht nicht um die orgasmischen Hinrichtungen und Tausendfüßler an sich, sondern darum, dass es nicht genug orgasmische Hinrichtungen und Tausendfüßler gibt.«)

Als Allen Ginsberg es ihm 1957 erstmals vorlegte, lehnte Girodias *Naked Lunch* ab. Das Manuskript, das Ginsberg ihm überreichte, war ein Papierstapel mit Eselsohren und losen Textfetzen, die wahllos über halb lesbare Wörter geklebt waren. Nicht nur hatte Girodias Schwierigkeiten, was den Inhalt betraf, sondern es fiel ihm schwer, sich das unhandliche Palimpsest als druckfähiges Buch vorzustellen. Er sagte zu Ginsberg, dass er sich das Werk gerne noch einmal ansehen würde, wenn aus dem Textchaos etwas Lesbares gemacht werden könnte. Burroughs hatte es nicht besonders eilig. Er war mit seinem neuen Gefährten Ian Sommerville beschäftigt, pflegte die aufkeimende Zusammenarbeit mit Brion Gysin, widmete sich Meditations- und Okkultismus-Praktiken und plagte sich mit seiner grässlichen Abhängigkeit von Paregoric herum, die ihn auf Trab hielt.

Teile von *Naked Lunch* fanden bereits ihren Weg zu den Lesern, als Girodias einen zweiten Entwurf sah. 1957 erschien in der letzten Ausgabe der *Black Mountain Review* ein Auszug unter Burroughs' Pseudonym William Lee. Ein weiterer Teil landete im Frühjahr 1958 in der Unizeitschrift *Chicago Review*. Herausgeber Irving Rosenthal war besonders beeindruckt von Burroughs' schonungslosen Darstellungen der Homosexualität, die den Stereotypen der Zeit trotzten. Als die *Chicago Review* ihre Produktion einstellen musste, nahmen Ginsberg und Burroughs auf Anraten von Jack Kerouac Kontakt zu dem neuen literarischen Journal *Big Table* auf, das zehn Vignetten von *Naked Lunch* veröffentlichte. Ein paar hundert Exemplare wurden umgehend vom Chicagoer Post Office beschlagnahmt. Das sorgte für nationale Aufmerksamkeit und trug dazu bei, dass die Ausgabe an den Kiosken schon sehr bald ausverkauft war. Die American Civil Liberties Union (ACLU) verklagte das Post Office, und 1960 entschied der Bundesrichter Julius J. Hoffman, dass die Verwendung anstößiger Sprache ein Werk nicht zwangsläufig obszön macht. Das war das erste grüne Licht für *Naked Lunch* als Roman – und somit auch für die provozierenden Ausdrucksformen, die noch kommen sollten. Man kann mit Sicherheit sagen, dass viele Rockplatten nie veröffentlicht worden wären, hätte *Naked Lunch* nicht den Obszönitätsprozess überstanden.

Die Kontroverse bescherte Burroughs ein wenig Ruhm. Als Maurice Girodias Wind davon bekam, schrieb er einen Brief an Burroughs und bat darum, *Naked Lunch* noch einmal lesen zu dürfen. Im Juli 1959 wurde Burroughs mitgeteilt, dass er zehn Tage Zeit habe, das Manuskript für den Druck vorzubereiten. Mithilfe seiner Freunde im Beat Hotel stellte er aus erheblichen Textmengen veröffentlichungsreife Kapitel zusammen. Im November desselben Jahres war Burroughs unter denjenigen, die in einem Artikel des Magazins *Life* über die Beats porträtiert wurden. Der Ton war harsch. »Die meisten Beat-Autoren«, schrieb Paul O'Neill, »sind undisziplinierte und schlampige Amateure, die sich vormachen, ihre jämmerlichen Absurditäten seien Kunst, nur weil sie die Form, Stil und Haltungen früherer Generationen ablehnen und sich der Obszönität als Ausdruck ›totaler Persönlichkeit‹ bedienen.« (Diese Kritiken ähneln denen, die zwei Jahrzehnte später auf die Punk-Bewegung gemünzt wurden, deren Künstler dazu neigten, Burroughs zu verehren.)

Burroughs' Mutter Laura, eine perfekte, konservative Hausfrau, war höchst ungehalten. Schlimm genug, dass sie und ihr Mann häufig die Kaution für ihren Sohn stellen mussten, aber das war zumindest eine Privatangelegenheit. Ihn jedoch in einem nationalen Magazin als Junkie und Schmuddelschreiber beschrieben zu sehen, war ein echter Affront gegen das Ansehen der Familie, und die Mutter legte Burroughs sogar nahe, nie wieder nach Amerika zurückzukehren. Anderenfalls müsse er damit rechnen, die monatliche finanzielle Unterstützung zu verlieren. Er antwortete in einem amüsant knappen Brief, in dem er auf den Okkultisten Aleister Crowley verwies:

> Um meinem Ruf gerecht zu werden, muss ich wohl anfangen, meinen Tee aus einem Schädel zu trinken, das ist das einzige Laster, das mir noch bleibt … Ich hoffe, ich gehe nicht als lächerliche Fehlbesetzung des Größten Lebenden Bösewichts durch, ein Titel, der seit dem Tod von Aleister Crowley neu zu vergeben ist – der ganz nebenbei in wesentlich puritanischeren Zeiten durchaus in der Gesellschaft von Palm Beach herumgereicht worden ist … Und vergiss die anderen nicht, die diesen Titel schon getragen haben … Byron, Baudelaire, Poe, mit denen sich die Leute heutzutage gern in einer Reihe sehen.[103]

Weil Burroughs von dem Verleger Maurice Girodias, der ein Drittel der englischsprachigen Rechte beanspruchte, 800 Dollar Vorschuss erhielt, fand er den Mut, die Kritik seiner Mutter zurückzuweisen. Zwar war es keine große Summe, aber das Geld verschaffte ihm Zuversicht. Leider stand Girodias in dem Ruf, keine Autorenhonorare zu zahlen – er hatte Nabokov wiederholt seinen Anteil an den Verkäufen von *Lolita* vorenthalten. Obwohl Girodias überdies Mühe hatte, einen Verleger für die amerikanische Ausgabe von *Naked Lunch* zu finden, glaubte Burroughs, das Glück endlich auf seiner Seite zu haben. Nicht nur schenkte man ihm Aufmerksamkeit als Autor, auch bei der Strafverfolgung wegen eines weiteren Drogendelikts war er gerade glimpflich davongekommen.

Im Oktober hatte man Burroughs in Paris wegen Drogenhandels angeklagt. Es ging um eine kurze Reise nach Tanger im Jahr 1959, und die Behörden wähnten Burroughs im Zentrum einer internationalen Heroin-Schmuggel-Operation; in Wirklichkeit hatte er nur die halbgare Idee gehabt, eine kleine Menge marokkanisches Marihuana nach Frankreich zu bringen. Bei der Verhandlung verlas einer der Richter Teile von Burroughs' Vorwort zu *Naked Lunch*, um seine Stellung als Literat zu demonstrieren, was möglicherweise zu einer Strafmilderung geführt hat. (Glücklicherweise wurde keine der Passagen vorgelesen, in denen das »sprechende Arschloch« zu Wort kommt.) Burroughs erhielt eine Bewährungsstrafe und musste achtzig Dollar zahlen. In Amerika wäre eine strafrechtliche Verfolgung des Falles ganz anders abgelaufen, dachte Burroughs. Er betrachtete sein Heimatland weiterhin mit bitterem Blick, und das nicht nur wegen der juristischen Probleme der Vergangenheit. »Amerika ist kein junges Land: Es ist alt und dreckig und bösartig, war es schon vor den Siedlern und vor den Indianern«, schrieb er in *Naked Lunch*. »Das Böse ist da und wartet.«

Als Grove Press schließlich *Naked Lunch* in den Vereinigten Staaten herausbrachte, war die Zensur sofort zur Stelle. Barney Rosset, dem der Verlag gehörte, war bereit, für das Werk einzustehen. Wie Girodias war auch Rosset dafür bekannt, provokante Romane zu veröffentlichen, darunter *Lady Chatterley's Lover* von D. H. Lawrence. Aber nichts war wie *Naked Lunch* mit seinen furchteinflößenden Monstern und Ekelwesen. Burroughs' Mugwump ist ein solches: »Hinter ihren dünnen violetten Lippen verbirgt sich ein rasiermesserscharfer Schnabel aus schwarzen Knochen, mit dem sie sich in Kämpfen um ihre Kunden oft gegenseitig in Stücke reißen. Diese Kreaturen sondern aus ihrem erigierten Penis eine Flüssigkeit ab, die süchtig macht und lebensverlängernd wirkt, indem sie den Stoffwechsel verlangsamt.«[104] Selbst abgesehen von spermagetränkten autoerotischen Selbsttötungen durch Ersticken und abstoßenden Berichten über Heroinabhängigkeit war das Buch darauf angelegt, alle verklemmten Menschen und die Zivilbehörden zu provozieren.

»Natürlich ist Zensur das vermeintliche Recht staatlicher Stellen zu entscheiden, welche Wörter und Bilder der Bürger zu Gesicht bekommen darf«,[105] sagte Burroughs 1962 auf der International Writers Conference in Schottland, seinem ersten Auftritt bei einer literarischen Großveranstaltung. Neben ihm waren Henry Miller, Norman Mailer und Mary McCarthy eingeladen, die alle als etabliert galten. Burroughs imponierte durch Scharfsinn. »Was als schädlich angesehen wird, hängt natürlich von der Regierung ab, die die Zensur ausübt«, sagte er. »Im Mittelalter, als die Kirche die Zensurinstanzen kontrollierte, lag der Schwerpunkt auf ketzerischen Lehren ... In englischsprachigen Ländern nimmt die Zensur sexuelle

Wörter und Bilder aufs Korn, die sie für gefährlich erklärt.«[106] Auf der Tagung konnte Burroughs seine Position in der literarischen Szene stärken, wenngleich *Naked Lunch* zum Zeitpunkt seines Auftritts in den USA immer noch nicht erschienen war.

Im November kam *Naked Lunch* endlich auch in den Vereinigten Staaten in die Läden und verkaufte sich auf Anhieb gut. Aber wie erwartet, folgte ein böses Erwachen. Nachdem sich Anwohner beschwert hatten, verhafteten Bostoner Polizisten den Buchhändler Theodore Mavrikos, weil er das Buch anbot. Rosset trat in Aktion und engagierte den Anwalt Edward de Grazia. Interessanterweise hatte de Grazia *Naked Lunch* gelesen und sah darin ein wichtiges Werk. Er arbeitete zusammen mit dem Generalstaatsanwalt von Massachusetts daran, den Prozess auf das Buch selbst zu konzentrieren und nicht auf den Buchhändler. Das Risiko war beträchtlich, aber wenn sie sich durchsetzten, konnte das auch zum Schutz anderer problematischer, aber bedeutsamer Kunstwerke beitragen. Der Fall wurde am 12. Januar 1965 vor dem Superior Court Judge Eugene A. Hudson verhandelt. Zeugen für Burroughs sagten aus, er sei ein moralischer Schriftsteller, der sich mit unappetitlichen Themen beschäftige, um im Interesse der Leser bestimmte Wahrheiten genauer auszuleuchten. Norman Mailer meinte, das Werk und sein Autor seien zu exzellent, um unterdrückt zu werden. »Der Mann besitzt außergewöhnliches Talent«, sagte er. »Er ist der vielleicht talentierteste Schriftsteller Amerikas, und, wohlgemerkt, als professioneller Schriftsteller bin ich nicht gerade darauf aus, anderen Schriftstellern Anerkennung zu zollen.«[107]

Mailers glühende Fürsprache hatte keinen Einfluss auf den Prozessausgang. Am 23. März 1965 verlas Richter Hudson seine Urteilsbegründung: Gemessen an seinen eigenen Maßstäben und nicht an Präzedenzfällen, in denen inzwischen ein Urteil zugunsten von *Wendekreis des Krebses* gefällt worden war, sei *Naked Lunch* in der Tat obszön. Es war ein Rückschlag, aber de Grazia legte Berufung beim Obersten Gerichtshof von Massachusetts ein, der eine Entscheidung hinauszögerte, bis der US Supreme Court sich dazu durchrang, für mehrere Revisionsfälle zu präzisieren, was als obszön gelten sollte. Am 22. März 1965 legten neun Richter eine dreigleisige Obszönitätsprüfung fest, die niedrige Gerichtsinstanzen in Fällen wie *Naked Lunch* anwenden konnten:

1. Das vorherrschende Thema des Materials spricht als Ganzes für ein lüsternes Interesse an Sex.
2. Das Material ist offenkundig anstößig, denn es brüskiert zeitgenössische Gemeinschaftsnormen in Bezug auf die Abbildung oder Darstellung sexueller Themen.
3. Das Material ist nicht von geringstem gesellschaftlichen Wert.

Mit diesen Richtlinien ausgerüstet, hatte der Massachusetts Supreme Court kaum Schwierigkeiten, seine Entscheidung zu fällen. Es war offensichtlich, dass *Naked Lunch* literarischen Wert besaß und seine Themen nicht nur »lüsternes Interesse an Sex« widerspiegelten. Die Brüskierung der Gemeinschaft war diskutabel, aber sicherlich würde nicht jede Gemeinschaft Anstoß nehmen. Da alle drei Elemente erfüllt sein mussten, damit ein Werk als obszön eingestuft werden konnte, entschied das Gericht am 7. Juli 1966 zugunsten von *Naked Lunch*.

Zwei Jahrzehnte später sagte der *Naked Lunch*-Fan Frank Zappa vor einem Ausschuss des US-Senats aus, der vom Parents Music Resource Center (PMRC) einberufen worden war, einem Zusammenschluss von Politikerfrauen, die sich über Rockmusikinhalte aufregten, die sie als schädlich für Kinder ansahen. Zappa, der 1978 bei einer Hommage an Burroughs in New York City mutig »Das sprechende Arschloch« aus *Naked Lunch* rezitiert hatte, nahm kein Blatt vor den Mund. Sollte Burroughs zugesehen haben, wäre er auf den Auftritt seines Freundes sicherlich stolz gewesen:

> Während die Frau des Finanzministers »Gonna drive my love inside you« zitiert und die Frau von Senator Gore in den CBS-Abendnachrichten über »Bondage!« und »Oralsex mit vorgehaltener Waffe« spricht, arbeiten Leute in hohen

> Positionen an einem derart absurden Steuergesetz, dass es sich nur durchdrücken lässt, wenn man das Augenmerk der Öffentlichkeit auf etwas anderes lenkt: »Porno Rock.«
>
> Ist das Grundproblem die Moral? Ist es die geistige Gesundheit? Besteht überhaupt ein Problem? Das PMRC hat mit unangemessenen Vergleichen zwischen Songtexten, Videos, Plattencovern, Radiosendungen und Live-Auftritten eine Menge Verwirrung gestiftet. Es handelt sich um verschiedene Medien, und die Menschen, die für sie arbeiten, haben das Recht, ihr Geschäft ohne beschränkende Gesetze zu betreiben, die von Big-Brother-Ehefrauen wie Tütenpudding serviert werden …
>
> Bedauerlicherweise würde uns das PMRC lieber staatlich zensierte Heavy-Metal-Musik verabreichen, als etwas, das uns Auftrieb gibt. Ist dies ein Hinweis auf den persönlichen Geschmack des PMRC oder nur weiterer Ausdruck der geringen bildungsrelevanten Priorität, die diese Regierung der Kunst in Amerika einräumt?

Wie Maurice Girodias und Barney Rosset wissen auch die Musikmanager ganz genau, dass sich provokative Inhalte gut verkaufen. In der Tat wird ein großer Teil der Ressourcen darauf verwendet, die Konsumenten nach ihrem Lebensstil aufzufächern, um sie zu überzeugen, die jeweiligen Produkte der Unternehmen zu probieren. Dies deckt sich mit Burroughs' Einschätzung von Drogenhändlern: »Der Junk-Händler verkauft nicht sein Produkt an den Konsumenten, er verkauft den Konsumenten an sein Produkt«, schrieb er in *Naked Lunch*. »Er verbessert und vereinfacht seine Ware nicht. Er verschlechtert und vereinfacht den Kunden.«

Als das Manuskript von *Naked Lunch* aus der Rue Gît-le-Coeur 9 erschien, hatte sich Burroughs' Sucht bereits voll entfaltet. Ian Sommerville, der in Burroughs' Werken als Subliminal Kid auftaucht (auch das Pseudonym des Burroughs-Verehrers DJ Spooky ist That Subliminal Kid), stand bereit, ihm zu helfen, die Sucht zu überwinden. Es war ein hartes Stück Arbeit. Wie Sommerville einem

Besucher erzählte: »Das möchte ich nie wieder durchmachen. Halluzinationen, Krämpfe, Ausraster, der Rand des Wahnsinns. Aber es hat sich gelohnt. Er wird gesund.«[108] Dem Schriftsteller dabei zu helfen, clean zu werden, war ein todsicherer Weg, sein Vertrauen zu gewinnen. Und als Sommerville nach Großbritannien zurückkehrte, folgte Burroughs ihm schon bald.

London Calling

Burroughs fand 1966 ein Zimmer im Hotel Rushmore im Londoner Stadtteil Earls Court. Zu seinem Pech hatte Sommerville bereits einen anderen Freund. Trotzdem setzten die beiden zumindest eine Zeit lang ihre Audio-Zusammenarbeit fort. Frühere Sessions, die in der englischsprachigen Buchhandlung in Paris stattgefunden hatten, waren kurz zuvor durch Burroughs' 1965 erschienenes Spoken-Word-Debüt *Call Me Burroughs* bekannt geworden. Die LP hatte großen Erfolg bei Londoner Hipstern und war Paul McCartneys persönlicher Favorit. 1966 hatte Sommerville das Glück, als Tontechniker bei Beatles-Aufnahmen arbeiten zu können. Er richtete in einer Wohnung in der 34 Montagu Street, die Ringo Starr gehörte, ein Aufnahmestudio ein. McCartney mietete den Raum von Starr und bezahlte persönlich das Equipment, mit dem Sommerville Material für ein von der Band betriebenes Spoken-Word-Label aufnehmen sollte.

Mit seinen Rauchglasspiegeln und grauen Seidentapeten unterschied sich Ringos Apartment stark von den sterilen Aufnahmestudios der damaligen Zeit. Und anders als in den EMI-Studios, wo die Tontechniker noch weiße Laborkittel trugen, war es völlig in Ordnung, am Arbeitsplatz Haschisch zu rauchen. Der Bequemlichkeit halber nutzte Sommerville die kleine Bude auch als Wohnung, was zur Folge hatte, dass Burroughs, der immer noch die Hoffnung hegte, ihre Liebesbeziehung wieder aufleben zu lassen, ziemlich oft zu Besuch kam. Burroughs und McCartney unterhielten sich über Cut-ups und Computer, die die Musik von morgen machten, während der später geadelte Beatle Burroughs' Klangexperimenten lauschte, zum Beispiel dem zwanzigminütigen »K-9 Was in Combat with the Alien Mind-Screens«. Dem *Q-Magazine* erzählte McCartney 1986: »Ich saß oft mit William Burroughs und ein paar schwulen Jungs, die er aus Marokko kannte, in einem Souterrain am Montagu Square und nahm kleine Kassetten auf, verrücktes Zeug mit Gitarre und Cello.«

Beatles-Sammler würden diese Aufnahmen, die längst verloren sind, zweifellos gerne in die Hände bekommen. McCartneys Erinnerungen sind alles, was von diesen aufregenden Sessions übrig geblieben ist. »Wir saßen herum und sprachen über all diese erstaunlichen Erfindungen, die die Leute machten … es war alles sehr neu und aufregend, und so wurde ein großer Teil der Zeit damit verbracht, einfach nur herumzusitzen und zu plaudern«, erinnert er sich.[109] In der produktiven und freundschaftlichen Atmosphäre fühlten sich McCartney und Burroughs wohl. »Ich dachte, lass Burroughs die Cut-ups machen, und ich werde einfach meine Demos vorspielen. Ich hatte gerade ›Eleanor Rigby‹ geschrieben und ging an meinen freien Tagen allein in das Apartment im Souterrain. Ich nahm einfach eine Gitarre mit und benutzte die Wohnung als Demostudio.«[110] Burroughs sprach später mit Victor Bockris über den Tag, an dem McCartney einen seiner zeitlosen Songs komponierte. »Wir drei unterhielten uns über die Möglichkeiten des Tonbandgeräts. Er war gerade hereingekommen und arbeitete an ›Eleanor Rigby‹. Ian nahm diese Probeversionen auf, also sah ich, wie der Song Gestalt annahm. Obwohl ich nicht viel über Musik wusste, erkannte ich wieder einmal, dass er wusste, was er tat. Er war sehr angenehm und einnehmend. Ein gut aussehender junger Mann, dazu recht fleißig.«[111]

Burroughs inspirierte McCartney, gefundene Geräusche in Beatles-Aufnahmen zu mischen, darunter Weckerklingeln, Autohupen und Zirkusatmosphäre. Dies wiederum gab Brian Wilson, dessen Beach Boys sich in einer Art kontinentübergreifendem musikalischen Wettrüsten mit den Fab Four befanden, den Mut, bellende Hunde und Fahrradhupen in *Pet Sounds* einzufügen, sein eigenes Meisterwerk. Die offizielle Bezeichnung für solche experimentellen Kompositionen lautet *Musique concrète*. So wenig Burroughs sich für einen Kenner der populären Musik hielt, so sehr hätte er bei der Unterstellung, er gehöre einer westlichen Kompositionsschule an, missbilligend die Nase gerümpft. Nichtsdestotrotz ist sein direkter Einfluss in der gesamten Musikkultur des zwanzigsten Jahrhunderts und der Jahrtausendwende zu spüren, und zwar zumeist auf der Kompositionsebene.

Bei einem Besuch spielte McCartney Burroughs eine Vorabpressung von *Rubber Soul* vor. Der blieb auf seine typisch undurchschaubare Weise wortkarg und nickte nur gelegentlich. McCartney nahm an, dass er die Platte nicht mochte. In Wahrheit war Burroughs von Sommervilles neuer Beziehung genervt und hatte Schwierigkeiten, sich auf irgendetwas zu konzentrieren. Die Studiofiliale der Beatles hatte Sommerville eine weitere Möglichkeit eröffnet, sich ablenken zu lassen. Schließlich, so schien es Burroughs, verlor sein ehemaliger Partner sogar das Interesse an den gemeinsamen Tonband-Experimenten.

Their Satanic Majesties Request

Im Juli 1966 zog Burroughs in eine Wohnung in der Duke Street nahe dem Piccadilly Circus. Bald darauf wurde er in das chaotische Universum der Rolling Stones hineingezogen, der einstigen Rivalen der Beatles. London war Mitte der 60er ein Ort der gegenseitigen kreativen Befruchtung und des Niederreißens sozialer Grenzen. Robert Frazier, Besitzer einer angesagten Kunstgalerie, vermittelte Burroughs' Begegnung mit der Band. »Manchmal traf Bill die Stones in Fraziers Salon, einem Treffpunkt für Künstler aller Sparten«, sagte Bockris.[112] »Sowohl die Beatles als auch die Stones sprachen davon, dass sie bei einigen ihrer Texte Burroughs' Cut-up-Techniken verwendet hatten.« 1970 baute Nicolas Roeg Burroughs' Namen ins Drehbuch seines Films *Performance* ein, in dem Mick Jagger die Hauptrolle spielte. Die Filmfiguren zitierten mehrfach aus seinen Büchern. »Er nahm nicht so sehr Einfluss auf diese Generation von

Musikern, sondern wurde Teil der Rockrebellion«, so Bockris.[113] Jagger sollte sogar die Hauptrolle in einer Musical-Verfilmung von *Naked Lunch* durch Regisseur Antony Balch spielen, für die Burroughs das Drehbuch schrieb. Nachdem Jagger und Balch sich zerstritten hatten, scheiterte das Projekt. (Die Version des Regisseurs David Cronenberg mit Peter Weller in der Hauptrolle als William Lee kam 1991 in die Kinos.)

Their Satanic Majesties Request, die kaum ebenbürtige Antwort der Stones auf das Album *Sgt. Pepper*, die ebenfalls 1967 erschien, ist ein Debakel mit ein paar herausragenden Stücken, darunter das halluzinatorische »2000 Light Years From Home« und das launige »She's a Rainbow«. Interessanter, aber weniger kommerziell ist *Brian Jones Presents the Pipes of Pan at Joujouka*, aufgenommen vom Stones-Gitarristen während des einwöchigen Pipes-of-Pan-Festivals in Marokko im Jahr darauf. Das Album wurde 1971 auf dem eigenen Plattenlabel der Rolling Stones veröffentlicht und ist versehen mit Liner Notes von Burroughs, der die Musik als »die uranfänglichen Klänge einer 4.000 Jahre alten Rock-'n'-Roll-Band« beschrieb.

Jones sah in seinem marokkanischen Abenteuer die Möglichkeit, den Zwängen seiner Realität zu entkommen. Dort hatte Burroughs das schließlich auch geschafft. Kurz vor seiner Abreise wurde Jones wegen des Besitzes von Marihuana verhaftet. Bereits im Jahr zuvor war er mit Marihuana, Kokain und Methamphetaminen geschnappt worden. Jetzt drohte ihm möglicherweise eine viel härtere Strafe, die ihn sogar hinter Gitter bringen konnte. Zudem hatte Jones seinen Job als Gitarrist einer Rockband satt und bevorzugte stattdessen exotische Klänge und Instrumente aus der Fremde. Die Master Musicians of Joujouka – eine Bruderschaft von Sufi-Trance-Musikern, die der Legende nach um das achte Jahrhundert gegründet worden war – sollten für Jones in seinem letzten Jahr auf Erden zur Obsession werden.

Brion Gysin entdeckte die Master Musicians of Joujouka 1950 durch einen befreundeten Maler namens Mohamed Hamri. Fünfzehn Jahre später machte Gysin Bekanntschaft mit den Rolling Stones, die nach Tanger kamen, um die von Schriftstellern wie Paul

Bowles und Burroughs beschriebene verführerische Umgebung hautnah zu erleben. Der zunehmend zugedröhnte Jones, der nur wenige Wochen darauf aus der Band ausgeschlossen werden sollte, hatte überdies ein spezielles Motiv: Er wollte die Master Musicians aufnehmen. Die Gruppe, die dem Rest der Welt so gut wie unbekannt war, trat selten außerhalb des Dorfes auf, nach dem sie sich benannt hatten und in dem ihre Musik integraler Bestandteil des spirituellen und sozialen Lebens der Bewohner war. Wie Gysin Jahre später Genesis P-Orridge von Throbbing Gristle erzählte:

> Brian war zu dieser Zeit mit Anita [Pallenberg] zusammen, und sie kamen nach Tanger, wo sie sich Mick und Marianne [Faithfull] anschlossen, die bereits dort waren, soweit ich mich erinnere … Am nächsten Tag beschlossen Brian und Anita, nach Marrakesch zu fahren. Als Brian zurückkam, stellte er fest, dass [die Bandmitglieder] alle abgereist waren …
>
> Er schluckte eine Handvoll Pillen nach der anderen; Gott weiß, was für welche. Er und Anita machten Sachen, die mir nicht sonderlich gefielen. Zum Beispiel trugen sie Nazi-Uniformen … Aber wenn er Gitarre spielte, war ich höchst verblüfft. Bis dahin war ich der Meinung gewesen, dass keiner dieser Rock-Typen wirklich was draufhatte, sondern dass alles nur viel PR war und wenig Talent. Sein musikalisches Talent war jedoch erstaunlich.
>
> Dass Brian in Joujouka Aufnahmen machen sollte, war eigentlich gar nicht vorgesehen. Er überrumpelte uns, indem er George Chkiantz herbeiholte und die Aufnahmen machen ließ, ohne mir ein Wort davon zu sagen. Es gab nämlich nie eine Vereinbarung mit den Musikern, und es wurde zu einem furchtbaren Kampf, überhaupt Geld für sie herauszuschlagen. Burroughs war dabei und wir sprachen darüber: Was sollte man mit dieser unerlaubten Aufnahme machen, die zustande gekommen war?[114]

Jones investierte viel Zeit und Geld, um im Studio mit den Tonbändern zu experimentieren – sie mit Effekten anzureichern, sie zu spleißen, Abschnitte rückwärts abzuspielen und so weiter. Seine Arbeit wurde jäh unterbrochen. Am 2. Juli 1969 kurz nach Mitternacht wurde Jones ertrunken in seinem eigenen Swimmingpool gefunden. Die Gerichtsmediziner entschieden, dass es sich um einen »death by misadventure« (Tod durch Unglücksfall) handelte, und verwiesen auf ein vergrößertes Herz und eine vergrößerte Leber, verursacht durch anhaltenden Drogen- und Alkoholmissbrauch. (Einige vermuten, dass er in Wahrheit von Frank Thorogood ermordet wurde, einem Handwerker, den Jones mit Arbeiten am Grundstück beauftragt hatte.)

Als das geschäftsführende Management der Rolling Stones die Rechnung für Jones' Studioarbeit an den Joujouka-Bändern erhielt, reagierte man wütend und kam schließlich überein, die Verluste zu begrenzen und das Projekt auf dem Band-eigenen Label zu veröffentlichen. Jetzt, da die Musik Marokkos größere Verbreitung erlangte, inspirierte sie weitere Künstler, darunter den Free-Jazz-Maestro Ornette Coleman, der Burroughs in den frühen 1970er-Jahren begleitete, als er die Master Musicians aufnahm. Burroughs, der eine Kassette der Brian-Jones-Aufnahmen aufbewahrte, fand großen Gefallen an der Musik Marokkos. Wie Bockris sagt: »Bill spielte sie sein Leben lang.«[115]

Rhythmen im Joujouka-Stil sind im Rolling-Stones-Stück »Sympathy for the Devil« von 1968 ebenso zu hören wie in »Continental Drift« von *Steel Wheels*, dem Comeback-Album der Stones von 1989. Ein direkter Burroughs-Einfluss findet sich in einigen der Texte der Band. Zur 1983 erschienenen Single »Undercover of the Night« meinte Sänger Mick Jagger: »Ich sage nicht, dass ich da was geklaut habe, aber dieser Song war stark von William Burroughs' *Städte der Roten Nacht* beeinflusst, einem lockerflockigen Roman über politische und sexuelle Unterdrückung.«[116] Burroughs revanchierte sich, indem er Mick Jagger in der Fortsetzung *The Place of Dead Roads* als einen unschwer zu erkennenden und ziemlich widerwärtigen Typen darstellte.

Ein Jahrzehnt zuvor hatten die Stones die Cut-up-Methode von Burroughs für den Text von »Casino Boogie« verwendet, einem Track auf dem Album *Exile on Main Street* von 1972. »Dieser Song wurde in Cut-ups gemacht«, erklärte Jagger 2010 dem Magazin *Uncut*. »Wir haben im Stil von William Burroughs einfach Sätze auf Papierschnipsel geschrieben und sie zerschnitten. Das ist der Trick. Der Burroughs-Stil. Dann wirft man die Schnipsel in einen Hut, pickt sie heraus und setzt sie zu Versen zusammen.« Burroughs besuchte angeblich die Aufnahmesessions für *Exile* im Jahr 1971, aber offiziell wurde das nie bestätigt. Die Aufnahmen fanden in der von Keith Richards gemieteten Villa Nellcôte statt, einer ehemaligen Nazi-Absteige mit sechzehn Schlafzimmern an der französischen Riviera. »Es war, als würde man versuchen, im Führerbunker eine Platte aufzunehmen«, sagte Richards 2010 gegenüber der Zeitschrift *GQ*. »Oben war es fantastisch, wie Versailles. Aber unten war es Dantes Inferno.« Regelmäßige Heroinlieferungen sorgten dafür, dass Band und Gäste »total abheben« konnten, wie es im Eröffnungsstück »Rocks Off« von *Exile* beschworen wird. »The sunshine bores the daylights out of me«, heult Jagger über einer Kakophonie von krängenden Gitarrenakkorden. Ein Jahrzehnt zuvor sagte ein abgehalfterter Burroughs im Beat Hotel zu Harold Norse: »Hate … the sun … never … go … out.«

Miles Ahead

Burroughs verdankt einen Gutteil seines Bekanntheitsgrades in Großbritannien dem Schriftsteller Barry Miles, der zwei hervorragende Burroughs-Biografien verfasst hat: *El Hombre Invisible: A Portrait* und *William S. Burroughs: A Life*. Er war es auch, der Paul McCartney mit Haschisch bekannt machte. Miles, eine seltene Kombination aus Intellektuellem und Szenegänger, arbeitete bei Better Books in 94 Charing Cross in London, wo Allen Ginsberg 1965 eine Lesung abhielt. Daraus entstand die Idee, eine sogenannte International Poetry Incarnation abzuhalten, die Miles mitorganisierte.

Schon bald betrieb er im Mason's Yard seine Indica Gallery and Bookshop. Paul McCartney hatte in die Kunstgalerie mit Buchhandlung investiert, und 1966 begegnete Yoko Ono dort zum ersten Mal John Lennon. Die Beatles probten in der Indica eine frühe Version von »Tomorrow Never Knows«, bevor sie den Titel im selben Jahr für *Revolver* aufnahmen. Als die Szene weiter zusammenwuchs, half Miles, die *International Times* ins Leben zu rufen, eine Underground-Zeitung, die unter anderem Arbeiten des Okkultisten Kenneth Grant, des legendären Radio-DJs John Peel und William S. Burroughs veröffentlichte. »The Invisible Generation«, so etwas wie ein Aufruf zu den Waffen für Audio-Cut-ups, wurde 1966 in der *International Times* veröffentlicht. Es ist ein Angriff auf »Control« wie auch auf die Einheitszeichensetzung:

> ja es können beliebig viele mitspielen alle die ein tonbandgerät besitzen eine kontrollierte tonspur kann geschehen beeinflussen und gestalten die hier beschriebenen Experimente mit tonbandgeräten werden zeigen wie man diese einflussnahme ausdehnen und genau auf bestimmte aktionen abstimmen kann dies ist die unsichtbare generation er sieht aus wie ein werbeleiter ein college student ein amerikanischer tourist es spielt keine rolle was ihr deckmantel ist solange sie gedeckt sind und agieren können sie benötigen ein philips kassettengerät handlich ausführung für strassenaufnahmen und wiedergabe um aufzunehmen können sie es unter der jacke tragen es sieht aus wie ein transistorradio wiedergabe …
>
> … zum beispiel spiele ich eines meiner dutch schultz letzte worte bänder auf der straße ab fünf alarmfeuer und ein feuerwehrwagen fährt genau im richtigen augenblick vorbei sie werden es lernen stichworte zu geben sie werden lernen gespräche und konzepte zu arrangieren analysieren sie aufgezeichnete gespräche und sie lernen gespräch dahin zu lenken wo sie es hinhaben wollen die physiologische befreiung zu der sie gelangen wenn sie die wortprinzipien

> gesteuerter gedankenverbindungen erst mal durchbrochen haben wird sie ihren zielen näher bringen was immer sie tun sie tun es besser nehmen sie ihren chef und ihre kollegen auf analysieren sie assoziationsmuster lernen sie ihre stimme zu imitieren oh sie werden in der ganzen firma geschätzt [sein] … [117]

Es zeigt sich darin auch Burroughs' anhaltende Besessenheit von der Idee charismatischer Einflussnahme, die schon in seinem ersten, während der Schulzeit veröffentlichten Aufsatz anklingt. Rufen wir uns ins Gedächtnis, dass er im Niederschreiben die Möglichkeit sah, etwas geschehen zu lassen. Andere mit seinen Worten zu beeinflussen, war sein Ziel, und das erreichte er auch. Das heißt jedoch nicht, dass er etwa darauf aus war, für einen Haufen von Musiker-Dilettanten den Babysitter zu spielen. Aber er hatte kein Problem damit, aus der Rockmusik als Bewegung Kapital zu schlagen, solange sich damit Rechnungen bezahlen und Kämpfe gegen »Control« vorantreiben ließen.

Victor Bockris behauptet, dass Burroughs eine Vorliebe für Rockmusik hatte – oder zumindest für deren Botschafter. »Jeder, der Burroughs' *Crawdaddy*-Kolumnen in *The Adding Machine* gelesen hat, erkennt, wie sehr er Rockbands schätzte und unterstützte, die nach Kräften und mit großem Erfolg Botschaften der Gegenkultur in der Welt verbreiteten«, so Bockris.[118] »Als zum Beispiel die Sex Pistols im Sommer 1977 ihre Single ›God Save The Queen‹ herausbrachten, schickte er ihnen einen Unterstützerbrief. Es war die Nähe zum Starkult, die lose Assoziation seines Namens mit dem ihren, die ihm manchmal Unbehagen bereitete. Heldenverehrung war nicht seine Sache.«

Watch That Man

Der Mensch ist ein Artefakt, das für die Raumfahrt entwickelt wurde. Er ist nicht dazu bestimmt, in seinem gegenwärtigen biologischen Zustand zu verbleiben, genauso wenig wie eine Kaulquappe dazu bestimmt ist, eine Kaulquappe zu bleiben.[119]

WILLIAM S. BURROUGHS

Im September 1974 stand hinter der Bühne des Universal Amphitheater in Los Angeles ein abgemagerter David Bowie über einen Tisch gebeugt, der mit Papierfetzen und Kokain-Lines bedeckt war. Er mühte sich mit einer Schere ab, und während sie durch verschiedene Wörter und Sätze schnitt, seufzte er hörbar. »Ich nutze das in erster Linie, um alles zu entfachen, was in meiner Fantasie sein könnte«, sagte er über die von Burroughs gepredigte Methode des Cut-ups.[120] Gekrönt von einem feuerroten Pompadour und ohne Brauen über den Augen, die ein hypnotisierendes Missverhältnis von Kristallblau und Aquamarin offenbarten, wirkte Bowies blasses, kantiges Gesicht noch markanter als ohnehin schon. »Ich habe es mit Tagebüchern und so Sachen versucht und viele erstaunliche Dinge über mich herausgefunden, über das, was ich getan und welchen Weg ich eingeschlagen habe … Es scheint, als würde etwas über die Zukunft vorhergesagt oder viel über die Vergangenheit erzählt werden … Ich sehe darin eine Art westliches Tarot.«[121]

Im selben Jahr kehrte Burroughs aus London nach New York City zurück, doch kurz vor seiner Abreise stand er für einen Artikel, der 1975 in einer Ausgabe des *Rolling Stone* erscheinen sollte, plötzlich Bowie gegenüber. Aber welcher Bowie und welcher Burroughs trafen sich an diesem grauen Nachmittag in London? Beide Männer spielten in einem Ausmaß mit ihrer Identität, dass Fakten und Fiktion, Konzept und Realität, Maske und Träger nicht leicht zu unterscheiden waren. Und beide hatten begriffen, dass Unsterblichkeit – jedenfalls die künstlerische – von den Masken abhängt, die wir hinterlassen, und davon, wie diese Masken von denen, die in dieser Welt bleiben, wahrgenommen, neu arrangiert und umfunktioniert werden.

Bowie und Burroughs nutzten ihre Kunst, um persönliche Traumata zu verarbeiten, die Realität zu beeinflussen und sich durch eine kreative Alchemie zu transformieren, die das Spiel mit Charakteren und die kalkulierte oder zufällige Nebeneinanderstellung von Medienartefakten, Symbolen und Archetypen einschloss. Dieser eigenwillige Ansatz zur Selbsterkenntnis deckt sich in vielerlei Hinsicht mit dem radikalen Konzept der »Individuation« des Psychoanalytikers Carl Gustav Jung. Als Reaktion auf einen im Jahr 1914 erlittenen Nervenzusammenbruch entwickelte Jung völlig neue Techniken, mit denen die einzelnen Elemente der Persönlichkeit zu einem ganzheitlicheren, integrierten Selbst zusammengeführt werden sollten.[122] Mithilfe von Traumdeutung, aktiver Vorstellungskraft, Rollenspielen und freier Assoziation werden im Individuationsprozess die subjektiven Facetten der Selbstidentität mit den Archetypen des kollektiven Unbewussten in Einklang gebracht. Jung und seinen Anhängern zufolge formen diese psychologischen Substrate – oder Masken, wenn man so will – unsere Wahrnehmung der Realität, unabhängig davon, ob wir uns ihres Einflusses bewusst sind.

Burroughs wusste sehr viel über Jung und seine bahnbrechenden Methoden, aber auch Bowie war damit vertraut. Als er Burroughs Ende 1974 kennenlernte, hatte der Sänger sogar bereits begonnen, seinen eigenen kreativen Ansatz zur Individuation zu verfolgen. Dennoch konnte er vom Meister noch einiges lernen. Im Alter von sechzig Jahren war Burroughs als Maskenträger unerreicht: Er war privilegierter Sohn, Kleinkrimineller, Pharmazeutikabenteurer, Mörder aus Versehen, Erotiktourist, Experimentator des Okkulten und literarischer Provokateur gewesen. Bei alldem kämpfte er mit sämtlichen konditionierenden Kräften von »Control«, des größten Feindes der spirituellen und psychischen Befreiung. Burroughs sah die Menschheit gefangen gehalten von dieser feindlichen Macht, die durch das Virus der Sprache fortbesteht und durch das, was er die »Algebra der Sucht« nannte, Fuß fasst.[123] Alles, was zur Konditionierung von Verhalten verwendet werden kann, ist ein Aktivposten von »Control«. Und doch lässt sich das alles auch zur Abwehr einsetzen. Mit Worten, Tönen und Bildern – neu geordnet und zu Waffen umgestaltet – versuchte Burroughs, schädliche Systeme der Unterdrückung und Erniedrigung zu zerstören, zum Beispiel soziale, bürgerliche und religiöse Dogmen. So inspirierte Burroughs zahllose andere Künstler – darunter auch Bowie –, ähnliche Methoden anzuwenden, um den Status quo auf eine Weise zu erschüttern, die selbst er nicht vorhersehen konnte.

Bowie war besonders von Burroughs' Lebensstil fasziniert. Als Drogenkonsument und Homosexueller zu einer Zeit, als die Gesellschaft beiden Dingen offen feindselig begegnete, verbrachte Burroughs einen Großteil seines Lebens damit, unter dem Radar der Behörden zu agieren und das Establishment auf mehreren Kontinenten zu verärgern. Bowie war vom allgemeinen Gebaren des Autors ebenso angetan wie von einzelnen seiner Werke. Er bediente sich intensiv bei Burroughs' Techniken und experimentierte mit Cut-ups und veränderten Bewusstseinszuständen. Wie Burroughs nutzte auch Bowie seine Berühmtheit, um andere zum Individualismus zu inspirieren, wenngleich er Identität an sich als Aneinanderreihung fabrizierter Illusionen verstand. Musik erweckte Bowies viele Masken zum Leben, machte sie zu impulsiven, spektakulären Wesen, die ihm mehr Aufmerksamkeit und Bewunderung einbrachten, als er sich je erträumt hätte. Sein Sound und seine Vision werden sicherlich noch lange nach seiner Zeit als Mensch aus Fleisch und Blut faszinieren, genauso wie Burroughs' Prosa noch Jahrzehnte nach seinem Aufbruch in die Western Lands inspiriert und beleidigt.

In den frühen 70er-Jahren waren englische Musikfans süchtig nach der schrillen Dekadenz des Glam Rock. Bowie war der

Kronprinz dieser Bewegung, und als er sich mit Burroughs anfreundete, hatte er seinen Ruf in Großbritannien bereits gefestigt. Mit seinem berühmtesten Avatar Ziggy Stardust, einem außerirdischen Wesen, das der britischen Jugend als eine leicht messianische Figur, erschaffen mit ausschweifender Fantasie, präsentiert wurde, befand er sich auf einem Höhenflug. Ausgeflippte Teenager durchstöberten Second-Hand-Läden und Kostümverleihe nach extravaganten Klamotten und malten sich Blitze auf die Stirn, um ihrem abgefahrenen »Fagin« zu huldigen. Neil McCormick, Pop- und Rockmusikkritiker bei *The Telegraph*, schrieb: »Für mich ist Ziggy Stardust schlechthin der ikonische Star der Siebzigerjahre. Er verkörpert die Vermählung von Staub und Glamour, ein Held aus dem Weltraum, der sich in schlammverdreckten silberfarbenen Plateaustiefeln aus Verfall, Depression und existenzieller Krise erhebt.«[124] Unter Bowies Führung öffneten sich die Fans der Idee des »gender bending«, der Überschreitung von Geschlechtergrenzen, und machten sich offen über Institutionen lustig – ein Vorbote der Anti-Establishment-Haltung der Punk-Bewegung, die damals noch nicht mehr war als ein Streifen am Horizont.

Bowie war Fürsprecher der Mutation, soll heißen: Transformation war die Grundlage seiner kreativen Arbeiten. Sein Phantom-Ansatz war in gewisser Weise an Burroughs' berühmtestes Werk *Naked Lunch* angelehnt, in dem sich eine Riege von Charakteren mit wenig Rücksicht auf die erzählerische Logik verwandelt und weiterentwickelt. Und dann ist da noch *Nova Express*, dessen Antagonisten Viren sind, darauf programmiert, die Realität mit der Agenda des »Control« zu infizieren. *Die Wilden Boys,* Burroughs' Breitseite gegen das Establishment, hatte besonders starken Einfluss auf Bowie. Der Künstler und Designer John Coulthart nannte es »eine homoerotische Utopie/Dystopie, in der sich Banden von Teenagern in entvölkerten Regionen verstecken und mit Sex, Magie und der Beherrschung von Waffen, einschließlich biologischer und viraler Züchtungen, Krieg gegen den Rest der Menschheit führen«[125] – und das auf Rollschuhen. Bowie nutzte *Die Wilden Boys* als Inspiration für seine Ziggy-Stardust-Figur – selbst, was den dreisten Look betrifft, die sich zudem auch bei Anthony Burgess' *Uhrwerk Orange* bedient. »Das waren zwei starke Bücher, faszinierend, besonders diese marodierenden Jungenbanden aus Burroughs' *Die Wilden Boys* mit ihren Bowie-Messern«, sagte der Sänger.[126]

Burroughs war der Schuss, den Bowie brauchte, um eine neue Rock-'n'-Roll-Welle auszulösen. »Ich stehe definitiv in seinem Bann«, behauptete er. »Als ich in den späten 60ern anfing, seine Werke zu lesen, hat dieser Typ bei mir alles über den Haufen geworfen, und darüber bin ich nie hinweggekommen. In diese Art des Schreibens und der Performance kann ich mich wirklich hineinversetzen.«[127] Zum Zeitpunkt ihres ersten Treffens 1974 hatte sich Bowie bereits vom kecken Troubadour zum Wegbereiter des Glam Rock entwickelt. Und es lagen noch Lichtjahre vor ihm.

Future Legend

Bowie, der im Januar 1947 in Brixton, Großbritannien, geboren wurde, wusste schon immer, dass er Künstler werden wollte. Bereits in jungen Jahren spielte er Blockflöte und hörte amerikanischen Rhythm and Blues von Stars wie Little Richard und seinem absoluten Favoriten Elvis Presley. Er besuchte die Bromley Technical High School, eine reine Jungenschule, wählte als Schwerpunkt Design Technology und nahm später, wie Burroughs, einen Job in einer Werbeagentur an. Bowies älterer Stiefbruder Terry Burns, der Zeit seines Lebens psychisch krank war und 1985 Selbstmord beging, indem er sich auf ein Bahngleis legte, spielte in seiner kreativen Entwicklung eine überaus wichtige Rolle. Terry war es zum Beispiel, der Bowie an Jazz und Literatur heranführte, und ebenso an die Werke der Beats.

Bowie erlebte die Qualen psychischer Erkrankung bei seinem Bruder hautnah mit und verarbeitete dessen Kämpfe – wenn auch abstrakt – in den Songs »After All«, »The Man Who Sold the World«, »The Bewlay Brothers« und »All the Madmen«. In Letzterem singt Bowie von »Villen, die kalt und grau sind« und verzweifelt an einer Ära, »in der eine Nation ihre ›organic minds‹ in einem Keller versteckt«. Der Titel des Albums *Aladdin Sane* aus dem Jahr 1972 ist ein Wortspiel mit der Phrase »a lad insane«. Für *Black Tie White Noise* (1993), ein Album, das nach einem Tiefpunkt Mitte der 80er-Jahre seine Karriere wiederbelebte, komponierte Bowie als Hommage an seinen Stiefbruder den Song »Jump They Say«. So wie Burroughs ein Leben lang damit verbrachte, sich aus seinem »Ugly Spirit« herauszuschreiben, nutzte Bowie seine Musik und sein Image, um sich mit dem auseinanderzusetzen, was er als Identitätsunsicherheit ansah – und verhinderte womöglich den eigenen Zusammenbruch, indem er nach Belieben Rollen annahm und wieder ablegte.

Am 16. September 1965 unternahm David Jones einen unbeholfenen Versuch, sich zu verwandeln. »Ich wollte ernsthaft meinen Namen ändern«, sagte er. »Der erste Anlauf von mehreren. An einem Namen hielt ich etwa drei Wochen lang fest und machte dafür sogar eine Fotosession.«[128] Wie sich herausstellte, war der von Bowie gewählte Name Tom Jones bereits vergeben. Kurzzeitig erwog er, als er selbst aufzutreten, doch Davy Jones, der Name des Sängers der Monkees, war zu diesem Zeitpunkt schon geläufig und klang zu ähnlich. Schließlich lieh er sich von dem amerikanischen Messerhersteller den Namen »Bowie«, eine Tatsache, die Burroughs zur Sprache brachte, als sie einander Ende 1974 begegneten. »Die Waffe der Wilden Boys ist ein Bowie-Messer, ein 18-Zoll-Bowie-Messer, hast du das gewusst?«, erkundigte sich Burroughs. »Du machst keine halben Sachen, oder?«[129], antwortete der Sänger. Bowie bezeichnete seinen neuen Künstlernamen als »das Medium für ein Konglomerat von Aussagen und Illusionen« – ein perfekt Burroughs'sches Konzept.[130] Bei diesen beiden tragen sogar die Masken Masken.

Im Juli 1969 landete Bowie mit »Space Oddity« einen transatlantischen Superhit. Der Song präsentiert eine seiner unsterblichen Figuren: Major Tom, einen Astronauten, der nach einem Unglück mit seinem Raumschiff ins Leere trudelt. In »Ashes to Ashes« vom Album *Scary Monsters (And Super Creeps)* sollte Major Tom ein Jahrzehnt später als Junkie »strung out in heaven's high«

zurückkehren. Und auch im Video zu »Lazarus« von Bowies Abschiedsalbum *Blackstar* von 2016 wird er visuell aufgegriffen. Bowies Faszination für alles Außerirdische zog sich durch seine gesamte Karriere und spiegelt Burroughs' Interesse an außerirdischen Intelligenzen und Raum-Zeit-Reisen wider, von denen der Autor glaubte, sie würden die letzte Stufe der menschlichen Evolution einläuten. »Wir befinden uns im Weltraumzeitalter, und wir sind ›here to go!‹«, rief der Autor oft bei Lesungen seinem Publikum zu.

Mit »Space Oddity« wurde Bowies Karriere kurzzeitig in die Stratosphäre katapultiert, doch als der Nervenkitzel der Mondlandung 1969 abflaute, war sie ebenso rasch wieder zurück auf der Erde. Bowie erfand sich neu, zunächst für *The Man Who Sold the World* (1970) als Hardrock-Rüpel, dann für *Hunky Dory* (1971) als Hippie-Mystiker, doch erst mit *Ziggy Stardust and the Spiders from Mars* (1972) lieferte er den bis heute betörendsten Bowie: den Alien-Messias. Das Album und die begleitenden Auftritte begeisterten die britische Jugend wie zuvor nur die Beatles, und dabei drehte sich alles um Bowies interstellaren Ziggy. Im darauffolgenden Jahr kam *Aladdin Sane* in die Läden, und danach hatte er von der Spaceman-Masche schließlich genug. Die Verehrung durch seine Fans wurde selbst dem aufmerksamkeitssüchtigen Bowie zu viel. Die Burroughs-Doktrin half ihm, aus seinem Glittergefängnis auszubrechen und ein dekorierter Agent der Veränderung zu werden. »Ich habe mich immer zu den Bill Burroughs dieser Welt hingezogen gefühlt, den Leuten, die ein Vokabular produzieren, das nicht unbedingt ein persönliches ist, sondern etwas, das aus Chiffren und Vorzeichen besteht, die man hochwürgt, umgestaltet und neu zusammenfügt«, sagte Bowie.[131]

Er verwendete Cut-ups auf *Diamond Dogs*, einer Übergangsplatte aus dem Jahr 1974, die ursprünglich als Musiktheater-Interpretation von George Orwells *1984* gedacht war. Als Bowie sich die Rechte davon nicht sichern konnte, lieh er sich Themen aus *Die Wilden Boys*, zerschnitt Songs, die er bereits für das Projekt geschrieben hatte, und setzte sie neu zusammen. Wie Burroughs sagte: »Spontaneität kann man nicht erzwingen, aber mit der Schere lässt sich einem Werk ein unvorhersehbarer spontaner Faktor hinzufügen.«[132] Bowie schätzte in seiner Arbeit das Element des Zufalls – ein Grund, warum er Cut-ups auch für seine letzten beiden Alben *The Next Day* (2013) und *Blackstar* (2016) nutzte.

Die Ursprünge der Cut-up-Technik liegen in der Dada-Bewegung des frühen zwanzigsten Jahrhunderts. Der Avantgarde-Poet Tristan Tzara stellte auf einer Zusammenkunft von Surrealisten in den 1920er-Jahren die Idee vor, ein Gedicht ad hoc zu schreiben, indem man Wörter aus einem Hut zog und so den Zufall in die textbasierte Komposition aufnahm.[133] Das mag jedem, der schon einmal Kühlschrankmagnet-Poesie besessen hat, nicht gerade bahnbrechend erscheinen. Damals jedoch war es radikal, und auch noch, als Burroughs und Gysin ihre Version verkündeten. Bowie beschrieb das »Wie« von Cut-ups 2008 der *Daily Mail*:

> Man schreibt einen oder zwei Absätze, in denen es um unterschiedliche Themen geht, das ist dann so etwas wie eine Zutatenliste für die Geschichte. Dann zerschneidet man diese Sätze in Abschnitte von vier oder fünf Wörtern, mischt sie und setzt sie wieder neu zusammen. Auf diese Weise kann man auf etliche ziemlich interessante Ideenkombinationen stoßen. Und die kann man dann entweder so verwenden, wie sie sind, oder, falls man unbedingt die Kontrolle darüber behalten möchte, auch als Basis für ganz neue Texte nutzen.[134]

Mit anderen Worten: Nicht jeder Cut-up wird so belassen, wie er ist. Sind die Sätze erst einmal umgestellt, können sie nachträglich bearbeitet werden, um die Absicht des Autors mehr oder weniger deutlich zu vermitteln. Cut-ups können auch verwendet werden, um Erzählperspektiven jenseits des Üblichen zu schaffen. Wie David Buckley in *Strange Fascination: David Bowie, The Definitive Story* schreibt: »Die Zufälligkeit reizte Bowie sehr. Er schrieb einen Song sowohl in der ersten als auch in der dritten Person und randomisierte dann diese beiden Perspektiven, um eine ›neue‹ Subjektivität zu schaffen.«[135]

In einer späteren Phase seiner Laufbahn arbeitete Bowie mit dem Softwareentwickler Ty Roberts zusammen an einem Programm, das die Produktion von Cut-ups erleichtern sollte. »Kombiniert man drei oder vier zusammenhangslose Ideen, ist die unbewusste Intelligenz, die aus diesen Verquickungen entsteht, wirklich verblüffend, ziemlich provokativ«, sagte Bowie Mitte der 90er-Jahre. »Ich nehme Artikel aus Zeitungen, Gedichte, die ich geschrieben habe, Abschnitte aus den Büchern anderer Leute und lege sie alle in dieses kleine Informationsdepot, drücke auf den Knopf, und alles wird randomisiert.«[136]

Es blieb Bowie überlassen, wie viel Kontrolle er bei der Endmischung haben wollte. »Entweder nutze ich die Sätze wortwörtlich so, wie sie ausgespuckt werden, oder ich entdecke innerhalb eines Satzes etwas, das eine Idee entstehen lässt«, sagte er.[137] Bowies maschinell erzeugte Cut-ups waren die natürliche Fortsetzung der Experimente, die Burroughs und Sommerville in den 60er-Jahren in London machten. Sommerville, ein früher Computerprogrammierer, speiste einen Satz in einen Rechner, der daraus alle möglichen Kombinationen einzelner Wörter erzeugte und sie in neuen Formulierungen ausspuckte.[138] Dieser Prozess war eine primitive Version von Bowies Programm, das er in einem seiner seltenen kreativen Fehlgriffe als »Verbasizer« bezeichnete.

Bowies Cut-up-Programm wurde 1995 auf dem Album *Outside* verwendet – einem wüsten Werk, das sein Schöpfer als »einen nichtlinearen Gothic-Drama-Hyperzyklus« beschrieb. Die Technik kam bis zu Bowies letztem Album *Blackstar* zum Einsatz. Regisseur Michael Apted ließ Bowie in seiner Dokumentation über Kreativität, die 1997 unter dem Titel *Inspirations* erschien, von Cut-ups schwärmen; Burroughs hätten die Bemerkungen des Sängers sicherlich gefallen. »Es ist auf seine Art fast ein technisch hervorgerufener Traum«, sagte Bowie. »Es werden Bilder erzeugt, die sonst nur im Traumzustand entstehen, und um dies zu erreichen, muss man sich nicht mal eine langweilige Nacht Schlaf antun, oder sich total zudröhnen.«[139]

Cracked Actor

High zu sein, war für Bowie während der Achterbahnfahrt in den 70ern sehr wichtig. Ähnlich wie Burroughs strebte er mit allen Mitteln nach visionären Erfahrungen und griff dafür auch zu Rauschmitteln. Wenngleich Bowie und Burroughs den Drogenkonsum nicht befürworteten, erlebten beide die Qualen der Sucht, samt Entzug und Paranoia. Dennoch bedauerte Bowie wenig. »Die eher mittelmäßigen, nichtssagenden Persönlichkeiten aus dieser Zeit endeten viel schlimmer als diejenigen, die sich wirklich durch den Fleischwolf haben drehen lassen«, sagte er in den 90er-Jahren im Rückblick auf seine Karriere.[140]

> Und Leute wie Bill Burroughs – einen offensichtlich gesünderen, fitteren älteren Mann wird man nicht finden. In Bill Burroughs' Körper haben vermutlich mehr Nadeln gesteckt als in einem Nadelkissen. Es ist interessant, dass Menschen, die sich auf eine solche Erkundungsreise begeben, wenn sie den Scheitelpunkt überwunden haben, gewissermaßen als bessere Menschen daraus hervorgehen können. Diese Behauptung ist gewagt, aber in meinem Fall trifft sie zu.[141]

Anders als Burroughs zog Bowie Aufputschmittel den Opiaten vor. Mitte der 70er ernährte er sich ausschließlich von Vollmilch, roter Paprika und Kokain.[142] Letzteres erlaubte ihm, Schlaf zu sparen, während er an einer neuen Identität bastelte. Als er genug hatte vom Glam Rock und den immensen Kosten für immer teurere Bühnenbilder, tötete Bowie Ziggy am 3. Juni 1973 live auf der Bühne. »Von allen Shows der Tournee wird uns diese am längsten in Erinnerung bleiben, denn es ist nicht nur die letzte Show der Tournee, sondern auch die letzte Show, die wir jemals machen werden«, teilte er dem entsetzten Publikum mit, das auf Plateauschuhen und mit Regenbogenlidschatten vor ihm stand.[143]

Wie sich herausstellte, zog sich Bowie nur von seiner letzten Persona zurück und gab die Musik nicht ganz und gar auf. Die

Spiders from Mars wurden entlassen und an ihre Stelle trat eine Soul-R&B-Crew, die sich aus den wichtigsten Musikern Philadelphias zusammensetzte. Nachdem er sich in der Pause der *Diamond Dogs*-Tour ins Sigma-Sound-Studio verkrochen hatte, kam er mit einem neuen Sound wieder heraus, den er »Plastic Soul« nannte. Dieser Sound bildete die Grundlage für seine nächste LP *Young Americans*, die den jungen Luther Vandross als Backgroundsänger präsentierte. Vorbei war die Zeit der Kostüme, inspiriert von den zügellosen Hooligans aus Burroughs' *Die Wilden Boys*. Jetzt trug Bowie gepflegte Anzüge, die wie teure Versionen von Burroughs' Seersucker-Modellen aussahen. (Beide Männer bewunderten Marlene Dietrich, die Anzüge definitiv zu tragen wusste.)

Wie bei Burroughs' Figuren, deren Identitäten und Absichten flexibel sind, neigten Bowies Veränderungen dazu, plötzlich und ohne Vorwarnung vonstatten zu gehen. Und wie Burroughs ließ er ohne zu zögern alles fallen, was ihm seinem Gefühl nach bei der Suche nach individueller Erfüllung im Weg stand. Manchmal bedeutete dies, Kostüme, Bühnenbilder und ganze Genres zu verwerfen. Manchmal bedeutete es auch, Menschen auszurangieren, Mick Ronson etwa, seinen Gitarristen aus der Glam-Ära. Oder Angie Bowie (geb. Barnett), seine kesse amerikanische Ehefrau. Oder Carlos Alomar, seinen langjährigen Rhythmusgitarristen und Arrangeur. Dennoch lässt sich über das Ergebnis nur schwer streiten. Bowies machiavellistischer Wesenszug machte ihn zu einem der erfolgreichsten Rockstars mehrerer Generationen, ähnlich wie Burroughs seine gefährlichen und eigentümlichen Angewohnheiten nur noch unsterblicher machten.

Andere Stars der 70er-Jahre wie Jackson Browne und die Eagles wurden immer softer, Bowies Kanten dagegen immer schärfer. Sein lässiger Charme verbarg einen Killerinstinkt, wie bei einem eleganten Handstock, in dem eine todbringende Klinge steckt. Durch Kokainmissbrauch und Schlafentzug immer weiter in den roten Bereich getrieben, kanalisierte Bowie diesen Instinkt, um Musik für ein neues Jahrhundert zu erschaffen – eines, in dem politische, wirtschaftliche und soziale Gewalt alltägliche Realität waren. Einem Späher gleich, hatte Burroughs dieses apokalyptische Terrain bereits in seiner Nova-Trilogie vermessen, in der ein bevorstehendes Chaos kosmischen Ausmaßes beschworen wurde.

Eine derart gefährliche Zukunft erforderte neue Techniken zur Bekämpfung von »Control«. Eine davon war Sound. Hier tritt eine eher obskure Verbindung zwischen Burroughs und Bowie zutage. Burroughs glaubte, Töne könnten Menschen auf molekularer Ebene beeinflussen, so wie Junk die zelluläre Zusammensetzung von Organismen verändert. Der Autor erkannte auch die Macht von Rockbands wie Led Zeppelin, deren klanglicher Sturm und Drang gewaltige Energien freisetzte und das Publikum benommen und verwirrt zurückließ. Er dachte sogar darüber nach, ob bestimmte »schlechte Schwingungen« der niedrigen Schallfrequenzen bei Zielpersonen zu einem totalen Systemkollaps führen könnten.

Bowie interessierte sich für den Gedanken, Sound als Waffe einzusetzen, war jedoch viel zu höflich, um dies auf zahlende Kunden anzuwenden. Dennoch sprach er oft über die Idee und hatte dafür sogar einen Namen: »Black Noise«. In einem weitschweifigen Interview von 1974 erläuterte er das Konzept dem Fernsehmoderator Dick Cavett: »›Black Noise‹ ist etwas, wofür sich Burroughs sehr interessiert hat. Ein Aspekt davon ist, dass … ähm … ein Glas – wenn ein Opernsänger einen bestimmten Ton trifft, wirken die Vibrationen davon auf den Stoffwechsel des Glases und lassen es zerspringen, oder? Also ist ›Black Noise‹ das Register, in dem man eine Stadt oder Leute kaputtmachen kann … Es ist eine neue ›Control‹-Bombe.«[144] Da hat wohl jemand Burroughs in der Freebase-Pfeife geraucht.

Der Fachausdruck für solche Waffen lautet »Infraschall«, also Schall mit einer Frequenz unter 20 Hertz. Infraschall liegt häufig außerhalb des normalen Bereichs des menschlichen Gehörs und kann intensive, sogar gefährliche Wirkungen hervorrufen. Von bestimmten Frequenzen weiß man, dass sie bei Menschen, die ihnen ausgesetzt sind, Angst und tiefes Unbehagen auslösen; einige berichten sogar von merkwürdigen Empfindungen übernatürlicher Art. Im Extremfall kann Infraschall zu Störungen der

Körperfunktionen führen, etwa Schwindel, Kopfschmerzen, Sehstörungen, Lähmungen und zu unkontrollierbarem Stuhlgang – die berüchtigte »braune Note«.[145] All dies gefiel Burroughs sehr, und man darf vermuten, dass sich auch elektronische Acts dafür interessieren, Skrillex beispielsweise, der in seinen EDM-Kompositionen »Bass Drops« einsetzt, die Bauchgrimmen bewirken.

Die Begeisterung des Militärs für Schallwaffen ist nicht nur theoretischer Natur: Sie wurden im Feld erprobt. 1989 beschallten US-Truppen den panamaischen Machthaber Manuel Noriega mit Musik von Van Halen und Guns N' Roses, um ihn aus der Botschaft des Vatikans zu vertreiben, in die er sich geflüchtet hatte.[146] Geheimdienstmitarbeiter setzten Tracks von Metallica und Slipknot als »erweiterte Verhörmethoden« gegen mutmaßliche Al-Qaida-Mitglieder ein.[147] Auf Menschen, die gegen die Dakota Access Pipeline[148] protestierten, und Demonstranten in Ferguson, Missouri[149] – nicht weit von Burroughs' Heimatstadt St. Louis –, wurden leistungsstarke Schallkanonen gerichtet. In jüngster Zeit gab es Berichte über Hirnverletzungen und Gehörverlust bei US-Diplomaten, die in Kuba stationiert waren – angeblich Folge eines Schallangriffs.[150] Es besteht wenig Zweifel daran, dass solche Waffen weiterhin eingesetzt werden, sobald zivile Unruhen zum Status quo werden.

Die Idee, Musik zum Töten zu verwenden, ist offenbar nicht neu. In einem Artikel aus dem *FACT Magazine* von 2016 wird ein Instrument beschrieben, das für Burroughs von besonderem Interesse gewesen wäre:

> Eine der fürchterlichsten kürzlich entdeckten Klangwaffen ist die aztekische Todespfeife, ein Keramikgefäß, häufig in Form eines Schädels, das von den präkolumbianischen Stämmen Mexikos benutzt wurde. Bläst man hinein, wird ein Geräusch erzeugt, das manche als »das Schreien von 1.000 Leichen« beschreiben. Eine ganze Armee, die mit Todespfeifen marschierte, muss unglaublich angsteinflößend gewesen sein.[151]

Es gibt Musikfans, die sich vernichtendem Lärm bereitwillig unterwerfen. Man denke nur an die Popularität des Black Metal mit seinen Sturmgitarren und dem gutturalen Gebrüll. Dieses Genre ist der Inbegriff des Ätzenden und wird von Metalheads in allen Ecken der Welt geliebt. Manch extreme Musik ist im Grunde schon Infraschall. Mit ihren den Erdboden erschütternden Drones sorgen die Doom-Overlords Sunn O))) dafür, dass ihr Publikum die Kontrolle über grundlegende motorische Funktionen verliert. Der Dark-Ambient-Künstler Lustmord hypnotisiert mit tieffrequentem Summen. Noise-Pionier Merzbow klingt wie eine Mikrofonrückkopplung vom Mars. Laptop-Trickser Tim Hecker serviert Sinfonien aus Rauschen. Und das sind nur ein paar Beispiele. »Black Noise« wird auch bald in einer Konzerthalle oder bei öffentlichen Protesten in Ihrer Nähe zu hören sein – Burroughs und Bowie haben es vorausgesagt.

Watch That Man

Ähnlich wie Burroughs erfuhr auch Bowie wegen seiner vermeintlichen Amoralität und seines negativen Einflusses auf die Jugend heftige Zurückweisung durch das Establishment. Auch die Kritiker waren misstrauisch und taten ihn im Vergleich zu Künstlern wie Bob Dylan und Joni Mitchell oft als Dilettanten oder Wichtigtuer ab. Als Burroughs sich 1974 für ein *Rolling Stone*-Profil mit Bowie traf, sagte er mitfühlend: »Die wollen dich immer gleich kategorisieren. Ich glaube, das Wichtigste auf der Welt ist, dass Künstler diesen Planeten übernehmen, denn sie sind die einzigen, die etwas bewirken können. Warum sollten wir zulassen, dass diese verdammten Zeitungspolitiker uns die Macht entreißen?«[152] Das Treffen hatte A. Craig Copetas, der wichtigste Redakteur des Magazins, in London arrangiert, und es wurde in der Ausgabe vom 28. Februar unter dem Titel »Beat Godfather Meets Glitter Mainman« veröffentlicht. Die beiden trafen sich im November in Bowies Londoner Wohnung, kurz bevor Burroughs die Einladung von Allen Ginsberg annahm, nach New York zurückzukommen und einen Lehrauftrag am City College anzunehmen. Copetas schilderte das Surrounding:

> Bowies Haus ist in Science-Fiction-Manier eingerichtet: Über einem Plastiksofa hängt ein gigantisches Gemälde, dessen Stil irgendwo zwischen Salvador Dalí und Norman Rockwell angesiedelt ist. Der Kontrast zu Burroughs' Wohnung ist groß: Dieser lebt in Piccadilly in gerade mal zwei Zimmern mit Fotos von Brion Gysin an den Wänden – für einen erfolgreichen Schriftsteller ein bescheidenes Quartier, das eher an das Beat Hotel in Paris erinnert.
>
> Bald trat Bowie ein, bekleidet mit einer dreifarbigen NASA-Jodhpurhose, und begann umgehend, das Gemälde und seine surrealistischen Qualitäten detailliert zu erläutern. Burroughs nickte, und das Interview/Gespräch begann. Wir drei saßen zwei Stunden lang in dem Raum, unterhielten uns und aßen zu Mittag: ein jamaikanisches Fischgericht, zubereitet von einem Jamaikaner aus der Bowie-Entourage, mit Shrimps gefüllte Avocados und dazu ein Beaujolais Nouveau, serviert von zwei interstellaren Bewohnern des Bowie-Planeten.

Wie Dylan ein Jahrzehnt zuvor befand sich Bowie, was seine Kreativität betraf, an einem Scheideweg, als er sich mit Burroughs zusammensetzte. Er sehnte sich nach der Art von Glaubwürdigkeit, die Teenager-Idolen an der Spitze der Popcharts nur selten zuteilwird. Mit dem berüchtigten Beat-Autor für eine große amerikanische Publikation zu plaudern, war eine hervorragende Möglichkeit, seine Authentizität als visionärer Denker unter Beweis zu stellen. Burroughs wiederum wusste, dass seine Miete nur zahlen konnte, wer zu einem gewissen Grad in der Öffentlichkeit blieb. Immerhin war diese neue Generation interessanter als die Hippies, die Burroughs für Weicheier hielt. »Ich kenne nur eine Methode, einem Bullen Blumen zu überreichen: im Blumentopf, und aus einem möglichst hoch gelegenen Fenster«, bemerkte er einmal.[153]

Burroughs und Bowie verstanden sich gut und tauschten ihre Ansichten zu einer Reihe von Themen aus, von den Medien über die Liebe bis hin zu Yoga-Techniken. Doch falls Bowie als kultivierter Literaturstudent auftreten wollte, gelang ihm das so gut wie gar nicht:

> BURROUGHS: Was inspiriert dich beim Schreiben, das Literarische?
> BOWIE: Ich glaube nicht.
> BURROUGHS: Also, ich habe diesen Achtzeiler von dir gelesen, und er hat mich sehr an T. S. Eliot erinnert.
> BOWIE: Nie gelesen.

Bowie war vor ihrem Treffen tiefer in Burroughs' Werk eingetaucht und konnte sich kaum noch zurückhalten. Die Prosa des Autors war auf eine Art und Weise glorreich abscheulich, die ihm fast greifbar erschien. »Das ist die Art von Schreiben, auf die ich abfahre, und auf das, was ich von William gelesen habe, ganz besonders«, sagte er. »Ich kann nicht behaupten, dass ich alles analysiere und genau verstehe, was du sagst, aber vom Gefühl her ahne ich, was du meinst. Es ist alles da, ein ganzes Wunderhaus voller seltsamer Formen und Farben, Geschmäcker, Gefühle.[154]

Bowie erläuterte seine Vision einer Bühnenshow, die Konzepte im Stil von Burroughs beinhaltete. »*Nova Express* hat mich wirklich an *Ziggy Stardust* erinnert, und daraus werde ich eine Theateraufführung machen«, versprach er. »Es setzt sich aus vierzig Szenen zusammen, und es wäre schön, wenn die Schauspieler die Szenen lernen würden und wir sie am Nachmittag der Aufführung alle in einen Hut stecken und einfach so aufführen, wie sie herauskommen. Das habe ich alles von dir, Bill.« Burroughs war fasziniert. »Das ist eine sehr gute Idee, ein visueller Zusammenschnitt in anderer Reihenfolge«, sagte er. Die Produktion kam nie zustande.

1979 brachte Jeffrey Morgan von *Creem* Burroughs dazu, sein Gespräch mit Bowie wieder aufzugreifen:

MORGAN: Was hielten Sie von [Bowie], als Sie ihn trafen? Kam er Ihnen vor wie jemand, der sich durchs Leben mogelt, oder schien er auf dem rechten Weg zu sein?

BURROUGHS: Na ja, weder das eine noch das andere. Er erzählt keinen Scheiß, er ist sehr, sehr clever und wie mir scheint sehr berechnend. Ich glaube, er weiß genau, was er tut und wohin er will und wie er dorthin kommt.[155]

Als sich die 70er-Jahre dem Ende zuneigten, bestand für Bowie die Herausforderung nicht darin, dorthin zu gelangen, sondern den Weg zurück zu finden.

The Supermen

Genau wie Burroughs interessierte sich Bowie sehr für das Okkulte. Genau wie Burroughs hielt er die Kunst für ein Tor zum Reich der Magie, wo man sich Worte, Symbole und Klänge zunutze machen kann, um in der realen Welt etwas zu bewirken. Menschen, die es alltäglich praktizieren, verstehen unter »dem Okkulten« jedes System oder jede Technik, die Veränderungen durch Prozesse herbeiführen, die sich mit klassischer Physik weder erklären noch untersuchen lassen. Oder, um es noch einfacher auszudrücken: alles, was sich unserem üblichen Verständnis entzieht und dennoch die Realität prägt oder beeinflusst. Um Meister des Okkulten zu werden, braucht man keine Aufnahmeprüfung in Hogwarts, sondern nur aufgeschlossenes Denken, oder vielleicht nicht einmal das. »Das rationale Denken ausmerzen«, sagt die Figur William Lee in der Verfilmung von *Naked Lunch*. David Bowie hat sich definitiv danach gerichtet: Er verbrachte die zweite Hälfte der 70er-Jahre in einem von Drogen genährten Dämmerzustand.

Bowie schmückte sein gemietetes Haus in Los Angeles über und über mit rätselhaften Symbolen, ähnlich wie Burroughs' fiktives Double Kim Carsons in *The Place of Dead Roads* »im Keller magische Kreise zeichnete, um Dämonen zu beschwören«. Dass

Bowie sich mit dem Okkulten beschäftigte, schlug sich immer häufiger in seiner Musik nieder. »Don't look at the carpet / I drew something awful on it«, singt er in zittrigem Bariton in »Breaking Glass« vom 1977er-Album *Low*. Seine skelettartige Gestalt und der fahle Teint ließen ihn in der Tat ziemlich schauderhaft aussehen. Wenn man Bowie in jenem Jahr mit dem Song »Young Americans« live im Fernsehen auftreten sah, die leichenhaften Gliedmaßen ungelenk an eine Gitarre geklammert, die vermutlich mehr wog als er, sah man einen Mann, der nur mit viel Glück das Ende des Jahrzehnts erleben würde. Dass es ihm gelang, zeugt von dem unbändigen Willen, seine Ambitionen zu verwirklichen. »Do What Thou Wilt Shall Be the Whole of the Law« (Tu, was du willst, soll sein das ganze Gesetz), lautet die Maxime von Aleister Crowley. Bowie »will« damals nicht nur haufenweise Drogen, sondern durch seine Kunst bleibenden Einfluss ausüben – mit welchen Mitteln auch immer, und sei es mit ein wenig Zauberei.

Wie Burroughs verfolgte auch Bowie, was das Okkulte betraf, keinen akademischen, sondern eher einen intuitiven Ansatz, wenngleich er über ein breites Spektrum an esoterischen Themen, von Crowley über Wicca bis hin zu östlicher Philosophie, recht gut informiert war. »Bowie hat seine öffentliche Persona aus diversen Puzzleteilen des modernen Okkultismus konstruiert«, sagte Peter R. Koenig in seinem epischen Online-Essay *The Laughing Gnostic: David Bowie and the Occult*. »Dies ist das Leitmotiv seiner Suche nach dem authentischen Selbst.«[156] Diese Suche ist Zweck und Leitlinie des Gnostizismus.

Aber was ist Gnostizismus? Zunächst einmal ein wirklich altes Wortvirus. Im Altgriechischen bedeutet *Gnosis* Wissen. Der Aphorismus *gnothi seauton* oder »Erkenne dich selbst« hallte durch Mystikschulen aller Zeitalter und wurde im alten Ägypten über dem Eingang der Tempelkammer in Luxor als Inschrift eingemeißelt. In einem modernen okkulten Kontext ist die Gnosis sowohl der Weg zur Selbsterkenntnis als auch das Ziel selbst. Ein Essay von 1986, der auf der Website »Chaos Matrix« archiviert ist, beschreibt Gnosis so:

> Der Schlüssel zu magischen Fähigkeiten – das Erreichen eines intensiven Bewusstseinszustandes, der in verschiedenen Traditionen als »No-Mind«, »One-Pointedness« oder »Sartori« bekannt ist. Das Bewusstsein ist von allen Informationen geleert, außer dem Objekt/Subjekt der Konzentration. Es können verschiedene Methoden angewendet werden, um die Gnosis zu erreichen, vom wilden Tanzen bis zur entrückten Kontemplation einer Idee. Welche Methode auch immer gewählt wird, der Praktizierende setzt sie fort, bis er/sie in Ekstase gerät.[157]

Wenn es so ist, wie hier beschrieben, bestehen wenig Zweifel, dass Musik ein mächtiges Instrument der Erleuchtung sein kann.

Im neunzehnten und frühen zwanzigsten Jahrhundert fassten Organisationen wie Hermetic Order of the Golden Dawn und Ordo Templi Orientis gnostische Vorstellungen und Ideen unter der Bezeichnung »westliche Hermetik« zusammen.[158] Dieses spirituelle System bezog die Weisheit älterer Kulturen mit ein, auch jene, die angeblich von den Tempelrittern stammte. Es machte zudem ausgiebigen Gebrauch von esoterischen jüdischen Lehren, die in der Kabbala verwurzelt sind. Bei diesen handelt es sich um eine Reihe göttlicher Emanationen, die innerhalb einer metaphysischen Hierarchie namens Sepher Sephiroth oder Lebensbaum einander entsprechen. Irgendwann wurden diese und andere esoterische Praktiken unter dem Begriff »Magick« zusammengeführt, der von Aleister Crowley geprägt wurde, um okkulte Praktiken von den Tricks der Illusionisten zu unterscheiden. (Und diese Bezeichnung werden wir von nun an verwenden.) Crowley propagierte auch »Sex Magick«, eine intime Methode, bei der durch Akte ungezügelter Lust freigesetzte Energien und heilige Körperflüssigkeiten ausgenutzt werden, ohne deren Vitalität zu vergeuden. Dies mag auch der Grund sein, warum Magick für Bowie und andere sexgierige Rockstars so reizvoll war. Und es liefert auch eine gewisse Erklärung für das scheinbar nonstop fließende Ejakulat in Burroughs' Romanen.

Einer von Bowies am stärksten okkultistisch geprägten Songs ist »Station to Station« vom gleichnamigen Album von 1977. Über einem spröden Gitarrenriff und einem zyklischen Beat verweist er auf den »Kreuzweg«, auf magische Kreise, Astralprojektion, die Poesie von Aleister Crowley und auf den »Lebensbaum« in der Kabbala:

Here are we, one magical moment, such is the stuff
From where dreams are woven
Bending sound, dredging the ocean, lost in my circle
Here am I, flashing no color
Tall in this room overlooking the ocean
Here are we, one magical movement from Kether to Malkuth
There are you, you drive like a demon from station to station

Ähnlich wie Burroughs' paranormale Aktivitäten im Beat Hotel führten auch Bowies okkulte Streifzüge mitunter zu recht seltsamen Situationen. Vielleicht waren es aber auch die »side effects of the cocaine«, um ein weiteres Zitat aus »Station to Station« zu bemühen. Einmal glaubte der Superstar, ein satanischer Hexenzirkel würde versuchen, seine Körperflüssigkeiten zu stehlen, um den Antichristen zu zeugen. Um dies zu verhindern, lagerte er seinen Urin im Kühlschrank. Bowie behauptete, im Pool hinter seinem Haus eine dämonische Präsenz wahrgenommen zu haben. Immerhin wurde dies von seiner damaligen Frau Angie bestätigt.[159] Er verdächtigte sogar den Led-Zeppelin-Gitarristen Jimmy Page, den Burroughs 1975 für *Crawdaddy* interviewte, ihn mit einem Fluch belegt zu haben.[160] Am Ende des Jahrzehnts war Bowie durch seine seltsamen Faszinationen völlig aus der Bahn geworfen.

Das alles hatte nichts mehr mit dem weitsichtigen Eifer von »Quicksand« aus Bowies Meisterwerk *Hunky Dory* zu tun, das er vor seinen Glamour-Zeiten herausgebracht hatte. Zu den sanften Klängen einer Akustikgitarre offenbart der Sänger intime spirituelle Sehnsüchte. »I'm closer to the Golden Dawn / Immersed in Crowley's uniform of imagery«, schmachtet er. Verwirrt von Kräften, die größer sind als er selbst, versucht Bowie, die Extreme seines Bewusstseins auszubalancieren. »I'm torn between the light and dark / Where others see their targets, divine symmetry.« In seinem esoterischen Lobgesang erwähnt er auch »Himmlers Traumrealität«, vermutlich ein Fingerzeig auf das vermeintliche Interesse des Nazi-Regimes am Okkulten und seinen Artefakten. Es sollte nicht das letzte Mal sein, dass Bowie in seiner Musik oder in seinen Kommentaren auf den Faschismus anspielte.

Boys Keep Swinging

Man fragt sich, was Bowie und Burroughs von den jungen Kryptofaschisten halten würden, die zur Unterstützung der rückschrittlichsten Politik, die wir seit fast einem Jahrhundert erlebt haben, einen Onlinekrieg führen. Diese selbsternannten »Edgelords« versammeln sich auf Websites wie »4Chan« und »Reddit« und behaupten, Donald Trump durch »Meme-Magie« gewählt zu haben. Einerseits streben sie, ähnlich wie die Armee nihilistischer Delinquenten in *Die Wilden Boys*, den totalen Umsturz an, andererseits begnügen sie sich mit LOLs.

Als junger Mann im Großbritannien der 60er-Jahre fühlte sich Bowie zu den Mod-Gangs hingezogen und war später auf die fiktiven Rowdys in Burroughs' Büchern fixiert – ebenso wie der Songwriter Robyn Hitchcock, der seinen Bandnamen Soft Boys aus den Romantiteln *Die Wilden Boys* und *Soft Machine* kombinierte, denn Daevid Allen hatte Letzteren bereits okkupiert. Jedenfalls hat die fiktive Bande in *Die Wilden Boys* mit funktionierenden politischen oder sozialen Systemen nichts im Sinn, sondern ihr einziges Ziel besteht darin, Institutionen niederzureißen. Man könnte sie mit der heutigen Alt-Right-Bewegung vergleichen, einem globalen Virus, von dem sich fast ausschließlich entfremdete junge Männer infizieren lassen. Für sie sind Toleranz und Integration Zeichen von Schwäche, die es durch die Verbreitung extremer Vorurteile auszurotten gilt. (Homosexualität wird anscheinend toleriert: Der offen schwule Milo Yiannopoulos war einer der größten Stars der Bewegung.)

Jahrzehnte zuvor sah Burroughs eine Seuche voraus, die von verteilten Kommunikationsnetzwerken profitieren würde. Erinnern wir uns an seine Behauptung, dass in »der elektronischen Revolution ein Virus eine sehr kleine Einheit aus Wort und Bild ist«. Das alles ist so lange Spiel und Spaß, bis ein echter Faschist an die Macht gelangt. Social-Media-Nutzer sind zweifelsohne mit dem Comicfrosch vertraut, der während der amerikanischen Präsidentschaftswahlen 2016 überall im Internet auftauchte. Sein Name ist Pepe, und erschaffen wurde er von Matt Furie für einen Comic mit dem Titel *Boy's Club*. Pepe wird seither – gegen den Willen seines Schöpfers – von Alt-Right-Anhängern vereinnahmt, die glauben, er sei ein Avatar eines froschköpfigen ägyptischen Gottes namens Kek. Und das ist kein Witz: Ein Teil der Wähler glaubte zur Zeit der Wahlen 2016, im Internet sei eine alte Amphibie wiederauferstanden, um das globalistische System herauszufordern. Aber ist das die ganze Geschichte? Nicht, wenn man Tara Isabella Burton glauben mag, die sich in einem Artikel für *Real Life* mit den postironischen Befindlichkeiten der Alt-Right-Bewegung befasst:

> Die meisten Leute, die etwas über Kek posten, glauben nicht *wirklich*, dass der Frosch Pepe ein Avatar eines altägyptischen Chaosgottes ist, oder dass die Numerologie von 4chan-»gets« (Bezeichnung für eine ID, die einem Post nach dem Zufallsprinzip zugewiesen wird) auf irgendeine Weise Donald Trumps Präsidentschaftssieg vorausgesagt hat … Das ist natürlich ein Scherz – aber auch wieder keiner. Ein nach eigener Aussage aktives Mitglied der Alt-Right-Bewegung hat mir gesagt: »Ich glaube nicht an Gott. Aber ›*Lobet den Kek*‹ sage ich öfter, als ich jemals etwas über Gott gesagt habe.«[161]

Glaube erschafft Realität; die Masken lassen die Identität zusammenwachsen; das Schreiben macht sie real. Ein flüchtiger Blick auf Twitter bestätigt, dass das Kek-Corps immer noch auf dem Vormarsch ist. Und anstelle von Bowie-Messern haben sie Memes.

Wahrscheinlich ist es Zufall, dass Bowie sich 1971 für ein Fotoshooting als ägyptischer Pharao verkleidete. Weniger zweideutig ist ein *Playboy*-Interview aus dem Jahr 1976, in dem er Adolf Hitler als »einen der ersten Rockstars« bezeichnete. Auch das war vermutlich Showgehabe, doch im heutigen politischen Klima klingen Bowies Worte erschreckend: »Schauen Sie sich Filme an und sehen Sie, wie [Hitler] sich bewegt hat«, schwärmte er.[162] »Eigentlich war er so gut wie Jagger ... er hat Politik und Theatralik genutzt und dieses Ding geschaffen, mit dem er die Show über zwölf Jahre hinweg regieren und kontrollieren konnte. Die Welt wird seinesgleichen nie wieder erleben. Er hat ein ganzes Land in Szene gesetzt.« Im selben Jahr wurde Bowie heftig dafür kritisiert, dass er an der Londoner Victoria Station vom Rücksitz eines Mercedes-Cabrios seinen Fans den steifen Arm zum Nazi-Gruß entgegenstreckte. In einem separaten Interview mit dem *New Musical Express* sagte Bowie 1975 den Aufstieg eines Demagogen voraus, der die politische Landschaft erneuern wird: »Es wird in nicht allzu ferner Zukunft eine politische Figur geben, die auf ähnliche Weise durch diesen Teil der Welt fegen wird wie der frühe Rock 'n' Roll. Sie hoffen wahrscheinlich, dass ich nicht recht habe, habe ich aber ... Man muss eine rechtsextreme Front stark werden lassen, die alles umbläst und mal richtig aufräumt.«[163]

Die meisten Burroughs-Fans wissen, dass er seine Frau erschossen und sich oft frauenfeindlich geäußert hat. Unter den Bowie-Fans wissen weit weniger, dass ihr Idol mit faschistischer Ideologie kokettierte. Das mag daran liegen, dass er so eng mit schwarzen Musikern zusammenarbeitete, die oft mehr als die Hälfte seiner Band ausmachten. Im Jahr 1992 heiratete Bowie außerdem das somalische Model Iman und blieb bis zu seinem Lebensende mit ihr zusammen. Er unterstützte antirassistische Anliegen und prangerte MTV öffentlich an, weil der Sender sich anfänglich weigerte, Videos von schwarzen Künstlern auszustrahlen. Hätte ein bigotter Mensch etwas wie *Young Americans* erschaffen können? Fans können ruhig schlafen: Die überwiegende Zahl der Beweise legt nahe, dass Bowie kein Nazi war. Seine früheren Äußerungen werden eher Schauspielerei gewesen sein, ähnlich wie Burroughs' »Routines« – es ging um den Schock. Es handelt sich vielleicht nicht um persönliche Überzeugungen, wohl aber um verschreckende Prophezeiungen.

Burroughs hatte nichts »fundamental Bigottes an sich«, so James Grauerholz. »Gäbe es keine anderen Beweise, müsste man sich nur ansehen, von wem er sich in Marokko vögeln ließ.«[164] Tatsächlich stammte Burroughs' Vater aus einer Familie von Abolitionisten aus dem Norden, die die Bürgerrechte sehr ernst nahmen. »Williams Urgroßvater benannte seinen Großvater nach dem Abolitionisten William Henry Seward«, sagte Grauerholz. »Gut, die Familie seiner Mutter, die Lees, waren Südstaatler aus Georgia. Aber sie waren Teil des neuen Südens, des aufgeklärten Südens … Über Williams Großvater erzählt man sich, er habe seinen Umhang über einer Schlammpfütze ausgebreitet, damit ein schwarzes Paar, das zur Kirche ging, darüber gehen konnte.«

Künstler mit Rassenvorurteilen gibt es viele, obwohl der Kontakt mit anderen Kulturen nachweislich die Kreativität fördert. Schwer vorstellbar, wie Burroughs' Bücher wären, hätte er nicht in Tanger gelebt, wo er der Musik und der Mystik begegnete, die dort seit Jahrhunderten praktiziert werden. Und jeder weiß, dass der Rock 'n' Roll nur entstanden ist, weil es Jazz und Blues gab, deren Akteure großteils schwarz sind. Bowies Temperament und seine Reisen sorgten für gegenseitige kreative Inspiration. Und um seine gequälte Psyche zu beruhigen, wandte er sich traditionellen Weisheiten anderer Kulturen zu.

Seven Years in Tibet

Dem tibetischen Buddhismus begegnete Bowie zum ersten Mal im Alter von dreizehn Jahren, als er »Die Rampa-Story« von T. Lobsang Rampa las und fortan mehrmals die Woche ins Londoner Tibet-Haus ging. »Binnen eines Monats ließ ich mir den Kopf rasieren, legte meine Gelübde ab und wurde Mönch«, erinnerte er sich später.[165] Im Jahr 1966 floh ein junger Mönch namens Chögyam Trungpa aus Tibet ins schottische Kloster Samye Ling, das bald einige der kreativen Koryphäen Englands anlockte – darunter auch Tony Visconti, Bowies Bandkollege, Produzent und lebenslanger Freund, der bereits eine Pilgerreise unternommen hatte und den Sänger ermutigte, das Kloster zu besuchen. Bowie blieb recht lange in den Highlands und konzentrierte sich, auf einem Kissen sitzend, auf seinen Atem.

Burroughs kannte Trungpa von den Vorträgen, die dieser in den 1970er-Jahren an seinem Naropa Institute in Boulder, Colorado, hielt. Zuvor hatte Burroughs geplant, in Schottland ein eigenes Trainingslager für Metaphysik zu leiten, auf dessen Lehrplan die Meditationstechniken stehen sollten, die er im Beat Hotel praktiziert hatte. Burroughs schilderte Bowie seine Vision für seine »Final Academy«: »Deren Ziel wird es sein, das Bewusstsein zu erweitern und zu verändern, und zwar in Richtung einer größeren Reichweite, Flexibilität und Effektivität, da es den traditionellen Disziplinen nicht gelungen ist, brauchbare Lösungen zu finden«, sagte er. »Wir werden nur nichtchemische Methoden in Betracht ziehen, mit dem Schwerpunkt auf der Kombination, Synthese, Interaktion und Rotation von Methoden, die jetzt in Ost und West verwendet werden.« Bowie, den die östliche Philosophie sein Leben lang faszinieren sollte, gefiel das. Nach seinem Tod im Jahr 2016 schrieb Sonic-Youth-Gitarrist Thurston Moore eine Hommage, in der er Bowies frühe buddhistische Praktiken beschrieb: »Es heißt, David habe ein Leben als Mönch in Betracht gezogen, aber seine Lehrer rieten davon ab – sein Leitlicht werde jenseits des Klosters gebraucht.«[166]

Düsterer wurde Bowies Art des »östlich« geprägten Denkens vermutlich erst unter dem Einfluss von Burroughs. Dessen oft wiederholtes Diktum »Nichts ist wahr, alles ist erlaubt« stammt von dem persischen Mystiker Hasan-i Sabbah aus dem elften Jahrhundert, Anführer einer radikalen Sekte dolchschwingender Asketen, die das schiitische Äquivalent zu den japanischen Ninja verkörperten. Diese Söldner verübten im Haschischrausch Attentate; die Wörter »Haschisch« und »Assassine« gehen auf das arabische Wort *hashashin* zurück, mit dem Hasan-i Sabbahs Glaubensgemeinschaft bezeichnet wurde. Die historischen Assassinen besaßen die Fähigkeit, sich an verschiedene Umstände und Umgebungen anzupassen, indem sie eine neue Identität annahmen; Bowie hätte womöglich gut zu ihnen gepasst. Die Anhänger von Hasan-i Sabbah wurden belehrt, dass Handeln der Welt Gestalt verleiht, nicht der Glaube. Blinder Glaube – auch das nicht hinterfragte Befolgen des Korans – ist eine Form von »Control«. Wenn nichts wahr und alles erlaubt ist, werden zerstörerische Verzerrungen wie Moral und Dogmen beseitigt, und die wahre Realität wird enthüllt.

Aus dem Zusammenhang gerissen, scheint eine solche Philosophie jegliche Einschränkung individuellen Verhaltens abzulehnen, was sich gut mit dem Lebensstil eines Rockstars vereinbaren lässt. Da Bowie sich anhaltend für Burroughs interessierte, muss ihm Hasan-i Sabbah ein Begriff gewesen sein. Auf dem Album *Lodger* gibt es ein Stück mit dem Titel »Yassassin«, und zu dieser Zeit war sein Kleidungsstil sehr an *Lawrence von Arabien* angelehnt. Auch zu Crowley gibt es eine Verbindung: Der britische Magus vertrat eine radikale Freiheitsagenda, die viel mit der von i Sabbah gemeinsam hat. Burroughs hat diese Verbindung erkannt: »Wenn man alles als Illusion ansieht, ist alles erlaubt«, sagte er. »Die letzten Worte von Hasan-i Sabbah, des alten Mannes vom Berg, des Meisters der Assassinen. Leicht abgewandelt entsprechen sie der Aussage Aleister Crowleys ›Do What Thou Wilt Shall Be the Whole of the Law‹.«[167]

Bowie erfand sich in den folgenden Jahren immer wieder neu, gab jedoch nie das auf, was er von Burroughs gelernt hatte. In den späten 70ern präsentierte der Sänger drei bahnbrechende LPs hintereinander – *Low*, *Heroes* und *Lodger* –, bei denen Cut-up-Techniken nicht nur auf die Texte, sondern auch auf die Musik angewendet worden waren. Bei den im Schatten der Berliner Mauer mit dem Produzenten und Musiker Brian Eno aufgenommenen Alben kamen Enos »Oblique Strategies« zum Einsatz – ein Satz Karten mit zufälligen Aufforderungen, die auf jede Situation angewendet werden können und mit deren Hilfe Bowie im Studio kreative Blockaden überwand. »Tu etwas Plötzliches, Zerstörerisches und Unvorhersehbares«, heißt es auf einer Karte. »Sei nicht mehr konkret, sei zweideutig«, lautet eine andere. Vor allem *Heroes* macht Gebrauch von Cut-ups. Das Album »ist eine wahllos verstreute Sammlung verschobener Phrasen, die mit der Cut-up-Technik zusammengesetzt wurden«, schreibt Thomas Jerome Seabrook in *Bowie in Berlin: A New Career in a New Town*.[168] Zwischen den Sessions zog Bowie mit Iggy Pop, ebenfalls Burroughs-Fan, durch die Clubs.

Auf Neues kapriziert, halfen Bowie und Eno dabei, den Grundstein für die Post-Punk- und New-Romantic-Bewegungen zu legen, zu denen Acts wie ABC, Culture Club und Spandau Ballet gehörten. Mit ihrem kostenaufwendig produzierten Video »Wild Boys« verbeugten sich die Bowie-Jünger Duran Duran 1984 vor Burroughs. Es war als Proof of Concept für einen abendfüllenden Spielfilm auf der Grundlage des Romans gedacht, aber ebenso wie das von Bowie geplante Cut-up-Musical wurde auch dieses Projekt nie verwirklicht.

Bevor er sich in der Reagan-Ära ein Colgate-Grinsen und eine Peroxidfrisur zulegte, half Bowie einem anderen Burroughs-Fan, dessen Solokarriere ins Stocken geraten war. Schon seit er in den späten 60er-Jahren zum ersten Mal Velvet Underground gehört hatte, war Bowie von Lou Reed wie besessen. Bei seinem Treffen mit Burroughs erwähnte er Reeds Namen: »Lou Reed ist der wichtigste, ultimative Autor des modernen Rock«, schwärmte Bowie. »Nicht wegen der Sachen, die er macht, sondern wegen der Richtung, die er einschlagen wird. Die Hälfte der neuen Bands gäbe es ohne Lou gar nicht. Die Bewegung, die durch Lous Sachen entstanden ist, ist erstaunlich. New York City ist Lou Reed.«[169]

Under Pressure

Hat Bowie bei Burroughs den Gedanken geweckt, wieder nach New York zu ziehen? Möglicherweise. Allen Ginsberg jedenfalls hat ihn dazu gedrängt. Viel Überzeugungskraft kostete ihn das nicht: Burroughs hatte von Großbritannien mit seinen hohen Steuern und versnobten Geschäftsinhabern bereits die Nase voll. Die Zeiten, in denen er mit Paul McCartney Haschisch rauchte und mit Ian Sommerville Tonbänder aufnahm, waren vorbei. Es gab einige Lichtblicke, etwa die Zusammenarbeit mit dem Avantgarde-Filmemacher Antony Balch, dessen Werk die Bandbreite von B-Horror bis hin zu Softcore-Pornografie umspannte. Balch und Burroughs schufen gemeinsam *The Cut Ups* (1967) und *Bill and Tony and Others* (1972) sowie weitere experimentelle Filme, die unterschiedlich lang und nicht alle gleichermaßen interessant ausfielen. Burroughs lieferte das Voiceover zu Balchs Wiederveröffentlichung des schwedischen Films *Häxan: Witchcraft through the Ages* von 1921 – ein kurioser Stummfilmstreifen mit fantastischen Szenen satanischer Anbetung und harten mittelalterlichen Bestrafungen. Man fragt sich, wie viele skandinavische Metal-Bands sich diesen Streifen in kühlen, sternenlosen Nächten ansehen. Viele von ihnen borgen sich Szenen aus *Häxan* für ihre YouTube-Videos.

Die Gemeinschaftswerke von Balch und Burroughs gelten heute als Eckpfeiler des Beat-Kinos, das über einen ureigenen Kanon verfügt. Damals jedoch flohen die Zuschauer so hastig aus Vorführungen von *The Cut Ups* im Cinephone in der Oxford Street, dass sie Mäntel, Hüte und Regenschirme zurückließen. Sieht man sich den Film jetzt an, ist schwer nachzuvollziehen, was die Zuschauer so anstößig fanden. Die willkürlichen Bild-Ton-Kombinationen wirken eher unbeholfen als verstörend. Außerdem ist dieser Stil des Filmemachens längst vom Mainstream absorbiert worden und prägt Filme von David Lynch genauso wie Beyoncé-Videos. Eine direkte Hommage war ein Clip, der 1992 mit hoher Rotation auf MTV lief: »Just One Fix« von der Industrial-Metal-Größe Ministry. Das Video zeigt eine Kohorte von Junkies (darunter auch Bandmitglieder), die auf der Suche nach Heroin umherstreifen. Per Cut-in eingefügt sind Aufnahmen von Burroughs, der zunächst vor einer schwarz-grauen Rauchwolke ominös gestikuliert und später mit einer doppelläufigen Schrotflinte auf eine Zielscheibe schießt, an der das Wort »Control« prangt. Das Video verherrlicht definitiv den Drogenkonsum, zeigt jedoch auch, über welche Bandbreite Burroughs die Medienkunst beeinflusst hat.

Als Burroughs Sommerville nicht mehr als Assistenten um sich hatte, dienten seine Tonbandexperimente irgendwann nur noch einem Zweck: diejenigen zu verfluchen, die ihn bedrohten, verletzten oder beleidigten. Einer dieser Flüche richtete sich gegen Sommervilles neuen Freund Alan Watson. An die Rolle des Fußabtreters gewöhnt, willigte Burroughs ein, als Sommerville fragte, ob er und Watson in seine Wohnung im Dalmeny Court in der Duke Street einziehen könnten. Watson war nun ständig in seiner Nähe, und diese Tatsache an sich, aber auch dessen verweichlichtes Auftreten trieben Burroughs in den Wahnsinn. Er bespielte eine Kassette, auf der er Watsons schwülstige Sprache verspottete und ihn mit harten Worten aufforderte, die Unterkunft zu verlassen. Watson entdeckte die Aufnahme zufällig, als er sich in der Stadt auf einer Bank ausruhte und eine vermeintliche Musikkassette anhören wollte. Als stattdessen Burroughs' giftige Beschwörungsformeln in seine Ohren drangen, bekam Watson einen Schreck und warf das Tape in einen nahe gelegenen Kanal.

Spätere Aktionen mit Verhexungstapes waren ausgefeilter. Im Jahr 1972 behauptete Burroughs, die Moka Bar in der 29 Frith Street, Londons erstes Espressocafé, zur Geschäftsaufgabe gebracht zu haben. Dazu schnitt er Aufnahmen eines früheren Streits in dem Lokal mit »Störgeräuschen«, zum Beispiel Polizeisirenen, zusammen, die er auf dem Bürgersteig vor dem Cafe aufgezeichnet hatte. Burroughs' Ziel war es, die Moka Bar aus ihrer Position in der Raum-Zeit zu lösen, indem er sie mit destabilisierenden Klängen von einer anderen Position auf der sogenannten Zeitspur angriff. Jeden Tag stellte er sich vor das Café und machte Aufnahmen, die er anschließend zu Hause bearbeitete. Später kehrte er an den Schauplatz zurück und spielte den Zusammenschnitt in wegen der Umgebungsgeräusche kaum hörbarer, sehr geringer Lautstärke ab. Anscheinend sorgte er damit bei Gästen wie Inhabern für tiefes Unbehagen. »Es brodelt da drinnen«, schrieb Burroughs. »Ich hab sie, und sie wissen es.« Die Moka Bar schloss ihre Pforten am 30. Oktober 1972. Die ganze Mühe machte sich Burroughs, weil er unhöflich bedient worden war und ein Stück schlechten Käsekuchen bekommen hatte. »Burroughs war nichts wichtiger als sein Glaube an das magische Universum«, schrieb sein Biograf Ted Morgan. »Derselbe Impuls, der ihn Flüche aussprechen ließ, war seiner Ansicht nach auch Kraftquelle seines Schreibens.«[170] Burroughs' wachsender Verdruss über das Leben in England lieferte ihm reichlich Stoff.

In demselben Jahr, in dem er den magischen Angriff auf das Café verübte, verfluchte Burroughs auch den Hauptsitz der Church of Scientology in der 37 Fitzroy Street und konnte mit deren Umzug in die Tottenham Court Road, einen nahe gelegenen Standort, den es heute noch gibt, einen weiteren Erfolg verbuchen. Burroughs war nicht immer Scientology-Gegner gewesen, sondern eine Zeit lang sogar eifriger Schüler. Geweckt wurde sein Interesse von Gysin während ihres Aufenthalts im Beat Hotel. Wie Burroughs in einem Brief an Allen Ginsberg schrieb: »Sie kommen ohne Hypnose oder Drogen aus, spielen einfach das Band ab, vor und zurück, bis das Trauma weggewischt ist. Es funktioniert. Ich habe die Methode angewendet – sie ist mitverantwortlich für die jüngsten Veränderungen.«[171]

Gegründet von dem Science-Fiction-Autor L. Ron Hubbard, wird Scientology von den meisten Außenstehenden als Sekte betrachtet, obwohl sie Prominente wie Tom Cruise, John Travolta und Kirstie Alley zu ihren Mitgliedern zählt. Es gibt unter Scientologen auch berühmte Musiker wie Beck, Chick Corea, Edgar Winter oder den verstorbenen Isaac Hayes, und kurzzeitig gehörten auch Bandmitglieder von Grateful Dead dazu. Aber warum sollte ausgerechnet Burroughs, ein Mensch mit einer stark ausgeprägten Allergie gegen »Control«, etwas mit einer Organisation zu tun haben wollen, deren Leiter Hubbard absolute Loyalität verlangte? Es waren in erster Linie die Techniken, die ihn interessierten, und wenn Scientology ihm helfen konnte, den »Ugly Spirit« aufzuspüren, durfte seinetwegen auch der Osterhase am Ruder sitzen. Außerdem gefiel Burroughs die Ausrichtung auf den reaktiven Verstand, der als Tresorraum für negative Erfahrungen fungiert, die die persönliche Entwicklung hemmen. Um die eigenen Dämonen auszumerzen, wird bei Scientology eine Technik namens »Auditing« angewandt, bei der ein sogenanntes E-Meter zum Einsatz kommt. Das Gerät, ein Zwischending aus Dosen an einer Schnur und Lügendetektor, wird in Sitzungen eingesetzt, in denen ein speziell ausgebildeter Auditor mit einer Reihe von Fragen oder Anweisungen aufwartet, die dazu dienen, versteckte Komplexe aufzuspüren. Im Lauf der Zeit und mit beträchtlichen Kosten werden »Engramme«, beschwerliche Emotionen und Erfahrungen, die in diesem und in früheren Leben eingepflanzt wurden, eliminiert. So wird jedenfalls behauptet.

Burroughs hatte bereits viele Jahre mit Psychoanalyse und Selbstkontemplation verbracht. Drogen und Alkohol hatten ihm nicht geholfen, seine Traumata zu bewältigen – sie in manchen Phasen nur noch verstärkt. Burroughs glaubte, Scientology könne ihm helfen, viel schneller Befreiung zu erlangen. (Das Geschäftsmodell der Organisation hatte er eindeutig nicht verstanden.) Burroughs war von den Scientology-Methoden begeistert, sträubte sich jedoch gegen den Anführer Hubbard, der von seinen Anhängern wie eine Art Gott behandelt wurde. Seine Illoyalität zeigte er, indem er bei Schießübungen mit einer Luftpistole auf Hubbard-Fotos zielte. Nichtsdestotrotz ließ er sich 1968 auf eine zweimonatige intensive Zeit der Einkehr auf dem Anwesen der Organisation in East Grinstead ein, konsumierte pflichtbewusst die Literatur und unterzog sich diversen Auditings. Sommerville hatte das Geschwätz von Operating Thetans und Engrammen satt und zog aus, noch bevor Burroughs den Kurs beendet hatte. Nun war Burroughs wirklich sich selbst überlassen: seiner Schreibmaschine, seinen Tapedecks und seinem E-Meter.

Burroughs' Anti-Establishment-Ansichten fanden in Artikeln und Interviews für Männermagazine wie *Rat* und *Mayfair* ihr Ventil. Das erhöhte zweifellos seinen Bekanntheitsgrad bei einer neuen Generation von Thrill-Suchern und Kulturdeserteuren. 1970 gab er eine Reihe von Kassetten heraus, die er *Revised Boy Scout Manual* nannte. Zu den Themen gehörten »Attentate durch Listen«, »zufällige Attentate«, »chemische und biologische Waffen«, »biologische Kriegsführung an sich«, »tödliche Orgonstrahlung« und »Infraschall«. Er offenbarte ein morbides Interesse an den damals aktuellen Morden der Manson-Familie und verwies auf die Verbindung der Mitglieder zu Scientology.[172] Manson war ein gescheiterter Musiker. Wäre er genauso effektiv darin gewesen, Plattenmanager zu beeindrucken, wie darin, junge Menschen per Gehirnwäsche zu Mördern zu machen, hätte er vielleicht sogar eines Tages Burroughs' Weg kreuzen können.

In den letzten Tagen in London wandte sich Burroughs sowohl dem Alkohol als auch der Stricherszene am Piccadilly Circus zu. Aber ihm ging das Geld aus – und zwar schnell. Seine Hoffnungen auf eine Verfilmung von *Naked Lunch* zerschlugen sich 1971, als der Produzent Chuck Barris – Schöpfer von *The Dating Game*, Moderator von *The Gong Show* und angeblich CIA-Auftragskiller – das Interesse an dem Projekt verlor. Im Januar 1973 landete Burroughs erneut in Marokko und berichtete für das Männermagazin *Oui* über das Rendezvous der Jazz-Ikone Ornette Coleman mit den Master Musicians of Joujouka:

> In Marokko sind Musiker Magier, und sie alle tragen das Kennzeichen des Hexenmeisters, des Beschwörers. Sie sind Erwecker der Dschinoun-Kräfte, der Geister der Berge und der Herden und vor allem der Geister der Musik … [Ornette Coleman] ist eindeutig Experte, was dieses Spleißen von Musik betrifft. Er nennt es »Musikchirurgie«, und die Musik, die sich im Laufe der Session entwickelte, war eine für alle Anwesenden deutlich spürbare, greifbare Macht. Magnetische Spiralen wirbelten durch den Raum wie Schwärme elektronischer Bienen, die aufeinandertreffen und in der Luft explodieren und dabei ein göttliches Parfüm freisetzen, einen muffigen violetten Geruch nach Ozon und Gewürzen und rohen Ziegenhäuten, ein Parfüm, das man hören, riechen und sehen kann.

Burroughs war kein Musikjournalist, aber seine bildhaften Texte für *Oui* können es mit denen von Rock-Autoren wie Lester Bangs und Richard Meltzer aufnehmen. Durch das Schreiben für Zeitschriften besserte Burroughs sein Einkommen auf, doch wegen der hohen Lebenshaltungskosten in London war seine finanzielle Situation weiterhin angespannt – und das, obwohl er zu der Zeit nicht einmal drogenabhängig war. 1973 halfen Barry Miles und Brion Gysin ihm dabei, sein Archiv zu katalogisieren, damit es im Tausch gegen eine Aktentasche mit Bargeld an einen Finanzier in Lichtenstein ausgeliefert werden konnte.

Inzwischen waren ihm nahestehende Menschen verstorben. Sein Vater starb 1965, Neal Cassady 1968 und Jack Kerouac 1969. Seine Mutter verbrachte ihre letzten Jahre in einem Pflegeheim, wo sie mehr und mehr den Verstand verlor; Billy Jr. besuchte seine Großmutter, aber sein Vater hatte sich schon lange nicht mehr blicken lassen. Im Oktober 1979 erhielt der ältere Burroughs ein Telegramm, in dem er über den Tod seiner Mutter informiert wurde. Er bedauerte, in ihrem späten Leben nicht präsenter gewesen zu sein. Allerdings veranlasste ihn dies nicht, Billy, der nun Anfang zwanzig war, mehr Aufmerksamkeit zu schenken.

Bei den einflussreichen Machern und Schaffern Londons war Burroughs weiterhin ein gern gesehener Gast. Er nahm an der Abschiedsparty der Stones teil und wurde von Anita Pallenberg in dem 1970 gedrehten Film *Performance* namentlich erwähnt. »Vielleicht sollten wir Dr. Burroughs anrufen und ihm einen Schuss setzen«, säuselt sie. Doch die Hipster-Szene war anstrengend und diese Leute passten nicht zu ihm. Burroughs hatte Scientology schließlich aufgegeben und nahm die Kirche in einem *Mayfair*-Artikel mit dem Titel »Ich, William Burroughs, fordere dich, L. Ron Hubbard, heraus« aufs Korn:

> Einige Techniken [von Scientology] sind sehr wertvoll und rechtfertigen weitere Studien und Experimente. Das E-Meter ist ein nützliches Gerät ... (es ist in vielen Variationen einsetzbar). Mit den Organisationsregeln dagegen bin ich absolut nicht einverstanden. Kein Wissensfundus braucht Organisationsrichtlinien. Organisationsregeln stehen der Erweiterung des Wissens nur im Wege. Grundsätzlich ist

> keine Form von Organisation mit der Freiheit des Denkens vereinbar.

In einer Ausgabe des *Rolling Stone* aus dem Jahr 1972 drückte er sich noch schroffer aus und nannte Scientology »das Muster eines Kontrollsystems, einen echten Staat mit Gerichten, Polizei, Belohnungen und Strafen«.

Da es in seinem Leben keine wahre Liebe gab, schenkte Burroughs seine Zuneigung männlichen Prostituierten wie John Brady, einem süßen und einfachen Jungen, der zum Jähzorn neigte. 1972 zog er bei dem Autor ein. Besucher sahen deutlich, dass dies keine gesunde Beziehung war. Als Ginsberg 1973 nach England zu Besuch kam, bot er Burroughs eine Rettungsleine an. Komm zurück nach New York, beschwor er ihn. Burroughs könnte einen Lehrauftrag am City College annehmen und sich in der Verehrung seiner vielen Bewunderer sonnen. So kehrte Burroughs kurz vor Weihnachten 1974 in die Stadt zurück, die den Beats das Leben geschenkt hatte.

New York war Mitte der 70er-Jahre eine Metropole am Rand des totalen Zusammenbruchs. Wegen einer schweren Finanzkrise, hoher Arbeitslosigkeit, regelmäßiger Stromausfälle sowie steigender Kriminalitätsraten grassierte unter den Einwohnern die Unsicherheit. Die von Schlaglöchern übersäten Straßen, in denen sich aufgrund der Streiks der Stadtreinigung vor den Erdgeschossfenstern die Müllsäcke stapelten, als verwahrlost zu beschreiben, wäre noch untertrieben. Doch es war nicht alles schlecht. Dank niedriger Mieten in der Bowery – bald darauf der Ground Zero für den Punk – konnten Dichter, Maler und Musiker in einem der am stärksten vernachlässigten Viertel Manhattans eine Kolonie gründen. Im New York der 70er mischte sich die Elite der Kunstwelt mit dem Underground. Ginsberg war Teil der Szene, doch die Beats standen nicht im Mittelpunkt. Es war eine völlig neue Energie entstanden – härter, frecher und zynischer – und verkörpert wurde sie durch Leute wie Lou Reed, den Mann, von dem David Bowie behauptete, er *sei* New York.

Men of Good Fortune

Burroughs hatte an Lou Reeds kreativem Schaffen wesentlichen Anteil. Dessen spätere Lebensgefährtin, die Performance-Künstlerin Laurie Anderson, arbeitete mit Burroughs zusammen, bevor sie und Reed 1992 ein Paar wurden. Andersons musikalisches Debüt füllte eine Seite der LP *You're the Guy I Want to Share My Money With*, die 1981 von Burroughs' Freund und einstigem Assistenten, dem Performance-Poeten John Giorno, veröffentlicht wurde. Anderson beschreibt, wie sie Burroughs-Fan wurde: »Bevor ich seine Bücher las, hörte ich ihn sprechen, und daher war es zunächst diese Stimme, die mich faszinierte, dieser hohe Ton, der aus scharfkantigem Kies gemacht schien … wie eine seltsame Mischung aus Voodoo-Doktor und Autoverkäufer. Er hatte etwas an sich, das merkwürdig vertraut und doch völlig fremd wirkte.«[173] Der letzte Teil ihrer Beschreibung könnte auch auf Reed zutreffen, der nach einer Achterbahnkarriere im Jahr 2013 einem Leberleiden erlag. Reed war der personifizierte Widerspruch. Seine kreativen Talente und sein cholerisches Auftreten passten nicht gerade gut zusammen – er war wie ein kleiner Engel, der in einem Müllcontainer lebt und Zigarettenstummel kaut, während er Passanten Schimpfwörter an den Kopf wirft. Glücklicherweise überstrahlten seine Begabungen die persönlichen Schwächen, wie sein Einfluss auf die moderne Rockmusik beweist. Er startete mit Velvet Underground und machte danach zweiundzwanzig Soloalben.

Als scharfsinnig einfühlsamer Autor vermittelte Reed in knapper, oft pointierter Prosa starke Wahrheiten über die Natur des Menschen. Sein ebenso charmanter wie unerträglicher Esprit blühte in der Musik förmlich auf, und in ihrer besten Version vermochte diese Kunstform sogar, seine romantischen und zynischen Seiten miteinander zu versöhnen. Vor Selbstvertrauen strotzend und doch von Selbsthass gezeichnet, sicherte sich Reed in Songs, die sowohl schlicht als auch transzendent anmuteten, ein weites musikalisches und lyrisches Territorium. Ähnlich wie Burroughs erzählte Reed ohne moralischen Zeigefinger von verzweifelten Charakteren und

Zuständen der Verwahrlosung. »I'm Waiting for the Man« von The Velvet Underground fängt die Ängste des Süchtigen ein und ist ein direkter Nachfahre von *Junkie*. Noch deutlicher wird »Heroin«, eine Mikrosinfonie der Selbstzerstörung: »I have made the big decision / I'm gonna try to nullify my life / 'Cause when the blood begins to flow / When it shoots up the dropper's neck / When I'm closing in on death / You can't help me now«, nuschelt Reed, während Schlagzeugerin Maureen Tucker einen sich beschleunigenden Herzschlag imitiert. Man vergleiche das mit Burroughs' Beschreibung eines Opiat-Rauschs: »Einen Schuss Morphin spürt man zuerst hinten in den Beinen, dann im Nacken, eine Welle der Entspannung geht durch den Körper, die Muskeln lockern sich von den Knochen, es ist ein Gefühl, konturlos, als würde man in warmem Salzwasser treiben … Todesangst wie ein Schlag in die Magengrube; Atemstillstand; das Blut gerinnt in den Adern.«[174]

Reed sagte, Burroughs »war die Person, die die Tür weit aufgestoßen hat … er allein besaß die Energie, die innere Psyche ungefiltert zu erforschen«.[175] Es war nicht nur das Innenleben, das Reeds Aufmerksamkeit erregte, er schätzte auch Burroughs' Fähigkeit, ohne jeden Anflug moralischen Hochmuts die harte Realität der Drogenkultur, einschließlich ihrer vielen zwielichtigen, aber fesselnden Charaktere, zu beschreiben. Reed behauptete, Burroughs habe seine »Vorstellung dessen verändert, worüber man schreiben kann, wie man schreiben kann«, was für alle, die *Junkie* gelesen und The Velvet Underground gehört haben, perfekt Sinn ergibt. Obwohl zwischen ihnen eine ganze Generation lag, hatten Reed und Burroughs manches gemeinsam, angefangen mit einem Kindheitstrauma.

Lewis Allan Reed wurde am 2. März 1942 in Brooklyn als Sohn eines Steuerberaters und einer ehemaligen Schönheitskönigin geboren. Seine aufstrebenden Eltern – beide gebürtige New Yorker – zogen mit der Familie bald nach Freeport, Long Island, wo Reed in komfortablen Verhältnissen und mit beachtlicher mütterlicher Fürsorge aufwuchs. Etwas, das auch Burroughs genossen hatte. Als Reed fünf Jahre alt war, kam seine jüngere Schwester Elizabeth zur

Welt, und obwohl er ein hingebungsvoller älterer Bruder war, bedeutete ihre Geburt doch, die Aufmerksamkeit der Mutter teilen zu müssen. Dazu belasteten Reed die Ansprüche seiner Eltern – sie wollten, dass er Arzt oder Anwalt wurde. Ein paar Jahre später sollte er ihre Erwartungen mächtig enttäuschen.

In seinem siebzehnten Lebensjahr rebellierte Reed heftig. Bereits vom Rock 'n' Roll besessen, übte er lautstark auf seiner E-Gitarre, trug dunkle Kleidung und zeigte angeblich bisexuelle Tendenzen, was seine konservativen Eltern sehr beunruhigte.[176] 1959 meldeten Sidney und Toby Reed ihren Sohn bei einem Psychiater an. Dieser empfahl eine für die damalige Zeit übliche Behandlung: Elektroschocktherapie. Reed wurde ins Creedmore State Psychiatric Hospital verfrachtet, wo dreimal pro Woche an seiner breiten Stirn Elektroden befestigt wurden, acht Wochen lang, die Erholungsphasen nicht mitgerechnet. Die Auswirkungen waren herzzerreißend. »Man kann kein Buch lesen, denn wenn man Seite siebzehn erreicht hat, muss man gleich wieder auf Seite eins anfangen«, sagte Reed.[177] Nicht nur kognitiv, auch emotional hatte er zu kämpfen, weil er in der Episode nichts anderes zu sehen vermochte als grausamen Verrat. Dennoch bescherte sie ihm die noch festere Entschlossenheit, auszusteigen und die neu entstandenen Lücken in seiner Psyche mit Dingen zu füllen, die bedeutungsvoller waren als der Stumpfsinn der Vorstädte.

Als Mitglied von The Velvet Underground, der ewigen Lieblingsband der Hipster, Musiker und Drogensüchtigen, wurde Lou Reed vielleicht nicht gerade berühmt, erlangte aber zumindest einen gewissen Bekanntheitsgrad. Ursprünglich gemeinsam geleitet von Reed und dem Avantgarde-Cellisten und Produzenten John Cale, begannen die Velvets als Haus-Band in der Factory – der berühmten Enklave in New York City, die von Andy Warhol ins Leben gerufen wurde. Wer sich in Warhols Umfeld bewegte, wurde dort aufgestellt wie eine Figur in einer avantgardistischen Puppenstube. Siebdrucke von Suppendosen und gestapelte Brillo-Kartons hin oder her – Warhols größtes Projekt waren Menschen. Er liebte es, sie auf Partys zusammenzuwürfeln, und derer gab es jede Menge. Wie jeder gute Gastgeber weiß, gehört zu einer Party auch Musik. Da kamen The

Velvet Underground ins Spiel. Die Band trat regelmäßig vor einem Factory-Publikum auf, in dem es von Künstlern, Intellektuellen, Medienmachern, Straßengesindel und Promi-Süchtigen nur so wimmelte. Heute kritisiert man Prominente wie Kim Kardashian dafür, wegen nichts berühmt zu sein. Doch für Warhol war genau das die Idee: Jeder kann berühmt sein, denn Ruhm ist ebenso vergänglich wie das Leben selbst.

Warhol schuf auch einen Raum für Menschen, die von ihren Familien verstoßen worden waren oder nie eine gehabt hatten. Dabei soll nicht übersehen werden, dass es in der Factory, was die enthemmte Befriedigung jeglicher Begierden betrifft, zuging wie im alten Rom. All das fängt Reed in »Walk On the Wild Side« aus dem von Bowie produzierten Album *Transformer* (1972) bildhaft und prägnant ein:

Little Joe never once gave it away
Everybody had to pay and pay
A hustle here and a hustle there
New York City is the place where they said:
Hey babe, take a walk on the wild side
I said hey Joe, take a walk on the wild side

Der Text geht teilweise auf Burroughs zurück, dessen sachliche Reportagen in *Junkie* Reed als Eckpfeiler nutzte. Es geht um das Leben auf der Straße, und beschrieben wird es von jemandem, der Tag für Tag darum kämpfen muss, ein Gefühl für sich selbst zu behalten, ein Stückchen Sicherheit zu besitzen. Sein ganzes Leben lang hatte Reed große Mühe, mit seiner Bisexualität und seinen Kommunikationsproblemen zurechtzukommen. Seine häufigen Wutanfälle, die aus der Unfähigkeit resultierten, außerhalb der Arbeit Kontakte zu knüpfen, trugen Züge von Autismus. Ob Reed tatsächlich darunter litt, werden wir nie mit Sicherheit wissen. Wo auch immer die Ursache für seine Schwierigkeiten lag, er betrieb über den größten Teil seiner Karriere hinweg Selbstmedikation mit Heroin, Alkohol und seiner Lieblingsdroge Speed. »Ich nehme

Drogen, weil jeder, der im zwanzigsten Jahrhundert in einem technologischen Zeitalter in der Großstadt lebt, bestimmte Drogen einfach nehmen muss, um normal zu bleiben wie ein Höhlenmensch«, sagte Reed.[178] Dass er sich großzügig aus dem pharmazeutischen Angebot bediente, machte Reed zu einem schwierigen Menschen, inspirierte aber auch eine Menge erstaunlicher Musik. Letztendlich waren es Reeds Songs, nicht seine Persönlichkeit, die David Bowie dazu brachten, mit ihm arbeiten zu wollen. »Es gab Elemente in dem, was Lou tat, die ich als unausweichlich richtig empfand«, sagte Bowie. »Es ist das New York, für das ich mich interessiere … Es waren die Beats, dorthin wollten wir alle fliehen. Was Literatur betrifft, haben wir ähnliche Vorlieben: Wir sind beide verrückt nach Burroughs.«[179]

Bowie beschleunigte Reeds Solokarriere, aber Warhol war es, der seine Musik erstmals auf den Markt brachte. Weil Warhol für seine Puppenstuben-Musikgruppe größere Chancen witterte, brachte er Velvet Underground mit der teutonischen Chanteuse Nico zusammen, die mit ihrem emotionslosen Ausdruck und dem deutschen Zungenschlag einigen von Reeds schönsten Balladen eine verführerische, fremdartige Qualität verlieh. Die Band wurde ins Studio verfrachtet und kam 1967 mit *The Velvet Underground & Nico* wieder heraus. Das von Warhol entworfene Albumcover zeigt eine leuchtend gelbe und eindeutig phallische Banane vor grellweißem Hintergrund; der einzige Text ist die Unterschrift des Künstlers und die Aufforderung, »langsam zu schälen und abzuwarten«. Leider schlug sich Warhols Berühmtheit in der Kunstwelt nicht auf die Verkaufszahlen in der breiteren Rockszene nieder. Das heißt jedoch nicht, dass die Platte keinen Einfluss hatte. Brian Eno sagte 1982 gegenüber der *Los Angeles Times*: »Ich habe neulich mit Lou Reed gesprochen, und er sagte, dass sich die erste Platte von Velvet Underground in den ersten fünf Jahren nur 30.000 Mal verkauft hat. Und doch war sie für so viele Menschen enorm wichtig. Ich glaube, jeder, der eine dieser 30.000 Kopien kaufte, hat auch eine Band gegründet!«[180]

Fortan veröffentlichten die Velvets eine Reihe von mittlerweile klassischen Alben mit den unterschiedlichsten Songs: durch und durch psychedelisch (»Black Angel's Death Song«), überschäumend (»Beginning to See the Light«), verschmitzt (»Sweet Jane«), kratzbürstig (»White Light/White Heat«). Der beste davon ist vielleicht »Pale Blue Eyes«, strahlendes Herzstück von *The Velvet Underground* (1969): »Sometimes I feel so happy / Sometimes I feel so sad / Sometimes I feel so happy / But mostly you just make me mad«, intoniert Reed mit sanfter Stimme auf einem spärlichen Unterbau aus zittrigen Gitarrenklängen.

Auf *Loaded*, dem letzten Album von Velvet Underground, erfand die Band, jetzt ohne John Cale, im Alleingang das, was wir heute Indie-Rock nennen. Ohne *Loaded* gäbe es weder Broken Social Scene noch Wilco, Pavement oder The War on Drugs (Burroughs wäre damit sicher einverstanden). Doch so gefeiert die Veröffentlichungen der Velvets heute auch sind, für Reed reichten sie damals kaum zur Karriere. Ausgebrannt und fast pleite, verließ er die Band drei Monate bevor *Loaded* im November 1970 in die Läden kam.

Reeds von der Kritik verrissenes und kommerziell ignoriertes Debütalbum von 1972 beendete seine Laufbahn auf der Stelle. Aber wie es der Zufall wollte, hatte sein Label RCA gerade David Bowie unter Vertrag genommen, einen glühenden Velvet-Underground-Fan, der Reed unbedingt ein neues Image verpassen wollte. Nachdem die Schlipsträger alles geklärt hatten, übernahm Bowie die Regie bei *Transformer*, das zu Reeds am besten kritisiertem und meistverkauftem Soloalbum wurde. Darauf folgte *Berlin*, eine Rockoper von 1973 über eine implodierende Beziehung, geprägt von Kindesvernachlässigung und Drogenmissbrauch. Zwei Jahre später veröffentlichte Reed *Metal Machine Music*, Gitarrenrückkopplungen wie ein Schlag ins Gesicht, die Publikum wie Kritiker verwirrten und gleichzeitig den Grundstein für den Noise-Rock legten. Diese Platten machen klar, mit welcher Freude Reed selbst seine treuesten Fans auf die Probe stellte, was er bis zum Schluss tat. Sein letztes Album, *Lulu* (2011), eine Zusammenarbeit mit den Stadionrabauken Metallica, wurde von den Hörern ignoriert und von der Kritik verrissen. (Es hatte aber einen prominenten Fan: David Bowie bezeichnete *Lulu* als Reeds »Meisterwerk«.)[181]

Während der gesamten Zeit kämpfte Reed mit Journalisten, Beziehungspartnern, Managern, Plattenfirmen und jedem, der ihm zufällig über den Weg lief. Aber das sogenannte »Phantom of Rock« war mehr als nur ein speedsüchtiger Typ, der noch massenweise Sträuße auszufechten hatte. Ähnlich wie Burroughs' Leben war auch seines von Komplexitäten geprägt, die sich nicht einfach karikieren lassen. Beide hatten zudem ein Kindheitstrauma zu bewältigen – bei Reed war es die Elektroschock-Tortur, bei Burroughs der vermeintliche Vorfall mit dem Kindermädchen. Diese Ereignisse mögen zum Teil Grund dafür sein, dass sich beide Männer den Drogen zuwandten. Die Mutterschoßglückseligkeit des Heroins verschaffte ihnen kurze Atempausen von den psychischen Qualen. (Burroughs bereiteten die Tötung von Joan Vollmer und die Vernachlässigung des gemeinsamen Sohnes zusätzliche Pein.) Trotz oder vielleicht gerade wegen ihrer Verletzlichkeit bemühten sich Reed und Burroughs, unantastbar zu wirken: Reed mithilfe von Leder und Distanziertheit, Burroughs mithilfe von Schusswaffen und Antipathie. Beide Männer unternahmen zahlreiche »walks on the wild side« und versuchten, ihre Not durch kreative Erkundungen zu überwinden, wobei sie empfindliche Gemüter vor den Kopf stießen und nachfolgenden Abtrünnigen einen Weg bahnten.

Burroughs und Reed wurden vom Symbolismus des späten neunzehnten Jahrhunderts in Frankreich beeinflusst, ebenso wie von dem amerikanischen Autor Edgar Allan Poe, der die Symbolisten inspiriert hatte. Die Symbolisten waren eine wichtige Inspiration für die Beats, die wiederum einen großen Teil der Popkultur des zwanzigsten Jahrhunderts prägten. Das Dreigestirn Ginsberg, Kerouac und Burroughs – zusammen mit dem Assistenzprovokateur Gysin – gemahnt an die Kerngruppe der Symbolisten: Charles Baudelaire, Paul Verlaine und Arthur Rimbaud. (Die Rolle des Brion Gysin entspricht der des aufwieglerischen Mystikers Joséphin Péledan – eines einflussreichen, aber heute weitgehend vergessenen Multimediakünstlers und politischen Aufklärers, zu dessen Salon de la Rose + Croix eine Reihe von Malern, Dichtern und Musikern gehörten.) Die Musiker Bob Dylan, Patti Smith, Lou Reed und Jim Morrison (der als Teenager ein

Exemplar von *Naked Lunch* in einem Buchladen in Washington, D.C., ergatterte)[182] fühlten sich besonders von Rimbaud und Baudelaire angezogen. *Les Fleurs du Mal* von Baudelaire ist wie ein Hauch herben Parfüms, das den unerbittlichen Verfall überdeckt, während es sich bei *Une saison en enfer* von Rimbaud um eine belebende Dosis *amour* und Überdruss handelt. Beide Werke sind ein gefundenes Fressen für angehende Kunststars jeder Generation, durchaus vergleichbar mit Burroughs' eigener Arbeit.

Visionen, Träume und eine ungebremste Vorstellungskraft bildeten die Werkzeuge, mithilfe derer die Symbolisten, die ebenfalls vom Okkulten besessen waren, tiefere Wahrheiten zu vermitteln versuchten. Mystik vielerlei Art gedieh am Rand und innerhalb der symbolistischen Bewegung, und das nicht nur in Frankreich. Neben der örtlichen okkulten Gesellschaft Salon de la Rose + Croix gab es die Theosophical Society, die Hermetic Brotherhood of Luxor und den Hermetic Order of the Golden Dawn, der die Literaten William Butler Yeats und Arthur Machen zu seinen Mitgliedern zählte. Die Symbolisten schöpften aus den Archetypen und Symbolen des Okkulten und verwendeten sie als Allegorie und Metapher. Sie wurden wie gesagt auch von Edgar Allan Poe beeinflusst, dessen Werk den Grundstein für die spätere halluzinatorische Prosa legte. Poes fiebrige Imaginationen ermutigten Baudelaire, Rimbaud und Verlaine, sich von den Visionen leiten zu lassen, die sie ereilten, so unheimlich oder abscheulich sie auch sein mochten. Auch Burroughs verehrte Poe und zählte als Heranwachsender seine Geschichten und Gedichte zu seinen Lieblingsbüchern. Gegen Ende seines Lebens rezitierte er für den Soundtrack des Horror-Videospiels *The Dark Eye* von 1995 »Die Maske des Roten Todes« und »Annabel Lee«. Auch Reed war Poe-Verehrer. 1979 benannte er einen Song und ein Album nach einem seiner Gedichte, »The Bells«, und 2003 widmete er mit *The Raven* eine ganze Platte den Geschichten, Gedichten und Themen von Poe.

The Phantom of Rock Meets El Hombre Invisible

Burroughs und Reed hatten gemeinsame Freunde, aber erst 1979 lernten die beiden einander kennen. Zu diesem Zeitpunkt war Burroughs in der Lower East Side Manhattans bereits zur festen Größe geworden. In seinem fensterlosen Drei-Zimmer-Apartment in der Bowery 222 residierte er unter den Musikern, Intellektuellen, Schriftstellern und Junkies, von denen die Szene ähnlich vollgemüllt war wie der Bürgersteig des nahe gelegenen Nachtclubs CBGB mit ausrangierten Show-Plakaten. Victor Bockris zeichnete in dieser Zeit mehrere Gespräche zwischen Burroughs und seinen Gästen auf, darunter auch ein Treffen mit Reed.

Als Reed im Juni 1979 in der Stadt war, um im Club The Bottom Line sein Album *The Bells* zu promoten, arrangierte Bockris ein Abendessen mit Burroughs im Bunker. Reeds Bassist erschien nicht rechtzeitig zum Soundcheck, sodass er sich beim Treffen mit Burroughs um fünfundvierzig Minuten verspäten würde – bei dem kultivierten Autor ein *großer* Fauxpas. Als der Bandkollege endlich auftauchte, hielt Reed ihm eine Standpauke, bevor er sich in Begleitung von Bockris und mit einer Flasche Scotch auf den Weg zum Bunker machte.

Bockris erinnert sich, dass »Lou, statt sich für seine Verspätung zu entschuldigen, einen vernichtenden Blick in den Raum warf und unvermittelt fragte, ob es einen Stuhl gebe oder ob man von ihm erwartete, dass er sich auf den Boden setzte«.[183] Nachdem ihm ein Sitzplatz angeboten worden war, legte sich Reed mit Burroughs an und fragte, ob es stimmte, dass er mit Verlegern schlafen musste, um seine Bücher herauszubringen, und ob er sich einen Zeh abgeschnitten hatte, um dem Wehrdienst zu entgehen. (Möglicherweise hatte Reed eine Geschichte falsch in Erinnerung, der zufolge sich Burroughs in einem jugendlichen Wutanfall aus enttäuschter Liebe den Finger abschnitt.) Burroughs ließ sich nicht nur nicht aus der Ruhe bringen, sondern amüsierte sich sogar über Reeds aufbrausende Persönlichkeit. »Bill mochte Lou Reed wirklich, denn an dem Abend im Bunker war Lou sehr witzig und stellte auch genau die richtigen Fragen«, sagt Bockris und fügt hinzu, dass Burroughs nicht versäumte anzumerken, »wie scharf er Lou fand«.[184]

Die beiden diskutierten darüber, wie man sich mit einer Sicherheitsnadel Heroin spritzt, und über die Arbeit von John Rechy und Hubert Selby. Reed wurde im Lauf des Gesprächs etwas milder, doch ein paar Sticheleien hatte er für den Mann, dessen Schriften seine eigene Karriere inspirierten, noch parat. »Jemand hat über Sie gesagt, Sie seien die einzige Person, die er jemals getroffen habe, der er einen Mord zutrauen würde, und dass Sie ein sehr kalter Mensch seien … Ist das wahr?«, fragte Reed. »Ich kann so etwas weder bestätigen noch dementieren«, antwortete Burroughs trocken.[185]

Tatsächlich galt Burroughs als herzlicher Mensch. »Wer ihn kannte, hat Burroughs sehr gemocht, geliebt und respektiert«, sagte Bockris.[186] »Maurice Girodias, sein ursprünglicher Verleger in Paris, meinte, Burroughs sei der freundlichste und netteste Mensch, dem er je begegnet sei.«[187] Bockris sagte, Burroughs habe eine humorvolle Seite gehabt, die sich in der Gesellschaft von Freunden zeigte: »Man merkte immer, wenn Bill wirklich ausgelassen war, weil seine Stimme dann in ein hohes Quietschen überging!« An einem typischen Abend im Bunker »saß Bill am Kopfende des Tisches. Es gab immer weitere Gäste, normalerweise waren John Giorno und Stewart Meyer da, wenn ich zu Besuch kam, aber oft auch andere, von Bills engstem Freund Allen Ginsberg und seinem Partner Peter Orlovsky über Debbie Harry und Chris Stein von Blondie bis hin zu Joe Strummer von The Clash und Jean-Michel Basquiat.« Burroughs genoss das alles wie ein »Heranwachsender, der sich am Irrwitz menschlichen Verhaltens erfreute«.[188]

Reed besaß eindeutig diesen Irrwitz, und womöglich fühlte sich Burroughs deshalb zu ihm hingezogen. Bockris nannte ihren Schlagabtausch »einen urkomischen Wortwechsel wie zwischen Dean Martin und Jerry Lewis im Königreich des Junk«.[189] Schade, dass es damals noch kein YouTube gab; man stelle sich einen Kanal über Drogen, Literatur und Musik vor, betrieben von William S. Burroughs und Lou Reed.

REED: Warum haben Sie in *Junkie* das Pseudonym Bill Lee verwendet?

BURROUGHS: William Lee.

REED: Ach, ja. Aber warum?

BURROUGHS: Weil meine Eltern noch lebten und ich nicht wollte, dass sie sich schämen.

REED: Aber haben sie das Buch gelesen?

BURROUGHS: Na ja, es wäre möglich gewesen.

REED: Also, ich weiß, dass Sie eine Menge anderer Bücher geschrieben haben, aber ich glaube *Junkie* ist das wichtigste, weil Sie darin etwas ausdrücken, was so direkt noch nie ausgedrückt worden ist … Langweile ich Sie?

BURROUGHS: Was?[190]

Reed konnte sich nicht verkneifen, eine unverschämte Frage über Jack Kerouac zu stellen: »Wie konnte ein Kerl, der so gut aussah, so gefühlvoll war und diesen Mythos für Generationen geschrieben hat, als fetter, dummer Arschgeier enden – wenn ich mich mal so grob ausdrücken darf –, der im T-Shirt vor dem Fernseher sitzt und mit seiner Mutter Bier trinkt? Was ist passiert, dass er sich so verändert hat?«[191]

Jemand mit weniger guten Manieren hätte womöglich darauf hingewiesen, dass Reed selbst gerade ein wenig beduselt aussah. Doch Burroughs nahm es gelassen: »Er hat sich nicht so sehr verändert, Lou. Er war schon immer so. Erst saß da ein junger Kerl im T-Shirt vor dem Fernseher und trank mit seiner Mutter Bier, und dann saß da ein älterer, dickerer Mensch im T-Shirt vor dem Fernseher und trank mit seiner Mutter Bier.«[192]

Herausfordernd wie immer, fragte Reed, was Burroughs von Patti Smith hielt, mit der dieser gut befreundet war. »Na ja, mir hat immer gefallen, was Patti macht«, antwortete er. »Zum letzten Mal habe ich sie in New Jersey gesehen, glaube ich.« Dann, schnell umschwenkend: »Haben Sie jemals Musik von Joujouka gehört?« Reed antwortete, seine einzige Berührung mit Joujouka sei die Zusammenarbeit mit Ornette Coleman gewesen, »die ich besitze und mir anhöre«.[193]

Nach einer halben Stunde sagte Reed: »Nun, wer spielt, kann nicht bleiben«, und ab ging es zum Veranstaltungsort, um den Auftritt zu absolvieren. Burroughs blieb zurück. Als er aufstand, um zu gehen, fragte Reed: »Wollen wir mal in Ruhe zu Abend essen, damit wir uns unterhalten können?«[194] Burroughs sagte, er sei dabei. Aber erst 1984, an Burroughs' siebzigstem Geburtstag, sahen sie einander wieder. Bockris: »Ob Lou zu betrunken war, um sich an ein geplantes Treffen zu erinnern? Ich weiß nicht, wahrscheinlich hat er sich eingebildet, sie wären dicke Freunde. In gewisser Weise waren sie das auch. Wie auch immer, ich habe es auf meine Liste großartiger erster Begegnungen gesetzt.«[195]

Musik und andere dunkle Künste

Wir müssen die Zitadellen der Aufklärung stürmen, die Mittel sind vorhanden.

WILLIAM S. BURROUGHS

»Rockmusik kann als Versuch betrachtet werden, aus diesem toten und seelenlosen Universum auszubrechen und dem Universum der Magie wieder Geltung zu verschaffen«, schrieb Burroughs 1975 in einem Artikel für *Crawdaddy,* in dem er Jimmy Page von Led Zeppelin porträtierte. Der britische Gitarrist und Bandleader war zu der Zeit Anhänger von Aleister Crowley, dem Okkultisten, der früher die viktorianische Gesellschaft schockiert hatte. Zu seinen Lebzeiten war Crowleys Einfluss begrenzt, aber in den 1960er-Jahren wirkten seine philosophischen Gedanken auf spirituelle Sucher wie David Bowie anziehend. Crowley gründete 1904 den mystischen Orden Thelema, nachdem er einen psychischen Download von einer extradimensionalen Existenz, die er Aiwass nannte, erhalten hatte.

In Trance diktierte Crowley seiner Braut Rose Kelly den Großteil von *The Book of the Law*, dem Grundtext einer okkulten Philosophie, die Anleihen bei ägyptischen Archetypen und dem esoterischen Judaismus macht. Seine Ideen durchdringen die Popkultur vom »Do What Thou Wilt«-Sweatshirt, das der Rapper Jay-Z trug, bis hin zur Symbolik in Lady Gagas »Judas«-Video. Als führender Kopf einer weltbekannten Rockband spielte Page bei der Wiederauferstehung Crowleys sicherlich eine Rolle. Dennoch redete er in Interviews selten über seine okkulten Interessen, was sein Gespräch mit Burroughs über die rituellen Aspekte des Rock besonders interessant macht.

1975 hatte Page den Höhepunkt seines musikalischen Starruhms erreicht. Er ging seiner Drogensucht nach und erfreute sich unterdessen der Resonanz eines Massenpublikums. Led Zeppelins titellose Veröffentlichung von 1971, gemeinhin als *IV* bekannt, wurde zur transatlantischen Sensation, gepusht vom Dauererfolg der Rock-'n'-Roll-Hymne »Stairway to Heaven«, eines Songs mit stark heidnischen Untertönen. Die folgenden Veröffentlichungen der Band, *Houses of the Holy* (1973) und das Doppelalbum *Physical Graffiti* (1975), zementierten Pages Status als musikalischer Erneuerer, während Weltrekord-Tourneen der Gruppe den Ruf einbrachten, einer der wüstesten Acts der Rockmusik zu sein. The Starship, Led Zeppelins private Boeing 720, jettete wie ein plünderndes Raumschiff von Stadt zu Stadt und hinterließ in ihrem Kielwasser zerstörte Hotelzimmer und benommen taumelnde Groupies.

Page hatte kürzlich Crowleys ehemaliges Anwesen am Loch Ness erworben und in London eine okkulte Buchhandlung namens Equinox eröffnet, die neben Crowley auch Werke über Astrologie, Rosenkreuzertum, Kabbala, Alchemie und östliche Philosophie führte. Er hatte zudem begonnen, mit Heroin zu experimentieren, war aber mehr als nur ein weiterer Drogendilettant mit Geld zum Verschleudern. Seine Wertschätzung für eine Reihe von Themen, von präraffaelitischer Kunst bis hin zu arabischer und indischer Musik, machte ihn für den sechzigjährigen Burroughs zu einem würdigen Gesprächspartner.

Geboren am 9. Januar 1944 im Westen Londons, bekam Page im Alter von zwölf Jahren, kurz nachdem seine Familie nach Surrey gezogen war, zum ersten Mal eine Gitarre in die Hände. Er schloss schnell Freundschaft mit den Gleichgesinnten Eric Clapton und Jeff Beck, deren freundschaftliche Konkurrenz im Lauf der Jahre neue und aufregende Farben auf die Leinwand des Rock brachte. Page, Clapton und Beck spielten später alle in der progressiven Bluesband Yardbirds, wobei sich Page und Beck kurzzeitig den Dienst an der Leadgitarre teilten, bevor Beck die Band 1966 während einer Tournee in Texas verließ. Pages Amtszeit als Leader der Yardbirds war nur von kurzer Dauer. 1968 hatte er eine klare Vision: eine neue

Band, in deren Musik sich die schwere Dichte des Electric Blues vermischt mit betörenden akustischen Tönen, auf Trab gehalten von einer präzisen Rhythmusgruppe.

Page schien schon als junger Bursche für den Erfolg bestimmt zu sein, und es stand ein Funkeln in seinen Augen, das von stiller Intelligenz und Entschlossenheit zeugte. Seinen ersten Auftritt in den Medien hatte er 1957 im Alter von dreizehn Jahren in der BBC-Sendung *On Your Own*, in der er Skiffle (eine Art fröhliche britische Folkmusik, die bei der damaligen Jugend beliebt war) spielte.[196] Der ernste Junge in Bügelfaltenhosen und legerem Pullover schrammelte auf seiner Gitarre zusammen mit seinen schlaksigen Bandkollegen den Titel »Mama Don't Allow No Skiffle Playing in Here«. Anschließend meldete sich der Moderator zu Wort. Auf dessen Frage nach seinem Lieblingsfach in der Schule antwortete Page »Biologie« und erklärte, dabei helfen zu wollen, ein Heilmittel für Krebs zu finden. Man kann sich nur schwer vorstellen, dass dieser zugeknöpfte junge Mann, dem die Gitarre um die Knie baumelte, später weltweit auf der Bühne stand, um einen akustischen Blitzkrieg anzuzetteln.

Bevor er Jeff Beck als Leadgitarrist bei den Yardbirds ablöste, hatte sich Page einer komfortablen Karriere als Londoner Sessionmusiker erfreut. Ständig gefragt, spielte er auf frühen Aufnahmen von The Who, den Kinks, den Rolling Stones, Donovan und Joe Cocker, mischte aber auch bei eher pop-orientierter Kost von Leuten wie Petula Clark und Tom Jones mit. Im Studio experimentierte Page mit damals unorthodoxen Techniken: Er platzierte Mikrofone in einiger Entfernung, um Tiefe einzufangen, oder spielte mit einem Geigenbogen auf seiner Gitarre und setzte reichlich Echo ein. Solche stygischen Effekte sind auf »Dazed and Confused« zu hören – einer alten Yardbirds-Nummer, die vom Folksänger Jake Holmes geklaut war und auf *Led Zeppelin*, dem Debüt-Album von 1969, ein luziferisches Makeover erhielt. Pages Interesse an musikalischer Exotik erstreckte sich auch auf Experimente mit Tonbandschleifen und Nicht-Rock-Instrumenten wie Mandoline, Banjo und Drehleier. »Sagen wir es mal so: Ich besaß vor George Harrison eine Sitar«, verriet Page einem Interviewer. »Ich würde aber nicht sagen, dass ich sie so gut gespielt habe wie er.«[197]

Als Gitarrist, Chefkomponist und Produzent von Led Zeppelin synthetisierte Page akustische und elektrische Musik auf eine kühne neue Art und schuf Trance-auslösenden Heavy Rock, der von Delta-Blues, Folk von den britischen Inseln und östlichen Drones durchdrungen war. »Es ist wirklich schwer für mich, genau zu sagen, woher ich meine Technik habe, denn sie ist eine Kombination aus vielen Dingen, die im Umlauf waren«, sagte Page der *Guitar World.*

»Manchmal erzähle ich den Leuten, dass es sich um ein Produkt meiner ›C.I.A.-Connection‹ handelt – ein Akronym für keltische, indische und arabische Musik.«[198] In ihren ursprünglichen Formen dient diese Musik einem Zweck, der über die Unterhaltung hinausgeht; sie spielt eine zentrale Rolle in spirituellen und sozialen Zeremonien. Sie ist das Vehikel, durch das die Freuden, Triumphe, Verluste, Hoffnungen und Träume einer Kultur kodiert und über Generationen hinweg weitergegeben werden.

Aufmerksames Zuhören offenbart Ähnlichkeiten zwischen scheinbar grundverschiedenen globalen Volksmusiktraditionen. Keltische, arabische und eben auch afrikanische Musik, von der sich der amerikanische Blues ableitet, nutzen Wiederholungen, atmosphärisches Brummen und kulturelle Erzählungen in einer Art offenem Gespräch mit Vergangenheit und Gegenwart. Im Blues hat die I-IV-V-Akkordfolge einen dominanten Grundton (den I-Akkord), der sich wiederholt, während die Progression eine bestimmte Anzahl von Takten durchläuft. Auf der Gitarre wird der Blues oft in den Tonarten E, A und G gespielt, wodurch eine offene Vibration der Saiten möglich wird, die etwas mit den Pedaltönen (oder Borduntönen) von keltischen Dudelsäcken, indischen Sitars, arabischen Ouds und marokkanischen Rhaitas gemeinsam hat. Die Rhythmussprache variiert in der sogenannten Weltmusik, aber es gibt Ähnlichkeiten in den verwendeten Trommeltypen sowie in ihrem primären Zweck, emotionale und physiologische Zustände zu erregen oder zu steigern. Zyklische Gesänge oder Melodien werden durch den grundlegenden Beat akzentuiert. Wie Burroughs erkannte, unterscheidet sich dies nicht wirklich von Rhythmusgruppe und Frontlinie einer Rockband wie Led Zeppelin.

Einige der essenziellen Formen der Weltmusik entsprangen nichtchristlichen (oder vorchristlichen) spirituellen Praktiken, wenngleich sie später in die Fänge westlicher Religiosität gerieten. Wie Peter Bebergal in *Season of the Witch: How the Occult Saved Rock and Roll* schreibt, sind diese altehrwürdigen Traditionen bestrebt, »Methoden der Magie – Trance, Wahrsagerei, Tanz – einzusetzen, um eine direkte Begegnung mit den Gottheiten zu bewirken«. Musik ist Teil der meta-mythischen Identität der Menschheit, die in Zeiten geformt wurde, »als Magie und Religion untrennbar waren«. Sie ist eine zweckgerichtete Ausdrucksform, ähnlich wie Burroughs' »Routines«, Cut-ups, Tonaufnahmen, seine Fotografie, Malerei und Schriftstellerei, in denen er das Potenzial sah, durch okkulte Handlungen in der realen Welt Wirkungen zu erzielen.

Wie er selbst zugab, war Burroughs kein großer Musikexperte. Dennoch erkannte er, dass die Popstars im Westen wirksame Agenten gegen »Control« sein konnten. Mit ihrer rebellischen Attitüde und der Unterstützung durch Millionen Fans waren bestimmte Künstler in der Lage, ihre kulturelle Geltung zu nutzen, um herauszufordern und zu provozieren – vielleicht konnten sie ja sogar eine okkulte Revolution gegen den Status quo einleiten. Er bemerkte auch, dass besonders die von Led Zeppelin gespielte Rockmusik eine Trance zu erzeugen vermochte, die derjenigen der »4.000 Jahre alten Rock-'n'-Roll-Band«[199] Master Musicians of Joujouka nicht unähnlich war. Burroughs verstand vielleicht nicht, wovon bei Led Zeppelin gesungen wurde (in erster Linie von doppelzüngigen Frauen und Mittelerde), aber schätzte die Fähigkeit der Band, ihr Publikum mit betäubendem, in der Magengrube grollendem Sound zu erschlagen.

Die Fans waren nicht die einzigen, die dieser Sound traf. Wenn die vier Mitglieder von Led Zeppelin – Page, Sänger Robert Plant, Bassist John Paul Jones und Schlagzeuger John Bonham – zusammen auftraten, wurde nach Ansicht von Jimmy Page ein unsichtbares fünftes Mitglied erweckt, das spontan die Regie zu übernehmen schien.[200] Diese Art von Alchemie war Burroughs vertraut, der in Zusammenarbeit mit Brion Gysin die Theorie eines »dritten Geistes« aufstellte, der Synchronizitäten offenbart und Ideen weckt, die einem Einzelnen unzugänglich gewesen wären.[201] Wenn ein Publikum dieses Phänomen in Echtzeit erlebt und im Austausch seine eigenen Energien zur Verfügung stellt, steigt die Intensität sprunghaft. Musik scheint Kanäle für eine ekstatische Kommunikation mit der spirituellen Welt zu öffnen, weshalb sie seit langem bei Ritualen im kollektiven Rahmen eingesetzt wird. Die Led-Zeppelin-Fans, die während »Stairway to Heaven« spontan ihre Feuerzeuge hoben, waren sich dessen vielleicht nicht bewusst, aber der Mann an der Gitarre wusste es ganz sicher.

Im Februar 1975 schlängelte sich Pages schwarze Limousine durch die verschneiten Straßen von New York City zur 77 Franklin Street, wo Burroughs in einem der vielen leerstehenden Industrie-Lofts residierte, die von den Künstlern und Bohemiens der Stadt besiedelt wurden. Das Treffen war von Burroughs' damals neuem Manager und Assistenten James Grauerholz arrangiert worden. Selbst Musiker, wusste Grauerholz, wie wichtig es war, in der Kulturszene Gesprächsthema zu sein. Burroughs' Name unter einem Artikel über einen bekannten Künstler in einem angesagten Magazin wie *Crawdaddy* würde für Bekanntheit sorgen und überdies Honorar einbringen. Dass Jimmy Page Burroughs' Interesse an Trance-Musik und Okkultismus teilte, war obendrein von Bedeutung.

Im vierten Stockwerk traf der spindeldürre Rocker den ebenso spindeldürren Autor inmitten seiner Kuriositäten, zu denen auch sein wertvoller Orgon-Akkumulator gehörte – dasselbe Gerät, in das Kurt Cobain fast zwei Jahrzehnte später klettern sollte. Die Einladung, das Gerät auszuprobieren, lehnte Page höflich ab, akzeptierte aber eine Tasse Tee und später zwei Fingerbreit Whiskey. Burroughs und Page landeten im nahe gelegenen Restaurant Mexican Gardens, wo sie Margaritas schlürften, ihre gemeinsame Vorliebe für marokkanische Musik entdeckten und die Liste ihrer gemeinsamen Bekannten durchgingen, zu denen Mick Jagger, John Michell, ein Erforscher des Paranormalen, und der Experimentalfilmer Kenneth

Anger gehörten. Page sollte eigentlich den Soundtrack für Angers Film *Lucifer Rising* komponieren. Ihre Zusammenarbeit gründete in der gemeinsamen Affinität zu Crowley. Als der Gitarrist jedoch kaum mehr als zwanzig Minuten melodieloses Schrubben ablieferte, entzog Anger ihm den Auftrag.[202]

Burroughs hatte Fragen an Page vorbereitet. Sein Interesse an dem Artikel war erwacht, als er bei Led Zeppelins Auftritt am 12. Februar im Madison Square Garden in der dreizehnten Reihe saß. Die Bandmitglieder waren wie Hohepriester, die ein Ritual abhielten, bei dem hypnotische Rhythmen und Klagelaute ihre Untertanen in den Bann schlugen. Für Burroughs war das der richtige Weg. »Musik ist wie alle Künste magischen und zeremoniellen Ursprungs«, schrieb er. Diese jungen Engländer schöpften aus derselben Quelle wie die Master Musicians of Joujouka, bis hin zu den donnernden Beats und den schrillen Tönen. Natürlich wussten Millionen Menschen mehr über Zeppelin als über die Meistermusiker, was Burroughs für eine Chance hielt. »Unter jungen Leuten besteht zurzeit großes Interesse am Okkulten und an allen Mitteln der Bewusstseinserweiterung«, schrieb er. »Kann Rockmusik dieses Interesse direkt ansprechen?« Obwohl der Fokus auf Page lag, achtete Burroughs darauf, im gesamten Artikel das eigene Denken herauszustellen:

> Da das Wort »Magie« leicht Verwirrung stiftet, möchte ich genau erklären, was ich mit »Magie« und magischer Interpretation der sogenannten Realität meine. Zugrunde liegende Voraussetzung der Magie ist die Geltendmachung des »Willens« als die primäre bewegende Kraft in diesem Universum – die tiefe Überzeugung, dass nichts geschieht, wenn nicht jemand oder irgendein Wesen will, dass es geschieht. Für mich war das schon immer selbstverständlich. Ein Stuhl bewegt sich nur, wenn jemand ihn bewegt. Genauso bewegt sich Ihr physischer Körper, der aus fast den gleichen Materialien besteht, nicht, wenn Sie nicht wollen, dass er sich bewegt. Das Gehen durch ein Zimmer ist ein magischer

> Vorgang. Aus Sicht der Magie ist kein Tod, keine Krankheit, kein Unglück, Unfall, Krieg oder Aufruhr zufällig. In der Welt der Magie gibt es keine Zufälle. Und Wille ist ein anderes Wort für belebte Energie. Rockstars jonglieren mit spaltbarem Material, das jederzeit explodieren könnte ... und wie ein anderer Rockstar zu mir sagte: »*Du* sitzt auf deinem Arsch und schreibst – *ich* könnte von meinen Fans in Stücke gerissen werden, wie Orpheus.«

Der Druck des Rockstar-Lebensstils führte dazu, dass diejenigen, die es sich leisten konnten, private Anwesen erwarben – je abgelegener, desto besser. Page hatte kürzlich Boleskine House gekauft, Crowleys Herrenhaus im Südosten von Loch Ness, ein Anwesen, das Burroughs einst für sein Jugendtrainingslager ausgesucht hatte. Eingebettet in die schottischen Highlands, war Boleskine der perfekte Rückzugsort für einen kultivierten Rockstar mit Hang zum Diabolischen. Die Legende besagt, dass das Haus an der Stelle einer alten Kirche errichtet wurde, die bis auf die Grundmauern niederbrannte, während die unglücklichen Gemeindemitglieder im Inneren eingeschlossen waren. Das Anwesen bot Ausblick auf einen verfallenen Friedhof und erhob sich angeblich über einem versteckten Tunnel unter der Straße, der das Hauptgebäude mit dem Friedhof verband.[203] Crowley kaufte Boleskine 1899 mit dem Ziel, es für sein Abramelin-Ritual zu nutzen – eine komplexe Zeremonie, die sich über viele Monate hinweg erstreckte. Mithilfe mystischer Verrichtungen hoffte Crowley, ein Zwiegespräch mit seinem Heiligen Schutzengel zu initiieren, einer Form höheren Bewusstseins, das das unkonditionierte Selbst repräsentiert. Für Crowley war das alles Teil des »Großen Werks«, wie er die Entschlüsselung des eigenen wahren Willens und der eigenen Bestimmung nannte. Nichtsdestoweniger handelte es sich um eine gefährliche Angelegenheit, bei der es galt, diverse Dämonen aus der Goetia zu überwinden, einer Art höllischem Telefonbuch, das in den höchst esoterischen Lehren der Kabbala zu finden ist. Crowley machte beträchtliche Fortschritte mit dem Ritual, bevor er nach London gerufen wurde, um eine Meinungsverschiedenheit mit seinem Magus-Kollegen MacGregor Mathers zu klären. Klatsch und Tratsch unter Okkultisten besagen, dass Crowley vor seiner Abreise kein richtiges Verbannungsritual durchgeführt hat; einige machten ihn sogar für das Auftauchen des Monsters von Loch Ness verantwortlich.[204]

»Jimmy sagte, Crowley sei als schwarzer Magier verleumdet worden«, schrieb Burroughs in dem *Crawdaddy*-Artikel. »Wohingegen die Magie weder weiß noch schwarz ist, weder gut noch schlecht – sie lebt einfach, was sie ist: das Wahre, das, was die Menschen wirklich fühlen und wollen und sind. [Jimmy] sagte mir, dass in Aleister Crowleys Haus auf jeden, der entspannt und aufnahmefähig ist, sehr positive Schwingungen warten … Ich sagte Jimmy, er könne sich glücklich schätzen, dieses Haus mit einem Monster im Vorgarten zu besitzen.«[205] Burroughs erwähnte Page gegenüber nicht, dass er selbst in Erwägung gezogen hatte, Boleskine House zu kaufen, den Plan aber schließlich aus Geldmangel verwarf. Zur Wintersonnenwende 2015, lange nachdem Page das Anwesen wieder verkauft hatte, brannte Boleskine fast bis auf die Grundmauern nieder.[206] Die Ursache wurde nie geklärt.

Burroughs und Page teilten das Interesse an Crowley und betrachteten Magie als alltägliche Beschäftigung. Page vertrat eine eher Byron'sche Haltung und frönte romantischen Vorstellungen von Weisen und Mystikern, die seltsame Öle und Räucherstäbchen verbrannten, während sie auf der Suche nach verborgenem Wissen, Macht oder Reichtum Geister anriefen und an sich banden. Burroughs betrachtete das Okkulte eher als Werkzeug, nicht so verschieden von einer Pistole, einem Messer oder einem Schwert – Utensilien, die zur Selbstverteidigung oder zum gezielten Angriff eingesetzt werden konnten. Page und Burroughs glaubten beide, dass Kunst, einschließlich Musik, zu magischen Zwecken genutzt werden kann – und echte Veränderungen in der Welt zu bewirken vermag. Hier weist Pages Arbeit mit Led Zeppelin die engste Verbindung zu Burroughs auf.

Überschwänglich beschrieb Burroughs seine Empfindungen bei einem Led-Zeppelin-Auftritt. »Ich habe das Konzert sehr, sehr genossen«, sagte er. »Ich denke, da gibt es viele Gemeinsamkeiten mit marokkanischer Trance-Musik.«[207] Page stimmte dieser Einschätzung zu und erläuterte, dass der Song »Kashmir«, das epische Herzstück des damals kurz vor der Veröffentlichung stehenden Albums *Physical Graffiti*, ein beharrlich wiederkehrendes Gitarrenmotiv nutzte. »Musik, die Riffs beinhaltet, hat eine tranceartige Wirkung, und es ist genauso wie ein Mantra«, erklärte Page. Für Burroughs war das der springende Punkt. »Ein Rockkonzert ist in der Tat ein Ritus, bei dem es um die Beschwörung und Umwandlung von Energie geht«, schrieb er in *Crawdaddy*. Burroughs war wohl kaum ein Konzertkritiker, aber er spürte die fundamentale Kraft der Band:

> Bei einer Led-Zeppelin-Show kommt es besonders auf Lautstärke, Wiederholungen und Schlagzeug an … Man sollte sich in Erinnerung rufen, dass der Ursprung aller Künste – Musik, Malerei und Schriftstellerei – magisch und beschwörend ist; und dass Magie immer eingesetzt wird, um ein bestimmtes Ergebnis zu erzielen. Bei einem Led-Zeppelin-Konzert dürfte das erwünschte Ergebnis die Erzeugung von Energie bei Künstlern und Publikum sein. Damit diese Magie erfolgreich wirken kann, muss sie die Quellen ihrer Energie anzapfen, und das kann gefährlich werden.[208]

Solche Gefahren können unmittelbar und physisch sein, wie ein Gedränge in einer Menschenmenge, oder abstrakt als eine Art Mob-Mentalität, die der Psychologe Carl Jung »mystische Teilhabe« nannte. Die Energie des Publikums kann Interpreten zu neuen musikalischen Höhen inspirieren, genauso wie eindrucksstarke Konzerte das Publikum in einer Weise bewegen können, die selbst die beste Stereoanlage zu Hause nicht leisten kann. Eine solche Rückkopplungsschleife kann auch Aggressionen erzeugen, wie jeder bestätigen wird, der sich schon einmal bei einer Slayer-Show im Moshpit befunden hat. Aber auch bei weniger extremer Musik kann es bei Zuschauern zu Verletzungen oder Schlimmerem kommen:

Auf einem Konzert von The Who im Dezember 1979 wurden elf Fans zu Tode getrampelt.

Fünf Jahre vor Pages Gespräch mit Burroughs spielten die Rolling Stones auf dem Altamont Speedway Free Festival in Kalifornien, bei dem es zu Ausschreitungen und einem Todesfall kam. Das lag zum Teil daran, dass die Band die Hell's Angels angeheuert hatte, um im Austausch gegen Bier im Wert von 500 Dollar für Sicherheit zu sorgen. Als die Stones von »Sympathy for the Devil« zu »Under My Thumb« überleiteten, schlug die bereits aufgeheizte Atmosphäre vollends um. In seinem Methamphetamin-Rausch versuchte der Konzertbesucher Meredith Hunter auf die Bühne zu klettern und fuchtelte dabei mit einem Revolver herum. Ein Biker stach fünfmal auf ihn ein, und Hunter starb vor den Augen des Publikums an seinen Verletzungen. Die Stones beendeten ihr Set, strichen die Gage ein und wurden in einem Hubschrauber davongeflogen.

Burroughs erwähnte Altamont nicht, als er sich mit Page unterhielt, sprach jedoch von einem Vorfall, bei dem die Mitglieder einer skandinavischen Band und ihr Publikum bei einem Feuer in einem Nachtclub verbrannten. »Mir scheint, dass Rockstars mit dem Unterbewussten einer Menschenmasse jonglieren, einem spaltbaren Material, das jederzeit explodieren kann«, sagte Burroughs zu Page. »Stell dir vor, Jimmy, die Menge drängt nach vorne ... schweres Gerät fällt auf sie herab ... die Security-Leute drehen durch und dann ... ein Getöse wie einstürzende Berge oder so.« Von der dreizehnten Reihe aus sinnierte Burroughs über die von Led Zeppelin heraufbeschworenen Energien und darüber, was sie bewerkstelligen könnten. »Der Moment, in dem der ›stairway to heaven‹ für das Publikum tatsächlich BEGEHBAR erscheint, würde auch der Moment der größten Gefahr sein«, sagte er. Page winkte ab. »Die Kids sind da, um so intensiv wie möglich auf die Musik abzufahren«, sagte er. »Es ist unsere Aufgabe, dafür zu sorgen, dass sie ihren Spaß haben und es keinen Ärger gibt.« Page sprach von einem kürzlichen Konzert in Philadelphia, bei dem aggressive Sicherheitskräfte – wenn auch zum Glück nicht so feindselig wie die Hell's Angels – zu einer Stimmung beitrugen, die ihn »fast körperlich krank« machte.

Page sah sich als Aufseher über die mächtigen Energien, die seine Band heraufbeschwor, und wusste um die damit verbundenen Gefahren. »Wir tragen Verantwortung gegenüber dem Publikum«, sagte er. »Wir wollen nicht, dass den Kids Schlimmes passiert – wir wollen nichts freisetzen, womit wir nicht umgehen können.«

Musikalisch waren Led Zeppelin grandios, aber selten subtil. Live schwelgte die Band in langen Soli, die abwechselnd aufregend und langatmig waren. Sie klauten Zeilen aus traditionellen Blues-Songs und vermischten sie mit Betrachtungen über Sex, Drogen und *Der Herr der Ringe* sowie einer Prise mystischem Pomp. Wer in ihrem Werk nach explizit okkulten Lehren sucht, wird enttäuscht sein. Allerdings hat die Band die eine oder andere Hexenbotschaft in ihre Plattenhüllen geschmuggelt. Als im Jahr 1970 die Veröffentlichung von *Led Zeppelin III* vorbereitet wurde, bat Page den Studiotechniker Terry Manning inständig, »Do What Thou Wilt« in die Auslaufrille der ersten Pressung zu ritzen.[209]

Page war sich sehr wohl bewusst, dass Geheimnisvolles einen großen Teil der Anziehungskraft der Band ausmachte, und bemühte sich, es zu kultivieren. Während einer besonders sinistren Version von »Dazed and Confused« im Konzertfilm *The Song Remains the Same* von 1976 sieht man Page einen mondbeschienenen Berg besteigen. Auf dem Gipfel steht der Tarot-Eremit und schwingt einen Stab. Als Page in die graue Kapuze der Figur blickt, sieht er sein eigenes, um viele Jahre gealtertes Gesicht. Das Gesicht wird immer jünger, bis es sich in einen Fötus verwandelt, um dann wieder zu einem verhutzelten Weisen zu werden. Auf heutige Betrachter mögen die primitiven visuellen Effekte albern wirken. Dennoch ist die Szene unheimlich faustisch – wie die Geschichte von Robert Johnson, der zum Scheideweg geht, um seine Seele gegen überirdische Sechssaitenkünste einzutauschen. Wie sowohl Page als auch Burroughs wussten, wohnt dem Höllischen eine Romantik inne, die sich zu einer ausgesprochen intensiven unterschwelligen Wirkung hochspielen lässt. »Schwarze Magie geht in vorbewussten, marginalen Bereichen am effektivsten zu Werke«, schrieb Burroughs in *The Western Lands.*[210]

Okkulte Ideen hatten schon lange Einzug in die Musik gehalten, bevor Jimmy Page mit Led Zeppelin zu plündern begann. Luigi Russolo, italienischer Futurist und experimenteller Komponist, baute im frühen zwanzigsten Jahrhundert magische Grundbestandteile in seine Musik ein. Er nutzte Geräusche als Katalysator für energetische Transformationen bei den Zuhörern und war besonders an Musik als alchemistischem Prozess interessiert. Im späten neunzehnten und frühen zwanzigsten Jahrhundert nahmen der Hermetic Order of the Golden Dawn und andere okkulte Gesellschaften Komponisten wie Erik Satie und Claude Debussy auf, die der klassischen europäischen Musik eine neue Richtung voller heidnischer Untertöne wiesen. Manche wurden zweifellos Mitglieder okkulter Gesellschaften, um einen Vorwand zu haben, sich zu betrinken und Gruppensex zu haben (vergleichbar mit den Gepflogenheiten bei einer After-Show-Party von Led Zeppelin) – Aktivitäten, die Crowley als Schlüssel zur mystischen Erfahrung propagierte.

Das Okkulte hatte also jede Menge Zeit, sich zu entfalten. Das allererste Glastonbury Festival, abgehalten in der Nähe des Ortes, an dem der Legende nach die sterblichen Überreste von König Arthur ruhen, fand 1914 statt. In den frühen 70ern wurde der Ort von Hippies wiederentdeckt, die sich für seine mystische Wellenlänge empfänglich zeigten. Bis heute findet in Glastonbury fast jährlich ein fünftägiges Konzert statt, bei dem die wichtigsten Bands Großbritanniens auftreten. Wie der Akademiker Christopher Partridge vom Centre for the Study of Religion and Popular Culture der Lancaster University es formulierte, »ist dabei die Okkultur etwas Alltägliches«.[211] Und sie ist Big Business: Man braucht sich nur all die Bestseller (Bücher, Filme, Fernsehsendungen, Videospiele oder Schallplatten) anzusehen, die auf dem Paranormalen fußen.

Obwohl sie aus sehr unterschiedlichen Verhältnissen stammten und nicht dieselben Lebenserfahrungen teilten, besaßen Burroughs und Page genug gemeinsame Interessen, um eine echte Verbindung zu knüpfen. Beide beschäftigten sich mit veränderten Bewusstseinszuständen und der Nutzbarmachung verborgener Energien für externe Effekte. Beide experimentierten mit Tonaufnahmen auf tragbaren Tonbandgeräten. Beide nahmen intravenös Drogen. Pages abgelehnter Soundtrack zu *Lucifer Rising* zeigt, dass er nicht nur mit Luigi Russolo vertraut war, sondern auch mit Burroughs' Tonband-Cut-ups und Klangmanipulationen. Die Ironie ist, dass Led Zeppelin oft mit den gockelhaften Hair-Metal-Acts in einen Topf geworfen werden, denen sie als Inspiration dienten, und Pages Beiträge zu okkulten Kompositionen dadurch völlig in der Versenkung verschwanden. Einige Konzepte, denen er nachging, sollten als Grundlage für ein ganz neues Genre dienen, eines, das von der Theorie her der absolute Gegensatz all dessen war, was Led Zeppelin verkörperte.

Industrial Strength

Es heißt, dass Punk sogenannten Dinosauriern wie Led Zeppelin den Garaus gemacht hätte. Doch Ideen sind schwieriger zu töten als Trends. Dem Punk fehlte schon immer eine klare musikalische Identität, und sowohl sein Sound als auch seine Absichten finden eine breite Palette von Ausdrucksformen in einer Vielzahl von Subkulturen. Minor Threat klingen nicht wie die Minutemen; Oi-Punks lassen sich nicht bei veganen Barbecues blicken. In seiner einfachsten Form ist Punk eine Trotzhaltung. Dieser Geist lebt in allen Arten von Musik, von Woody Guthrie über Fela Kuti und Hasil Adkins bis zu Motörhead, Sinéad O'Connor und Erykah Badu. Die Kleidung, in die er sich hüllt, oder der Slang, dessen er sich bedient, sind weniger wichtig als die zugrunde liegende Denkweise. Das bedeutet, Punk war als Musikgenre immer dazu bestimmt, sich in die verschiedensten Richtungen weiterzuentwickeln.

Ein Jahr nachdem Jimmy Page Burroughs getroffen hatte, nahm eine neue Art von Punks »Control« ins Visier und bediente sich dabei der Werkzeuge und Techniken, die Burroughs entwickelt hatte. Throbbing Gristle wurde 1975 gegründet und ging aus einer Performance-Art-Truppe namens COUM Transmissions hervor.

Throbbing Gristle, die als erste Industrial-Band gelten, terrorisierten die britische Gesellschaft mit einer aufrührerischen Mischung aus aggressivem Sound und provokanter Theatralik. Die Mitglieder Genesis P-Orridge, Peter »Sleazy« Christopherson, Cosey Fanni Tutti und Chris Carter erfanden ein völlig neues Genre – Industrial Music –, und ihren Modus Operandi verdankten sie Burroughs. Die Band benutzte Tonbandgeräte, um harsche Geräusche in Kombination mit ätzend schrillen Tönen elektrischer Instrumente abzuspielen. Man filterte die originäre DIY-Energie des Punk durch okkulte Praxis, entlieh dazu Bilder aus der Menschheitsgeschichte der Massengewalt und kleidete sich in paramilitärische Outfits, die mit einem selbst erfundenen bedrohlichen Symbol verziert waren. Ihre provokative Kunst öffnete eine Tür, durch die eine ganze Reihe von Acts stürmte. Bands wie Skinny Puppy, Cabaret Voltaire, Joy Division, Ministry und Nine Inch Nails bedienten sich am Ansatz von Throbbing Gristle und verwendeten sowohl Audio-Samples als auch aggressiv mechanisierte Rhythmen. P-Orridge erklärte die Ästhetik der Gruppe in einem Interview von 1983, in dem Burroughs' Bemerkungen zur Cut-up-ähnlichen Wahrnehmung von Realität nachklingen.[212]

> Ich benutze nicht gerne das Wort »real«, aber in gewissem Sinne versuchten wir, alles realer zu machen … und auf die gleiche Weise darzustellen, wie es ein Cut-up theoretisch tut: Wie es ist, in einem Haus zu sein und die Straße entlang zu gehen und ein Auto vorbeifahren zu lassen oder einen Zug und in einer Fabrik zu arbeiten oder an einer Fabrik vorbeizugehen. Eine Art industrielles Leben oder ein suburban-urban-industrielles Leben.

In den 80er- und 90er-Jahren sollte P-Orridge einen okkulten Orden namens Thee Temple ov Psychick Youth (TOPY) und eine weitere Band gründen: Psychic TV (ebenso inspiriert vom fluchbeladenen Rolling Stone Brian Jones wie vom Industrielärm). Zudem experimentierten er und seine Lebensgefährtin Lady Jaye Breyer

P-Orridge mit Geschlechtsidentität. Zusammen mit Lady Jaye startete P-Orridge 1993 das »Pandrogeny Project«, bei dem er sich chirurgischen Eingriffen unterzog und sie sich derselben Kleidungsstücke bedienten, um auf diese Weise eine Identitätsvermischung zu fördern. Es ging nicht so sehr darum, dass P-Orridge zur Frau wurde; in Zusammenarbeit mit ihrer Partnerin veränderte sie sich aktiv und demonstrierte, dass sogar das Geschlecht gecuttet werden kann. Als Breyer 2007 an Magenkrebs starb, hielt P-Orridge die Erinnerung an ihre Partnerin nicht nur durch ihre Kunst, sondern auch durch ihr äußeres Erscheinungsbild wach: Sie sah jetzt aus wie eine Mod-Fee mit Street-Punk-Einschlag. (Im März 2020 erlag P-Orridge einem Krebsleiden.)

P-Orridge wurde 1950 in Manchester geboren und erwies sich als intelligentes und wissbegieriges Kind, das sich damals als männlich identifizierte. Dank seiner Zeugnisse erhielt er für die Jahre von 1961 bis 1964 ein Stipendium für die Gatley Primary School. Als sein Vater zum Manager einer Reinigungs- und Wartungsfirma befördert wurde, konnte er die Solihull School, eine private Lehranstalt, besuchen, wo er »im Grunde vier Jahre lang geistig und körperlich gequält wurde«.[213] Dieser Missbrauch war zweifellos Grund für seinen besessenen Drang, die Realität mit allen Mitteln zu verändern.

Zur Zeit der Entstehung dieses Buches ist P-Orridge (im Folgenden als »sie« bezeichnet, außer wenn auf Ereignisse vor 1993 Bezug genommen wird) im Gespräch völlig offen und nimmt weder sich selbst noch irgendetwas anderes ernst. Sie nennt Burroughs und Gysin ihre persönlichen Lehrer und hat den größten Teil der letzten dreißig Jahre damit verbracht, deren Ideen weiterzuentwickeln. Sie gesteht, dass sie eher in der Nähe des Autors schüchtern war als in der des Malers, weil Burroughs »sehr gelehrt und ernsthaft wirkte und wir das Gefühl hatten, immer extrem auf dem Quivive sein zu müssen«.[214] (P-Orridge spricht von sich als »wir« und verwendet in der schriftlichen Kommunikation eine eigenwillige Grammatik: Sie ändert zum Beispiel die Schreibweise von »the« in »thee«.) Sie ist bis heute gerührt von Burroughs' Großzügigkeit, denn er hatte zum Beispiel vor langer Zeit einen Empfehlungsbrief an ein britisches

Arts Council geschrieben, der COUM Transmissions für ein Stipendium in Betracht zog. »Es war unglaublich, dass jemand von Williams Format so etwas für jemanden wie uns tat«, sagt sie.[215] Später, als P-Orridge mit gravierenden Anklagen konfrontiert war, weil er Postkarten verschickt hatte, die die britischen Behörden als obszön ansahen, bot Burroughs erneut Hilfe an. »Er unterstützte uns, als all die rechtlichen Schritte gegen uns eingeleitet wurden, mit einer Menge Empfehlungen und Ratschlägen, was wir tun und was wir nicht tun sollten. Zum Beispiel riet er, höflich zu sein und nicht zu versuchen, einen großen Krieg anzuzetteln ... er hat immer geholfen.«[216]

P-Orridge hat nicht nur den Begriff »Okkultur« geprägt, sondern auch dafür gesorgt, dass Burroughs' frühe Audioexperimente einem breiteren Publikum nahegebracht wurden. Er reiste 1980 zusammen mit seinem Bandkollegen Peter Christopherson nach Lawrence, um sich durch Stapel von Tonbändern zu wühlen, die im Haus des Autors lagerten. Die Aufnahmen, von denen einige zwei Jahrzehnte zuvor im Beat Hotel entstanden waren, wurden 1981 als *Nothing Here Now but the Recordings* auf Throbbing Gristles Label Industrial Records veröffentlicht.[217] Burroughs-Forscher und -Enthusiasten haben es P-Orridge zu verdanken, dass so wichtige und einzigartige Tondokumente wie »Captain Clark Welcomes You Aboard« und »Last Words of Hasan Sabbah« zugänglich sind.

In *Thee Psychick Bible*, einer Sammlung von Riffs und Rants mit dem verbindenden Thema der individuellen und kollektiven Evolution, schrieb P-Orridge ausführlich über Burroughs' und Gysins Bedeutung. »Wir betreten eine digitale Zukunft, ein holografisches Universum, in dem, zumindest theoretisch, alle empfindungsfähigen Wesen auf der Erde miteinander verbunden sind, international und vernetzt«, so P-Orridge in einem Essay aus dem Jahr 2006.[218] »Eine Zukunft, in der Burroughs und Gysin und ihre modernen okkulturellen Brüder prophetische, funktionale Kompetenzen und nicht-lokale Beobachtungspunkte geliefert haben, die uns schulen können, angemessen wachsam und auf die unvorhersehbaren ästhetischen und sozialen Kraftanstrengungen, die uns erwarten, vorbereitet zu sein.«[219] Ein Versuch der Übersetzung: Durch ihre Arbeit mit Cut-ups entwickelten Burroughs und Gysin praktische Techniken, um die menschliche Anpassungsfähigkeit in einer zunehmend chaotischen Welt zu fördern. Ob es stimmt oder nicht, ist irrelevant; es ist das, was sie praktizierten und glaubten. Und Burroughs' und Gysins Ansicht nach definiert der Glaube die Realität.

P-Orridge und Burroughs traten beide für Freiheit ein: die Freiheit der Selbstdefinition sowie das Recht, die Realität ohne auferlegte Einschränkungen zu erforschen. Natürlich gibt es mächtige Kräfte – Religion, Schule, Regierung und so weiter –, die nicht wollen, dass die Menschen diese Freiheiten genießen. Für Burroughs und seine Jünger bedeutete das Krieg. Psychischen Krieg jedenfalls. Laut P-Orridge ging es darum, »ein Bild der Realität« zu zerstören, »das von denjenigen entworfen wurde, die eigennütziges Interesse am Stillstand haben, damit wir uns weiterhin kultureller Ohnmacht beugen und alle Formen Sucht erzeugenden Konsums dulden«.[220] Ihrer Einschätzung nach waren Burroughs und Gysin »Meistermagier« und begriffen »die Elastizität der Realität sowie unser Recht, ihre Entfaltung so zu kontrollieren, wie wir es für richtig halten und bevorzugen«.[221]

Burroughs vermutete, dass das Universum, oder zumindest das, was wir als Realität wahrnehmen, im Voraus aufgezeichnet wurde, was wiederum bedeutet, dass es bearbeitet werden kann. Aber wer hat es aufgezeichnet? Wer hat unsere Realität gestaltet? Die gnostische Sichtweise besagt, dass ein korrupter Demiurg (eine Art stellvertretende Gottheit, wenn man so will) die Welt und ihre Dichotomien – hell/dunkel, gut/böse, Schmerz/Freude – in einem feindlichen Akt gegen ein unteilbares Überbewusstsein geschaffen hat. Die entstehende Nemesis ähnelt Burroughs' Konzept von »Control«. Ihre Absicht ist simpel: Autorität geltend machen als Mittel, um noch mehr Autorität zu erlangen. Mit anderen Worten: »Control« ist ein Kontroll-Junkie. Burroughs externalisierte seine eigenen Kämpfe gegen die Sucht in einer Metaerzählung über die Mittel und Instrumente von Zwang und Konsum. Sein Werk porträtiert Menschen als »soft machines« – fleischliche Systeme, die mit einem versteckten Code versehen sind, der alles regelt, was wir tun, denken und wahrnehmen. Die Menschheit ist sowohl definiert als auch versklavt durch ihre Begierden, die das Produkt einer Krypto-Konditionierung sind, die unterhalb der Schwelle des Alltagsbewusstseins wirkt.

In Burroughs' Philosophie hat ein Künstler keine wichtigere Aufgabe, als sich zu wehren, indem er den »Control«-Apparat angreift – das heißt, die Voraufzeichnung, die uns unter das Skript von »Control« zwingt. Ein Aufbegehren wird durch »Playback« erreicht, eine Technik, bei der die Realität, wie sie durch ihre medialen Artefakte dargestellt ist, durch Cut-ups, Cut-ins oder auf andere Weise gestört wird. Playback kann auch Aspekte der Realität enthüllen, die zuvor verborgen waren: zum Beispiel durch das Öffnen des Vorhangs beim *Zauberer von Oz* oder das Erkennen des versteckten Codes, der die Matrix umfasst. In seinem Artikel »Playback from Eden to Watergate« verdeutlicht Burroughs das innovative Potenzial dieser Technik insbesondere für die Politik: »Ein Präsidentschaftskandidat ist kein so leichtes Opfer wie die Moka Bar in London. Er kann beliebig viele Tonbandaufnahmen seiner Gegner machen. Das Spiel ist also komplex und konkurrenzbetont, weil auf beiden Seiten aufgezeichnet wird. Das führt zu immer ausgefeilteren Techniken, deren Einzelheiten erst noch ans Licht kommen müssen.«[222]

Burroughs' Ansicht nach ist das, was die meisten unter Existenz verstehen, eine Art Kollektiv, das durch vorprogrammierte »Routines« ermöglicht wird. Was also ist die Realität hinter der Fata Morgana? Der Filmemacher, Maler und Musiker David Lynch ließ eine Figur in der 2017 erschienenen Serie *Twin Peaks: The Return* eine ähnliche Frage stellen: »Wir sind wie der Träumer, der träumt und dann in diesem Traum lebt … aber wer ist der Träumer?« Unter den heutigen Physikern gibt es solche, deren Forschung darauf hindeutet, dass wir in einer Simulation existieren, die von höher entwickelten Wesen geschaffen wurde. Der Tech-Unternehmer Elon Musk hat behauptet, dass »die Wahrscheinlichkeit, dass wir in der wahren Realität leben, bei eins zu einer Milliarde liegt«.[223]

»Interzone« war zeitweilig Burroughs' wahre Realität – eine Umgebung, zum Leben erweckt durch genussvolle Fantasieeskapaden und pharmazeutische Völlerei. Mit dem technischen Fortschritt eröffnen sich neue Möglichkeiten, sowohl individuelle wie konsensuelle Realität durch fortgeschrittene Rechenprozesse zu verändern. Künstliche Intelligenzen und neuronale Netzwerke formen bereits digitale Welten, die wir Menschen nicht mehr vollständig begreifen, obwohl wir doch massenhaft an ihnen teilnehmen. Algorithmen wählen zunehmend aus, was wir sehen und hören, und können sogar Musik komponieren.[224] Indem sie sich aus den Cut-up-Daten von Millionen von Menschen nähren, können solche Werkzeuge mit beunruhigender Genauigkeit Verhalten vorhersagen, was wiederum unsere Einstellungen und unser Tun auf eine Weise beeinflusst, die uns als Nutzern oft verborgen bleibt. Ed Finn schreibt in *Slate*: »Die Art und Weise, wie sich Computerberechnungen an die Zukunft heranpirschen, erinnert mich an den alten Satz von William S. Burroughs: ›Wenn man in die Gegenwart schneidet, sickert die Zukunft durch.‹«

Träume und andere Mutationen

P-Orridge und der Autor kamen in den frühen 70er-Jahren in Großbritannien erstmals in Kontakt. Eines der Dinge, die Burroughs dem jungen Künstler einschärfte, war die Wichtigkeit des Einsatzes von Spitzentechnologie, um kreative und magische Ergebnisse zu maximieren. P-Orridge rekrutierte weitere junge Menschen, die wegen leerer Versprechungen von der kommerziellen Gesellschaft entfremdet waren. Die Verbindung zu Burroughs' Werk ist eindeutig: »Psychick Youth sind eine genauere Version von *Die Wilden Boys* – sie sind wie das zeitgenössische Update«, sagte P-Orridge.[225] Zum Arsenal der Band gehörten Kassettenrekorder, Polaroid-Kameras, Xerox-Geräte und ein Apparat namens »Dream Machine«. Die Dream Machine ist teils Möbelstück, teils Kunstobjekt und sendet Licht- und Schattenstöße aus, die einen veränderten Bewusstseinszustand hervorrufen sollen. Es handelt sich um eine relativ einfache Konstruktion: ein armlanger Stab und eine Glühbirne, befestigt auf einer sich drehenden Plattform und umhüllt von einem Zylinder mit ausgeschnittenen Mustern, durch die das Licht fällt. Der Benutzer setzt sich in die Nähe des Geräts, schließt die Augen und lässt die flackernden Formen ihrer Magie bewirken.

Von Gysin erfunden und von Burroughs propagiert, war die Dream Machine eigentlich auch als Kassenschlager gedacht; beide Männer glaubten anfangs, die Geräte, die ein wenig wie Jugendstil-Tischlampen aussehen, würden bald in jedem Haushalt zu finden sein. Doch ihre unternehmerischen Träume zerschlugen sich, als es ihnen nicht gelang, das nötige Kapital für die Massenproduktion des Geräts aufzutreiben. »Das wird niemals laufen«, sagte Marianne Faithfull, die Sängerin, Schauspielerin und einstige Muse der Rolling Stones. »Die Leute sehen lieber fern.«[226] Ein Werbespot auf Fox News hätte vielleicht geholfen. »Sie sollten in Supermärkten für fünfzig Dollar pro Stück verkauft werden«, sagte P-Orridge. »Denn es ist wirklich eine psychedelische Droge ohne Rauschgift … ein ganz wunderbares Gerät gegen ›Control‹, und schön anzusehen ist es auch.«[227]

Die Dream Machine hat immer noch ihre Anhänger, darunter diverse prominente Musiker. »Es ist wirklich so, als würde man irgendwie Gott berühren«, sagte der ehemalige Sonic-Youth-Gitarrist Lee Ranaldo. »Man gelangt an einen Ort, zu dem man im täglichen Leben keinen Zugang hat.«[228] Die Idee ist antediluvianisch; es wird gemunkelt, dass Nostradamus im Sonnenlicht mit den Fingern vor seinem Gesicht fuchtelte, um Visionen der Zukunft heraufzubeschwören. Ein ähnlicher Effekt, der von der Dream Machine erzeugt wird, lässt den Benutzer laut Ranaldo »tiefer in den eigenen Kopf vordringen«.[229] Nick Zinner von den Yeah Yeah Yeahs sagte, das Gerät riefe »beschauliche Bilder« hervor, und das »ist eine gute Sache«.[230] Es gelang ihnen zwar nicht, Dream Machines kommerziell zu produzieren, doch Gysin und Burroughs stellten die technischen Daten interessierten Parteien großzügig zur Verfügung.

»Man kann sich eine Maschine bauen«, sagte Iggy Pop enthusiastisch. »Es ist wie die Bundeslade in der Bibel, wo es diese dreiundzwanzig Seiten Anleitung gibt.«[231] (Dreiundzwanzig? Wir werden diese Zahl für spätere Überlegungen im Hinterkopf behalten.) Avantgarde-Turntablist DJ Spooky hält die Dream Machine für ein nützliches Instrument im Burroughs-Gysin-Reality-Hacking-Werkzeugkasten:

> Diese Typen betrachteten die Welt als eine Art Teilchenphysik der Sprache, bei der man mit Zugang zu den richtigen Codes auf alle möglichen fernen Bereiche zugreifen konnte – interstellarer Raum, kosmische Bereiche, magnetische Impulse … was auch immer. Die Dream Machines waren dazu gedacht, diese magischen Codelandschaften anzuzapfen und das Unterbewusstsein zu einer Art offenem System werden zu lassen.[232]

DJ Spooky sollte es wissen: Seine Sample-basierte Musik ist in kosmische Leere gestürzter Hip-Hop. In seinem Track »Fuse/The Five Steps« sind Burroughs' knochentrockene Rezitationen von anhaltenden Drones und undefinierbaren Glucksgeräuschen durchsetzt. »Um revolutionäre Errungenschaften zu konsolidieren, sind fünf Schritte notwendig«, psalmodiert Burroughs. »Schritt Nr. eins: Rufe eine neue Ära aus und erstelle einen neuen Kalender. Schritt Nr. zwei: Ersetze die fremde Sprache. Schritt Nr. drei: Zerstöre oder neutralisiere die fremden Götter. Schritt Nr. vier: Zerstöre die außerirdische Maschinerie der Regierungskontrolle. Schritt Nr. fünf: Nimm Reichtum und Land von einzelnen Aliens … Zeit, ein totes Imperium zu vergessen und eine lebendige Republik aufzubauen.«

Beim Sampling kann jeder beliebige Text-, Ton-, Bild- oder Videoausschnitt aus seiner Quelle gerissen und nach Belieben verändert oder in einen anderen Zusammenhang gestellt werden. Sampling als kulturelles Phänomen begann mit Audio – zunächst mit tonbandbasierten Experimenten und später mit digitalen Geräten. »Control« war nicht immer einverstanden und griff manchmal zu einem ihrer Hauptorgane, dem Gesetz.[233] Aber dies war kein Kampf, den »Control« gewinnen konnte, auch nicht mit einer Armee von Anwälten. Als das Internet aufkam, öffneten sich die Schleusentore noch weiter. Heutzutage sampelt jeder auf die eine oder andere Weise. Einen Songtext für einen Facebook-Post leihen? Sie haben gerade gesampelt. Ein Bild von einer *Game of Thrones*-Figur in einem Meme verwenden? Sie haben gerade gesampelt. Blöde 80er-Jahre-Videos auf YouTube zusammenmischen? Sie haben gerade gesampelt. Diese Aktivitäten machen die Nutzer technisch gesehen zu Copyright-Kriminellen, aber das schreckt niemanden sonderlich ab. Mindestens zwei Generationen sind mit dem Remixen und Teilen von Inhalten im Internet aufgewachsen, und viele ihrer Lieblingskünstler haben ihre Karrieren durch Sampling aufgebaut.

Es ist lehrreich, darüber nachzudenken, wie Künstler sampeln und warum. In einem Essay für *Arcana V*, Teil einer Buchreihe, die vom Avantgarde-Jazz-Maestro John Zorn zusammengestellt wurde, deutet P-Orridge an, dass Sampling mehr als nur eine Produktionstechnik ist; es ist eine okkulte Handlung direkt aus Burroughs' Zauberbuch der schwarzen Magie:

> Ich zumindest wage zu sagen, dass die transformatorischen Implikationen, die dem Sampling, dem Looping, dem Cutting-up und/oder dem anschließenden Wiederzusammensetzen sowohl von gefundenem Datenmaterial als auch von unendlichen Kombinationen ortsspezifischer Klänge innewohnen, wahrscheinlich ebenso wichtig und gesellschaftlich bedeutsam und tiefgreifend sind wie die Popularisierung und Massenmissionierung von LSD und die Spaltung des Atoms ... Alle drei sind naturgemäß magische Prozesse, die dem Eingeweihten Werkzeuge an die Hand geben, mit denen er in seinem zuvor endlichen Konsensrealitätscontainer reisen kann.[234]

P-Orridge erklärt dann, wie das Sampling dazu beigetragen hat, das »Medienvirus« zu entfesseln, das als Meme bekannt ist. In Anlehnung an Burroughs' Vision eines kommenden Zeitalters, in dem »sehr kleine Wort- und Bildeinheiten« elektronisch kommuniziert werden, bezeichnet P-Orridge Memes als »individuelle kulturelle Gegenstände, deren Gewicht und Resonanz so präzise metaphorisch sind«, dass sie die Fähigkeit besitzen, »jeden etablierten politischen Status quo« zu stören – und sie empfiehlt ihren Einsatz beim »Splittern der Konsensrealität«.[235] Mission erfüllt.

Mit einem unendlichen Sammelsurium an Medien, die online zur Verfügung stehen, ist Information nicht nur kostenlos geworden, sondern hat alle Schranken gesprengt. »Alles, in jedem erdenklichen Medium, aus jeder Kultur, das in irgendeiner Weise aufgezeichnet ist und auf jede mögliche Weise wiedergegeben werden kann, ist jetzt zugänglich, unendlich formbar und für jeden Künstler nutzbar«, sagte P-Orridge. »Alles ist verfügbar, alles ist kostenlos, alles ist erlaubt.«[236] In Genres wie Industrial ist die Berechtigung weniger wichtig als die Präzision – das richtige Sample zu finden, auch wenn es zufällig ist, und es zum richtigen Zeitpunkt an den Start zu bringen. Oft besteht das Ziel darin, die ursprüngliche Bedeutung des Samples durch erzwungene Nebeneinanderstellung zu unterlaufen, sodass eine neue Mutation mit eigenen Eigenschaften und Konnotationen entsteht. Dies ist die Methode Burroughs'.

In einer Dissertation von 2014 über Burroughs und Industrial Music stellt Jamie Vecchio die Theorie der »abwärts gerichteten Metamorphose« auf, nach der bestimmte Burroughs-Charaktere – wie Bradley the Buyer in *Naked Lunch* – grausame körperliche Veränderungen durchmachen, während sie sich zu neuen Formen entwickeln. Bradley the Buyer geht als verdeckter Drogenfahnder mit einem solchen Eifer an die Arbeit, dass er irgendwann Heroinsüchtige in seinen Körper absorbiert und dadurch süchtig nach Junkies wird. Die Süchtigen, die Bradley in sich aufsaugt, werden Teil eines amorphen Systems, dem es an Unterscheidungsmerkmalen fehlt – eine chaotische, gallertartige Masse. Vecchio deutet an, dass dies dem ähnelt, was mit Samples in Industrial-Musikstücken passiert: »Dieser Prozess der De-Kontextualisierung und De-Zentrierung findet statt, weil die Medien, ob auf der gedruckten Seite oder aural, physisch manipuliert und auf eine Art und Weise umgenutzt werden, die von den ursprünglichen Autoren nicht beabsichtigt war. ›Control‹ wurde nie vollständig untergraben; sie hat nur den Besitzer gewechselt.«[237]

Der Umgang der Industrial-Künstler mit Samples ist durchaus auch von schwarzem Humor gekennzeichnet, derselben Art von Respektlosigkeit, die Burroughs' Routinen und Vignetten gemeinsam haben. Ein Industrial-Künstler könnte zum Beispiel Audio- oder Videoclips von Margaret Thatcher oder Ronald Reagan abspielen und dann pornografische Geräusche, Luftschutzsirenen und Explosionen dazumischen, um die Besessenheit der Protagonisten von sexuellem Anstand und militärischer Macht zu kommentieren. »Diese sardonische Zwangsprostitution populärer Medien gehört zur von der Industrial Music bezweckten Abwärtsmetamorphose der Populärkultur zu einem bissigen Kommentar gegen sich selbst«, argumentiert Vecchio. »Samples werden selbst zu Instrumenten. Programmierte elektronische Instrumente ersetzen instrumentale Virtuosität.«[238] Burroughs beharrte stets darauf, dass jeder einen Cut-up durchführen kann; eine besondere Ausbildung sei dazu nicht erforderlich. Genesis P-Orridge und Kollegen bedienten sich aktueller Werkzeuge, um sich die Methoden von Burroughs und Gysin anzueignen, und setzten sie als Waffe gegen eine zunehmend instabile Zukunft ein.

»Erzählen Sie mir von Magick?«, fragte P-Orridge Burroughs bei ihrem ersten Treffen in dessen Wohnung in der Duke Street im Jahr 1971. Eine erstaunliche Bitte von einem jungen Punk, der kaum alt genug war, sich ein Bier kaufen zu dürfen. Genauer gesagt, wollte P-Orridge wissen, ob es »ein System gibt, einen Weg, Verhalten, Persönlichkeit, Kreativität und Wahrnehmung so zu justieren, zu kontrollieren, aufzubrechen und neu zusammenzusetzen, dass Neuartigkeit und Überraschung, das Unerwartete und die Improvisation auf meine Identität angewendet werden können, indem ich mich selbst als Rohmaterial benutze, das physisch und mental so formbar ist wie jedes andere Medium«.[239] Angesichts der Möchtegern-Gurus, die es in London an jeder Straßenecke gab, mochte es ungewöhnlich erscheinen, einen alternden Einzelgänger in solchen Fragen um Rat zu bitten. »Tatsächlich stellte sich heraus, dass es genau der richtige Weg war«, sagte sie.[240]

P-Orridge gehörte zu einer größeren Gemeinschaft junger Suchender, die den Okkultismus zum Bestandteil ihres täglichen Lebens machten. Mit den *good vibrations* und dem verschwommenen Atavismus des amerikanischen New Age hatte das nicht viel zu tun. Diese Kids wuchsen im Schatten des Punk auf und erbten dessen provokative Haltung und das Misstrauen gegenüber jeglicher Autorität. In Großbritannien wurde die sogenannte »council flats magick« zu einer auffälligen Facette des Underground. Britische Jugendliche mit geringem Einkommen hatten allen Grund, sich hoffnungslos zu fühlen. Die späten 70er- und frühen 80er-Jahre waren eine Zeit hoher Arbeitslosigkeit, eine Situation, die sich durch die unbesonnene Sparpolitik der konservativen Regierung unter Margaret Thatcher noch verschärfte. Musik und Okkultismus boten jungen Menschen eine Zuflucht jenseits des freudlosen Alltags – selbst wenn es nur die eigene Fantasie war – und die Möglichkeit, sich sowohl individuell als auch kollektiv stärker zu fühlen.

Thee Temple Ov Psychick Youth – teils Fanclub, teils soziales Netzwerk aus der Zeit vor dem Internet, teils okkulter Orden – entwickelte sich parallel zur »chaos magick«-Bewegung.[241] Mit Anleihen bei Schriftstellern und Denkern wie Burroughs, Robert Anton Wilson und Hakim Bey entledigte sich die »chaos magick« des zeremoniellen Drumherums von Aleister Crowley zugunsten einer eher praktischen Art des Verhexens. Wie Matthew Levi Stevens in *The Magical Universe of William S. Burroughs* schreibt:

> Viele Chaosmagier fühlten sich eindeutig Burroughs und seinen Kollegen verpflichtet und teilten viele Anliegen von Thee Temple Ov Psychick Youth: »Magick« zu entmystifizieren, gleichzeitig das Beste von Aleister Crowley und Austin Osman Spare zu destillieren, und sich dazu der neuesten Ideen aus Computertechnik, Mathematik, Physik und Psychologie zu bedienen … William S. Burroughs galt eindeutig als Pionier und Wegbereiter.

Burroughs war sich seines Platzes auf dieser Herkunftslinie gewahr und wurde sogar irgendwann in den frühen 90ern zum Mitglied der Illuminates of Thanateros (IOT), des offiziellen Organs der »chaos magick«, geweiht.[242] P-Orridge begegnete Burroughs das erste Mal als Figur Bull Lee in Jack Kerouacs *On the Road* und erinnerte sich später daran, dass »in jenen Tagen Pornoläden der einzige Ort waren, an dem man solches Zeug bekommen konnte«.[243] P-Orridge schrieb an Burroughs, nachdem sie auf eine Anfrage nach Bildern gestoßen war, die der Autor ganz hinten in dem Magazin *File* veröffentlicht hatte. In dem Brief stellte sie die ungeheuerliche Behauptung auf, Burroughs würde den Namen P-Orridge nur erwähnen, um die eigene Anerkennung zu steigern und Einlass auf Partys zu finden. Das amüsierte Burroughs, ebenso wie ein Care-Paket mit einem selbst gemachten Buch namens *To Do with Smooth Paper.* »Danke für das glatte Papier – William S. Burroughs«, antwortete er per Postkarte. Als die Einladung zum Besuch bei Burroughs in der Duke Street kam, war P-Orridge aufgeregt und nervös. Beinahe wäre das Treffen nicht zustande gekommen, da sie noch nicht in London lebte und daher auf einen Freund angewiesen war, der in der 10 Martello Street ein Studio betrieb und Nachrichten an sie weiterleitete. »Irgendein Idiot hat mich heute angerufen und behauptet, er sei William S. Burroughs«, erzählte der Freund, »aber ich bin nicht darauf reingefallen!« Dieser Freund war jedoch ein großer Fan von Burroughs und hätte sich am liebsten in den Hintern gebissen, als er erfuhr, dass er sich eine Gelegenheit hatte entgehen lassen, mit dem Autor zu plaudern.

P-Orridge bekam schließlich Burroughs' Telefonnummer, und die beiden arrangierten ein Treffen. Als sie seine Wohnung betrat, sah sie als Erstes eine lebensgroße Pappfigur von Mick Jagger, die neben dem Bücherregal stand. »Es war eine winzige Wohnung, nur ein kleines Wohnzimmer und ein Schlafzimmer«, erinnerte sich P-Orridge.[244] Burroughs bot einen Drink an, und schon bald hatten die beiden eine ganze Flasche Jack Daniel's intus. P-Orridges Unterricht hatte begonnen. »Die Realität ist nicht wirklich das, was sie zu sein vorgibt«, bemerkte Burroughs und nahm eine

TV-Fernbedienung in die Hand, eine noch neue Technik, die P-Orridge noch nie mit eigenen Augen gesehen hatte. »Er griff sich die Fernbedienung und zappte durch die Kanäle, um Fernsehsendungen zu zerschneiden«, sagte sie.[245]

> Gleichzeitig drückte er auf seinem Sony TC-Kassettenrekorder abwechselnd auf Stopp und Start und mischte wahllos geschnittene frühere Aufnahmen dazu. Diese wurden mit unserem Gespräch überlagert … Was Bill mir damals erklärte, war für mein Leben und meine Kunst von entscheidender Bedeutung: *Alles wird aufgezeichnet.* Wenn es aufgezeichnet ist, kann es *bearbeitet* werden. Wenn es bearbeitet werden kann, dann sind Reihenfolge, Sinn, Bedeutung und Richtung so willkürlich und persönlich wie die Agenda und/oder die Person, die es bearbeitet. Das ist Magick.[246]

P-Orridges Kernaussagen stimmen mit Burroughs' Ansicht über den wahren Zweck von Kreativität überein: »Es ist zu bedenken, dass alle Kunst magischen Ursprungs ist – Musik, Bildhauerei, Schreiben, Malen –, und mit magisch meine ich, dass sie dazu gedacht ist, ganz bestimmte Ergebnisse hervorzubringen.«[247]

Astral Disasters

Als sich Throbbing Gristle auflösten, gründete P-Orridge Psychic TV, und Peter »Sleazy« Christopherson begann eine musikalische Partnerschaft und Liebesbeziehung mit Geoff Rushton, der das Pseudonym John Balance verwendete. Mit Coil, einem extrem innovativen Projekt, das Ambient-Noise, sparsame Industrial-Rhythmen und stimmliche Beschwörungen nutzte, um machtvolle, Trance verursachende Klanglandschaften zu erzeugen, die sowohl verführerisch als auch beunruhigend wirkten, erforschten die beiden okkulte Klangwelten. Die Gründung von Coil fiel mit dem Aufkommen digitaler Samplings und computerbasierter Musik zusammen; das Duo kanalisierte das von Burroughs Erlernte durch diese neuen Technologien. Wie Christopherson dem *Fist Magazine* in einem Interview zu Coils *Love's Secret Domain* von 1991 sagte: »Die ursprüngliche Intention von Cut-ups bestand, wenn wir uns auf Burroughs und Gysin rückbeziehen, darin, die Zukunft durchsickern zu lassen. Sie waren Zaubersprüche, Rituale und magische Landkarten, mit denen man die Realität aufbrechen konnte. Das war ihre Absicht und ihr Ergebnis. Bei *Love's Secret Domain* haben wir bewusst versucht, zu den magischen Cut-ups zurückzukehren.«[248]

Christopherson, Mitglied von Coil und zudem Partner bei der megahippen britischen Designfirma Hipgnosis, die klassische Plattencover für Pink Floyd und Peter Gabriel produzierte, gestaltete das Layout für die niederländische Ausgabe von Burroughs' Essaysammlung *The Electronic Revolution*, die ursprünglich 1971 erschien und später in *The Job* nachgedruckt wurde. Balance schrieb die Einleitung und zementierte damit die Verbindung zwischen Burroughs' Ideen und der neuen Generation von Musikmachern. Das Buch wurde von anderen Industrial-Künstlern aufgegriffen, darunter von Richard H. Kirk von Cabaret Voltaire, der es als »ein Handbuch für den Einsatz von Tonbandgeräten in einer Menschenmenge …« bezeichnete, »… um durch das Abspielen von Krawallgeräuschen, die mit willkürlich ausgewählten Tonaufnahmen der Menge selbst zusammengemischt waren, ein Gefühl des Unbehagens oder Aufruhrs zu erzeugen«.[249]

Christopherson begegnete Burroughs zum ersten Mal, als er noch bei Throbbing Gristle war. Als Gründungsmitglied dieser bahnbrechenden Band sammelte er ein ganzes Arsenal von Playback-Geräten an, die das Publikum gleichermaßen fesselten und verwirrten. Christopherson ignorierte die in Rockbands übliche Instrumentierung und löste stattdessen mit tragbaren Kassettendecks verschiedene Klänge aus. Außerdem nahm er die Performance der Band auf und spielte sie ab, während sie stattfand, sodass eine Art klangliche Zeitschleife entstand. Ohne Burroughs hätte Christopherson wohl kaum auf diese Art und Weise aurale Cut-ups und Fold-ins erkundet. Werk und Lebensstil des Autors inspirierten Christopherson auch dazu, seine Homosexualität voll und ganz zu akzeptieren; er behauptete, dass die Entdeckung von *Naked Lunch* im Alter von dreizehn Jahren sein Leben veränderte.[250] Mit seinem Partner Balance erforschte Christopherson Machtdynamiken und Abartigkeiten in einer Musik, die sowohl anregend als auch intim war.[251] Auf *Horse Rotorvator,* Coils LP von 1986, sind zum Beispiel Songs mit Titeln wie »The Anal Staircase« und »Penetralia« zu finden, die beide in einem Roman von Burroughs nicht fehl am Platz gewesen wären.

Die Musik von Coil zu hören, ähnelt dem Betreten einer dunklen Höhle, in der Zeit und Raum biegsam erscheinen. Ihr Einsatz von Drones, spärlichen Rhythmen und Umgebungsgeräuschen bringt gleichermaßen Einsicht wie Schrecken hervor. Christopherson beschrieb, wie Burroughs ihm seltsame Aussichten jenseits des Hier und Jetzt eröffnete: »Die Dinge, die in seinen Büchern passieren, geschehen in einer spirituellen Welt, in der es eigentlich kein Selbstbewusstsein, keine Intellektualisierung und keine Gegenwart gibt. Die Zeit, in der sie sich abspielen, ist nicht die vernichtende Realität des Jetzt. Es handelt sich um einen gänzlich anderen Raum.«[252] Trotz des enormen Einflusses von Burroughs auf Coil entschied sich die Band, ihn in ihren Aufnahmen nicht zu sampeln. »Für mich entsteht das Fantastische an Williams Arbeit und seiner Stimme und seiner Performance aus dem gesamten Werk und aus seiner Gesamtsicht auf das Leben und die Sexualität und die Perversion und die Korruption und all dieses Zeug«, sagte Christopherson. »Nur ein paar Worte zu sampeln, wäre recht bedeutungslos und nicht sehr interessant.«[253]

Christopherson besuchte Burroughs in New York, nachdem der Autor 1974 in die Staaten zurückgekehrt war. »Ich weiß noch, dass wir uns fürchterlich betranken … und es war eine dieser Situationen, in denen man lange dasitzen konnte, ohne etwas zu sagen, und sich trotzdem gut fühlte.«[254] Er erinnerte sich daran, dass er Burroughs sagte, er solle ein Album mit seinen Audio-Cut-up-Experimenten herausbringen, das auf das Beat Hotel zurückgeht: »Die Leute sollten hören können, wie sie tatsächlich klangen.«[255] P-Orridge hatte Burroughs schon 1973 ermutigt, die Bänder zu veröffentlichen, aber erst im Jahrzehnt darauf machten sich die beiden auf den Weg nach Lawrence, um den Schuhkarton mit alten Bändern zu durchforsten, den Grauerholz zur Verfügung stellte. »Er war damit einverstanden, dass wir die Bänder mitnahmen, fünfzehn Stunden Material, und sie zu einer LP zusammenschnitten«, sagte P-Orridge. »Es ist gut, dass wir sie bekamen, denn sie waren über zwanzig Jahre zuvor aufgenommen worden, und das Oxid bröckelte buchstäblich von den Bändern ab, als wir sie in die Hand nahmen.«[256] *Nothing Here Now but the Recordings* wurde 1981 veröffentlicht, das letzte Album auf dem Label Industrial Records.

Coming Down the Mountain

Einleitung zu *Die Städte der Roten Nacht* (1982)[257]:

> Dieses Buch ist gewidmet den Geistern und Gottheiten der Alten: *Humwawa*, dem Herrn der Gräuel, dessen Gesicht eine Masse von Eingeweiden ist, dessen Atem nach Kot stinkt und dem Ruch des Todes, Düsterer Engel aller Ausscheidungen und sauren Dünste, Herr der Verwesung, Herr der Zukunft, der auf einem lauen Südwind reitet; *Parzuzu*, Herrn der Fieber und Pestilenzen, Düsterer Engel der vier Winde, mit faulenden Genitalien und spitzen Zähnen, durch die sein Geheul über verseuchte Städte hallt; *Kutulu*, der Schlafenden Schlange, die keiner beschwören kann; den *Akhkharu*, die das Blut der Menschen saugen, um in menschlicher Gestalt zu leben; den *Lalussu*, die in den Behausungen der Menschen spuken; *Galal* und *Lilit*, die sich heimlich mit Männern paaren im Schlaf und ihre Kinder an geheimen Orten zur Welt bringen; *Addu*, dem Herrn der Stürme, der den Nachthimmel mit grellen Blitzen erhellt; *Malah*, dem Herrn des Mutes und der Tapferkeit; *Zahgurim*, dessen Zahl die Dreiundzwanzig ist und der die Menschen eines unnatürlichen Todes sterben lässt; *Zahrim*, dem unsichtbaren Beistand der Krieger; *Itzamna*, dem Geist

der Morgennebel und Regenschauer; *Ix Chel*, Spinnwebe-die-den-Tau-des-Morgens-auffängt; *Zuhuy Kak*, dem reinigenden Feuer; *Ah Dziz*, dem Meister der Kälte; *Kak U Pacat*, dem Herrn der Brände; *Ix Tab*, der Gottheit der Stricke und Schlingen, Schutzherrin derer, die sich erhängen; *Schmuun*, dem Meister des Schweigens, Zwillingsbruder von *Ix Tab; Xolotl*, dem Gestaltlosen, Herrn der Wiedergeburt; *Aguchi*, dem Meister der Ejakulationen; den phallischen Gottheiten *Osiris* und *A-men*; *Hex Chun Chan*, der Schrecken und Gefahr verbreitet; *Ah Pook*, dem Gott der Zerstörung; dem *Großen Alten* und der *Gestirnten Bestie*; *Pan*, dem Gott der Panik; den namenlosen Gottheiten der Auflösung und Leere; *Hasan I Sabbah*, dem Meister der Haschischin.

Allen Schreibern und Künstlern und Magiern, in deren Werk diese Geisterwesen manifest wurden und lebendig blieben …

NICHTS IST WAHR, ALLES IST ERLAUBT.

Die Einleitung ist voller okkulter Verweise. Allerdings wurden nicht alle davon mit Blut auf altes Pergament geschrieben. Einige der Namen gehören alten Maya- und mesopotamischen Gottheiten. Einige stammen aus dem Mythos des kosmischen Horror-Taufpaten H. P. Lovecraft. Andere stammen aus dem *Necronomicon*, einem Zauberbuch von angeblich uralter Abstammung, das 1977 als echt vorgestellt wurde, sich aber später als Fälschung erwies. Zu guter Letzt ist da noch Hasan-i Sabbah, »der alte Mann vom Berg«, der einst mit seinen vom Haschisch berauschten Söldnern, den Assassinen, weite Teile der arabischen Welt kontrollierte. Es überrascht vielleicht nicht, dass Hasan-i Sabbah auf der Shortlist der verrufenen Mystiker, die von Musikern geliebt werden, die zufällig auch Burroughs-Fans sind, an zweiter Stelle nach Aleister Crowley steht.

P-Orridge weist auf die Verbindung zwischen den Philosophien von Hasan-i Sabbah und Crowley hin: »[Sabbahs] Motto, ›Nichts ist wahr, alles ist erlaubt‹, taucht immer wieder auf, besonders in Burroughs' Büchern. Es ist gar nicht so weit entfernt von dem thelemischen Prinzip ›Do What Thou Wilt Shall Be the Whole of the Law‹, einem theoretischen Elaborat, das Burroughs gegen Ende seines Lebens anzuerkennen schien.«[258] Tatsächlich bezog sich Burroughs früh und oft auf Crowley. Man erinnere sich an den »Kiss-off«-Brief an seine Mutter aus dem Jahr 1959, in dem er sich mit dem Magier verglich, den die viktorianischen Boulevardblätter einst den »bösesten Mann der Welt« nannten. Crowley verdiente sich sogar eine Referenz in *The Place of Dead Roads* (1983): »Er beschäftigt sich mit Magie und hat bei Aleister Crowley und dem Golden Dawn studiert. Sie beschließen eine vorläufige Beschwörung von Humwawa, dem Herrn der Abscheulichkeiten, um die Stärke und Disposition der feindlichen Truppen einzuschätzen …« Grauerholz behauptete, Burroughs' Interesse an Crowley habe hauptsächlich der Belustigung gedient: »[Er] betrachtete Crowley als eine Art Witzfigur und nannte ihn hinter verschlossenen Türen ›The Greeeaaaaat BEEEEAST!‹, und zwar in der tuntig komischen Artikulation, die er manchmal benutzte: Seine Stimme schraubte sich höher und höher bis hin zu einem hysterischen Falsett.«[259]

Im Gegensatz dazu war seine Faszination für Hasan-i Sabbah, den plagiiert zu haben er Crowley scherzhaft beschuldigte, sowohl uneingeschränkt als auch echt. Es mag sein, dass Burroughs an einem Fantasiebild von sich selbst als i Sabbah festhielt; schließlich sprach er oft davon, eine Akademie zu gründen, in der männliche Jugendliche kriegerische Fähigkeiten entwickeln und ihrem Innenleben auf den Grund gehen sollten. Die Assassinen waren nicht nur mit ihren Giftdolchen todbringend. Sie waren Undercover-Agenten, darauf trainiert, in den Territorien zu agieren, die sie durch Einflussnahme und, wenn nötig, durch Mord unter Kontrolle hielten. Sie beherrschten eine Reihe von Sprachen, vermochten sich verschiedenen religiösen Glaubensrichtungen anzupassen und waren in einer Reihe von Berufen ausgebildet, die es ihnen ermöglichten, sich als Mitglieder jedweder Gemeinschaft auszugeben, die sie unterwandern wollten. Eins war ihnen jedoch nicht erlaubt: Sie durften keine Musik machen, denn das hatte i Sabbah ausdrücklich verboten.

Daher hat das Album *The Road to the Western Lands* von Bill Laswell etwas Ironisches, denn es ist inspiriert von i Sabbah. Laswells Kompositionen, angeregt zudem von Burroughs' gleichnamigem Roman, beschwören Bilder riesiger Wüsten mit blutbeflecktem Flugsand. Als Bassist und Produzent, dessen Produktivität seinen Bekanntheitsgrad übersteigt, ist Laswell in vielen Stilrichtungen zu Hause, von Funk und R&B über Dub-Reggae bis hin zu Ambient-Electronica und Extreme-Metal. (Whitney Houston nahm ihren ersten kommerziell veröffentlichten Song mit Laswells Band Material auf.) Laswell ist außerdem Burroughs-Enthusiast und ist mit der »4.000 Jahre alten Rock-'n'-Roll-Band«, den Master Musicians of Joujouka, durch die Welt getourt. Hinzu kommt die Zusammenarbeit mit Herbie Hancock, Laurie Anderson, Mick Jagger, Sting, Carlos Santana, John Zorn, dem Dalai Lama, Yoko Ono, John Lydon, Bootsy Collins, Buckethead und George Clinton, um nur einige zu nennen. Geboren 1955 in Salem, Illinois, zog Laswell in den 1970er-Jahren nach New York, wo er zu einer festen Größe in der Avant-Jazz-Szene wurde. Zu dieser Zeit trieb er die Produktion elektronischer Tanzmusik auf Alben wie Herbie Hancocks *Future Shock* (1983) voran, auf dem auch der Smash-Hit »Rockit« zu finden ist.

»Ich habe zum ersten Mal durch Burroughs von Hasan-i Sabbah gehört«, sagte Laswell.[260] »Es gibt viele alte Hollywood-Filme, in denen die Assassinen mit ihrer schwarzen Fahne vorkommen. Nichts ist wahr, alles ist erlaubt … Man kann das ziemlich weit zurückverfolgen. Es gibt dort etwas wahrhaft Düsteres. Ich schätze, es ist einfach ein Gefühl, das es in dir auslöst.« Wie P-Orridge und andere betrachtet er Burroughs als eine Art spirituellen Lehrer. »Er hat mehr von einem Weisen, als die meisten Menschen wissen. Und das wird wahrscheinlich nie ganz ans Licht gebracht werden, aber so habe ich ihn gesehen. Er war wahrscheinlich zu hip oder zu subversiv oder einfach zu real. Und für mich in gewisser Weise fundamental.«

Laswells Aufnahmen mit Burroughs klingen mal hypnotisch und mal grauenvoll. »Die Straße zu den Western Lands ist per Definition die gefährlichste Straße der Welt, denn es ist eine Reise über den Tod hinaus«, krächzt Burroughs im Titeltrack. Laswells Basslinie schlängelt sich durch die trockene Klanglandschaft wie der Nil und beschwört dunkle Pakte und verborgenes Wissen herauf. »Es ist die am stärksten bewachte Straße der Welt, denn sie gewährt Zugang zu dem Geschenk, das alle anderen Geschenke übertrifft – dem Geschenk der Unsterblichkeit.« In »Soul Killer«, einem Song, der Trance-Grooves gegen das klangliche Äquivalent von verbrannter Erde eintauscht, wird Burroughs' durch unheilvolles Klirren angekündigt:

> Kann eine Seele den glühenden Feuerball einer Atomexplosion überleben? Wenn man menschliche und tierische Seelen als elektromagnetische Kraftfelder betrachtet, könnten solche Felder durch eine Atomexplosion völlig zerstört werden … und das genau ist die ultrageheime und supersensitive Funktion der Atombombe: Ein Seelenkiller, um eine eskalierende Seelenschwemme einzudämmen … Diese gewaltige Macht, Seelen für immer zu zerstören, liegt nun in den Händen weitsichtiger und verantwortungsbewusster Männer im Außenministerium, bei der CIA und im Pentagon.

Burroughs setzt schließlich die Feigheit der Falken des Establishments mit dem menschenfeindlichen Fortschritt der Technik gleich. Die Menschheit wird in psychischer und spiritueller Gefangenschaft gehalten, während Agenten von »Control« die Massen mit einem endlosen Bombardement von Wort, Ton und Bild manipulieren – mit Informationsviren sozusagen. Während Laswells Track weiter pulsiert, setzt Burroughs zum Gnadenstoß an:

> Autoritätspersonen, der vampirischen Energie beraubt, die sie ihren Wählern absaugen, werden als das gesehen, was sie sind: tote leere Masken, die von Computern manipuliert werden. Und was steckt hinter den Computern? Fernsteuerung. Betrachten Sie nur das Gefängnis, in dem Sie schmachten, in dem wir alle schmachten. Dies ist eine

> Strafkolonie, die jetzt zum Todeslager wird … Hier ist nichts mehr außer den Aufzeichnungen. Schalten Sie sie ab, sie sind radioaktiv wie ein alter Witz.

Laswells Kompositionen pulsieren hypnotisch, wie eine klangliche Dream Machine. Er behauptet, um Trance-basierte Musik zu machen, müsse man den Vibe spontan entstehen lassen. »Sound ist überall. Mach nur langsam, nimm dir Zeit und schon hast du eine neue Platte.« Einfach nur die Straße entlangzugehen, löst einen Strom von Sinneseindrücken aus, die in Fragmenten auf uns zukommen, weshalb Burroughs behauptete, dass Cut-ups tatsächlich die genaueste Reflexion der Realität sind. Oder, wie Laswell es ausdrückt: »Im Alltag erleben wir nicht-temperierte, nicht-synkopierte, nicht-synchronisierte Wiederholungen, die mit der Zeit eine Art Trancezustand hervorrufen können.« Das Leben ist nur ein Traum – ein Traum, der aus unaufhörlich interagierenden Fragmenten besteht, die wie durch Magick zerschnitten und neu zusammengesetzt werden.

Bunker, Punker und Junkies

Also kauft er sich jetzt eine Menge Röhren und Glaskugeln … pulsierende blaue Glaskugeln und ein Hauch von Ozon und eine dezente high-fidelity Bluenote, dieser ganze Junk-Sound …

WILLIAM S. BURROUGHS, Nova Express[261]

Nova Mob

»Wo ist Keith?«, riefen die Kids aus dem Publikum im prächtigen Entermedia Theater in der 189 Second Avenue in New York, heute bekannt als Village East Cinema. Brion Gysin las auf der Bühne alle möglichen Permutationen eines einzigen zusammengeschnittenen Satzes, doch nur wenige Zuschauer schenkten ihm Aufmerksamkeit. Das Brücken- und Tunnel-Publikum wollte einen echten Rolling Stone sehen, live, wie man es versprochen hatte. Keith Richards war tatsächlich gebucht worden, um auf der Nova Convention 1978, einer dreitägigen multimedialen Feier von Burroughs' Leben und Werk, aufzutreten, hatte jedoch in letzter Minute abgesagt. Nachdem man ihn kurz zuvor in Toronto wegen Heroinbesitzes verhaftet hatte, hielten Richards und seine Aufpasser es für zu riskant, den Rockstar an einer Feier für den »Pope of Dope«, wie das Völkchen der Lower East Side Burroughs nannte, teilnehmen zu lassen. Selbst wenn sie nie ein Wort gelesen hatten, kannten die meisten Anwesenden Burroughs vom Hörensagen – den aschfahlen alten Junkie, der seine Frau erschossen und *Naked Lunch* geschrieben hatte. Sie erwartete eine interessante Show, um es vorsichtig auszudrücken.

Wie der Mann, der gefeiert wurde, war auch die Nova Convention 1978 mal unergründlich, dann wieder fesselnd. Rocker trafen auf

Akademiker, Autoren, Dichter, Performer und Provokateure, darunter Susan Sontag, Timothy Leary, Robert Anton Wilson, Allen Ginsberg, Merce Cunningham und John Giorno, um nur einige zu nennen. Burroughs selbst gab kurzweilige Lesungen, trat in Podiumsdiskussionen auf und hielt hinter der Bühne Hof. Die Feierlichkeiten endeten am 2. Dezember mit einem Konzert im Ukrainian Theater, das am nächsten Morgen in den Club 57 am Irving Plaza schwappte. Neben anderen traten Blondie, Robert Fripp, Suicide und die B-52s auf – eine New-Wave-Party für die Ewigkeit.

Auch auf der Convention selbst gab es musikalische Darbietungen. Der minimalistische Komponist Philip Glass spielte eine Auswahl aus *Einstein on the Beach*, einem experimentellen Theaterstück, das er zusammen mit Robert Wilson geschrieben hatte (der später mit Burroughs und Tom Waits beim Bühnenmusical *The Black Rider* von 1990 zusammenarbeiten sollte). Glass entlockte seinen Synthesizern kaskadenartige Klangwellen, die exotische Panoramen und schwülfeuchte Klimazonen heraufbeschworen. Mit geschlossenen Augen hätte man sich fast einen jüngeren Burroughs vorstellen können, der unter einem arabesken Torbogen in Tanger »Kif« raucht. Im Gespräch mit einem Reporter der *New York Times* bezeichnete Glass Burroughs als »den wichtigsten Schriftsteller unserer Zeit«, dessen Werk ihm geholfen habe, seinen eigenen kreativen Weg zu finden. »Als ich vor zwanzig Jahren auf seine Arbeit und die von John Cage stieß, waren das entscheidende Ereignisse in meinem Leben«, sagte er. »Sie waren beide völlig neu und völlig amerikanisch, ohne Verbindung zur europäischen Tradition. Burroughs hat wirklich eine neue amerikanische künstlerische Tradition geschaffen.«[262]

Cage sollte auch auftreten, aber das interessierte die Rock 'n' Roller in der Menge nur wenig. Immerhin war da noch Frank Zappa, den man eilig als Ersatz für Richards gebucht hatte. Zappa war jedoch nicht der einzige anwesende Star. Patti Smith war frühzeitig eingetroffen und versteckte sich hinter der Bühne, um einen schlimmen Husten auszukurieren. Smiths Dichterlesung in der St. Mark's Church im Februar 1971, der auch Burroughs beiwohnte, war ein entscheidender Moment für die Kunstszene des East Village und bereitete Smith den Weg zu weltweitem Ruhm. Ihr Debütalbum mit der Patti Smith Group, *Horses* (1975), begeisterte Kritiker und Publikum gleichermaßen, doch anschließend durchlebte sie eine schwere Zeit. Smith hatte sich gerade erst von einer verheerenden Wirbelsäulenverletzung erholt, die sie sich bei einem Bühnenunfall im Jahr zuvor zugezogen hatte, und litt noch immer unter der Kritik und den schlechten Verkaufszahlen ihres Folgealbums *Radio Ethiopia* (1976). Zur Zeit der Nova Convention sahen die Dinge besser aus. Smith sonnte sich in den Lobpreisungen für ihr drittes Werk *Easter*, das im März erschienen war, und freute sich, ihren geschätzten Freund William feiern zu können.

Als angehende Künstlerin erhielt Laurie Anderson durch ihren Auftritt auf der Nova Convention Auftrieb, wenngleich es noch einige Jahre dauern sollte, bis sie zum ersten Mal auf einer Platte zu hören war – einer Zusammenarbeit mit Burroughs und John Giorno namens *You're the Guy I Want to Spend My Money With* aus dem Jahr 1981. Andersons Wertschätzung für Burroughs zeigte sich auch auf späteren Veröffentlichungen, wie beispielsweise »Sharkey's Night« aus *Mister Heartbreak* (1984). Hier werden Burroughs' skurrile Rezitationen mit spärlichem, aber mitreißendem Dance-Pop unterlegt: »And Sharkey says: Deep in the heart of darkest America. Home of the brave. He says: Listen to my heart beat. Paging Mr. Sharkey. White courtesy telephone please.« Ein paar Jahre später kaperte Anderson für »Language Is a Virus (From Outer Space)« – einen ihrer bekannteren Songs, der erstmals auf *Home of the Brave* (1986) erschien – ein zentrales Burroughs-Konzept.

Unter den Teilnehmern der Nova Convention befand sich auch der junge Thurston Moore, der später als Mitglied der Noise-Rock-Größe Sonic Youth bekannt werden sollte. Was hat Moore von dem Event in Erinnerung? Unter anderem Patti Smiths Mantel, den er als »einen schwarzen Pelz-Trenchcoat« bezeichnete. Damals gerade neunzehn Jahre alt, erkannte Moore bereits Burroughs' Wert für die Gegenkultur. »Aus meiner jugendlichen Schwärmerei von der Nova Convention weiß ich noch, dass wegen der Bedeutung der Rückkehr von Burroughs nach NYC offenkundige Begeisterung herrschte«, sagte Moore 2014 in einem Text für eine kuratierte Ausstellung über die Convention in London. »Von den Dichtern und Performern, die auf der Nova Convention auftraten, wusste ich nicht viel, aber ich begriff, dass jeden dort etwas mit dem Mann verband.«[263]

Federführend geplant wurde das Event von James Grauerholz, der erst kurz zuvor Burroughs' Assistent und Geschäftsführer geworden war. Grauerholz schöpfte aus seinen eigenen Verbindungen in der Kunst-, Musik- und Tanzszene, etwa zu Laurie Anderson, John Cage und Merce Cunningham. Daneben stützte er sich auf John Giornos Netzwerk und dessen Erfahrungen mit der Inszenierung solcher Ereignisse. Das Entermedia war ein angesagter Veranstaltungsort, ein Kino, das man zunächst in ein Burlesque-Haus und dann in einen Avantgarde-Performance-Raum verwandelt hatte. Es war ein Ort, an dem man ein Set der Talking Heads oder des einstigen Burroughs-Schützlings Daevid Allen erleben konnte. Der Filmemacher Howard Brookner – jung, schwul, On-off-Junkie und von Burroughs besessen – wurde angeheuert, um das Geschehen zu filmen. Brookner sammelte Material für eine Dokumentation über Burroughs, die erst 1983 veröffentlicht wurde, und das auch nur, weil die BBC half, die vielen Filmrollen zu dem zurechtzuschneiden, was schließlich *Burroughs: The Movie* wurde – ein schöner kleiner Film mit berührenden Interaktionen zwischen Burroughs, Allen Ginsberg, Lucien Carr, William Jr. sowie anderen Freunden und Familienangehörigen. Zu den Extraszenen der restaurierten Wiederveröffentlichung von 2014 gehören ein paar kurze Aufnahmen von der Nova Convention, in denen man Jim Jarmusch, der später zu einem wichtigen Vertreter des Independent-Kinos werden sollte, bei der Arbeit als Kameraassistent beobachten kann.

Patti Smith war ungehalten, dass sie im Anschluss an Frank Zappa auftreten sollte. Sie musste den Platz einnehmen, der wegen Richards' Absage frei geworden war, und fürchtete, das Publikum zu enttäuschen. Grauerholz erklärte Smith, dass Zappa auftrat, um ihnen einen Gefallen zu tun, nicht um sie vorzuführen. Zappa, dessen komplexe und bissige Musik von einer generellen Menschenverachtung zeugte, las einen Abschnitt über das sprechende

Arschloch aus *Naked Lunch*. Es ist eine von Burroughs' schwarzhumorigsten »Routines«, und sie passte gut zu dem sarkastischen Rocker. »Also gut, ähm, wie Sie wissen, bin ich nicht der Typ, der Bücher liest. Ich habe das schon oft gesagt, ich lese nicht gerne«, gestand Zappa. »Aber ich habe schon die eine oder andere Ausnahme gemacht, und äh, eine dieser Ausnahmen war dieser Teil des Buches, das, wie Sie sicher wissen, *Naked Lunch* heißt, und ich habe die Erlaubnis erhalten, den Teil über das sprechende Arschloch vorzulesen.« Der Originaltext ist nach wie vor ebenso urkomisch wie auch provokant, nicht anders als Zappa selbst:

> Habe ich Ihnen von dem Mann erzählt, der seinem Arschloch das Sprechen beigebracht hat? Sein ganzer Unterleib ging rauf und runter, verstehen Sie, und furzte die Worte heraus. Habe nie etwas auch nur entfernt Ähnliches gehört.
>
> Diese Arsch-Sprache hatte so eine Art Darm-Frequenz. Traf einen direkt in den Unterleib, so als müsste man gleich aufs Klo. Sie wissen schon, wenn der alte Dickdarm einen in die Rippen stößt, man bekommt so 'ne Art inneres Frösteln und weiß, dass man eigentlich nur noch loslassen muss? Also diese Sprache schlug einem direkt auf den Unterleib, ein blubbernder, dichter, träger Klang, ein Klang, den man riechen konnte.
>
> Dieser Mann arbeitete auf einem Rummelplatz, und am Anfang war es so was wie eine neuartige Bauchrednernummer. War wirklich komisch, zunächst. Eine Nummer hieß ›Das bessere Loch‹, die war ein Knaller, kann ich Ihnen sagen. Ich habe das meiste davon vergessen, war aber clever gemacht. Sachen wie: ›Oh, alter Junge, bist du immer noch da unten?‹
>
> ›Nee! Musste mich mal kurz erleichtern gehn!‹
>
> Nach einer Weile fing der Arsch von selbst an zu reden. Der Mann ging auf die Bühne, ohne irgendwas vorbereitet zu haben, und sein Arsch improvisierte zu seinen Gags und spielte ihm den Ball zurück.

Dann bildete das Arschloch kleine zahnähnliche, nach innen gebogene Raspelhäkchen aus und fing an zu essen. Der Mann fand das zunächst putzig und machte eine weitere Nummer daraus, aber irgendwann fraß sich das Arschloch durch seine Hose hindurch und fing an, auf der Straße zu reden und lauthals Gleichberechtigung einzufordern. Auch fing es an zu saufen und beklagte sich dann unter Tränen, dass es genauso geküsst werden wolle wie der andere Mund. Schließlich redete es ununterbrochen Tag und Nacht, und das Gebrüll des Mannes, es solle endlich den Mund halten, war straßenweit zu hören; er schlug mit der Faust nach ihm und steckte Kerzen hinein, aber nichts half, und das Arschloch sagte zu ihm: ›Du bist derjenige, der am Ende den Mund halten wird. Nicht ich. Und zwar weil wir dich hier gar nicht mehr brauchen. Ich kann reden und essen und scheißen.‹

Von da an wachte der Mann morgens mit einer Art durchsichtiger Gallerte über seinem Mund auf, wie vom Schwanz einer Kaulquappe. Diese Gallerte war – wie die Wissenschaft es nennt –›undifferenziertes Gewebe‹, das sich am menschlichen Körper zu jeder möglichen Art von Fleisch entwickeln kann. Er kratzte sie sich vom Mund, aber die Stücke blieben an seinen Händen kleben wie brennendes Esbit und wuchsen dort weiter, wuchsen überall dort, wohin ein Stückchen fiel. Irgendwann war sein Mund völlig zugewachsen, und der ganze Kopf hätte sich spontan amputiert – (wussten Sie, dass es in Afrika eine Krankheit gibt, die nur bei Schwarzen auftritt, in deren Verlauf sich der kleine Zeh spontan amputiert?) –, wären da nicht die Augen gewesen, verstehen Sie? Es gab nur eine Sache, die das Arschloch nicht konnte, und das war sehen. Es war auf die Augen angewiesen. Aber die Nervenstränge waren blockiert und durchsetzt mit fremden Stoffen und verkümmerten, also konnte das Gehirn keine Kommandos mehr geben. Eine Weile konnte man an den Augen noch erkennen, wie das Gehirn schweigend und hilflos litt, aber irgendwann muss das Gehirn gestorben sein, denn die Augen erloschen, und es war nicht mehr Gefühl in ihnen als bei einer Krabbe am Ende des Augenstiels.[264]

Hinter der Bühne erinnerte sich Zappa, wie er auf *Naked Lunch* reagierte, als er das Buch noch während seiner Zeit auf der Highschool in Lancaster, Kalifornien, zum ersten Mal zu Gesicht bekam. »Damals sagte ich: ›Wie ist er damit durchgekommen?‹ Es war auf jeden Fall ein Ansporn.«[265] Zappa bekundete sein Interesse an einer Zusammenarbeit mit Burroughs auch dann noch, als die Nova Convention längst Geschichte war. Wie der Autor im Audiokommentar zur Verfilmung von *Naked Lunch* aus dem Jahr 1991 verrät: »1979 besuchte Frank Zappa mich und erzählte mir von seinem Konzept für eine Inszenierung von *Naked Lunch* als Off-Broadway-Musical. Ich fand die Idee vielversprechend, tue ich immer noch, aber es hat wohl nicht sollen sein.« Die beiden Kunstrebellen blieben jedoch befreundet; zum siebzigsten Geburtstag des Autors im Jahr 1984 schickte Zappa Burroughs sogar ein Dutzend Rosen.

Die Dichterin Eileen Myles wurde von anderen Künstlern kritisiert, weil sie die berüchtigte Wilhelm-Tell-Szene nachstellte, in der Burroughs Joan Vollmer getötet hatte. Wie Moore berichtet, wurde sie »hinter der Bühne zur Persona non grata erklärt und aus dem Kreis der Avant-lit-Prominenz ausgeschlossen, die sich von der ›Erinnerungsperformance‹ schockiert zeigte«.[266] Es gibt keine Belege dafür, dass Burroughs daran Anstoß nahm; Myles jedenfalls förderte weiterhin dessen Werk und las bei einer Feier im Jahr 2014 in Chicago aus *Naked Lunch*.

Burroughs war während der gesamten Nova Convention präsent. Er nahm neben dem selbsternannten »agnostischen Mystiker« und Co-Autor der *Illuminatus!*-Trilogie Robert Anton Wilson, dem Psychedelic-Guru Timothy Leary und Brion Gysin an einem weitschweifenden Gespräch über Zeit-Raum-Reisen als nächster Stufe der menschlichen Evolution teil. Er überbrachte zudem eine kurze Nachricht von einem seiner berüchtigtsten Charaktere. »Es tut mir leid, dass Dr. Benway nicht persönlich anwesend sein kann«, sagte Burroughs mit trockenem Humor. »Aber er sendet eine Botschaft:

›Ich bin praktizierender Mediziner; ich lerne von meinen Patienten, und meine Patienten lernen von mir. Ich bin froh, berichten zu können, dass in Jonestown nun alles unter Kontrolle ist. Heute Abend habe ich noch ein paar Krankenbesuche zu tätigen.‹« Burroughs bezog sich auf die Massenselbstmorde in Jim Jones' People's Temple in Guyana, die sich knapp zwei Wochen zuvor zugetragen hatten. Auch der Kongressabgeordnete Leo Ryan war bei diesem tragischen Ereignis von Sektenmitgliedern, von denen die meisten amerikanische Staatsbürger waren, rücksichtslos ermordet worden.

Der Bassist und Komponist Bill Laswell war von Burroughs' Äußerungen beeindruckt. »Burroughs traf am Abend des Festivals ein, in dem Moment, als es begann«, erinnert sich Laswell. »Er musste durchs Publikum gehen … Er trug einen riesigen Cowboyhut, und seine Notizen hatte er in einer Aktentasche verstaut. Als er von vorn die Treppe hinaufstieg und zu seinem Pult ging, war er von einem seltsamen Lichtschein umgeben. Die Sache mit Guyana fand ich urkomisch. Ich sagte: ›Wow, der Typ hat Humor.‹«[267] In einem Brief an Paul Bowles über das Ereignis beschreibt Burroughs ein After-Party-Getränk aus Kool-Aid und Wodka, das aus einem Waschzuber serviert wurde, »genau wie in Jonestown«.

Nach einer mitreißenden Lesung aus *Roosevelt After Inauguration* erklärte Burroughs, »worum es bei der Nova Convention geht«. Ob er die Sache damit enträtselte oder zu weiterer Verwirrung beitrug, ist fraglich. »Wir befinden uns im Raumzeitalter, und wir sind ›here to go‹!«, deklamierte er.

> Allerdings ist das Raumfahrtprogramm bisher auf die niveaulose Elite beschränkt, die mit großem Aufwand in einer Aqualunge zum Mond geflogen ist. Und der geht es nicht um Raum, sondern um mehr Zeit … Ich sehe alle möglichen Raumfahrzeuge, einige davon zweifellos tödlich, und alle bereit zum Abheben. Nur diejenigen, die willens sind, alles zu verlassen, was sie jemals in der Zeit gekannt haben, dürfen sich bewerben. Es ist notwendig zu reisen; es ist nicht notwendig und wird immer schwieriger, zu leben.[268]

Patti Smith betrat die Bühne, wohlwissend, dass viele im Publikum wegen der Absage von Keith Richards noch immer erbost waren. »Keith wollte kommen«, sagte sie.

> Aber er ist nicht hier … Er sitzt irgendwo im Flugzeug … geografisch gesehen wahrscheinlich über dem Death Valley. Jedenfalls ist es so: Ich habe in letzter Zeit viel ferngesehen und die Leute scheinen auf die Geld-zurück-Garantie zu stehen, und die halten wir ein. Also, wenn jetzt jemand sein Geld will, weil Keith Richards nicht da sein wird, werde ich es persönlich zurückzahlen … Ich hab zwölf Dollar dabei.[269]

Smith zog Bargeld aus ihrem Pelzmantel und winkte dem Publikum damit zu, aber niemand nahm ihr Angebot an. »You've seen the heroin, now see the heroine!«, rief sie aus, bevor sie mit dem Gitarristen Lenny Kaye »Poem for Jim Morrison« anstimmte. »A fire of unknown origin took my baby away … swept her up and off my wavelength, swallowed her up like the ocean in a fire thick and gray«, erklang ihr Sprechgesang über Kayes Moll-Akkorde hinweg. Einige Zeilen aus dem Gedicht tauchten später in dem Song »Fire of Unknown Origin« von Blue Öyster Cult auf, einer Band, zu deren Mitgliedern auch Patti Smiths Freund Allen Lanier zählte.

Laurie Anderson nutzte Audioeffekte, um für ihre Spoken-Word-Performance »America on the Move« die Stimme in Bereiche unter und über ihrem natürlichen Umfang zu schrauben. John Cage präsentierte keine seiner anspruchsvollen Kompositionen, sondern »Writing for the Second Time through Finnegans Wake«, einen vorbereiteten Text über sein sprachliches Interesse an James Joyce. Dieser überforderte jedoch große Teile des Publikums. Empfänglicher war man womöglich für John Giornos »Eating the Sky«, ein Gedicht, das er für diesen Anlass geschrieben hatte und mit gewohnter Intensität vortrug. Allen Ginsberg und sein Partner Peter Orlovsky lasen »Punk Rock & Old Pond«, womit sie den Zeitgeist trafen: »You want a revolution? You want apocalypse? Louder! Visciouser! Fuck me in the ass! Suck me! Come in my ears!«[270]

Robert Palmer berichtete für die *New York Times* über die Nova Convention. »Ganz im Sinne von Mr. Burroughs' Arbeit wurde bei der ersten musikalischen Darbietung am Samstagabend, einem Solo-Orgelstück von Philip Glass, praktisch nichts dem Zufall überlassen«, schrieb er. »Das Stück war in seiner Sprache so konservativ und in seinem Aufbau so streng wie Mr. Burroughs' erster Roman ›Junkie‹. Der andere musikalische Beitrag des Abends, der von Patti Smith präsentiert wurde, stand eher in der Tradition der Cut-ups und zelebrierte Haltung, Stil und die Art ›heiliger Zufälle‹, wie sie von visionären Künstlern seit langem kultiviert und zelebriert werden.« Palmer spendete sein höchstes Lob dem Ehrengast. Er schrieb, »Mr. Burroughs sei höchst sympathisch« und »die interessanteste seiner eigenen Romanfiguren«. Die Szenegänger im Publikum hatten größtes Interesse an dem Autor, und einige von ihnen, darunter Thurston Moore, gründeten später im Zuge der ersten und zweiten Punk-Welle eigene Bands.

Back in NYC

Die mittleren bis späten 70er-Jahre waren in New York City eine aufregende, gefährliche Zeit. Ein neuer Schlag Rocker, ganz und gar Kluft und Pose, hatte den Club CBGB im East Village übernommen. Acts wie Patti Smith, Television, die Ramones, Talking Heads und Blondie begeisterten dort die Zuschauer, die sich auf unfassbar engem Raum zusammendrängten. Während die Musiker auf der Bühne kochten und fauchten, tauchte Burroughs im Bunker unter – dem fensterlosen ehemaligen YMCA unweit des CBGB –, den er für den Rest des Jahrzehnts sein Zuhause nennen sollte. Hier empfing er neben den aufsteigenden Stars des Underground Gäste wie Andy Warhol und Mick Jagger. »Damals ging es in New York City eher zu wie in einer Kleinstadt«, sagte Thurston Moore. »Jeder kannte jeden. Man sah all die Leute, die in der Szene gefeiert wurden, wie diese Jungs, und dann noch die Punkrock-Leute wie Tom Verlaine und Richard Hell und Patti Smith. Alle wohnten sozusagen in derselben

Gegend.«[271] Direkt vor den schwer verriegelten Türen des Bunkers konnte man einer endlosen Parade von Junkies, Dealern und Strippern beiwohnen. Das Bowery-Viertel war schon lange für harte Schicksale und noch härtere Drogen bekannt; jetzt war es der Ground Zero für den Punk.

Burroughs' Timing war wieder einmal tadellos. Als er 1974 in die Staaten zurückkehrte, fand er sich in der Rolle des unerwarteten – wenn auch überwiegend willigen – Teilnehmers an einer weiteren großen kulturellen Veränderung wieder. Seine Jahre im Bunker sollten seinen Ruf als »Paten des Punk« festigen, einen Titel, den er ablehnte, auch wenn er wichtige Angehörige der Szene inspirierte. »Man kann ohne zu übertreiben sagen, dass seine Bücher von *Naked Lunch* bis *Die Wilden Boys* den Punk voraussagten«, sagte sein Freund und Mitarbeiter Victor Bockris. »Burroughs glaubte an die Wirkkraft der Jugendrevolte. Er war absolut dafür.«[272] Chris Stein von Blondie stimmt dem zu. »Der Typ hatte eine Aura«, sagte er. »Burroughs war ein richtiger Außenseiter, ein Randständiger. Von ihm gingen eine Energie und ein Selbstbewusstsein aus, wie man es vielleicht von Rockstars kennt … Meiner Meinung nach begegnete er all diesen Leuten definitiv auf Augenhöhe.«[273]

Burroughs nahm Allen Ginsbergs Angebot an, einen Kurs am New York City College zu unterrichten, doch er blieb nur kurze Zeit dabei. Wie sich herausstellte, hatte er wenig Lust, auf bekiffte Undergraduates und Neugierige aufzupassen. Befriedigender waren seine gelegentlichen Einsätze am Naropa Institute in Boulder, Colorado, das von dem tibetischen Buddhisten und Verbreiter »verrückter Weisheit« Chögyam Trungpa gegründet worden war. Dort hielt Burroughs Vorlesungen und traf sich mit Ginsberg, Gregory Corso und Anne Waldman zu Gesprächen über alles Mögliche, von Traumlogik über Atomkrieg bis hin zum »kreativen Lesen«. Einige dieser Vorlesungen wurden aufgezeichnet und können im Naropa Poetics Audio Archive immer noch online abgerufen werden. Obwohl es schön war, oft aus der Stadt herauszukommen, genoss Burroughs insgesamt sein neues Leben in New York und die Anerkennung, die er von einer neuen Welle renitenter

Performance-Künstler erhielt, darunter Patti Smith, Richard Hell und Jim Carroll.

Burroughs war nicht direkt in den Bunker eingezogen, sondern hatte zunächst in einem Loft am 452 Broadway und später in einem Apartment in der 77 Franklin Street Quartier gewohnt. Hier quasselte er mit Jimmy Page über Magick und Marokko. Bald nachdem Burroughs in die Stadt zurückgekehrt war, machte Ginsberg ihn mit James Grauerholz bekannt – einem jungen Mann, der in den folgenden Wochen, Monaten, Jahren und Jahrzehnten sein enger Freund, Manager, Schreibgehilfe und Nachlassverwalter werden sollte. Von 1974 bis zu Burroughs' Lebensende half Grauerholz Burroughs, seine Sucht in Schach zu halten, förderte seinen Ruf in der amerikanischen Literaturszene und schürte das Interesse anderer Künstler und Denker.

Als Studienabbrecher der University of Kansas mit Interesse an Musik und Literatur kam Grauerholz nach New York, um die Geburtsstadt der Beat-Generation zu erleben. Zunächst knüpfte er Kontakt zu Ginsberg, der Burroughs gegenüber erwähnte, dass Grauerholz einen geeigneten Assistenten abgeben könnte. Die beiden hatten eine flüchtige Affäre, doch Grauerholz fand bald einen anderen Partner – etwas, das Burroughs immer wieder erleben musste. Dennoch bauten sie durch die gemeinsame Arbeit eine starke und dauerhafte Bindung zueinander auf. Grauerholz stand in Burroughs' auserwählter Familie ganz oben und war sein mit Abstand treuester Gefährte. Als Burroughs von New York schließlich genug hatte, schöpfte Grauerholz aus seinen persönlichen Beziehungen und Verbindungen in Lawrence, um eine Gemeinschaft von Unterstützern für den Autor zu organisieren. Dafür und für seine Fähigkeit, Burroughs kreative und finanziell lohnende Möglichkeiten zu verschaffen, gebührt Grauerholz große Anerkennung.

Die ersten beiden Jahre, die Burroughs wieder in den Staaten verbrachte, waren angenehm, belebend sogar, doch getrübt wurde seine Heimkehr durch tragische Nachrichten aus Großbritannien: An seinem zweiundsechzigsten Geburtstag am 5. Februar 1976 erhielt er ein Telegramm von Ian Sommerville, das lautete: »HAPPY

BIRTHDAY. LOTS OF LOVE. LOTS OF PROMISE. NO REALIZATION.« Nur wenige Stunden später erreichte Burroughs ein zweites Telegramm, diesmal von Antony Balch, mit der Nachricht von Sommervilles Tod. Nicht lange nachdem Burroughs London verlassen hatte, zog Sommerville nach Bath, wo er eine Stelle als Computerprogrammierer annahm. Bald geriet er in einen öffentlichen Streit mit Bill Levy, einem in Holland lebenden Amerikaner, der ein Underground-Magazin namens *Suck* herausgab. Sommerville hatte angeblich eine heterosexuelle Affäre mit Levys Partnerin Susan Janssen. Der wütende Levy veröffentlichte, während er als Gastredakteur bei einem anderen Magazin namens *The Fanatic* arbeitete, einen Artikel mit dem Titel »Electric Ian: Portrait of a Humanoid«. In dem Artikel wurden Auszüge aus Sommervilles Liebesbriefen an Janssen zitiert, und es wurde über seine Genitalien gespottet. Dies, zusammen mit Zitaten von Bekannten, die ihm Mundgeruch und finanziellen Leichtsinn vorwarfen, traf Sommerville tief ins Herz. Burroughs glaubte, dass es seinen Tod verursachte. Mit wenig Fahrpraxis und darüber hinaus verstört und abgelenkt, fuhr Sommerville zum Postamt, um den Geburtstagsgruß aufzugeben. Auf dem Rückweg krachte er in ein anderes Auto und war sofort tot.

Verzweifelt griff Burroughs zur Flasche. Er versuchte, Sommerville im Jenseits zu erreichen, und nahm zu diesem Zweck an einer Séance teil, bei der jedoch keine Verbindung hergestellt werden konnte. Daraufhin wandte er sich an den tibetischen Lama Dudjom Rinpoche, der ihm von John Giorno empfohlen worden war. Der Guru erzählte Burroughs, dass Sommerville in der zweiten Ebene der Hölle gefangen sei und nicht wiedergeboren werden könne. Wie um sich vor einer weiteren Katastrophe abzuschotten, zog Burroughs im Juni 1976 in den Bunker ein. Die Tatsache, dass es keine Fenster gab, störte ihn nicht. Er genoss die Sicherheit, das Gefühl, durch drei Fuß dicke Betonwände und vier verriegelte Türen von der Außenwelt getrennt zu leben. »Wir müssen den Bunker um jeden Preis halten«, sagte Burroughs zu Victor Bockris. Dieser erinnert sich: »Bill taumelte gelegentlich durch den Raum und demonstrierte erstaunten Gästen die Wirkung eines Schlagstocks mit Stahlfeder[274] auf eine

Müslipackung – Baam! – und hinterließ in dem Karton eine klaffende Spalte. Oder er präsentierte ein von Kugeln zerfetztes Telefonbuch und brummte: ›Guck mal, was wir gestern Abend gemacht haben.‹ Fürs Protokoll: Dies war das Ergebnis ausgiebiger Zielübungen mit einer Luftpistole. Er hat in New York nie Waffen besessen.«[275]

Das hinderte Burroughs nicht daran, stets ein kleines Arsenal dabeizuhaben, wenn er das Haus verließ, darunter einen Gehstock, Tränengas und einen Totschläger. Er ermutigte Besucher, sich ebenfalls zu bewaffnen, und ging so weit, dass er zusammen mit regelmäßigen Gästen eine Gang gründete, die sich »Order of the Grey Gentleman« nannte. Diese unerschrockene Gruppe aus jungen Burschen (und einem wesentlich älteren Burschen) verfolgte in den Straßen von Lower Manhattan Straßenräuber – vermutlich nicht nur, um ihnen eine Standpauke zu halten. »Er lehrte mich, mit einem Blasrohr größtmöglichen Schaden anzurichten«, so Bockris. »Es gab viele begeisterte Diskussionen über Pläne und Taktiken.«[276] Belege über Zusammenstöße zwischen dem Orden und den Kriminellen in der Bowery gibt es keine. Vielleicht ist Schweigen gleichbedeutend mit Erfolg.

Nach den Unannehmlichkeiten und Beleidigungen in Großbritannien fühlte sich Burroughs in seiner neuen Umgebung wohl. Und wer braucht schon Fenster, wenn man Gesellschaft hat? »Die besten Abende im Bunker begannen damit, dass wir auf hochlehnigen Bürostühlen mit orangefarbenen Kissen um Bills großen Konferenztisch saßen und Wodka und Marihuana konsumierten«, erinnert sich Bockris. Zu den regelmäßigen Gästen gehörten Ginsberg und Orlovsky, aber auch Debbie Harry und Chris Stein von Blondie, Joe Strummer von The Clash und der Maler Jean-Michel Basquiat. »Die Gespräche waren immer sehr energiegeladen«, sagte Bockris. »Bill war ein toller Raconteur mit einem großen Fundus an urkomischen Erlebnissen aus seinem bewegten Leben, aber hörte sich auch gerne die Geschichten anderer Leute an.«[277] Es gab Abendessen mit Berühmtheiten wie Mick Jagger, den Burroughs Jahre zuvor in London kennengelernt hatte. Nach einem solchen Anlass kommentierte Burroughs die Veränderungen in der

Underground- und Popkultur. »Rock 'n' Roll ist jetzt ein Massenphänomen, das vor einem riesigen Publikum aufgeführt wird und mit einer weltweiten kulturellen Revolution verbunden ist«, bemerkte er. »Der Vergleich von Rock-'n'-Roll-Publikum und Nazi-Kundgebungen ist keineswegs weit hergeholt. Alles, was so viele Menschen zusammenbringen kann, ist politisch. Mick könnte also richtig liegen, wenn er meint, in die Politik gehen zu wollen.«[278] Dass es keinen MP oder PM Jagger gab, zeigt, für welchen Weg der Star sich letztlich entschied. Nicht lange nach seinem Abendessen mit Jagger bekam Burroughs Besuch von David Bowie, dem Burroughs' Tirade über Rockstars als Demagogen womöglich gefiel. Im Gegensatz zu Jagger, der sich abgehoben gab, benahm sich Bowie laut Bockris »musterhaft gentlemanlike«.[279]

Während dieser Zeit beschäftigte sich Burroughs mit filmischen Adaptionen von *Junkie* und *The Last Words of Dutch Schultz*. Bowie, der soeben eine Hauptrolle in Nicolas Roegs *The Man Who Fell to Earth* (Der Mann, der auf die Erde fiel) gespielt hatte, war kurz als Hauptdarsteller für *Junkie* im Gespräch (ebenso wie Jack Nicholson), doch keiner der beiden Filme wurde je gedreht. Burroughs erwog, selbst mit der Schauspielerei anzufangen, und sagte zu Andy Warhol: »Ich kann Ärzte, CIA-Agenten und alles Mögliche spielen ... ich könnte gut einen Nazi-Kriegsverbrecher abgeben.«[280] Dass diese Projekte überhaupt in Erwägung gezogen wurden, war ein Beweis für Burroughs' neu gewonnenes kulturelles Gütesiegel. Die Nova Convention sowie die öffentliche Unterstützung durch Leute wie Andy Warhol und die einflussreiche Kulturkritikerin Susan Sontag erhöhten Burroughs' Präsenz im Mainstream. Aber es waren die Punks, die seinen Status als Underground-Ikone in Stein meißelten.

Society of the Spectacle

Was Punk in erster Linie ist, darüber lässt sich streiten: Lebensstil, politische Bewegung, Modestatement, musikalisches Genre, Ware oder alles zusammen? Ebenso ist man sich über den exakten

Ursprung von Punk uneins. Manche meinen, alles begann mit Detroiter Bands wie den Stooges und MC5, die in den späten 60er- und frühen 70er-Jahren auf den Bühnen des Mittleren Westens groß herauskamen. Andere verweisen auf Großbritannien, wo die Sex Pistols und The Damned das britische Establishment terrorisierten und durch hohe Arbeitslosigkeit und lähmende Klassenunterschiede verunsicherte Jugendliche unter Strom setzten. Wieder andere betonen die Bedeutung der New York Dolls, die wie Frankenstein'sche Travestiemonster aus der Rotlichtunterwelt Manhattans herausstolzierten. Burroughs' Interaktionen mit der ursprünglichen Punkbewegung spielten sich hauptsächlich in der New Yorker Szene ab. Er schrieb jedoch einen Unterstützerbrief an die Sex Pistols, und einmal war Clash-Sänger Joe Strummer begeisterter Gast im Bunker. »Strummer kam zwar eineinhalb Stunden zu spät, aber er brachte Burroughs eine Flasche Whisky, eine Flasche Tequila, zwei Sixpacks Heineken und acht riesige Joints mit«, erinnert sich Bockris.[281]

> Er sprudelte über vor Freude, Burroughs zu treffen, und führte mit ihm ein sehr entspanntes und angenehmes Gespräch über englische Polizisten. William holte sein Arsenal an Totschlägern, japanischen Wurfsternen und Messern hervor, während Joe eine Reihe von Polaroids aufnahm, die ihn dabei zeigten, wie er abwechselnd auf Pappkartons einschlug und dann wieder ein extrem breites, bösartiges Lächeln aufsetzte. Strummer ging höchst zufrieden nach Hause.[282]

Das schwarze Lederherz des Punk wurde von Leuten wie Richard Hell, Jim Carroll und Patti Smith zum Schlagen gebracht. Hell vermachte ihm seinen Look, Carroll seine Ecken und Kanten, Smith ihre Energie. Sogar der Begriff »Punk« stammt aus der New Yorker Szene. Lenny Kaye, der die längste Zeit von Smiths Karriere ihr Gitarrist blieb, bezeichnete die psychedelischen Garagenbands der 1960er-Jahre in seinem Covertext für die *Nuggets*-Compilation von 1972 als »Punkrock«. Rockautoren wie Legs McNeil und Lester Bangs schrieben den aufkommenden Sound und die entsprechende

Attitüde in Magazinen wie *Punk* und *Creem* fest, ähnlich wie die Beats in den progressiven Literaturjournalen ihrer Zeit Anerkennung fanden.[283] Bockris schrieb dazu später: »Die Punks, angeführt von Patti Smith und Richard Hell, verehrten die Beats, und die Beats wiederum waren den Punks dankbar dafür, dass sie frische, erneuerte Aufmerksamkeit auf ihre Arbeit lenkten.«[284]

Von der vorangegangenen Generation oft als nihilistisches Gebaren abgetan, besaß der Punk in seinen anfänglichen Erscheinungsformen sowohl eine intellektuelle Ader als auch ein soziales Gewissen. Englische Acts wie die Sex Pistols hielten sich stark an die situationistische Bewegung der späten 1950er-Jahre, bei der die Kunst kritisch-theoretisch in die Mangel genommen wurde, um der Gesellschaft ihre massenmedial induzierte Verdummung bewusst zu machen. Amerikanische Punks wie Richard Hell und Patti Smith orientierten sich auch an Dichtern des neunzehnten Jahrhunderts, etwa Baudelaire, Rimbaud und Verlaine, und am Geist des Free Jazz, wenn auch nicht an dessen Sound. Wie bei der British Invasion der 60er trug auch bei dieser neuen Rockbewegung die Konkurrenz zum Erfolg bei. Amerikanische Bands wie die New York Dolls und die Ramones machten englischen Acts wie den Sex Pistols und The Clash Feuer unterm Hintern, und die wiederum inspirierten Musikgruppen an der West Coast wie Black Flag und X.

Über die Verbindung des Punk zu Drogen, insbesondere zu Heroin, lässt sich unmöglich hinwegsehen. In Anlehnung an Burroughs' Lexikon beschrieb Bockris Junk als die ultimative »Control«. »Du musst das Produkt kaufen, sonst bist du krank«, sagte er.[285] Proto-Punk-Urgestein Iggy Pop bemerkte, dass Burroughs' Untersuchungen zur Algebra der Sucht für die Konsumenten tatsächlich hilfreich sind. »Er öffnete einen Tunnel zu einem Ausweg«, sagte Pop. »Denn wenn du etwas tust, und du willst damit aufhören, hörst du erst dann auf, wenn du herausgefunden hast, was du da eigentlich tust.«[286] Die meisten Musikfans kennen berühmte Drogenopfer wie Sid Vicious und Nancy Spungen aus der ersten Welle des Punk. Ein anderes war Dee Dee Ramone (von den Ramones), ein ungestümer, cleverer Songschreiber und hemmungslos Süchtiger, der es wider alle

Erwartung schaffte, bis 2002 zu überleben – erst dann brachte die Nadel ihn endgültig um, und er gesellte sich zu den bereits verstorbenen Punk-Junkies wie Darby Crash, G. G. Allin und Johnny Thunders, um nur einige zu nennen.

Kurt Cobain und Courtney Love wurden in den 90er-Jahren König und Königin der Junkie-Prominenz – ihre Stacheldrahtkronen erbten sie von Sid und Nancy. Sucht war in ihrer Szene weit verbreitet. Loves ursprüngliche Bassistin in der Band Hole namens Kristen Pfaff starb 1994 an einer Überdosis; die Schlagzeugerin der Band, Patti Schemel, schildert in ihrer Autobiografie *Hits So Hard* ihren persönlichen Kampf mit der Abhängigkeit. Auch unter den heutigen Punkmusikern ist der Heroinkonsum weiterhin ein Problem. Mish Barber-Way von der zeitgenössischen Band White Lung hat die mit dem Missbrauch einhergehende Apathie in einem Essay für *Pitchfork* beschrieben: »Wenn du auf Opiaten bist, ist dir alles scheißegal, ob gut oder schlecht, das interessiert dich nicht. Alles fühlt sich herrlich an, sogar das Erbrechen. Dope-Kotze ist die göttlichste Kotze, die dir je untergekommen ist. Sie fließt einfach aus dir heraus, als sei nach Gottes Willen das Kotzen etwas Himmlisches.«[287]

Burroughs beharrte darauf, dass Drogen in seinen Schriften nicht verherrlicht würden. Es stimmt zwar, dass sein Werk die hässliche Seite der Abhängigkeit schildert, aber es offenbart auch die Glückseligkeit der Absorption, den Moment, in dem sich die Welt in eine gallertartige Masse aus Mutterleibswärme auflöst. Dass er von diesen Wahrheiten erzählte, hat zweifellos nicht wenige Punks dazu verleitet, mit Drogen zu experimentieren. Wie weit sie gingen, blieb ihnen überlassen. Oder doch nicht? Waren sie womöglich nur »soft machines«, prädestiniert, die Nadel und den Schaden, den sie anrichtete, zu erfahren? In seinen Romanen grübelt Burroughs häufig darüber, was es bedeutet, die individuelle Handlungsmacht zu verlieren, und wie man sie trotz kläglich geringer Erfolgsaussichten zurückgewinnen kann. So unklug es auch sein mag, ihm nachzueifern, verleihen Burroughs' unerschrockene Selbstversuche seinem Werk eine fast heroische Qualität. Er hat die Grausamkeiten und Demütigungen von Sucht als einen epischen Kampf gegen »Control«

dramatisiert, so wie seine Punk-Nachfahren ihren eigenen Kämpfen mit rudimentären musikalischen Mitteln Ausdruck verliehen haben.

Hell Is for Children

Das Image des Punk ist in hohem Maße einer einzelnen Person zu verdanken, Richard Hell, der Mitglied von mehr als einem bahnbrechenden Underground-Act war.[288] Seine frühe Präsenz in der Band Television an der Seite seines ehemaligen Schulkameraden Tom Verlaine (der seinen Nachnamen von dem französischen Dichter übernahm) durchfuhr die zusammengeflickte Punkszene wie ein Stromschlag. Nachfolgende Projekte mit den Voidoids und den Heartbreakers halfen, die Wahrnehmung des Genres in der breiten Öffentlichkeit zu prägen. Das galt auch für den Sound – schneidende Gitarren, fauchender Gesang und schnelle Rhythmen. Andere Bands verliehen dem Genre zwar ihre eigene Note, aber die DNA des Punk stammt eindeutig von Hell. Und im genetischen Code der Bewegung prangt das inzwischen bekannte »Burroughs-Gen«, das von Hell und seinen Mitstreitern weitergegeben wurde.

Hell und Verlaine fielen durch abgerissenes Aussehen und zerschlissene Klamotten auf, und bald schon kopierten Kids in ganz Amerika und weltweit ihren Stil. Hells zerzauste Frisur war angeblich dem französischen Dichter Rimbaud abgeschaut, doch in seinem sardonischen Auftreten war er ganz Burroughs. Natürlich hat auch Burroughs Rimbaud, der im Frankreich des neunzehnten Jahrhunderts zu den Beat-ähnlichen Symbolisten gehörte, einiges zu verdanken. »Mir scheint, nichts und niemand hat einen so wichtigen Einfluss auf Burroughs ausgeübt wie Rimbaud«, schrieb Neal Oxenhandler 1975 in einer kritischen Analyse. »Selbst die gewalttätigsten und aggressivsten Ausbrüche haben etwas Kindisches an sich.«[289] Dasselbe ließe sich vom Punk sagen.

Hell bezeichnete sich selbst als Mitglied der Blank Generation – ein Begriff, den er prägte und als Titel für das die Bewegung definierende Debütalbum der Voidoids von 1977 verwendete.

Inzwischen waren zwischen Burroughs' erdichteten Hooligans und der Szene der New Yorker Lower East Side kaum noch Unterschiede auszumachen. So liest sich auch Burroughs' Manifest aus *Die Wilden Boys* wie eine To-do-Liste des Punkrock:

> Wir werden überall gegen den Polizeiapparat vorgehen. Wir werden den Polizeiapparat und sein gesamtes Material vernichten. Wir werden alle dogmatischen verbalen Systeme zerschlagen. Wir werden die Familie und ihr krebsartiges Auswuchern zu Stämmen, Ländern und Nationen mit der Wurzel ausrotten. Wir wollen kein Geschwätz mehr hören von Familie, Mutter, Vater, Schutzmann, Priester, Vaterland oder Partei. Um es kurz und bündig zu sagen – wir haben genug Bullshit gehört.[290]

Für die Beat-Forscherin Jennie Skerl repräsentieren die Wilden Boys »eine Flucht aus einer repressiven Zivilisation in eine Fantasiewelt endlos befriedigter Begierden«.[291] Auch dies könnte die aufkommende Punk-Bewegung beschreiben, ebenso wie Oxenhandlers Beobachtung, dass Burroughs' Werk »von einer entschlossenen Ambivalenz zeugt, die nie nachgibt«. Eine Unbeschriebenheit, um es mit anderen Worten auszudrücken. Als hingebungsvoller Konsument der Ideen Burroughs' verstand Hell diese Parallelen nicht nur, sondern versuchte, sie durch seine eigene Art extrem aufgeladener Rock-'n'-Roll-Performancekunst zu verstärken.

Geboren als Richard Lester Meyers im Oktober 1949, wuchs Hell in der ganz und gar nicht punkigen Vorstadt von Lexington, Kentucky, auf, wo er Cowboy spielte, Vögel beobachtete und die Höhlen der Umgebung erforschte. Sein Vater, ein Experimentalpsychologe mit Schwerpunkt Tierverhalten, starb, als er sieben Jahre alt war. Nach dem Tod ihres Mannes ging seine Mutter wieder studieren und wurde Professorin, was für finanzielle und soziale Stabilität sorgte. Hell war extrem intelligent, wenn auch nicht im akademischen Sinne. »Meinen Höhepunkt als Mensch erreichte ich vermutlich in der sechsten Klasse«, sagte er. »Meine Lehrerin in dem Jahr, Mrs. Vicars, sorgte für eine persönliche Sondervereinbarung, die es mir erlaubte, Geschichten zu schreiben, statt die regulären Hausaufgaben zu erledigen.«[292] Schon bald sanken seine Noten »von ›Sehr gut‹ auf ›Befriedigend‹ bis ›Mangelhaft‹«. 1965 nahm seine Mutter einen Lehrauftrag an der Old Dominion University in Norfolk, Virginia, an. Da er mit der örtlichen öffentlichen Schule nichts zu tun haben wollte, schrieb sich Hell an der Sanford Preparatory außerhalb von Wilmington, Delaware, ein. Dort wurde er süchtig nach den Rolling Stones und schluckte jede Menge codeinhaltigen Hustensaft – ein früher Einstieg in die Drogenszene, der an Burroughs' »Knockout Drops« aus seiner Zeit in Los Alamos erinnert.

Hell wurde wegen der Einnahme von LSD auf einem Schulball suspendiert, und kurz darauf schmiss er zusammen mit Freund Tom Miller – später bekannt als Tom Verlaine – die Schule für immer. Die beiden machten sich auf den Weg nach New York City, wo sie ganz bewusst in die falschen Kreise gerieten. »Tom und ich waren, teilweise aus Interesse an William Burroughs und Lou Reed, neugierig auf Heroin, aber hatten keine Ahnung, wie an das Zeug heranzukommen war«, sagte er. »Einmal hatten wir Glück und konnten ein bisschen von dem Zeug kriegen, aber uns wurde so übel, dass wir uns übergeben mussten, und das war's dann mit unserem Interesse.«[293] Hells enger Freund und ehemaliger Voidoids-Bandkollege, der verstorbene Gitarrist Robert Quine, war ebenfalls Burroughs-Fan und ebenfalls im Besitz einer Olympia-Press-Erstausgabe von *Naked Lunch*. Burroughs-Leute neigen dazu, sich gegenseitig zu finden. Und dann gründen sie Bands.

Hell gehörte nicht zum engeren Kreis um Burroughs, aber eines Abends im Jahr 1986 aß er in Bockris' Wohnung mit ihm zu Abend, zusammen mit Stein, Harry, Ginsberg, Basquiat und Grauerholz. Laut Bockris kamen Themen zur Sprache wie Boy Georges Heroinsucht, der Gehirntumor des damaligen CIA-Direktors William Casey und die Liebesaffäre zwischen dem Punk-Impresario Malcolm McLaren und der Schauspielerin Lauren Hutton.[294] Ungeachtet des von Klatsch und Tratsch geprägten Abendessens bezeichnet Hell

Burroughs als prägenden Einfluss – und man bedenke, dass Hell die Person ist, die dem Punk einen Großteil seines Scharfsinns sowie den grundlegenden Look und Sound verliehen hat. Kurz nach dem Tod des Autors 1997 verfasste Hell eine aufschlussreiche Hommage mit dem Titel »My Burroughs«:

> Seine Schriften sind schön und natürlich urkomisch: akribisch beobachtet, geschliffen und auf den Punkt getroffen, todesmutig, furchtlos, ein unvergleichliches Ohr. Er gehört zu den Auserwählten (Joyce, Nabokov, Borges, Beckett), deren Stil so ausgefeilt ist, dass man ihn in der Regel an einem Satz erkennt. Aber ebenso großartig ist seine Befreiung von Bindungen, von Verpflichtungen, von eigennützigem Interesse an praktisch allem.

Diese Befreiung von Interessen oder auch Unbeschriebenheit sollte nicht mit Leere verwechselt werden. Schließlich geht eine unbeschriebene Seite dem geschriebenen Wort voraus; ein Magnetband ist unbespielt, bis jemand auf Aufnahme drückt. Hell behauptete, dass Burroughs »mit seinen Cut-ups jede egoistische Funktion des Schreibens untergrub … Schrecken neutralisierte, indem er sie aufdeckte und beschrieb … er verbrachte seine Arbeitstage unter Tage.« Denn von primärer Bedeutung war nur das Werk selbst: Der Autor war lediglich ein Gefäß, und zwar ein bewusst unvollkommenes.

Mit Burroughs kollaborieren zu dürfen, war ein sicheres Zeichen dafür, dass man sein Vertrauen gewonnen hatte. »Um mit Bill in Beziehung zu treten, arbeitet man am besten mit ihm zusammen«[295], sagte Bockris und verwies als Beispiel für seine Bemühungen in dieser Richtung auf das Burroughs-Album *Dead City Radio* von 1990. Bei diesem Album, das aus verschiedenen Lesungen besteht, sind Musiker und Fans wie Donald Fagen von Steely Dan und fast alle Mitglieder von Sonic Youth dabei, einer Band, die stark von den Helden der ursprünglichen Punkszene inspiriert wurde, insbesondere von Patti Smith.

High on Rebellion

Patti Smiths Musik klingt nicht gerade nach Punk, wie wir ihn heute kennen. Tatsächlich hat sie mehr mit klassischem Rock gemein – einfache Akkorde, die in gemäßigtem Tempo auf Gitarren, Keyboards und Schlagzeug gespielt werden, mit leidenschaftlichem Gesang und meist verständlichen Texten. Dennoch betrachten einige Smiths erste Single »Hey Joe« mit »Piss Factory« auf der B-Seite, veröffentlicht 1974, dem Jahr, in dem Burroughs nach New York zurückkehrte, als den ersten Punk-Titel. (Britische Punkologen würden dem wahrscheinlich nicht zustimmen und stattdessen auf »New Rose« von The Damned verweisen, das zwei Jahre später erschien.) »Piss Factory« hat keines der klanglichen Merkmale des Genres, doch Smiths Vortrag offenbart etwas von der Roheit, die den Punk später kennzeichnen sollte. Sie schrieb den Song über ihre Erfahrungen bei der Arbeit in einer Kinderwagenfabrik, wo sie schlimme Bedingungen und noch schlimmere Kollegen ertragen musste. »Piss Factory« berichtet jedoch nicht nur über einen miesen Job. Es ist eine Absichtserklärung. Mit dieser akustischen Beschwörung (ganz im Stil von Burroughs) erfand sich Patti Smith neu – als Enfant terrible des neuen Underground:

> *I got something to hide here called desire*
> *And I will get out of here—*
> *You know the fiery potion is just about to come …*
> *And I'm gonna go, I'm gonna get out of here …*
> *I'm gonna be somebody, I'm gonna get on that train, go to New York City,*
> *I'm gonna be so bad I'm gonna be a big star and I will never return …*

Die Musik selbst ist gedämpft, schleppende Klavierakkorde und elegante Gitarrenlicks, umrahmt von Smiths fast kokettem Gesang. Mit einem weniger pointierten Text wäre daraus vielleicht ein halbwegs anständiger Popsong geworden. Natürlich war Punk immer eher Spirit als Sound, und Smith besaß viel von Ersterem. Ihre furchtlosen Auftritte halfen, zur Urkraft des Rock zurückzufinden, die von Musikern verwässert worden war, deren Sorge eher der eigenen instrumentalen Virtuosität galt als dem Rapport mit dem Publikum. Es war die Ära der Doppel-, Dreifach- und sogar Vierfachalben, in der Bands wie Yes und Genesis von aufwendigen Bühnenbildern und ihrem eigenen Pomp fast verschluckt wurden. Smiths Show dagegen war entschlackt, vital, kommunikativ. Sie gab sich ganz ihren Fans hin, zehrte von deren Energie und baute eine starke Bindung zwischen Publikum und Künstlerin auf. Weibliche Rocker waren in den 70er-Jahren noch selten, wurden von der Industrie als Sexbienen oder Nebendarstellerinnen angesehen, sofern man ihnen überhaupt Beachtung schenkte. Smiths kraftvolle Präsenz, die sich gleichzeitig kollegial und unaufgeregt ausnahm, trug dazu bei, solche Wahrnehmungen zu verändern. Es gab keinen Zweifel, dass sie Verstand besaß, aber überdies entsprachen ihre Worte dem Tonfall und Rhythmus der Straße. An Selbstbewusstsein mangelte es ihr gewiss nicht, und das ermutigte auch andere in ihrem Umfeld – darunter Robert Mapplethorpe, Richard Hell und Jim Carroll – zu mehr Selbstbewusstsein. Smith bewies, dass mit der richtigen Einstellung und fester Entschlossenheit jeder alles erreichen konnte. Aktion schafft Realität, wie Hasan-i Sabbah es seine Schüler lehrte.

Obwohl Patti Smith keine Punk-Musik spielte, begriff sie, wie ihre Arbeit die breitere Bewegung mitprägte. »Wir waren nie wirklich eine Punkband«, sagte sie dem Journalisten Nick Tosches. »Wir waren die Vorläufer, und wir versuchten, den konzernfeindlichen Gefühlen der Leute Raum zu geben. Wir wetterten gegen die großen Arena-Acts und die Glitzerbands. Zurück auf die Straße, in die Garage.«[296] Smiths wichtigster Beitrag zum Punk ist nicht musikalisch, sondern folkloristisch. Ähnlich wie die Beats kultivierte sie eine mythische Haltung und nährte sie mit ihrer Kreativität. Smith neigte zur Heldenverehrung, beklagte den Verlust von Ikonen wie Jim Morrison und Rimbaud, bevorzugte womöglich tote Künstler, weil sie keine Konkurrenz darstellten. Auch für Burroughs engagierte sie sich und tut es immer noch. In einem Interview auf dem Louisiana Literature

Festival 2012 sprach Smith über Weisheiten, die er ihr vermittelte. »Als ich noch sehr jung war und mich abmühte, war der Rat, den William Burroughs mir gab, mir einen guten Namen zu machen, meinen Namen sauber zu halten«, sagte sie. »Geh keine Kompromisse ein. Sei nicht darauf erpicht, einen Haufen Geld zu verdienen oder erfolgreich zu sein. Konzentriere dich darauf, gute Arbeit zu leisten, und triff die richtigen Entscheidungen, und schütze deine Arbeit. Wenn du dir einen guten Namen machst, wird dieser Name irgendwann eine eigene Währung sein.«

Smith machte sich einen Namen, als sie regelmäßig beim St. Mark's Poetry Project auftrat, begleitet von Lenny Kaye an der Gitarre. Es mag seltsam erscheinen, dass eine Dichterlesung als Eröffnungssalve in einem neuen Kampf gegen das Establishment dienen konnte. Aber das traf auch auf Ginsbergs *Howl* (*Das Geheul*) zu, dem Beat-Schuss, der um die Welt ging. Smiths Auftritt in der St. Mark's war ein elektrisierendes Moment für eine neue Generation Künstlerrenegaten. Und dann, wie aufs Stichwort, erschien dieses scheinbar uralte Wesen namens William S. Burroughs. »Die erste Person, die mir erzählte, dass Burroughs in der Stadt sei, war Patti Smith«, so Bockris. »Sie verkündete seine Ankunft beim St. Mark's Poetry Project von der Bühne aus, als handelte es sich um ein Ereignis von militärischer Bedeutung. ›Mr. Burroughs ist wieder in der Stadt‹, rief sie. ›Ist das nicht toll!‹«[297] Smith hätte vielleicht nie auf der Bühne gestanden, wenn der alte Mann nicht gewesen wäre. »Er hat mich ermutigt zu singen, als ich das noch nicht öffentlich tat«, sagte sie.[298]

Girls and Boys

Als erstes Kind einer Mutter, die den Zeugen Jehovas angehörte, und eines Vaters, der in Fabriken arbeitete, wurde Smith 1946 in Chicago geboren. Sie wuchs in ärmlichen Verhältnissen auf und wurde religiös erzogen. 1950 zogen die Smiths nach Philadelphia, wo sie sich in einem rauen Viertel von Germantown niederließen. Ihr Vater schob Nachtschichten als Maschinist, um die Familie zu ernähren, zu der inzwischen auch Smiths zwei Geschwister Todd und Linda zählten. Das Geld war immer knapp, doch Smith kam dank ihrer unbeugsamen Persönlichkeit durch. »Ich war sehr schlaksig und unscheinbar – echt nervös und kränklich und so«, sagte sie. »Aber ich war immer glücklich. Eher ein bisschen grüblerisch, aber glücklich. Ich war immer optimistisch, denn ich hatte diese Vision, dass ich etwas erreichen würde. Ich wusste immer, dass ich mehr war als das, was ich zu sein schien ... Ich war der Klassenclown – es war mir egal, weil ich wusste, dass meine Zeit kommen würde.«[299]

Einzelheiten aus Smiths Kindheit strafen ihre rosige Erinnerung Lügen. Im Alter von sieben Jahren kämpfte sie gegen Scharlach, eine Krankheit, die von starken Halluzinationen begleitete wurde. Guter Stoff für die Fantasie, aber eine schreckliche Belastung für ihr Wohlbefinden. Andere Familienmitglieder hatten eigene Päckchen zu tragen. »Wir hatten kein Geld, und mein Bruder und meine Schwester lagen wegen Unterernährung im Krankenhaus«, sagte Smith.[300] Sie wurde wegen ihrer Erscheinung ausgegrenzt, wegen ihrer schäbigen Kleidung und des Schielauges, das operieren zu lassen die Eltern sich nicht leisten konnten. »Die Kinder hatten Angst vor mir, weil sie dachten, ich hätte den bösen Blick«, erinnerte sie sich.[301] Wäre sie im St. Louis der 1920er-Jahre aufgewachsen, hätte sie sich vielleicht mit der »wandelnden Leiche« Billy Burroughs angefreundet; anscheinend ist Entfremdung in der Kindheit eine Voraussetzung für eine große Karriere als Künstlerin oder Künstler.

Smith ließ sich von den Hänseleien ihrer Mitschüler in der Regel nicht beeindrucken. »In mir wohnte ein ungeheurer Geist, der mich weitermachen ließ, egal, wie beschissen es mir ging«, sagte sie. »In mir war so ein Licht, das mich immer wieder anspornte. Ich war ein glückliches Kind, denn ich hatte das Gefühl, dass mein Körper mir keine Grenzen setzen würde, auch wenn ich in Philly war. Ich wusste es einfach.«[302] Auch Burroughs war davon besessen, biologischen Dichotomien zu entkommen, frei zu sein von konditionierenden Kräften wie Genuss und Schmerz, Sucht und Lust. Smith wie auch Burroughs beschlossen, sich aus den Impulsen und Aversionen ihrer Entwicklungsjahre »herauszuschreiben«, und beide taten dies auf ganz eigene Weise.

Burroughs' Kindheit war geprägt von einer erdrückenden Mutter, deren Einfluss er zu leugnen versuchte. Smith dagegen verehrte ihren Vater und bemühte sich um seine Gunst. »Mein Vater war sehr spirituell und intellektuell«, sagte Smith. Ihm habe sie ihre Neugier auf die Welt zu verdanken. »Er war immer damit beschäftigt, das Land seiner Vorstellungen zu entwickeln ... er hungerte danach, über alles Mögliche zu lesen.«[303] Smiths Identifikation mit ihrem Vater manifestierte sich auf vielfältige Weise, von ihren Lieblingsbüchern und -geschichten bis zu ihrer Rolle innerhalb der Familie. Als Ältester wurde ihr oft die Verantwortung für ihre jüngeren Geschwister übertragen. »Lasst uns den bösen Vater spielen!«, sagte sie dann zu Todd und Linda. »Ihr seid die Kinder, und wenn ihr das Haus nicht sauber haltet, hau ich euch tot.«[304]

Sich maskuline Züge anzueignen, mag Smiths Art gewesen sein, sich ihrem Vater anzunähern, so wie Burroughs' Ablehnung des Weiblichen seine Art war, seiner Mutter zu entkommen. Es sollte klargestellt werden, dass Geschlechtsidentität und sexuelle Orientierung nicht dasselbe sind. Burroughs war ein schwuler Mann und drückte sich sexuell als solcher aus, war jedoch wenig tolerant gegenüber allem Verweichlichten. Smith ihrerseits liebte Männer, vielleicht sogar mehr als Burroughs es tat – in den sie übrigens verknallt war, wie sie einmal zugab. »Er ist schwer ins Bett zu kriegen. Deswegen mag ich ihn«, sagte sie.[305]

Burroughs begriff, welche sozialen und beruflichen Bürden mit offener Homosexualität einhergingen. Er schrieb *Queer* zwischen 1951 und 1953, doch veröffentlicht wurde das Buch erst 1985. Er bekundete wenig Affinität zur Initiative für Schwulenrechte. »Ich war nicht einen Tag in meinem Leben schwul, und ich gehöre verdammt nochmal keiner Bewegung an«, sagte er.[306] Ebenso widersprach Smiths Neigung, sich Männern unterzuordnen, ihrem Image als Feministin. Sie sprach davon, dass ihre Partner »alleine die Brötchen verdienen sollten«, und später stieg sie für mehr als ein Jahrzehnt aus dem Musikgeschäft aus, um im heruntergekommenen

Detroit einen alkoholkranken Ehemann zu unterstützen. Aber sie entschuldigte sich für nichts.

»Ich bin gerne, wie ich bin«, sagte sie 1976 dem Magazin *Penthouse*. »Ich habe immer gemocht, wer ich war, und habe immer Männer geliebt. Verarscht fühle ich mich von Männern nur, wenn ich mich mit einem Kerl streite oder wenn ein Kerl mich abserviert. Und das hat nichts mit der Frauenbewegung zu tun. Das hat damit zu tun, abserviert zu werden.« Lenny Kayes Ansicht nach hatte Smiths Haltung letztlich mit Freiheit zu tun: »Patti Smith ging es darum, jenseits von allem zu sein, jenseits eines bestimmten Geschlechts, jenseits von Politik, jenseits, jenseits«, sagte er. »Wann immer man festgelegt würde, sei man gefangen.«[307] Eine perfekt Burroughs'sche Denkweise, wenn man so will.

Smiths burschikose Art brachte sie in Konflikt mit den Erwartungen an Mädchen und Frauen in den 1950er-Jahren. Sie lehnte das Feminine nicht ab, aber identifizierte sich nicht im Geringsten damit. »Ich war so sehr auf Jungsrhythmen fixiert, dass ich mich nie mit der Tatsache auseinandersetzte, ein Mädchen zu sein«, sagte sie.

> Als ich zwölf Jahre alt war, nahm meine Mutter mich einmal mit ins Haus und sagte: »Du darfst dich nicht da draußen raufen, ohne ein T-Shirt zu tragen.« Das war ein Trauma. Ich war von der Standpauke meiner Mutter so angepisst – ich sei ein Mädchen, und das könne man nun mal nicht ändern. Als ich anschließend mit meinem Hund Bambi an einem Highway spazieren ging, war ich so abwesend, dass er von einem Feuerwehrauto überfahren wurde.[308]

Als Weltstar inspirierten Smiths androgyner Look und ihre Haltung unzählige junge Frauen und Männer dazu, binäre Geschlechtsidentitäten abzulehnen. Das mag auch Burroughs an ihr geschätzt haben. »Natürlich war er nie besonders verrückt nach Frauen, aber mich mochte er wohl, weil ich wie ein Junge aussah«, sagte sie.[309]

Als Smith mit ihrem Vater ein Museum in Philadelphia besuchte, entschied sie auf der Stelle, wie ihre Zukunft aussehen sollte. »Ich hatte noch nie Kunst aus der Nähe gesehen«, sagte sie. »Von diesem Moment an wollte ich Künstlerin werden.«[310] Die Kunst half ihr auch, sich in ihrem Aussehen sicherer zu fühlen. »Ich schämte mich, dass ich so dünn war, und eine Lehrerin sagte mir, dass ich das nicht tun sollte«, erinnerte sich Smith. »Sie nahm mich mit in die Schulbibliothek und zeigte mir ihre Kunstbücher und sagte, ich sähe aus wie ein El Greco oder ein Modigliani. Das war das erste Mal, dass ich einen Bezug zu etwas Körperlichem herstellen konnte.«[311]

Smiths Kunstbesessenheit brachte sie auf Kollisionskurs mit ihrer religiösen Mutter, für die kreativer Ausdruck nicht nur einem Tabu, sondern einer Eintrittskarte in die Verdammnis gleichkam. »Als ich etwa zwölf oder dreizehn war, dachte ich mir, wenn das der Trip war und der einzige Weg zu Gott über die Religion führte, dann wollte ich Gott nicht mehr.«[312] Diese antireligiöse Einstellung sollte sich auch im ersten Stück ihres Debütalbums *Horses* von 1975 niederschlagen. »Jesus died for somebody's sins but not mine«, spottet Smith in »Gloria«, der Interpolation eines frühen Songs von Van Morrison mit seiner ehemaligen Band Them. Ihre »Choose-Your-Own-Adventure«-Herangehensweise an Spiritualität trug sie durch so manche schwierige Zeit. Barry Miles erinnerte sich an einen Besuch bei Smith, während sie sich von ihrem verheerenden Bühnensturz im Jahr 1977 erholte. »Was mich wirklich beeindruckte, war ihr Schlafzimmer«, sagte Miles. »Sie hatte einen kleinen Altar, direkt unter der Fensterbank. Es war ein niedriger Tisch mit einem Tuch darüber, und darauf lagen neben einer Erstausgabe von *Naked Lunch* – der Originalausgabe der Olympia Press – Porträts von Rimbaud und Burroughs, ein paar Kreuze und ein Rosenkranz.«[313]

Im Jahr 1956 war Smiths Familie gerade nach New Jersey umgezogen. An ihrer neuen Schule erhielt sie die Aufgabe, sich ein Land auszusuchen, über das sie im Laufe des Jahres berichten sollte. Sie entschied sich für Tibet, über das aufgrund einer von China verhängten Informationssperre nur sehr wenige Nachrichten verfügbar waren. Ihr Lehrer versuchte sie zu überreden, ein anderes Land zu wählen, aber Smith blieb standhaft. Dann kam der Aufstand in Tibet 1959 und die anschließende Invasion der chinesischen Armee, die den Dalai Lama ins Exil flüchten ließ. Jetzt gab es viele Nachrichten, jedoch zu einem schrecklichen Preis. Sie betete inbrünstig für die Rückkehr der geistigen Führung des Landes und engagierte sich auch in den folgenden Jahrzehnten für die Unabhängigkeit Tibets. »Da ich leider erleben musste, wie Tibet dem tibetischen Volk genommen wurde, hoffe ich, dass ich noch erleben werde, wie es zurückgegeben wird«, sagte sie am Ende eines Auftritts im Rahmen ihres Comebacks von 1995. Es könnte Zufall sein, dass gleich mehrere Musiker unter den Burroughs-Fans sich für den tibetischen Buddhismus interessierten, darunter David Bowie, Genesis P-Orridge und Richard Hell. Aber wie Burroughs sagen würde: »Im magischen Universum gibt es keine Koinzidenz und keinen Zufall.«[314]

Smiths Überlebensinstinkt war bereits in Philadelphia geschärft worden, doch auch New Jersey hinterließ seine Spuren. »Von dort habe ich meine schlechte Sprache«, sagte sie. »Obwohl mein Vater ein Intellektueller war, wollte ich so sein wie die Kinder, mit denen ich zur Schule ging, also habe ich absichtlich nie gelernt, mich gut auszudrücken.«[315] In einem Jazzclub kam sie mit der Musik von Größen wie Miles Davis, John Coltrane und Thelonious Monk in Berührung, und Improvisation wurde später ein wichtiger Teil ihres Vortragsstils. Smith schwärmte auch für die Rolling Stones, besonders für Brian Jones. (Zur Erinnerung: Jones ist durch die Master Musicians of Joujouka mit dem Burroughs-Mythos verbunden, ebenso wie mit den Ideen von Genesis P-Orridge.) Smith ging auf ein Stones-Konzert und beschrieb den Gitarristen später wie eine religiöse Offenbarung.

> Er saß auf dem Boden und spielte eine dieser elektrischen Sitars wie die Ventures sie benutzten, und diese Mädchen schubsten und schoben mich immer weiter. Sie drängten mich direkt an die Bühne, und dann spürte ich, dass ich drohte, niedergetrampelt zu werden, und in meiner totalen Verzweiflung griff ich nach oben und packte das Erste, was ich sah: Brian Jones' Knöchel. Ich hielt mich an ihm fest, um mich zu retten. Und er sah mich nur an. Und ich sah ihn an. Und er lächelte. Er lächelte mich einfach an.[316]

Ein transzendenter Moment, so flüchtig er auch war. Smith hatte auch mit weltlicheren Leidenschaften zu kämpfen, etwa wenn sie unbeholfene Versuche unternahm, das andere Geschlecht auf sich aufmerksam zu machen. »Ich war wirklich verrückt nach Typen«, sagte sie. »Aber ich war immer wie einer der Jungs. Die Typen, in die ich mich verliebte, waren völlig unerreichbar.«[317] Leidenschaftliches Begehren, das von den Männern in ihrer sozialen Gruppe unerwidert blieb. Burroughs konnte das zweifellos nachvollziehen.

Im Sommer 1966, als sie in der »Piss Factory« arbeitete, um ihr Studium am Glassboro State Teacher's College zu finanzieren, entdeckte Smith, dass sie schwanger war. »Der Junge, ein Siebzehnjähriger, war so unerfahren, dass er kaum zur Rechenschaft gezogen werden konnte«, sagte Smith.[318] Da der Vater nicht in der Lage war, sie zu unterstützen, hielten Smith und ihre Eltern es für das Beste, das Kind zur Adoption freizugeben. Es war zweifellos eine quälende Entscheidung, aber eine, die zeigt, dass ihre Kunst für sie eindeutig an erster Stelle stand. »Für einen kurzen Moment fühlte ich mich, als müsste ich sterben, aber genauso schnell wusste ich, dass alles gut werden würde«, erinnerte sich Smith. »Das überwältigende Gefühl, berufen zu sein, verdrängte meine Ängste … Ich würde Künstlerin sein. Ich würde meinen Wert unter Beweis stellen.«[319] Man mag Smiths Entscheidung – oder Burroughs' Abwesenheit als Vater – als grundlegend egoistisch betrachten, ignoriert dabei jedoch die tiefe Verzweiflung, die mit einer solchen Wahl einhergeht. Während Smith in einer vorübergehenden Pflegefamilie auf die Geburt wartete, ertrug sie intensive Gefühle der Scham und Isolierung. Dann wurde sie während einer schwierigen Entbindung gedemütigt. »Weil ich nicht verheiratet war, behandelten mich die Schwestern sehr grausam und lieblos«, sagte Smith. »Sie ließen mich mehrere Stunden auf einem Tisch liegen, bevor sie den Arzt informierten, dass bei mir die Wehen eingesetzt hatten. Sie verspotteten mich wegen meines Beatnik-Aussehens und meines unmoralischen Verhaltens, nannten mich ›Draculas Tochter‹ und drohten, mir das lange schwarze Haar abzuschneiden.«[320] Selbst nach all dem brachte sie die Kraft auf, sich von dem Säugling zu trennen, den sie gerade erst entbunden hatte.

Burroughs ließ seinen Sohn William Jr. gleichermaßen im Stich, und die grausamen Umstände von Joan Vollmers Tod kamen erschwerend hinzu. Man stelle sich die tiefe Scham und das Bedauern vor, das der ältere Burroughs in Gegenwart seines Sohnes empfunden haben musste. Auch wenn niemand Burroughs einen Preis als Vater des Jahres verleihen würde, war er wegen des fortschreitenden Verfalls seines Jungen im frühen Erwachsenenalter zutiefst betroffen. In einer Rezension des Buches *Cursed From Birth: The Short, Unhappy Life of William S. Burroughs Jr.* beschreibt Tom Bowden das Gefühl der Hilflosigkeit des älteren Burroughs:

> Wir finden einen Vater vor, der im Rahmen der Möglichkeiten, die bleiben, wenn man dem Sohn die Verantwortung für sein eigenes Verhalten überlässt, alles Erdenkliche tut, um diesem Sohn durch schwierige Zeiten zu helfen. Einen Vater, der im Krankenhaus unkontrolliert schluchzt, während sein Sohn sich einer Lebertransplantation unterzieht, die ihn umbringen könnte (nicht, dass Billy zu diesem Zeitpunkt seines ausschweifenden Lebens noch viele Optionen gehabt hätte). Einen Vater, den es schrecklich frustriert, dass sein Sohn unerschütterlich darauf beharrt, allen anderen außer sich selbst die Schuld für seine Probleme zu geben.

Wie die Dinge gelaufen wären, wenn Burroughs oder Smith in wichtigen Lebensphasen andere Entscheidungen getroffen hätten, lässt sich unmöglich sagen, aber wer glaubt, dass sie ihren jeweiligen Weg ohne Reue gingen, sollte sich den Kopf von Doctor Benway untersuchen lassen.

A Punk Is Born

Mit der Inbrunst einer religiösen Konvertitin verlieh Smith ihrer Kreativität Ausdruck und verknüpfte dabei die Religion ihrer Mutter mit ihrem eigenen heiligen Pantheon, zu dem Schriftsteller und

Künstler wie Rimbaud, Burroughs und Bob Dylan gehörten. Als sie 1967 in New York City ankam, nahm sie für die Weihnachtszeit einen Job als Kassiererin bei F.A.O. Schwartz an, bevor sie eine geeignetere Anstellung bei Scribner's in der Fifth Avenue und später bei Strand Books am Broadway fand – ein Job, den sie bis zu den Aufnahmen von *Horses* beibehielt. Ihre ersten Tage in der Stadt waren ein Kampf, aber einer, den sie gerne auf sich nahm. Sie war in der Welt angekommen, bereit, alles zu tun, was es brauchte, um eine berühmte Künstlerin zu werden. Der neunzehnjährige Kunststudent Robert Mapplethorpe, in den sie sich unsterblich verliebte, gab ihr weiteren Auftrieb. Die beiden bezogen eine kleine Wohnung an der Hall Street in Brooklyn, wo sie nächtelang redeten, zeichneten, schrieben und einander anstarrten. Einen Fernseher konnte sich nämlich keiner von beiden leisten. Irgendwann bekannte sich Mapplethorpe schließlich zu seiner Homosexualität. Smith litt eine Zeit lang sehr darunter, doch die beiden blieben einander nah, bis Smith schließlich 1979 nach Detroit ging. Von 1967 bis 1972 wohnten sie zusammen, und in dieser Zeit lebte Mapplethorpe hauptsächlich von dem Geld, das Smith in der Buchhandlung verdiente.

Die Macht des Punk als Musikform wurde ihr bewusst, als sie Richard Hells ursprüngliche Band Television sah. Diese Gruppe begann als zappelig aggressives Chaos, verschmolz jedoch schnell zu einer hochmusikalischen Einheit, die durch geschicktes instrumentales Zusammenspiel und doppeldeutige Songtexte überzeugte. Smith mochte Hell sehr – wie er ständig herumsprang, war mitreißend und faszinierend –, doch sein ehemaliger Schulkamerad Tom Verlaine entflammte ihr Herz. (Die beiden gingen hin und wieder miteinander aus, nachdem deutlich wurde, dass ihre Beziehung zu Mapplethorpe nur platonisch sein konnte.) Victor Bockris, der mit seinem Verlagspartner Andrew Wylie 1972 Smiths ersten Gedichtband *Seventh Heaven* herausbrachte, schilderte, dass sie den Auftritt von Television im CBGB als Offenbarung erlebte:

> Zunächst mal waren da die großartigen Frontleute Tom Verlaine, Richard Lloyd und Richard Hell; dann war da die

> Musik – zerrissen, eigenwillig und scharfkantig, aber dennoch hypnotisierend schön. Patti durchfuhr an diesem Abend unaufhörlicher Nervenkitzel, wie eine Reihe von Elektroschocks – sie fühlte sich wie damals, als sie als Kind zum ersten Mal Little Richard gehört hatte oder als Teenager die Rolling Stones. Es war so bewegend, so pur, so offen und lebendig, sie war kurz davor, in Tränen auszubrechen.[321]

Der Rummel um Smith wuchs mit jeder Poetry-Lesung. Begleitet wurde sie zunächst von Gitarrist Lenny Kaye, später auch von Keyboarder Richard Sohl. Bald darauf stießen der Schlagzeuger Jay Dee Daugherty und der Bassist Ivan Kral dazu, und somit war die Patti Smith Group offiziell gegründet. Das Umschwenken zum Rock 'n' Roll geschah nicht über Nacht. In den Monaten, bevor sie Bandleaderin wurde, stellte Smith fest, dass ihr Schreiben Vorrang vor dem Zeichnen und Malen hatte, was vielleicht durch den unbewussten Wunsch motiviert war, sich von Mapplethorpes aufkommendem Genie abzugrenzen. Das Beste am Schreiben war, dass die Worte nicht auf der Seite bleiben mussten, ganz anders als bei einem Gemälde, das für die Improvisation – den ultimativen Zündstoff der Kreativität – unbrauchbar war, sobald man es fertiggestellt hatte. Gedichte und vor allem Songs konnten sich aus der Intuition und aus der Energie des Publikums heraus entwickeln. Sie musste nur noch eines finden. Sich in der angesagten Bar Max's Kansas City mit Mapplethorpe sehen zu lassen, würde helfen, dachte Smith, aber die beste Möglichkeit, Aufmerksamkeit zu bekommen, sah sie in einer besonderen Stimme, kühn und einzigartig müsste sie sein, wie die von Burroughs oder ihres Songwriting-Idols Bob Dylan. »Mir schien, die Leute, von denen wir lernen konnten, waren die Rock-'n'-Roll-Stars«, sagte sie. »Ich mag Leute, die größer sind als ich. Ich treffe nicht gerne einen Haufen Schriftsteller, von denen ich nicht glaube, dass sie größer sind als das Leben. Ich bin eine Heldenverehrerin.«[322]

Zu ihren größten Helden gehörte Burroughs. Zum ersten Mal begegnete sie ihm als Besucherin des berühmt-berüchtigten Chelsea Hotels, wo der ältere Schriftsteller wohnte, wenn er in der Stadt war.

»Burroughs zeigte mir eine ganze Reihe neuer Tunnel, durch die ich fallen konnte«, sagte Smith. »Er war so elegant. Er lief immer in diesem großen schwarzen Kaschmirmantel herum, dazu trug er einen alten Hut. Und da besorgt sich Patti natürlich auch einen alten schwarzen Hut und Mantel, und in diesem Outfit liefen wir im Chelsea umher.«[323] Smith bezog sich in ihren Werken immer wieder auf Burroughs, bei »Land« zum Beispiel, wo eine Figur namens Johnny vorkommt, eine Anleihe aus *Die Wilden Boys.* Zwischen Smith und Burroughs entwickelte sich eine herzliche Beziehung. »Ich war total verknallt in William«, sagte sie. »So richtig.«

> Ich malte mir sogar aus, wie er sich in mich verliebte und wir heiraten würden ... Wenn wir beide allein waren, sagte er oft: »Nun, meine Liebe, der Abend geht zu Ende. Lass uns ein bisschen Bobby Shafto hören.« Und dann sang ich ihm das kleine Lied: »Bobby Shafto's gone to sea, silver buckles on his knee, one fine day he'll marry me, pretty Bobby Shafto.« Und noch eines: »Oh dear, what can the matter be? Dear, dear, what can the matter be? Oh dear, what can the matter be? Johnny's so long at the fair.«[324]

Wenn sie nicht gerade im Chelsea für Burroughs sang, schlich Smith mit Junkie-Poet Jim Carroll durch die Straßen, der mit der Veröffentlichung von *The Basketball Diaries* 1978 die Literaturwelt auf sich aufmerksam machen sollte. Sein Rock-'n'-Roll-Debüt *Catholic Boy* (1980) ist ein aufgedrehtes, rasantes Stück urbanen Draufgängertums mit einer Prise Pathos. Der Song »Nothing Is True« enthält eine abgedroschene Burroughs-Maxime, die ursprünglich Hasan-i Sabbah zugeschrieben wurde. Carroll rappt zu gnadenlos bohrenden Gitarrenklängen und unerbittlichen Beats:

> *You get nothin' back for all you've saved*
> *Just eternity in a spacious grave*
> *She said, »Nothing is true, everything is permitted«*

Things just go from bad to worse
Starts like a kiss and ends like a curse
But nothing's true, she said everything is permitted

So wie Ginsberg, Burroughs und Kerouac das Triumvirat des Beats bilden, sind Carroll, Smith und Hell die ursprüngliche Troika des Punk. Diese neue Gattung von Underground-Künstlern wurde insbesondere von Burroughs geprägt, aber in einzigartigem Maße auch von Smith, die dessen Geist bis heute hochhält. Wie sie in *Just Kids* schrieb:

> William S. Burroughs war gleichzeitig alt und jung. Teils Sheriff, teils Detektiv. Ganz und gar Schriftsteller. Er besaß eine Hausapotheke, die er verschlossen hielt, doch wenn man Schmerzen hatte, öffnete er sie. Er sah seine Lieben nicht gerne leiden. Wer schwächelte, bekam von ihm zu essen. Er stand mit einem in Zeitungspapier eingewickelten Fisch vor der Tür und warf ihn in die Pfanne. Für Mädchen war er unerreichbar, aber ich liebte ihn trotzdem.
>
> Mit seiner Schreibmaschine, seiner Schrotflinte und seinem Mantel kampierte er im Bunker. Von Zeit zu Zeit zog er seinen Mantel an, schlenderte in unsere Richtung und nahm an dem Tisch Platz, den wir für ihn vor der Bühne reserviert hatten. Robert, in seiner Lederjacke, saß oft bei ihm. »Johnny and the horse.«

Thurston Moore hat im April 1977 die Comeback-Auftritte von Patti Smith erlebt, die sie absolvierte, nachdem sie sich Anfang des Jahres bei einem Bühnensturz schwer verletzt hatte. Es war auch das erste Mal, dass er Burroughs zu Gesicht bekam. »Er saß im Publikum des CBGB, als Patti Smith spielte«, erinnerte sich Moore.

> Ich weiß noch, dass es brechend voll war und wir dicht gedrängt um einen kleinen, runden Holztisch saßen, und plötzlich gingen Leute, die dort arbeiteten, in die Mitte des

> Raumes, fingen an zu schreien. Sie zogen Leute von ihren Stühlen und stießen sie weg, einfach so. Laut polternd stellten sie mitten im Raum einen Tisch auf, um diesen herum ein paar Stühle. Alle regten sich darüber auf. Dann eskortierten sie William Burroughs und ein paar seiner Freunde hinein und platzierten sie an diesem Tisch. Ich weiß noch, wie ich dasaß und dachte: »Oh mein Gott, das ist ja William Burroughs.« Er war diese alte, graue Eminenz mit Krawatte und Filzhut. Er saß da und drehte sich zu uns um … Ich erinnere mich, dass es der wohl großartigste Auftritt von Patti Smith war, den ich je gesehen hatte. Weil sie wusste, dass mitten im Publikum William Burroughs saß, um ihr Konzert zu erleben, war sie wie elektrisiert.[325]

Burroughs erkannte in Smiths Auftritten etwas Machtvolles. »Als er Patti kennenlernt, hat er bereits die ganze *Boujloud*-Show erlebt und die jungen Tänzer, die zu Tausenden von *Rhaitas* umherwirbeln«, sagte Grauerholz.[326] (*Boujloud* ist ein marokkanisches Fest, ähnlich wie Halloween, mit Umzügen und rituellen Aufführungen.) Schon als er sie zum ersten Mal in der St. Mark's auftreten sah, hatte Burroughs Smiths schamanische Darbietung bewundert. »[Burroughs] wusste genau, dass man unter dem festen Puder-Make-up Heiliges erleben kann«, sagte Grauerholz. »Und das Heilige ist die Interaktion zwischen dem, was du darstellst, und dem Publikum, das bei dir ist.«[327]

Smiths Rückkehr auf die Bühne gingen Monate der Rekonvaleszenz voraus. Grund dafür war der Unfall, den sie am 26. Januar 1977 bei einem Auftritt in Tampa, Florida, erlitt. Zu jener Zeit umfasste »Ain't It Strange«, der Höhepunkt des Sets, einen ausgedehnten Mittelteil, in dem Smith über die Bühne wirbelte und Gott anstachelte: »C'mon and make a move.« Wegen eines veränderten Bühnenaufbaus schätzte Smith an diesem Abend eine Entfernung falsch ein und fiel rückwärts über einen Monitor. Sie stürzte viereinhalb Meter kopfüber auf den Betonboden der Curtis Hixen Hall, zum Schrecken von Publikum, Band und Crew. »Es war wie in einem Bugs-Bunny-Zeichentrickfilm«, sagte Smith später. »Wenn er über den Rand einer Klippe rennt und in der Luft einfach weiterläuft, bis er merkt, dass da nichts ist.«[328] Sie brach sich zwei Halswirbel, und den Ärzten zufolge würde sie nur mit Glück jemals wieder laufen können, geschweige denn auftreten. Sie musste sich zwischen zwei entmutigenden Optionen entscheiden: eine riskante Operation mit ungewissem Ausgang oder eine lange und beschwerliche Rehabilitation. Smith entschied sich für die Physiotherapie.

Während der Zeit ihrer Genesung trennte sich Smith endgültig von Televisions Tom Verlaine. Bald darauf sollte sie auch ihren festen Freund Allen Lanier von Blue Öyster Cult, mit dem sie zusammenwohnte, verlassen und der New Yorker Szene ganz und gar den Rücken kehren. Aber vorher gab es die Comeback-Auftritte im CBGB, die am Ostersonntag begannen und auch Gigs der Punkrocker Dead Boys und Damned umfassten. Ungefähr zu dieser Zeit erschien Smith mit Burroughs und Ginsberg zu einer gemeinsamen Autogrammstunde im Gotham Book Market, und kurz darauf ging sie ins Studio, um mit der Arbeit an ihrem Comeback-Album *Easter* (1977) zu beginnen, das großen Anklang finden sollte. Mit einer textlich veränderten Version von »Because the Night« von Bruce Springsteen landete sie 1978 einen Monsterhit. Produzent Jimmy Iovine bot Smith den Song an, als sie an *Easter* arbeitete, während direkt nebenan Springsteens Aufnahmen für *Darkness on the Edge of Town* liefen. Der Song erreichte Platz 13 in den USA und Platz 5 in Großbritannien. Nach diesem Erfolg wollten die Schlipsträger zwar unbedingt den nächsten Hit und übten großen Druck aus, aber während der mageren Jahre in Detroit waren die Tantiemen sicherlich hilfreich. Smiths nächste LP, *Wave*, die 1979 erschien, wurde nicht mit der gleichen Begeisterung aufgenommen wie *Easter*, doch zu diesem Zeitpunkt spielte das keine Rolle mehr. Sie hatte bereits die Entscheidung getroffen, die Band, die ihren Namen trug, zu verlassen und mit ihrem zukünftigen Ehemann Fred »Sonic« Smith, einem ehemaligen Gitarristen der Protopunk-Revolutionäre MC5, nach Detroit zu ziehen. Für mehr als ein Jahrzehnt sollte sie sich fast vollständig aus der Öffentlichkeit zurückziehen.

Die Weltkulturhauptstadt gegen das verelendete Detroit einzutauschen, mag ebenso verblüffend erscheinen wie Burroughs' Entscheidung, von New York ins bescheidene Lawrence, Kansas, umzusiedeln. Beide hatten ihre Gründe für den Wunsch nach einem Neuanfang. »New York zu verlassen, war eine sehr harte Sache«, sagte Smith 1979 in einem Interview mit Burroughs, das erst 1988 von *SPIN* veröffentlicht wurde. »Aber es war auch eine große Freude – Sie wissen schon, wie bei den Pionieren.« In dem Interview übernahm die meiste Zeit Smith das Reden, was keine Überraschung war, wenn man sie kannte. Burroughs gab sich eher zurückhaltend, wie ein Psycho-Akupunkteur, der geduldig darauf wartete, eine Nadel zu stechen. Vielleicht auch wie ein Scientology-Auditor, ausgestattet mit präzise geschliffenen Sprüchen. »Wir haben jetzt 1979, und ich steck noch immer drin, aber es ist ein Punkt in meinem Leben erreicht, an dem ich, wie Sie sagten, innehalten und mich fragen muss: ›Was tue ich eigentlich?‹«, sagte Smith. »Denn was ich tue, habe ich nicht angefangen, um mir eine Karriere aufzubauen. Und wenn ich jetzt nicht langsam aufpasse, bauen andere eine für mich auf.«

Burroughs versuchte, Smiths Stimmung zu heben, indem er ihren Einfluss auf die neue Musikszene erwähnte. »Da ist eine ganze Generation von Punks, eigentlich alles Antihelden«, sagte er. »Sie alle lehnen doch die alten Werte ab, weil sie wachgeworden sind und begreifen, dass all dieser Unsinn, mit dem sie groß geworden sind, tatsächlich Unsinn *ist*. Und all diese Normen. Die lehnen sie ab. Man könnte sie also eigentlich als etwas betrachten, das du mit erschaffen hast.« Smith brachte dieser Vergleich auf die Palme. »Das ist mir scheißegal, ich bin nicht damit einverstanden, wie diese Kids sind«, sagte sie. »Ich glaube an Helden. Ich liebe diese Kids, aber manchmal glaube ich auch, dass ich viele kleine Monster hervorgebracht habe. Weil ich nicht so empfinde wie sie. Ich finde es nicht cool, sich mit 21 Jahren Heroin zu spritzen und zu sterben. Ich finde es nicht cool, mit 21 zu sterben.«

Während des gesamten Gesprächs suchte Smith offenbar nach Rechtfertigungen für ihre Entscheidung, New York zu verlassen und aus dem Business auszusteigen. »Ich finde, Kunst sollten nur die machen, die in Kunst großartig sind«, sagte sie. »In der Privatsphäre ihres eigenen Zuhauses haben Menschen das Recht, sich ausdrücken, aber ich finde nicht, dass sie sich mit ihrer Kunst verewigen sollten, es sei denn, sie sind wirklich überzeugt, dass sie damit zum Fortschritt der menschlichen Rasse beitragen können.« Indem sie die Messlatte so hoch legte, erteilte sie sich gleichsam die Erlaubnis, sie nicht überwinden zu müssen.

Auch Burroughs suchte nach einem Ausweg. New York veränderte sich Ende der 1970er-Jahre rapide. Steigende Mieten und aggressive Polizeimaßnahmen hatten den Charakter vieler Viertel ausradiert, manchmal zugunsten der öffentlichen Sicherheit, immer aber auf Kosten der Underground-Kultur. Obwohl Burroughs' Ansehen bei der Literatur-Elite weiter wuchs, war es wegen in die Höhe schießender Immobilienpreise und der bescheidenen ökonomischen Aussichten in seinem Metier kaum vertretbar, in New York zu bleiben. Es gab jedoch noch einen weiteren Grund, der für die Abkehr womöglich zwingender war: Er war wieder einmal süchtig, nach Junk, was angesichts der Tatsache, dass er inmitten eines Heroin-Supermarkts lebte, kaum verwunderte. Seine erneute Abhängigkeit war auch ein Nebeneffekt des Images, das er in der Punkwelt genoss. Viele in der Szene konsumierten Junk, und sie alle wollten sich gemeinsam mit dem »Pope of Dope« einen Schuss setzen. Bockris vermutet, dass es weitere Faktoren gab, die zum Rückfall führten. »William hatte im Oktober 1978 in Los Angeles wieder angefangen, Heroin zu nehmen«, sagte er. »Anfang 1979 war er zum ersten Mal seit zehn Jahren süchtig … Es muss betont werden, dass Burroughs wieder zum Heroin griff, weil er unter einer schweren Schreibblockade litt. Sobald er auf Dope war, klang seine Schreibmaschine wieder wie Donnerhall.«[329]

Grauerholz beschloss, nach Lawrence zurückzukehren, und konnte Burroughs davon überzeugen, dass er nur überleben würde, wenn er sich ihm anschloss. »James befürchtete, Bill könnte in New York sterben, wenn er die Stadt nicht bald hinter sich ließe«, sagte Bockris.[330] Einziger Lichtblick war, dass die Sucht ihn zu neuen »Routines« inspirierte, die er in seine Bücher einbauen konnte.

Eigentlich war die Sucht die ultimative »Routine«, etwas, das immer wieder auf die gleiche Art und Weise getan und beschrieben werden konnte. Wenn Burroughs einer Sucht frönte, war die Welt, oder zumindest seine Wohnung, eine Bühne. Zu den Darstellern zählte an vielen New Yorker Abenden der Schriftsteller und Drehbuchautor Terry Southern, dessen Trinkfestigkeit ebenso beindruckend war wie sein Esprit. Sein Geplänkel mit Burroughs bringt eine morbide Leichtigkeit in Bockris' *Bericht aus dem Bunker. Interviews, Gespräche und Gedanken*[331], besonders in einer Szene, in der Southern einen Haufen pharmazeutischer Proben auf einem Tisch auskippt, die Burroughs inspizieren und, wenn er sie für geeignet hält, einnehmen soll. Jegliche Ähnlichkeiten zwischen Burroughs und einem gewissen fiktiven Mediziner sind rein zufällig:

BOCKRIS: Hier hätten wir ein Diuretikum.

SOUTHERN: Ein Diuretikum kann Schmerzmittel enthalten – und du weißt, was *das* bedeutet!

BURROUGHS: Nein, nein …

SOUTHERN: Ich sage dir, in einem Diuretikum ist 'ne volle Ladung von so 'nem krampflösenden Nervengift … das wird auf jeden Fall auf Kokainbasis hergestellt!

BURROUGHS: Ein Diuretikum …

SOUTHERN: Ich koche es gleich auf, Bill.

BURROUGHS: … ist etwas, das die *Urinausscheidung* fördert, mein Lieber – mehr nicht.

SOUTHERN: Das ist *alles*, was ein Diuretikum macht? Urin ausschwemmen?

BURROUGHS: Ja.

SOUTHERN [*ERNST*]: Nun, Herr Doktor, dann müssen wir wohl mal wieder unseren Beitrag leisten: Zeit für Versuch und Irrtum.

BURROUGHS: Ja, fürchte ich auch. Das sind nun mal die Leiden der Pharmaindustrie.

BOCKRIS: Nikotinsäure! Wie ist das so?

BURROUGHS: Das sind *Vitamine*, mein Lieber.

Burroughs verließ New York nicht aus denselben Gründen wie Smith, und auch das Maß ihrer Produktivität in der Zeit nach dem Weggang unterschied sich erheblich. Burroughs machte sein Werk nicht nur weiterhin öffentlich zugänglich, er hielt auch Vorträge, gab Lesungen und arbeitete an zahlreichen Audio- und Filmprojekten mit. Im neuen Jahrzehnt veröffentlichte er drei Romane: *Cities of the Red Night* (1981), *The Place of Dead Roads* (1983) und *The Western Lands* (1987). Smith verbrachte die 80er- und frühen 90er-Jahre völlig abseits des Rampenlichts, zog mit Fred Smith einen Sohn und eine Tochter groß und wagte sich nur selten aus ihrer Vorstadtgegend in Detroit heraus. Vor dem Tod ihres Mannes 1994 arbeiteten die beiden zusammen an *Dream of Life* (1988), doch obwohl sie in dieses Album sehr viel Zeit investierten, schnitt es auf dem Markt und bei der Kritik schlecht ab. Wie Burroughs hatte auch Smith den Tod einer Reihe geliebter Menschen zu verkraften: Neben ihrem Mann verlor sie 1989 Robert Mapplethorpe, 1990 ihren langjährigen Keyboarder Richard Sohl und 1997 Burroughs selbst. Bevor er starb, besuchte Smith den alten Mann in Kansas; ein Video von 1996 zeigt, wie sie an seinem Küchentisch ein hübsches Lied singt.

Here To Go

Musik als verschlüsselte Nachricht ... Informationen und Direktiven übermittelt durch Straßensänger, Musikprogramme im Radio, Musikautomaten, Schallplatten, Highschool-Blaskapellen, pfeifende Gassenjungen, Diseusen, singende Kellner, Transistorradios ... Red sails in the sunset, / Way out on the sea ...

WILLIAM S. BURROUGHS, *Western Lands*[332]

Books of the Dead

Im Oktober 1979, ein paar Wochen vor Halloween, trat Burroughs in Brüssel bei der Eröffnung von Plan K auf, einer ehemaligen Zuckerraffinerie, die kurz zuvor von einer gleichnamigen Avantgarde-Theatertruppe zu einem Aufführungsort umgestaltet worden war. Plan K hatte sich auf Bühnenadaptionen von Burroughs' Werken spezialisiert und den Autor eingeladen, auf der Veranstaltung zu sprechen. Abgerundet wurde das Programm durch die Musikgruppen Cabaret Voltaire und Joy Division. Letztere waren mit angespannten, bedrückenden Nummern wie »She's Lost Control« oder »Interzone«, benannt nach dem verwahrlosten Niemandsland in *Naked Lunch*, berühmt geworden. Ian Curtis, der Frontmann der Band, war großer Burroughs-Fan. Nur ein Jahr später, am Vorabend der ersten US-Tournee von Joy Division, sollte er Selbstmord begehen. Doch an diesem Abend hatte Curtis Grund zur Freude: Er begegnete seinem persönlichen Helden.

Curtis hatte Burroughs als Junge für sich entdeckt, als er auf einem Streifzug durch das triste Manchester der 70er-Jahre nach etwas Interessantem suchte. Mike Butterworth, Besitzer eines der von ihm frequentierten Buchläden, sagte gegenüber der Website Reality Studio: »Er kam alle paar Wochen vorbei, manchmal auch öfter. Ian kaufte gebrauchte Exemplare von *New Worlds*, dem großartigen Literaturmagazin der 60er-Jahre, herausgegeben von Michael Moorcock, in dem Burroughs und J.G. Ballard präsentiert wurden. Meine Freundschaft mit Ian begann um 1979: Wir sprachen über Burroughs, Burroughs und noch mal Burroughs.«[333] Diese Obsession wird in *Control*, Anton Corbijns Verfilmung von Curtis' kurzem Leben, mit einem Augenzwinkern thematisiert: In einer Szene schwenkt die Kamera über das Bücherregal des Sängers, in dem Exemplare von Burroughs' *Naked Lunch* und *Ah Pook* einen Ehrenplatz einnehmen.

Joy Divisions Auftritt im Plan K kam gut an: Der dem Tode geweihte Frontmann schmetterte mit hohler Baritonstimme düstere Texte, während seine Bandkollegen Riff- und Rhythmenskelette meißelten. Nach Burroughs' Lesung ging Curtis schnurstracks auf den Autor zu. Die Berichte gehen auseinander, doch einig ist man sich, dass er auf irgendeine Weise abgewiesen wurde. Curtis bat um ein Gratisexemplar von *Die Wilden Boys*, da er bereits einige von Burroughs' anderen Titeln besaß. Burroughs, der sich nie erlaubt hätte, ohne angemessenen Grund unhöflich zu sein, wusste vermutlich nicht, mit wem er sprach, und tat Curtis als dreisten Schnorrer ab. Richard Kirk von Cabaret Voltaire erinnert sich an einen etwas länger dauernden Austausch: »Meine einzige bleibende Erinnerung an Plan K ist, dass ich mit Ian, William und anderen Bandmitgliedern von Joy Division und Cabaret Voltaire um einen Tisch saß. Ian fragte William, was er von Suicide (der New Yorker ›No-Wave‹-Band) halte; William dachte, er meine den Akt des Selbstmordes, und ich glaube, er sagte, er sei dagegen.«[334]

Man weiß nicht, ob Burroughs jemals davon hörte, dass Curtis sich das Leben nahm, oder ob er sich überhaupt an eine Rockband erinnerte, die zufällig auf derselben Veranstaltung spielte, für die er als Redner gebucht worden war. Ein Brief an Allen Ginsberg aus dem Jahr 1956 enthielt die Zeilen: »Der englische Junge sprach über Selbstmord, dass sein Leben nicht lebenswert sei. Das erscheint mir unglaublich. Ich muss mich wohl glücklich schätzen.« Zufall oder die hervorsickernde Zukunft? Bei Burroughs kann man sich nie ganz sicher sein.

Burroughs mag nicht uneingeschränkt glücklich geworden sein – wer schafft das schon? –, doch in den späteren Jahren seines Lebens genoss er eine Ruhe, die ihm Gelegenheit bot, über seine Vergangenheit und seine endgültige Bestimmung nachzudenken. Ein Netzwerk von Leuten, die James Grauerholz aus seinem Freundes- und Bekanntenkreis in Lawrence rekrutierte, unterstützte Burroughs so gut, dass er seinen Interessen frönen konnte: Katzen, Schießen, Malen und Schreiben, in dieser Reihenfolge. Die Jahre in Lawrence waren sehr produktiv: Veröffentlichungen neuer Bücher und Sammlungen fielen in diese Zeit, aber auch Galerieausstellungen und die Zusammenarbeit mit einer Reihe von Musikern. Regelmäßig kamen alte und neue Freunde zu Besuch, darunter Kurt Cobain und Mitglieder von Sonic Youth, R.E.M., Hüsker Dü und Ministry. Burroughs schien sich in seiner Rolle als »Elder Statesman der Gegenkultur« immer wohler zu fühlen. Zwar war er viel weniger häufig unterwegs, doch in den frühen 80er-Jahren reiste er wieder nach Europa, um bei einer Reihe von Veranstaltungen aufzutreten, die seinen Ruf als Performer zementierten.

Im Frühjahr 1981 etwa war Burroughs in Amsterdam auf der One Word, One World Poetry Convention, an der auch Jim Carroll teilnahm. Grateful Dead, die seligen Helden der psychedelischen Szene der 60er-Jahre, die sich in grauhaarige Rockvagabunden verwandelt hatten, befanden sich gerade auf einer Tournee durch Europa, bei der sich die Heroinabhängigkeit von Bandleader Jerry Garcia weiter verstärkte – er konsumierte Persian White, eine Sorte, die er lieber rauchte als spritzte. Um Garcias zunehmende Sucht mit allen Mitteln zu bekämpfen, plante das Management ganze Tourneen nach der Verfügbarkeit von Betäubungsmitteln. (Garcia wurde in den Jahren bis zu seinem Tod durch einen Herzinfarkt 1995 mehrmals clean und rückfällig.) Zwar wurde Garcia in erster Linie mit Ken Kesey und dessen berüchtigten Acid-Tests in Verbindung gebracht, bei denen sich die Dead vor einem Publikum, zu dem oft auch Beat-Hofnarr Neal Cassady gehörte, in epischen musikalischen Freakouts ergingen, doch er war auch bestens damit vertraut, in die Fänge des Junk zu geraten. »Wenn Drogen für dich Entscheidungen treffen, sind sie verdammt nochmal nicht gut«, sagte er 1991 gegenüber dem *Rolling Stone*. »Bei Drogen besteht die Gefahr, dass sie dich beherrschen. Deine Seele gehört dann nicht mehr dir.«[335] Dennoch rechtfertigte er sich für seinen Missbrauch ebenso wenig, wie Burroughs dies tat. »Der Tod kommt zu dir, egal was du in diesem Leben tust, und Drogen mit dem Tod gleichzusetzen, ist ein oberflächlicher Vergleich«, sagte er.[336]

Als lebenslanger Beat-Besessener, der sich für die Schriften von Ginsberg, Kerouac und Burroughs begeisterte, ergriff Garcia die Gelegenheit, sich mit Letzterem in Amsterdam zu treffen, einer Stadt, die für Drogentourismus bekannt war. In Begleitung des damaligen Tourmanagers Rock Scully und seines Bandkollegen Bob Weir traf Garcia Burroughs in einem kleinen gruftigen Hotel in der Innenstadt. Scully beschrieb die Szene so:

> Als wir ankommen, ist Burroughs, bekleidet mit Kreissäge und Regenmantel, gerade dabei auszuchecken. Er sieht aus wie ein Geist. Er sagt, das Hotel ist ihm nicht schäbig genug. Das macht ihn nervös. Ich mache sie miteinander bekannt – es ist zwar nicht ihre erste Begegnung, aber Burroughs hat wohl kein gutes Gedächtnis für Rockstars. »Mr. Burroughs, erinnern Sie sich an Jerry Garcia von den Grateful Dead?«
>
> »Der Name eurer Band hat mir immer gefallen«, sagt Burroughs. Feierlich wiederholt er die Worte »The Grateful Dead« … »Das hat einen wunderbar okkulten Klang. Aber eure Musik habe ich noch nie gehört.« Jerry bietet ihm eine Kassette an, die er höflich einsteckt, aber man weiß, dass er sie nie spielen wird. In seiner seltsamen esoterisch-pedantischen Midwestern-Art will Burroughs wissen, ob der Name auf alte Volkssagen zurückgeht oder auf das ägyptische Sonnenschiff? »Nun, wir haben es immer eher als, äh, den Tod des Egos betrachtet, eigentlich nicht als irgendeine spezifische Legende«,

sagt Garcia. »Gut«, sagt Burroughs wie ein intelligenter Dozent für okkulte Wissenschaften. »So würde Jung es auch interpretieren.«[337]

Garcia und Burroughs hatten mehr gemeinsam als auf den ersten Blick ersichtlich. Beide fanden sich im Zentrum eines sozialen und beruflichen Phänomens wieder, das sie nicht dominieren wollten. Dennoch drückten beide Männer ihre kreativen Absichten auf eine Weise aus, die andere dazu bewegte, sich von ihnen leiten zu lassen. Die Grateful Dead funktionierten in vielerlei Hinsicht wie eine Sekte ohne Sektenführer; die Anhängerschaft der Burroughs-Sekte war (oder ist) zahlenmäßig vermutlich kleiner, funktionierte jedoch auch mehr oder weniger ohne Ermutigung durch ihre Zentralfigur. Zwar identifizierte Garcia sich mit der Gegenkultur der 60er, war aber erklärtermaßen antipolitisch eingestellt, unter anderem weil er den korrumpierenden Einfluss der Macht erkannte. »Für mich war der lahme Teil der 60er ihre politische Seite, die soziale Komponente«, sagte er. »Was sie wirklich ausgemacht hat, war das spirituelle Element.«[338] Burroughs hatte für Hippies nichts übrig, doch er teilte Garcias Einstellung zur Politik. »Alle politischen Bewegungen sind im Grunde genommen kreativitätsfeindlich – denn eine politische Bewegung ist eine Form von Krieg«, sagte er 1960 in einem Interview mit Gregory Corso und Ginsberg. Seine Meinung über Führer war ebenso niedrig angesiedelt. »Wir müssen uns alle der Tatsache stellen, dass unsere Führer nachweislich geisteskrank sind oder Schlimmeres«, merkte er an.[339]

Die »führerlose Führung«, die Garcia bei der Organisation der Dead praktizierte, ähnelt sehr dem »do easy« von Burroughs – einem Weg des geringsten Widerstands, bei dem man im Grunde stets das tut, was man im jeweiligen Moment tun möchte, und das so entspannt wie möglich. Darüber hinaus sahen beide Männer in jeder Zusammenarbeit die Beschwörung einer Art kreativer Intelligenz, die über das hinausging, was ein Individuum allein erreichen konnte. Burroughs machte sich dieses Phänomen durch seine »Routines« mit Freunden zunutze: Einem Konzept, einer Idee oder einem Riff ließ sich neues Leben einhauchen, wenn sie im spontanen kreativen Spiel auf andere Denkweisen stießen. Zu seinen bevorzugten Partnern zählten Kerouac, Ginsberg, Kells Elvins und Terry Southern. Die Sketche und Szenarien, die aus diesen gemeinsamen Improvisationen hervorgingen, bildeten die Grundlage für einen großen Teil von Burroughs' Werk; in gewisser Weise sind »Routines« für sein Œuvre genauso wichtig wie Cut-ups.

Die Improvisation im Gruppenkontext war auch für Garcia wichtig, ebenso wie für die Dead-Fans, die der Band von Stadt zu Stadt folgten, angezogen von einer Musik, die oft so amorph war, dass sie sich einer konventionellen Beschreibung entzog. »Es ist, als würde man das Chaos studieren«, sagte Garcia. »Es kann sein, dass man Formen zerstören oder ignorieren muss, um andere Organisationsebenen erkennen zu können.«[340] Oder, wie Burroughs' Alter Ego Bill Lee es ausdrücken würde: »Alles rationale Denken ausmerzen.«[341] Die Fangemeinde der »Taper« von Grateful Dead erweiterte das Vermächtnis der Band, indem sie ihre Live-Auftritte aufnahm, ähnlich wie Burroughs' Partner und Bewunderer, etwa Genesis P-Orridge, Patti Smith, Bill Laswell oder Thurston Moore, die seine Arbeit und seine Ideen durch Audiokonservierung und Neukonfiguration vorantrieben.

Burroughs und die Dead sind auch durch die Audiocollagen von John Oswald miteinander verbunden. Direkt von Burroughs' eigenen Experimenten mit Tonbändern inspiriert, produzierte Oswald sogenannte »plunderphonics« – rekombinante Kompositionen, die aus bereits aufgezeichneten Quellen schöpften. »In den frühen 70er-Jahren verbrachte ich ungeheuer viel Zeit damit, Miniatur-Tonbandstücke zu erstellen, die ich ›Burrows‹ nenne. Sie basieren auf Texten, die von Bill Burroughs gelesen wurden«, so Oswald. »Bei meinem ersten Versuch einer Audioveröffentlichung im Jahr 1975 habe ich weder Vinyl noch Kassette verwendet, sondern ein Set von zehn dieser ›Burrows‹ auf Magnettonband.«[342] Mitte der 90er-Jahre baten Mitglieder der Grateful Dead Oswald, »plunderphonics« zu erstellen, die auf dem epischen, größtenteils instrumentalen Jam »Dark Star« der Band basierten – einem Song, der nie zweimal auf die gleiche Weise gespielt wurde –, und dafür Bänder zu verwenden, die zwischen 1968 und 1993 aufgenommen wurden. »Zu diesem Zeitpunkt hatte ich seit etwa zwanzig Jahren keine Musik von Grateful Dead mehr gehört«, sagte Oswald. »Ich glaube, bei den meisten Projekten ist es von Vorteil, ohne viel Vorwissen einzusteigen, um sich gleichsam wie ein Außerirdischer einen Überblick zu verschaffen, wie die Musik zu sein scheint.«[343] Das Projekt mit dem Titel *Grayfolded* wurde 1994 und '95 in zwei separaten Volumes veröffentlicht. Es klingt tatsächlich außerirdisch; eine ausgedehnte Anordnung von Tönen und Rhythmen, die sich in einer Art akustischem Kaleidoskop übereinanderlegen. Und es ist ein anschauliches Beispiel für die kollektive Intelligenz, die Burroughs und Garcia so faszinierte – ein kreatives Ergebnis, das allein durch gemeinschaftliche Prozesse realisiert werden konnte.

All das hätte Garcia und Burroughs besten Gesprächsstoff bieten können, doch leider war ihre Verbindung von zu kurzer Dauer, um mehr zu ergeben als das, woran sich Rock Scully erinnert. Burroughs hatte sich daran gewöhnt, Höflichkeiten mit Botschaftern der Musikwelt auszutauschen, Leuten, über die er so gut wie nichts wusste. Obwohl solche Treffen oft amüsant waren, blieb er dem Ruhm gegenüber zutiefst skeptisch, sogar misstrauisch. Prominente konnten benutzt werden, um die Absichten von »Control« voranzutreiben, vielleicht ohne dass die Stars sich dessen überhaupt bewusst waren. Scientology verfolgte diesen Ansatz, und Burroughs hatte die Organisation als Sekte abgelehnt. Er verabscheute auch die servile Natur des Ruhms. Burroughs spaltete die Welt in zwei Lager: »Johnsons« und »Shits«. Johnsons waren zuverlässig, vertrauenswürdig und kümmerten sich um ihre eigenen Angelegenheiten. Shits hatten keinen Respekt vor der Privatsphäre und wollten immer etwas – der Inbegriff eines Psychovampirs.

Burroughs konnte nichts über Garcias Kampf mit dem Ruhm wissen, war aber auch nicht interessiert daran, zu fragen. Hätte er es gewusst, hätte er vielleicht mitgefühlt. Zu seinen Lebzeiten (und sicherlich auch danach) war Garcia für viele Dead-Fans zu einer fast religiösen Figur geworden. Die akustischen Fraktale, die Garcias

Gitarre erzeugte, und seine Persönlichkeit – eine Kombination aus Grinsekatze und östlichem Weisen – waren wie dazu gemacht, verehrt zu werden, auch wenn Garcia selbst dies ablehnte. Auf ähnliche Weise fühlten sich viele Freaks und Mitläufer von Burroughs' Aura angezogen. 1981 musste Garcia sich nicht nur mit Kids herumschlagen, die sich in den Fluren seiner Hotelsuite breitmachten, weil sie mit ihrem Rock-'n'-Roll-Buddha zusammen high zu werden hofften, sondern auch mit endlosen Schikanen der Strafverfolgungsbehörden, die die Auftritte der Dead als eine Art Einladung interpretierten, Drogenrazzien durchzuführen.

Im Gegensatz zu Burroughs, der nun in Lawrence eine abgeschiedene Festung hatte, blieb Garcia bis zu seinem Ende in der Tretmühle des Tourens. Er starb nur zwei Jahre vor Burroughs' endgültigem Abgang in die Western Lands.

Interzone to Eurozone

1982 überquerte Burroughs erneut den Atlantik, um an der Final Academy teilzunehmen – einer Veranstaltungsreihe im Vereinigten Königreich, die von Genesis P-Orridge mitorganisiert wurde. Angekündigt wurde das Ereignis als Zusammenkunft von »Gleichgesinnten, deren Gemeinsamkeit der Dritte Geist (The Third Mind) ist, verortet an der Schnittstelle von Cut-ups, wo die Zukunft durchsickert, wo die Logik kurzgeschlossen ist und ›Control‹ entprogrammiert wird«.[344] So viel Text will auf einem Veranstaltungsposter erst einmal untergebracht sein. Bei den Auftritten, die an vier Tagen zwischen dem 29. September und dem 2. Oktober in verschiedenen Locations in London stattfanden, wurde Burroughs' Arbeit in den Kontext der aufkommenden »Okkultur« gesetzt. Mit von der Partie waren Brion Gysin, John Giorno und die Post-Punk-Bands Psychic TV, Marc Almond, 23 Skidoo, Last Few Days und Cabaret Voltaire. Filmvorführungen, Lesungen und experimentelle Musikkonzerte trafen sich auf halbem Wege mit Multimedia-Kunstinstallationen und Stammesritualen.

Burroughs' ursprüngliches Konzept für die Final Academy war ein Biwak in der Tradition von Hasan-i Sabbahs Bergfestung Alamut, in dem Jugendliche – zumindest männliche – »ein wahres und anderes Wissen« gelehrt werden sollte.[345] Nachdem Burroughs das Geld für den Kauf von Aleister Crowleys Anwesen in Loch Ness nicht aufzutreiben vermochte – es wurde stattdessen von Jimmy Page erworben –, veröffentlichte er eine Reihe von Artikeln in *Mayfair* und verschiedenen Underground-Magazinen, die eine Art virtuellen Lehrplan darstellten. Burroughs beabsichtigte, diese Arbeit in einem Buch mit dem Titel *Academy 23* zusammenzufassen, das jedoch nie das das Licht der Welt erblickte (Teile davon sollten jedoch in anderen Sammlungen wie *The Job* erscheinen). Die Auftritte im Rahmen der Final Academy waren kaum ein Ersatz für das metaphysisch-martialische Trainingscamp, das Burroughs sich schon lange vorgestellt hatte. Dennoch offenbarte sich bei den Veranstaltungen ein anhaltendes Interesse an Burroughs' Methoden und Ideen, die einer neuen Generation von Klangexperimentatoren wie Psychic TV, Coil und anderen einen konzeptionellen und praktischen Rahmen boten.

Weitere Events fanden am 4. und 5. Oktober in Manchester beziehungsweise Liverpool statt, und zwar mit der gleichen Besetzung plus Marc Almond von den in Leder gekleideten Synthie-Poppern Soft Cell, deren Album *Non-Stop Erotic Cabaret* 1981 einen Aufschrei durch Englands gesittete Gesellschaft gehen ließ. Die bekannteste Single der Band, »Tainted Love«, hatte ein paar Monate vor Almonds Auftritt bei der Final Academy die US-Top-Ten geknackt und verlieh der Veranstaltung einen Hauch von Pop-Legitimität. Matthew Levi Stevens, Autor von *The Magical Universe of William S. Burroughs*, beschreibt, wie es war, dabei zu sein:

> September 1982, und wegen der »Final Academy« ist William S. Burroughs in der Stadt. Psychic TV sind die Hauptdarsteller, und dank Genesis P-Orridge habe ich einen »Logenplatz«. Jeder will seine Bücher signiert bekommen oder sich mit »Onkel Bill«, wie er liebevoll genannt wird, fotografieren

> lassen. Ich entscheide, keines von beidem anzustreben, absichtlich …
>
> Schließlich bin ich genau zur richtigen Zeit am richtigen Ort. … Als sich mir die Gelegenheit bietet, mit William persönlich zu sprechen, frage ich ihn nach Magie und ob er mir ein Buch zu diesem Thema empfehlen kann. Ohne zu zögern nennt er *Psychic Self-Defense* von Dion Fortunes, bezeichnet es jedoch gleichzeitig als »ein bisschen altmodisch«. Dann erzählt er, ohne dass ich ihn dazu auffordere, von schwarzer Magie und Flüchen in Marokko, von Reisen mit Medizinmännern auf dem Amazonas und von Astralprojektion und Traumkontrolle. Mir wird klar, dass all dies für Burroughs ABSOLUT REAL ist, das »Magical Universe« eben.[346]

Die musikalischen Darbietungen der Final Academy waren teilweise hinreißend, teilweise angriffslustig. John Giorno erging sich in poetischen Tiraden, begleitet von einer Live-Band, in der auch Mitglieder anderer Acts mitspielten. Brion Gysin las Cut-ups und sang Lieder, begleitet von dem französischen Gitarristen Ramuntcho Matta. P-Orridges neue Gruppe Psychic TV ging mit einem intensiven Mixed-Media-Set an die Grenzen des Machbaren, sodass einige den Saal verließen. Obwohl Stevens zu diesem Zeitpunkt erst ein Teenager war, besaß er die Geistesgegenwart, sich Notizen zu machen:

> TV-Monitore zu beiden Seiten der Bühne, auf der Genesis P in fast völliger Dunkelheit sitzt und ein sorgfältig vorbereitetes Statement zu vorab aufgenommener Soundtrack-Musik, Ritual Ambiance sowie holografischen 3D-Soundeffekten intoniert. Glockengeläut und das Stöhnen tibetanischer Schenkeltrompeten: der Klang gequälter Seelen. Das quietschende Rad eines Fahrrads. »Schläfst du, oder willst du aufwachen?«, fragt eine nasale Stimme vom Band … Dazu auf der Leinwand: Symbole von »Control« – »sex, power and

> magic« – das ist eindeutig mehr, als viele der Hardcore-Punks verkraften können. Die Atmosphäre ist fast religiös, so grenzüberschreitend die Bilder auch sind: Aderlass, Genitalpiercing, Initiationsriten – irgendetwas Sexuelles, auch wenn nicht klar ist, was genau. Ein Blick hinüber zu William Burroughs, flankiert von den Psychick-Youth-Getreuen: Er wirkt gebannt.[347]

Burroughs selbst war am beeindruckendsten, ähnlich wie bei der Nova Convention 1978. »Als Mr. Burroughs die Bühne betritt, seinen Platz hinter dem hölzernen Pult einnimmt, seine Unterlagen sortiert und sich unbeholfen reckt, wie ein Arzt, der kurz davor ist, eine besonders unangenehme Diagnose mitzuteilen, könnte man die sprichwörtliche Stecknadel fallen hören«, schrieb Stevens.[348] Der Künstler und Designer John Coulthart berichtet von einer ähnlichen Wahrnehmung: »Ich weiß nicht mehr genau, was ich von seiner Lesung erwartet hatte, aber ich erinnere mich, dass ich sie überraschend humorvoll fand. Was auf der Buchseite kalt und leblos erscheinen mochte, erwachte unter der Knute dieser knurrigen Darbietung zum Leben und triefte vor satirischer Bosheit.«[349]

Die Shows der Final Academy nahmen eine Zukunft vorweg, in der Live-Konzertbesucher regelmäßig mit eigenen elektronischen Geräten Aufführungen aufzeichnen. »Ich war noch nie auf einer Veranstaltung, die so offensichtlich für die Nachwelt dokumentiert wurde – es scheint, als ob fast jeder Zweite eine Kamera oder einen Kassettenrekorder dabeihat«, notierte Stevens aufmerksam.

Im Jahr 2012 machte Joe Ambrose – Schriftsteller, Musiker und inoffizieller Bewahrer des Burroughs-Vermächtnisses – es sich zur Aufgabe, die von der Final Academy inspirierten Performances einem zeitgenössischen Publikum nahezubringen. »Ich war gerade von Tanger zurück nach London gezogen, nachdem ich zehn Jahre lang immer wieder in Marokko gewesen war, und mir war bewusst, dass der Jahrestag der Veranstaltung bevorstand«, sagte Ambrose.[350]

> In London meckerten die Leute, dass nichts mehr los sei, womit sie meinten, dass es keine gegenkulturellen Veranstaltungen mehr gäbe. Ich hatte dort mit meiner Gruppe Islamic Diggers Hunderte von Burroughs-, marokkanischer Trance-, und Hip-Hop-Events auf die Beine gestellt. Wir haben Shows mit Anita Pallenberg, mit Lydia Lunch, mit den Master Musicians of Joujouka gemacht, so 'nen Scheiß eben. Da ich das, was die ursprünglichen Schöpfer der Final Academy gemacht hatten, so sehr respektierte, und nachdem ich so viel darüber gehört hatte, sagte ich mir, warum nicht? Ich war total aus dem Häuschen, und wie ein Schneekönig habe ich mich gefreut, als Genesis P-Orridge einem der Teilnehmer, Matthew Levi Stevens, eine ermutigende Nachricht schickte und sagte, sie sei froh, dass ihre Arbeit von damals gewürdigt würde. Es war ein wundervoller Abend, wobei wir überhaupt nicht versuchten, das Original zu imitieren.

In den letzten beiden Jahrzehnten seines Lebens erhielt Burroughs weiterhin Anfragen, bei Veranstaltungen auf der ganzen Welt zu sprechen, oft nicht aus literarischen und akademischen Kreisen, sondern aus anderen Richtungen. »Irgendwann in den späten 70er-Jahren wurde mir klar, dass es die Möglichkeit gab, in Clubs aufzutreten, also in Unterhaltungslokalen, die normalerweise eher für Musik genutzt werden – Rockmusik oder Punkmusik«, sagte Grauerholz.[351] Wenn Burroughs und er entschieden, ob sie ein Angebot annehmen wollten, wägten sie Begeisterung und Wirtschaftlichkeit gegeneinander ab. Manchmal ging es einfach nur darum, ob sie von einem Gig glaubten, dass er Spaß machen würde. Massenhaft Spaß hatte Burroughs auf jeden Fall mit Laurie Anderson, die ein paar Jahre später auf ihrer »Home of the Brave«-Tour aus *Städte der Roten Nacht* las. »Sie waren wie miteinander verwandt«, sagte Grauerholz. »Er war höchst angetan von Laurie.«[352]

1983 begaben sich Burroughs und Giorno auf eine eng getaktete Tournee durch Skandinavien und die Niederlande, die sie nach Schweden, Norwegen, Finnland, Amsterdam und Dänemark führte.

Wieder einmal boten die Shows eine Kombination aus Lesungen und musikalischen Darbietungen. In Kopenhagen trat die dänische Band Sods mit ihnen auf, die sich bald in Sort Sol umbenennen sollte. Das Debütalbum dieser Band, *Minutes to Go*, verdankte seinen Titel einer Sammlung von Cut-up-Gedichten von Burroughs, Gysin, Gregory Corso und Sinclair Beiles und gilt als die erste dänische Punk-Platte. Burroughs konnte sich neben den jüngeren Künstlern mehr als behaupten. Seine Fähigkeit, das Publikum mit nichts anderem als seiner Sprechstimme zu fesseln, war ein Talent, das sich bei Lesungen in St. Mark's und im Max's Kansas City an der Seite von Patti Smith zu entwickeln begann, wie Giorno berichtete. »Er wurde mit dieser Energie konfrontiert«, sagte Giorno. »Und dann performte er zum ersten Mal – die Fähigkeit dazu steckte in ihm und kam nicht aus heiterem Himmel – in diesem großartigen Stil. Er fand unterschwellig oder unbewusst heraus, wie er zu einem großen Performer werden konnte … Einem der größten Performer der Welt.«[353]

Die Skandinavien-Tournee, festgehalten von den Filmemachern Lars Movin und Steen Møller Rasmussen in ihrem 2007 publizierten Dokumentarfilm *Words of Advice: William S. Burroughs On the Road*, zeigt den alternden Burroughs in Bestform. Er präsentiert einige der besten Stellen aus dem noch unveröffentlichten *The Western Lands*, wie etwa die bissige Mumien-»Routine«:

> Der bei weitem willkürlichste, gefährlichste und bürokratischste Unsterblichkeitsplan wurde von den alten Ägyptern entworfen. Zuerst musstest du mumifiziert werden, was sehr teuer war und die Unsterblichkeit zu einem Monopol für die Besitzenden machte. Deine immerwährende Unsterblichkeit im westlichen Totenreich hing aber einzig und allein ab von der Haltbarkeit deiner Mumie. Deswegen wurden ihre Mumien auch von Dämonen bewacht und gut versteckt.[354]

Burroughs' Treck durch Nordeuropa zeigte, dass sein Einfluss außerhalb des englischsprachigen Undergrounds wuchs. Und in den

Staaten, wo eine neue Horde von Punk-Acts gegen die Trickle-down-Geschmacklosigkeit der Reagan-Jahre rebellierte, genoss er nun erst recht Ikonenstatus.

This is Hardcore

In Amerika war der Punk zu einer imposanten Bewegung metastasiert, die mit ihren bescheidenen Anfängen als Kreis von Null-Bock-Schriftstellern in New York City nicht mehr viel gemeinsam hatte. Die Szene richtete sich mit wachsender Aggressivität gegen das System; ihre Musik war rabiater, schneller, lauter. Der neue Sound hieß Hardcore, und Gefangene wurden nicht gemacht. Kein Wunder also, dass sich seine Anhänger von Burroughs inspirieren ließen. »Punkrock wurde von Burroughs beeinflusst, weil er eine mächtige internationale antiautoritäre Revolution war, eine Revolution der kulturellen Wiederentdeckung und Wiederbelebung«, sagte V. Vale, Herausgeber von *RE/Search*, einem gefeierten Underground-Magazin, das Burroughs im Januar 1982 auf die Titelseite hob.[355] »Insoweit als es beim Punk in erster Linie darum ging, die Wahrheit zu sagen und antiautoritär zu sein, und dazu um schwarzen Humor, denke ich, dass Burroughs total Punkrock war und ein Rollenvorbild«, sagte Vale.

»Viele Pioniere des Punk hatten Burroughs ausgiebig gelesen«[356], sagte Jello Biafra, Intelligenzbestie und ehemaliger Frontmann der Dead Kennedys aus San Francisco. »Einige Ideen sickerten irgendwie in die Arbeit der Leute ein, und wieder andere Leute absorbierten diese Arbeit, ohne zu wissen, wie viel davon auf Burroughs zurückging.« Biafra erinnerte sich daran, dass er beim Schreiben des Texts für »The Man with the Dogs«, die B-Seite einer frühen Dead-Kennedys-Single, Cut-ups benutzte, um eine Schreibblockade zu brechen. »Ich bekam die Zeilen nicht zusammen. Ich wusste nicht, wie ich die Geschichte erzählen wollte oder was wohin gehörte … Irgendwie war es ein Riesenchaos«, sagte Biafra. »Und da habe ich irgendwann die Hände über dem Kopf zusammengeschlagen und mir gedacht, was habe ich zu verlieren? Ich versuche es mit der Burroughs-Methode und schneide die Zeilen einzeln aus und stelle sie neu zusammen, bis ich etwas habe, das mir gefällt. Und das hat tatsächlich funktioniert.«[357]

Iggy Pop von den Stooges – einer Band, die so ziemlich jeden Punk- und Hardcore-Act beeinflusst hat, der nach ihr kam – griff ebenfalls in den Burroughs-Beutel: »Ich schrieb einen Song namens ›Gimme Some Skin‹, wohl einer meiner lasterhaftesten, und darin spreche ich über [Burroughs]«, sagte er. »Die zweite Strophe lautet: ›Billy Billy Lee ain't no fool / All the junkies think he's cool.‹«[358] Sonic-Youth-Gitarrist Lee Ranaldo hat klugerweise angemerkt, dass die Verbindung zu Burroughs noch weiter zurückreicht. »Jemand wie Dylan hat sich mit Sicherheit stark von ihm inspirieren lassen«, sagte er. »Der moderne Umgang mit Sprache und ihre Verwendung, um verschiedene Wahrheiten aufzudecken. Ich denke, das ist der Grund, warum sich die Menschen in der Musikergemeinde von Williams Arbeit angesprochen fühlten – weil es eine Menge Ideen gab, die sich weiterführen ließen.«[359]

Tav Falco, der Vorreiter des Punk-Rockabilly, ist eingefleischter Burroughs-Fan. Seine Band Panther Burns, die sich seit 1979 im Underground hält, genießt auf mehreren Kontinenten Kultstatus, obwohl ihr Name keineswegs überall bekannt ist. 2012 schrieb Falco für die *Vienna Review* einen fundierten Artikel, in dem es um die Vorschau einer Ausstellung mit dem Titel »Cut-ups, Cut-ins, Cut-outs: The Art of William S. Burroughs« in der Kunsthalle Wien ging. Fünf Jahre später hielt Falco ein leidenschaftliches und wortreiches Plädoyer für Burroughs' Anziehungskraft:

> Jeder lebende Underground-Musiker kennt die Schriften von Burroughs und ist den allumfassenden Ergüssen verfallen, die der widerspenstige, verstörte, widerwärtige, unheilbare, unberechenbare, unverfrorene, kompromisslose, instabile, besinnungslose, ungezügelte, unbarmherzige, nichtlineare, inkongruente Dolch namens Schreibfeder ausspie … [Sie] haben seine Gewohnheiten gesteigerter Sinneswahrnehmung

unterbewusst in ihr Leben integriert, als seien sie angeboren. Für sie ist Burroughs der Inbegriff des Unheimlichen, des Seltsamen, des Unheiligen, des Ungesäuberten – die Verkörperung der »Schädigung durch Kunst«[360].

Punk konnte Burroughs' Einfluss aufsaugen, weil er ein stilistisch amorphes Genre ist, in dem die Absicht wichtiger ist als die Technik. Wie in Kapitel 6 erwähnt, fehlte es der ersten Welle des Punk an musikalischen Merkmalen, außer denen, dass die Songs laut und einfach zu spielen waren. Die Hardcore-Acts der 1980er-Jahre gingen zwar heftiger an die Gurgel, doch die Do-it-yourself-Attitüde, von der die Szene bis heute angetrieben wird, wurde beibehalten. Beim Punk geht es um Anpassungsfähigkeit, darum, die Werkzeuge zu nutzen, die man gerade zur Hand hat – sei es Schreibmaschine, Schere oder eine billige Pfandhausgitarre. Kein Wunder also, dass Burroughs für musikalische Querulanten an beiden amerikanischen Küsten und Orten dazwischen zur Inspiration wurde.

In den frühen 80er-Jahren besuchte Burroughs Los Angeles und die Bay Area, wo sich eine »West Coast«-Szene etabliert hatte, in der sein Name bereits zur Legende geworden war. Acts wie Dead Kennedys, Off! und Black Flag, die zu dieser Szene gehörten, versprühten ihr Gift wesentlich aggressiver als die Vorgänger aus New York und Großbritannien. In San Francisco wurde Burroughs von Raymond Foye interviewt, der unter dem Pseudonym Ray Rumor für *Search and Destroy* schrieb (der Name des Magazins geht auf einen Stooges-Song zurück). Wie Foye in seinem Vorwort bemerkte, »wurde kein denkender Schriftsteller von den Bands, die für *Search und Destroy* interviewt wurden, öfter erwähnt als William Seward Burroughs – für den Punkrock ist er eine Art großer Provokateur«.[361] Burroughs posierte auch für Ruby Ray, eine in der Bay Area lebende Punkfotografin. »Ich war ein nervöses Wrack und hatte nur etwa zehn Minuten Zeit, ihn zu fotografieren. Außerdem musste ich mich mit dem Ort begnügen, an dem er gerade eine Party besuchte«, sagte sie.

> Als Requisiten hatten wir Waffen mitgebracht, und um einen Kontrast dazu zu schaffen, fotografierte ich Bill im Garten. Die ganze Zeit betete ich, dass der Film richtig belichtet werden würde, und beim Entwickeln habe ich noch einmal gebangt. Es war nicht wie bei Digitalkameras, die jedes Foto perfekt belichten; wenn man auf Film fotografiert und natürliches Licht nutzt, muss man wirklich konzentriert sein. Bill war bei unserer Session völlig entspannt, und die Bilder, die dabei entstanden, gefallen mir sehr.[362]

Hüsker Dü war eine amerikanische Hardcore-Band, die 1979 in Saint Paul, Minnesota, gegründet wurde. Befeuert durch kreative und persönliche Spannungen zwischen dem Gitarristen und Songschreiber Bob Mould einerseits und dem Schlagzeuger und Songschreiber Grant Hart andererseits (beide sangen Lead, wobei Mould den Löwenanteil des Gesangs übernahm), erhoben Hüsker Dü den Hardcore auf die Kunstebene. Sie verschmolzen Geschwindigkeit und Aggression mit melodischer Sensibilität und gefühlvollen Texten und nahmen damit starken Einfluss auf Bands in ihrem Kielwasser. Alben wie *Zen Arcade*, *New Day Rising* und *Flip Your Wig* waren Wegbereiter für einen völlig neuen Genre-Ableger namens Emo. Hüsker Dü waren auch deshalb bemerkenswert, weil ihre Co-Leader Mould und Hart als schwule beziehungsweise bisexuelle Männer in einem Genre arbeiteten, das für harte Kerle bekannt war. Sorgsam darauf bedacht, nicht tuntig zu wirken, vertrat Burroughs eine Art männlicher Homosexualität, die sich Stereotypen entzog. In ähnlicher Weise forderten Hüsker Dü mit einer Reihe von Alben und Tourneen vorherrschende Attitüden der Hardcore-Szene heraus, bis sie sich 1988 schließlich auflösten. Grund für das Ende der Band war unter anderem der Selbstmord ihres Managers, aber auch Harts Heroinsucht. Irgendwann wurde er zwar endgültig clean, doch der jahrelange Missbrauch war mitverantwortlich dafür, dass er 2017 an den Komplikationen von Leberkrebs und Hepatitis C starb.

Hart, dessen Songwriting-Talent das der meisten Punks übertraf, war lebenslanger Burroughs-Fan und ein guter Freund. »Ich begegnete ihm während des Giorno-Poetry-Systems-Fotoshootings für *Diamond Hidden in the Mouth of a Corpse*, und er zeigte auch Interesse an mir«, sagte Grant.[363]

> Die griechische Art, bei der man von einer älteren Person lernt, war mir schon immer sympathisch. Zwischen William und mir war nichts Sexuelles, aber wir fühlten uns zueinander hingezogen … Lieb sein zu Leuten, die etwas Zuneigung verdient haben. Ich glaube, Menschen wie er sind aufgrund ihres Intellekts sehr einsam. Dass ich ihn überhaupt kennenlernen durfte, war mir eine Ehre … Dieser Mann hat geholfen, die Zensur aus der amerikanischen Realität zu verbannen – hoffentlich für immer.[364]

Während der letzten beiden Jahrzehnte im Leben des Autors traf sich Grant etwa zehnmal mit Burroughs. Aber während viele andere, die im Bunker oder in Lawrence auftauchten, durch die Verbindung zu dem Autor ihre eigene Hipness zu fördern hofften, schien Grant ernsthaft an Burroughs' emotionalem Wohlbefinden gelegen zu sein. Wie er im Jahr 2000 sagte:

> Mir gefällt der Gedanke, meinen Teil zu ein paar glücklichen Momenten in seinem Leben beigetragen zu haben, und ich weiß, dass es so war. Als wir uns das drittletzte Mal trafen, ließ er eine Bemerkung fallen. Er sagte: »Warum erzählst du mir Witze? Niemand sonst kommt hier mit einem Witz an.« Und ich antwortete: »Na ja, wenn ich einen guten Witz höre, erzähle ich ihn eben.« Aber die meisten Leute dachten wohl, sie bräuchten ein dickes Fell, wenn sie William besuchten, oder müssten sich von ihrer besten Seite zeigen und etwas darzustellen versuchen, das sie vielleicht manchmal waren, aber nicht durchgängig, wissen Sie? Ich glaube, viele Leute haben im Kontakt mit William eine Show für ihn abgezogen, und irgendwann fehlte ihm das Menschliche. In Lawrence dagegen fand er viel davon, glaube ich, einfach, indem er

> Einkäufe und solche Dinge oft selbst erledigte. Da ist dieser Mann, ein Veteran des Lebens in Frankreich, Mitglied der American Academy of Arts and Letters, und niemand erzählt ihm Witze! Das ist ziemlich traurig. Deswegen überlegte ich von diesem Moment an, wann immer wir uns unterhielten, ob ich einen Witz auf Lager hatte, der William gefallen würde.[365]

Harts nächste Band nach Hüsker Dü hieß Nova Mob, nach den »Control«-Süchtigen in *Nova Express.* Von 1989 an bis zu ihrem Ende im Jahr 1994 spielte diese Gruppe eigenwillige Pop-Rock-Songs mit intelligenten, zwielichtigen Themen. Bei »Shoot Your Way to Freedom«, einem Song vom Album, das 1994 unter dem Bandnamen veröffentlicht wurde, ist der Geist Burroughs' unverkennbar:

Beyond these iron stalls
Beyond these iron walls
You've got to shoot, shoot, shoot
Your way to freedom

From cradle to the grave
A man is but a slave
You've got to shoot, shoot, shoot
Your way to freedom

Hart machte in seinen Kompositionen ausgiebig Gebrauch von Zufälligkeiten. »Ich füge mich sehr, sehr oft dem Zufall«, sagte er. »Im schlimmsten Fall ahmt der Zufall eine schlechte Entscheidung nach, und schlechte Entscheidungen werden in der Kunst immer wieder getroffen. Wer unter einer Milliarde Wörtern nach einem sucht, das funktioniert, muss zulassen, dass das Wort *ihn* findet. Und das ist nur möglich, wenn man sich den Möglichkeiten des Zufalls öffnet.«[366]

Grants letztes Soloalbum *The Argument* (2013) basiert auf Burroughs Adaption von John Miltons *Paradise Lost*, die der Songwriter angepasst und umfangreich erweitert hat. »Da waren ungefähr zwei Seiten Papier, die einer echt kurzen Bearbeitung von *Paradise Lost* dienten«, sagte Hart. »Ich dachte: ›Was für ein interessantes Projekt, wer macht die Musik dazu? Wirklich? Das könnte ich besser.‹«[367] Musikalisch ließ sich Grant bei diesem Album auch von einem weiteren Burroughs-Verehrer inspirieren: David Bowie. Ebenso wie Bowies Album *Blackstar*, das nur wenige Tage vor seinem Tod erschien, wurde auch *The Argument* von der Kritik überschwänglich gelobt. Und Grant blieb sogar ein wenig Zeit, dies zu genießen. Leider nicht genug, um vor seinem frühen Tod ein Nachfolgewerk abzuliefern. Vielleicht weilt Hart bei Burroughs in den Western Lands und hält ihn bei Laune.

William S. Burroughs Superstar

Burroughs' Berühmtheit in der Musikwelt wurde auch durch einen seiner alten Freunde verstärkt, den Dichter John Giorno. Auf einer Reihe von Alben, die Giorno Poetry Systems veröffentlichte, präsentierte sich Burroughs neben Künstlern wie Tom Waits, Lydia Lunch, David Johansen, Arto Lindsay, Swans, Coil, Diamanda Galas, Hüsker Dü, Sonic Youth, Cabaret Voltaire, Einstürzende Neubauten, Butthole Surfers, Nick Cave und anderen. LPs wie *Better an Old Demon than a New God*, *A Diamond Hidden in the Mouth of a Corpse* und *Smack My Crack* zementierten Burroughs' Ruf als provokanter Bohemien, und auf dem Vinyl-Sammelmarkt werden sie auch heute noch hoch gehandelt.

Giorno Poetry Systems, eine Bastion unabhängiger Medien in den 70er- und 80er-Jahren, hätte es ohne Burroughs nicht gegeben. »1965, noch vor der Gründung von Giorno Poetry Systems, machte ich zum ersten Mal Aufnahmen mit meinem Freund William Burroughs, und zunächst waren es Tonbandexperimente, die wir in seinem Loft in der Centre Street und mit Brion Gysin im Hotel

Chelsea durchführten«, so Giorno.[368] »Im Sommer 1968 nahmen wir die tumultartigen Demonstrationen während der Democratic National Convention auf und präsentierten die Ergebnisse im September in der Konzertmuschel des New Yorker Central Parks. Drei Monate später stellte ich William in der Eröffnungsinstallation von Dial-A-Poem in der Architectural League of New York vor.«[369] Dial-A-Poem wurde 1969 ins Leben gerufen und war eine Telefonnummer, die man wählen konnte, um Gedichte zu hören, die Giorno aufgenommen hatte. (Dial-A-Song, ein Dienst, der von 1985 bis 2006 von dem gewitzten Pop-Duo They Might Be Giants betrieben wurde, war zweifelsohne von Dial-A-Poem inspiriert.)

Giorno war und blieb Burroughs-Fan; bis zu seinem Tod im Oktober 2019 wohnte er im dritten Stock von 222 Bowery und beließ Burroughs' geliebten Bunker so, wie er war, als der Autor dort lebte. Wie Nate Friedman 2015 in einem Artikel in *The Observer* schrieb:

> [Giorno] hat den Bunker von Burroughs nach dessen Tod übernommen und nichts angerührt. Wer also heute die einst so dämonische, mittlerweile jedoch von exklusiven Restaurants und Saftbars gesäumte Bowery hinaufspaziert, dann das eiserne Tor sowie zwei kugelsichere Türen durchschreitet, die Treppe in den ersten Stock aufsteigt und sein Schlafzimmer betritt, sieht, dass alles gleich geblieben ist: das von Luftpistolen-Schrapnell durchlöcherte Zielscheibenposter, die Schreibmaschine, die Sonnenbrille auf dem Nachttisch, der NRA-Mitgliedsflyer, der stolz an der Wand hängt, das Bett, das noch immer gemacht ist, der Schreibtisch, an den sich noch immer jemand setzen könnte, um zu schreiben.[370]

Burroughs' Präsenz in der Popkultur wurde durch den Filmemacher und Musiker Gus Van Sant noch weiter gefördert. Bereits als Jugendlicher in den Autor vernarrt, ließ Van Sant seinen 16-mm-Film *The Discipline of DE* (auch bekannt als »do easy«) von 1977 auf einer Geschichte aus Burroughs' Sammlung *Exterminator!* aus dem Jahr 1973 basieren. Das zehn Minuten lange Werk befürwortet Burroughs'

Zen-Methode für das Alltagsleben. »DE bedeutet lediglich, was auch immer man tut, auf die einfachste und entspannteste Art und Weise zu tun, die zugleich die schnellste und effizienteste ist«, heißt es in Van Sants Film, ganz wie in Burroughs' Originaltext. »Sie können in diesem Moment damit beginnen, Ihre Wohnung aufzuräumen, Möbel umzustellen, Bücher zu ordnen, Geschirr zu spülen, Tee zu kochen, Unterlagen zu sortieren. Vermeiden Sie unbeholfene Greifbewegungen: Wenn Sie einen Gegenstand aufnehmen wollen, fassen Sie ihn mit gelassener, besitzergreifender Hand an, wie ein freundlicher alter Polizist, der behutsam eine Verhaftung vornimmt.«[371]

Van Sant wollte Burroughs ausfindig machen und dessen Segen für den Film einholen. Er bekam viel mehr als das. »Er stand im New Yorker Telefonbuch«, sagte der Filmemacher.

> Ich hatte den Eindruck, ihn zu besuchen und persönlich um seine Erlaubnis zu bitten, würde meine Erfolgsaussichten erhöhen. Und ich mag richtig gelegen haben – er gab mir sein Okay. Aber darüber hinaus konnte ich ihm auch ein paar Fragen zu den Ideen hinter der Geschichte stellen. Er erwähnte bei unserem Besuch etwas, das weder im Film noch in seinem Text vorkommt: »Wenn jemand etwas umstößt oder über etwas stolpert oder etwas kaputt macht, dann denkt er in diesem Moment natürlich an jemanden, den er nicht mag.« Das war erhellend.[372]

Van Sants Arbeit hinter der Kamera ist durchdrungen von Burroughs' Ideen und Methoden. »Ich glaube, dass ein sinnvoll manipuliertes Bild ein Publikum dazu provozieren kann, sich den Burroughs'schen Grenzbereichen von Aufruhr, zügellosem Sex, sofortigem Tod und sogar spontaner Selbstverbrennung zu nähern«, sagte er 1991 in einem Interview.[373] Starker Tobak. Weniger schwer zu verdauen war die 1985 entstandene Audio-Zusammenarbeit *William S. Burroughs: The Elvis of Letters*, bei der Van Sant mit Gitarre, Bass und Schlagzeugmaschine eine heitere Begleitmusik zu Burroughs' ironischen Rezitationen liefert. Die vier Stücke der EP – »Burroughs Break«,

»Word Is Virus«, »Millions of Images« und »The Hipster Bebop Junkie« – könnte man fast als reizvoll bezeichnen, was die verantwortlichen Künstler aber wahrscheinlich ärgern würde.[374] 1989, ein paar Jahre später, tauchte Burroughs in Van Sants bahnbrechendem Film *Drugstore Cowboy* auf, in dem Matt Dillon und Kelly Lynch unglückliche Drogenabhängige spielten, die ihre Sucht mit einer Reihe von Raubüberfällen finanzieren. Burroughs bekleidete die Rolle eines älteren Junkies, der Dillon mit Weisheiten versorgt. Van Sant schilderte, wie sich die Figur während der Vorproduktion entwickelte:

> Ich habe Burroughs [das Drehbuch] geschickt, um zu erfahren, ob er in dem Film mitspielen wollte. Er fand es ziemlich gut, aber eines gefiel ihm nicht: dass der alternde Mann so »erledigt und nichtsnutzig« war. Er meinte, die Rolle sollte mehr Inhalt bekommen. Er war es auch, der daraus einen Priester machte, eine Figur in diverser Form, über die er in seinen Büchern schon geschrieben hatte.[375]

Seine Rolle als Junkie-Priester festigte Burroughs' Symbolstatus unter den Kinogängern der aufkommenden Alternativ-Generation ebenso wie sein Mitwirken bei unzähligen kommerziell veröffentlichten Aufnahmen in den Genres Pop, Rock, Hip-Hop, Alternative und Experimental. Am Ende des zwanzigsten Jahrhunderts war Burroughs zum Sinnbild eines Amerikas geworden, das Fremdartigkeit nicht nur tolerierte, sondern mit offenen Armen begrüßte.

Dead City Radio kam 1990 in die Läden, ein Album, auf dem Burroughs liest und von John Cale, Donald Fagen, Lenny Pickett, Chris Stein und Sonic Youth musikalisch begleitet wird. Die Idee dazu stammte von Hal Wilner, einem Musikproduzenten, der zuvor für *Saturday Night Live* gearbeitet hatte, wo er Burroughs für einen Auftritt im Dezember 1981 buchte. Zu Beginn der Show zeigten die Kameras Burroughs an einem großen, stark beleuchteten Schreibtisch, am rechten Rand stand eine alte Schreibmaschine. Zu patriotischer Hintergrundmusik präsentierte er hundert Millionen Fernsehzuschauern im ganzen Land Dr. Benway – eine Ikone der

Gegenkultur wurde in amerikanische Haushalte gebeamt, als handelte es sich um einen so vertrauten Nachrichtenmoderator wie Walter Cronkite.

Wilner besuchte Burroughs später im Bunker, wo er sich auf den waghalsigen Versuch einließ, mit den Trinkgewohnheiten des alten Mannes mitzuhalten, mitten am Tag wohlgemerkt. »Nach einer oder zwei Stunden landeten wir bei verrückten Themen«, erinnerte sich Wilner.[376] »Eines davon war unsere gemeinsame Begeisterung für Marlene Dietrich. Und dann sang er mir am Tisch ›Ich bin von Kopf bis Fuß auf Liebe eingestellt‹ vor, auf Deutsch.« In diesem Moment beschloss Wilner, eine Platte mit Burroughs als Interpret aufzunehmen. Zu den herausragenden Stücken auf *Dead City Radio* gehört eines namens »Thanksgiving Prayer«, das Burroughs mit trockenem Krächzen rezitiert, begleitet von den Klängen schwungvoller Streicher, die Bilder bernsteinfarbener wogender Getreidefelder beschwören:

For John Dillinger in hope he is still alive
Thanksgiving Day, November Twenty-eighth, 1986
Thanks for the wild turkey and the passenger pigeons
Destined to be shit out through wholesome American guts
Thanks for a continent to despoil and poison
Thanks for Indians to provide a modicum
Of challenge and danger
Thanks for vast herds of bison to kill and skin
Leaving the carcasses to rot
Thanks for bounties on wolves and coyotes
Thanks for the American dream
To vulgarize and to falsify until the bare lies shine through
Thanks for the KKK
For nigger-killing lawmen feeling their notches
For decent church-going women with their mean, pinched, bitter,
evil faces
Thanks for »Kill a Queer for Christ« stickers
Thanks for laboratory AIDS

Thanks for Prohibition
And the war against drugs
Thanks for a country where nobody's allowed to mind their own
business
Thanks for a nation of finks
Yes, thanks for all the memories, all right let's see your arms!
You always were a headache and you always were a bore
Thanks for the last and greatest betrayal
Of the last and greatest of human dreams

»Ah Pook the Destroyer/Brion Gysin's All-Purpose Bedtime Story« ist eine kurze Abhandlung über »Control«, untermalt von John Cales quirliger Bratsche. »A New Standard by Which to Measure Infamy« erzählt die Geschichte eines männlichen Passagiers auf der Titanic, der sich Frauenkleider anzog, um einen Platz im Rettungsboot zu ergattern; Donald Fagen von Steely Dan schmückt das Ganze mit spärlichen Klaviertönen. In »No More Stalins, No More Hitlers«, einem weiteren Stück mit John Cale, träumt Burroughs von einer Zukunft ohne »Control«:

> Wir haben jetzt eine neue Art von Herrschaft. Keine Ein-Mann-Herrschaft, keine Herrschaft der Aristokratie oder Plutokratie, sondern eine Herrschaft kleiner Gruppen, die durch zufälligen Druck in Positionen absoluter Macht erhoben werden und politischen und wirtschaftlichen Faktoren unterliegen, die wenig Entscheidungsspielraum lassen.
>
> Sie sind Vertreter abstrakter Kräfte, die durch Selbstaufgabe an die Macht gelangt sind. Der Diktator mit dem eisernen Willen gehört der Vergangenheit an.
>
> Stalins und Hitlers wird es nicht mehr geben.

> Die Herrscher dieser unsichersten aller Welten sind Herrscher per Zufall. Unbeholfene, verängstigte Piloten sitzen am Schaltpult einer riesigen Maschine, die sie nicht verstehen, und lassen sich von Experten sagen, welche Knöpfe sie drücken sollen.

Wilners Instinkt dafür, wie man Burroughs am besten auf der Platte präsentierte, war frappierend. »Ich hörte ihn und sah ihn in einem sehr traditionellen Licht,« sagt er. »Ich sah ihn als wahre Americana; ein Produkt dieses Landes … Ich dachte, dass er ganz oben sein sollte, vor einer Landkarte oder einer Eisenbahnstrecke oder einer Flagge, so wie man vielleicht John Wayne oder Johnny Cash sieht. Er war einer von *ihnen* … und er war darin ein wahres Naturtalent.«[377]

Ein weiteres interessantes Projekt, an dem sich Burroughs gegen Ende seines Lebens beteiligte, war *The Black Rider: The Casting of the Magic Bullets*, eine bühnenmusikalische Zusammenarbeit zwischen Burroughs, dem Dramatiker Robert Wilson und dem Avant-Rock-Troubadour Tom Waits. Das Brecht'sche Gedankenspiel, das auf der deutschen Volkssage »Der Freischütz« basiert, weckt unter anderem Erinnerungen an den tragischen Tod von Joan Vollmer. Die Geschichte handelt von einem Amtsschreiber namens Wilhelm, der in die Tochter eines Holzfällers vernarrt ist. Er bittet um die Erlaubnis, das Mädchen zu heiraten, was der Vater mit der Begründung verweigert, Wilhelm sei als Jäger unfähig. Niedergeschlagen begibt er sich in den Wald, wo er sich das Schießen beibringen will. Dort trifft Wilhelm auf Pegleg, der ihm sieben magische Kugeln anbietet, die garantiert ihr Ziel treffen: sechs für Wilhelm, eine, die der Teufel lenken darf. Man ahnt, dass es für unseren Helden nicht gut ausgeht. *The Black Rider* wirkt wie eine vertonte Burroughs-»Routine« mit semiautobiografischen Bezügen, umweht von einem Hauch Verzweiflung und Niedertracht. Wilson schilderte, wie das Theaterstück zustande kam:

> Ich hatte die deutsche Geistergeschichte aus dem 17. Jahrhundert gelesen und dachte, dass Tom Waits hierzu Musik

> schreiben könnte, da Tom und ich über die Möglichkeit einer Zusammenarbeit gesprochen hatten. Ich hatte Tom gebeten, die Songs und die Texte zu schreiben und dazu ein Buch, das auf »Der Freischütz« basierte. Tom sagte, er fühle sich nicht wohl dabei, ein Buch zu schreiben, aber die Texte und die Musik würde er übernehmen. Allen Ginsberg hatte mir schon seit Jahren nahegelegt, mit Burroughs zusammenzuarbeiten. Nachdem Allen und ich die Oper »Cosmopolitan Greetings« in Hamburg aufgeführt hatten, schrieb er sogar an Burroughs, und so kam ich auf die Idee, William zu fragen, ob er interessiert wäre. Er bat mich, nach Lawrence, Kansas, zu kommen, um die Sache mit ihm zu besprechen. Wir hatten zuvor in der St. Mark's Church und der Judson Church schon mehrere Veranstaltungen zusammen gehabt. Ich fuhr mit dem Dramaturgen Wolfgang Wiens nach Lawrence, um mit William über eine Kooperation zu sprechen, und zeigte ihm Zeichnungen eines Entwurfs, den ich für das visuelle Skript gemacht hatte. Er sagte sofort zu, und tatsächlich machten wir während der wenigen Tage, die ich in Kansas verbrachte, Sprach- und Gesangsaufnahmen von ihm.[378]

Das Trio arbeitete in Hamburg wie in einem Workshop zusammen, und Wilson meint, dass sich letztendlich nicht genau sagen lässt, wer was beigetragen hat. »Tom war höchst fasziniert von Bills Arbeit, aber ich bin mir nicht sicher, wie vertraut Bill mit Toms Arbeit war«, sagt Wilson. »Wir schickten Bill Aufnahmen von Toms Musik und er fühlte sich sehr von ihr angezogen.« Angesichts der beteiligten Talente ist es kein Wunder, dass das Musical die Zeit überdauert hat. »Ich denke, es war eine sehr starke Zusammenarbeit zwischen Burroughs, Waits und mir«, sagt Wilson. »Wir waren alle sehr unterschiedlich, und es war ein einzigartiges Stück Theater, das neun Jahre lang zum Repertoire des Thalia Theaters in Hamburg gehörte. Es ist eine klassische Geschichte und passte perfekt zu uns dreien.«[379]

The Black Rider wird weiterhin weltweit mit großem Erfolg aufgeführt. Nach der Uraufführung in Hamburg 1990 wurde das

Stück 1998 auf dem Edmonton Fringe Festival in Kanada und im Jahr darauf auf dem New York Fringe Festival gezeigt. Eine Tourneeversion von 2004 zeigte Marianne Faithfull in der Rolle von Pegleg, dem mephistophelischen Trickbetrüger, der Wilhelm »in die Sache mit den magischen Kugeln verwickelt, die direkt zum Teufelswerk führt … wie Marihuana zu Heroin«, um Burroughs' Text zu zitieren. Jüngste Inszenierungen von *The Black Rider* in Sydney, Australien, und Oakland, Kalifornien, im Jahr 2017 begeisterten Publikum und Kritiker, die Burroughs' Dialoge ebenso lobten wie die gruselige, karnevaleske Musik, die von Waits komponiert wurde.

The Black Rider verdankt seine Langlebigkeit zum Teil dem gleichnamigen Waits-Album, das eine herrliche Version des Standards »T'ain't No Sin« enthält, der von Burroughs selbst knarzend gesungen wird. Das Album wurde im September 1993 auf Island Records veröffentlicht und zeigt Waits auf dem Höhepunkt seines Könnens als Marktschreier. Das herausragende Stück »Crossroads« zielt auf die Burroughs-Sensibilität und trifft genau ins Schwarze:

> *The more of them magics you use, the more bad days you have without them*
> *So it comes down finally to all your days being bad without the bullets*
> *It's magics or nothing*
> *Time to stop chippying around and kidding yourself, Kid, you're hooked, heavy as lead*

Schade, dass Wilson und Waits keine Gelegenheit hatten, noch einmal mit dem Autor zusammenzuarbeiten, der 1997 starb. Immerhin waren noch mindestens fünf Kugeln übrig, die hätten abgefeuert werden können. Vielleicht hat der Teufel den ersten Schuss abgekriegt.

Burroughs hat auch in der Welt des Hip-Hop Spuren hinterlassen. So unwahrscheinlich es auch scheinen mag, Burroughs' Verwendung urbanen Lärms für seine Tonaufnahmen besitzt Gemeinsamkeiten mit den gewieften Collagen von Public Enemy, den erbittertsten

Guerilla-Intellektuellen des Rap. Die textlichen Angriffe auf die Mächte des Establishments von Frontmann Chuck D werden mit Klangelementen unterlegt, die auch auf einem von Burroughs' Tape Curses nicht fehl am Platz wären:

Sirenentöne, Alarmsignale, Schüsse und andere »Trouble Sounds«. Sicherlich verband den privilegierten Burroughs nicht viel mit den schwarzen Inner-City-Kids, die diese Musik machten. Dennoch entspricht seine Vision militanter Jugendlicher, die die »Control« an sich reißen, dem Geist, der einem Teil des besten klassischen wie zeitgenössischen Hip-Hop eigen ist. Das Genre liebt seine Geächteten, und Burroughs war mit Sicherheit einer davon.

Burroughs hat auch die Fantasie der Disposable Heroes of Hiphoprisy beflügelt, die 1993 mit dem Autor für das Album *Spare Ass Annie and Other Tales* zusammenarbeiteten – eine beschwingte, Beat-freudige Verbindung, die auf so klassischen »Routines« wie »The Talking Asshole« und »Dr. Benway« basiert. Burroughs nahm seine Parts separat auf, der Produzent Hal Wilner fügte alles zusammen. Der Autor wird von MC Zulu überschwänglich angekündigt: »Check dis out. Aus Lawrence, Kansas, kommt er. Er liest aus *Naked Lunch* und dabei wiegt er gerade mal etwas mehr als 100 Pfund: Uncle Bill.« Die Platte klingt nicht so sperrig, wie man es sich vielleicht vorstellt, und Grund dafür ist wahrscheinlich, dass Burroughs' fragmentierte Redekunst gut zu den sich wiederholenden Rhythmen passt. Die Gesamtwirkung gemahnt an eine tranceartige Beschwörung, ganz im Sinne der Burroughs'schen Ästhetik.

1993 veröffentlichte der Rapper, Musiker und Produzent Justin Warfield *My Field Trip to Planet 9*, eine Platte voller verbaler Geschosse, abgefeuert mit hämischer Präzision. »Burroughs hat einen ganz eigenen Rhythmus. Sein literarischer Stil hat mich als Hip-Hop-Texter stark beeinflusst«, sagt Warfield. »Ich glaube, die meisten Leute in der Rap-Welt kennen Cut-ups nicht, aber wenn sie sich mit Burroughs und Gysin beschäftigen würden, gäbe es für sie sicherlich Verbindungen zu entdecken.«[380] Es war nicht das letzte Mal, dass Warfield, der in den 2000er-Jahren mit den Alt-Rockern She Wants Revenge Mainstream-Anerkennung erlangte, in den Burroughs-

Beutel griff. Zusammen mit den britischen Produzenten Bomb the Bass lieferte Warfield 1994 den von *Naked Lunch* inspirierten Track »Bug Powder Dust« ab. Dessen Text liest sich wie Burroughs Inventarliste: »I'm like Bill Lee writing when he's in Tangiers / And now I'm on a soul safari with my Beatnik peers«, rappt Warfield. In einer anderen Strophe heißt es: »Like an exterminator running low on dust / I'm bug powder itchin' and it can't be trussed / Interzone trippin' and I'm off to Annexia / I gotta get a typewriter that's sexier.« Nach Anspielungen auf Wilhelm Tell und Jimmy Page bringt Warfield es mit einem expliziten Hook auf den Punkt:

Bug powder dust an' mugwump jism
The wild boys runnin' ›round Interzone trippin‹
Led into »Control« about the Big Brother
Tryin' like hard to not blow my cover

Und so wurde Burroughs, ohne sich anstrengen zu müssen, zum MC. Sein lakonischer Vortrag war wie geschaffen für Samples, wie *Seven Souls* von Material, *The Western Lands* von Bill Laswell und *Rhythm Science* von DJ Spooky beweisen – drei Aufnahmen, deren hypnotische Grooves von Burroughs' markantem Tonfall profitieren. Auch zahlreiche andere Acts haben Burroughs gesampelt, unter anderen El-P, Dälek, Cut Chemist und Kool Keith, um nur einige zu nennen. Burroughs' Einfluss auf den Hip-Hop ist unterschwellig und entwickelt sich ständig weiter unter neuen Generationen von Künstlern und Produzenten, die mit den Dope-Beats und den unverfrorenen Späßen ihrer Burroughs bewundernden Vorgängern aufgewachsen sind.

Cutting into the Future

1982 setzte sich Burroughs mit Mitgliedern der Band Devo zu einem ausgelassenen Gespräch zusammen, das in der Februar-Ausgabe 1982 der *Trouser Press* veröffentlicht wurde. Devo gründeten sich

1973 und schlugen von Anfang an einen Burroughs'schen Kurs ein. Ihr Name bezog sich auf das Konzept der »Deevolution« – ein durchgängiges Thema in Burroughs' Werk. Der surreale, aber dennoch spritzige Pop-Rock der Band brachte absurde Satire in die Mainstream-Charts. Devo landeten 1980 mit »Whip It« einen Überraschungshit, schienen aber nicht daran interessiert zu sein, diesen Erfolg zu wiederholen, sondern entschieden sich stattdessen, ihr Image noch spöttischer und ihre Musik noch düsterer zu gestalten. Das Gespräch zwischen Devo und Burroughs in der *Trouser Press* ist auch deshalb bemerkenswert, weil der Autor zum vielleicht ersten Mal mit Künstlern zusammengebracht wurde, deren Intellekt an seinen heranreichte. Burroughs' Gespräch mit Mark Mothersbaugh und Jerry Casale von Devo deckt eine schwindelerregende Bandbreite an Themen ab – von Jordache-Jeans über religiösen Fundamentalismus bis hin zu der Frage, wie wahrscheinlich es ist, dass Amerika zu einem faschistischen Staat wird. Obendrein ist es zum Totlachen komisch:

> JERRY CASALE: William, Sie und David Bowie haben 1974 im *Rolling Stone* darüber diskutiert, ob man auf der Bühne Schallwellen einsetzen sollte. Bowie sagte, er sei nicht daran interessiert, den Leuten das anzutun. Er sagte, er würde es nie gegen ein Publikum richten und sie dazu bringen, sich in die Hose zu scheißen. Ich nehme an, wir würden …
>
> WILLIAM S. BURROUGHS: In gewisser Weise würde jeder Künstler, wenn er erfolgreich ist, genau das tun. Wenn Sie völlig überzeugend über den Tod schreiben würden, würden Sie alle Ihre Leser umbringen.
>
> JC: Aber wann ist man zu weit gegangen? Wenn man sie dazu bringt, in die Hosen zu scheißen?
>
> WSB: Wäre man zu weit gegangen, wenn man sie tötet? Das frage ich.
>
> JC: Na ja, in Devo steckt wohl noch ein Rest von Liberalität, nehme ich an. Wir würden Ja sagen: Wir wollen, dass sie zurückkommen und wieder scheißen.[381]

Das gesamte Interview ist vorausahnend. »Wenn es in der Geschichte [der Menschheit] etwas Wichtiges gibt«, sagte Casale, »dann die Tatsache, dass Dummheit siegt. Wir sind aus guten Gründen paranoid: Hunderte von Jahren, in denen Arschlöcher die Macht übernehmen, Wissen geht verloren, und die Dinge entwickeln sich rückwärts.« Burroughs musste nicht lange überzeugt werden. »Etwas steckt hinter der ganzen Szene – hinter jeder Szene«, sagte er. »Wenn man Chaos sieht, sollte man sich fragen, wer davon profitiert. Irgendjemand tut es. Eine Gruppe, die von einer chaotischen Situation profitiert, ist natürlich die der Reichen. Nicht die halbwegs Reichen – ich spreche von einem sehr, sehr elitären Club. Die können alles überstehen.« Casales Antwort kam prompt:

> Es ist irre; man muss nur Jerry Falwell und Ronald McDonald und Ronald Reagan betrachten und dann alles zusammenfügen. Dann sieht man, wie wiedergeborene Christen in gestrickten Pilgeranzügen mit Donnerbüchsen ähnlichen Genkanonen in Kombis einsteigen und Leute aufspüren, die nicht christlich genug sind, um Thanksgiving-Truthahn zu essen.

Devo sah die Menschheit nicht dazu bestimmt, sich zu verbessern, eher im Gegenteil. Der Grund? Es lässt sich einfach zu viel Geld damit machen, die Menschen dumm zu halten.

Burroughs betrachtete sich selbst nicht als Futurist, doch andere zukunftsorientierte Denker fühlten sich von ihm angesprochen. William Gibson, der Science-Fiction-Autor, dessen Visionen die als Cyberpunk bekannte technikzentrierte Bewegung inspirierten, lernte Burroughs mit dreizehn Jahren kennen. »Burroughs war wie ein E-Gitarrist, der Effektpedale erfand«, sagte Gibson. »Er konnte in den späten 50ern oder frühen 60ern wie kein anderer Schriftsteller auf dem Planeten Prosa schreiben. Ich kaufte eine Taschenbuch-Anthologie der Beat-Schriften und wegen der bösen Worte und der Auszüge aus *Naked Lunch*, die ich anfangs sicherlich fast völlig unlesbar fand, versteckte ich sie vor meiner Mutter. Aber ich behielt das Buch, und irgendwann gelang es mir sozusagen, den Code zu knacken.«[382]

Der Code war im Begriff, einen ganz neuen Stellenwert in der Alltagsrealität einzunehmen. Alles, was es brauchte, damit Burroughs' Konzept eines Sprachvirus die Ebene globaler Verbreitung erreichte, war das richtige Gerät. Mit dem Aufkommen des Personal Computers eröffneten sich neue Möglichkeiten, Medien zu zerschneiden und neu zusammenzusetzen. Wie der Autor, Futurist und Kritiker Douglas Rushkoff sagt: »Als ich auf meinem Mac zum ersten Mal das Menü ›Bearbeiten‹ öffnete und ›Ausschneiden, Kopieren, Einfügen‹ sah, dachte ich ›William!‹«[383] Fortschritte in der Consumer Technology brachten Abspielgeräte in die Hände der Massen, zunächst den Sony Walkman. Doch erst das Internet veränderte alles. Ähnlich wie die Atomexplosion in Los Alamos, sandte die Entstehung des World Wide Web Schockwellen durch die gesamte Kultur. Und Musik gehörte zu den ersten Medien, die von diesem Mahlstrom erfasst wurden.

Das Internet hat die Musikindustrie von Grund auf verändert und, wie manche meinen, beinahe zerstört. Um die Jahrtausendwende meldeten sich Legionen von Tauschbörsennutzern auf Seiten wie Napster, Kazaa und Limewire an, um riesige Musikkataloge kostenlos herunterzuladen. Einst knappe Ressourcen waren nun im Überfluss vorhanden. Wer diese Zeit miterlebt hat, erinnert sich an den Nervenkitzel beim Entdecken beliebter Hits und obskurer Nuggets, die man nun per Mausklick mitgehen lassen konnte. Es spielte keine Rolle, ob man sich in London oder Los Angeles, Texas oder Tanger aufhielt – wer online war, konnte so viel Musik hören, wie das Herz begehrte. Was die Nutzer damals jedoch nicht wussten, war, wie sehr das »Alles-umsonst-Angebot« das Verhalten der Menschen verändern würde. Musik herunterzuladen, hatte ebenso viel Suchtpotenzial wie Junk und war angesichts der schieren Verfügbarkeit vielleicht sogar noch heimtückischer. Songwriter James Jackson Toth, besser bekannt als Wooden Wand, erinnerte sich in einem Artikel für *NPR Music* 2018 an die berauschenden Tage des Filesharings:

> Kurz nachdem wir unseren ersten Desktop-PC gekauft hatten, lud meine damalige Freundin das Filesharing-Programm Audiogalaxy herunter. In einem rauschhaften Schlafentzugsdelirium lud ich jede privat aufgenommene Weirdo/Garage/Psych/Folk/Prog/Punk-Platte herunter, von der ich in den Jahren des Stöberns in Fanzines und Katalogen oder in Gesprächen mit anderen Musikern und Sammlern jemals gehört hatte. Um Audiogalaxy auf die Probe zu stellen, gab ich die Namen der obskursten Platten, die mir einfielen, in die Suchmaschine ein, aber es gab sich keine Blöße. Es war unglaublich …
>
> Als Audiogalaxy verschwand, nahm ein anderes Peer-to-Peer-Programm namens Soulseek dessen Platz ein – derselbe Händler, andere Straßenecke … Musik überall. Musik jeden Tag. Musik jede Minute.[384]

Die neue Ära der Konnektivität war keine Einbahnstraße: Sie führte in alle Richtungen gleichzeitig. In kürzester Zeit begannen die Nutzer, alle Medien, die sie in die Finger bekamen, zu zerschneiden und neu zu kombinieren, wodurch die Meme-Kultur entstand. »Als die Cyberpunk-Fiction mit der Geburt des Internets zur cyberkulturellen Realität der 1990er-Jahre wurde, avancierte Burroughs zum Schutzpatron des frühen Hackertums«, sagt der Autor Gareth Branwyn, der als Schreiber für *Mondo 3000* und *WIRED* die digitale Kultur in den Vordergrund stellte. »Mit seiner kühnen Ablehnung sozialer und intellektueller Normen erteilte er dem Rest von uns die Erlaubnis, zu spielen.«[385]

In der Tat ist das Internet wahrscheinlich das am vollständigsten realisierte Cut-up-Werkzeug, das je erfunden wurde. »Mach es selbst, bis die Maschine kommt«, prophezeiten Burroughs und Gysin in *The Third Mind*. Nun, die Maschine kam, und sie war genauso metamorph, wie es sich die beiden vorgestellt hatten. »Sie schienen das Ethos des ›Nichts ist wahr, alles ist erlaubt‹ und umgekehrt ›Alles ist wahr, nichts ist erlaubt‹ der heutigen digitalisierten sozialen und Reportagemedien vorherzusagen«, sagt Tav Falco.

> Wir erleben sogar eine Präsidentschaft, die von Twitter verwaltet wird. Die Geschwindigkeit der digitalen Medien spuckt einen Schwall von Meinungen, Memes, Fotos, Videos, Sofortmeldungen und Lebenserfahrungen aus, die scheinbar wie eine lineare Zeitungsspalte über den Bildschirm laufen, tatsächlich aber die Wirkung eines elektronischen Mosaiks erzielen, das sich in unsere Erinnerungen einprägt – alle Informationen auf einmal – und doch oft blitzschnell vergessen wird.[386]

Das unerbittliche Tempo des Informationszeitalters stellt deren Schöpfer vor Herausforderungen. Die alten Torwächter sind immer noch da, doch es gibt jetzt auch neue wie Google, Amazon, Apple und Spotify. Jeder Künstler kann auf diese Plattformen gelangen, hat damit jedoch kaum eine Garantie, gehört zu werden. Würde ein Burroughs oder ein Bowie in einem derart gesättigten Medienumfeld überhaupt Gehör finden? »Trotz all der Probleme, die es zwischen dem Medien-Establishment der alten Garde und den eintönigen Spießern einerseits und den Freaks andererseits gab, ist es in der aktuellen Situation für Außenseiter viel schwieriger, den Durchbruch zu schaffen«, sagt Autor und Musiker Jamie Curcio. »Es gibt online Nischen innerhalb von Nischen, und die Herausforderung ist nicht die Plattform, sondern eher Signal vs. Rauschen … Wo ist die Gegenkultur?«[387]

Jeden Tag werden wir mit fragmentarischen Wort-, Klang- und Bildfragmenten bombardiert, die durch den digitalen Äther schießen. Manchmal gewinnen diese Informationen eine unglaubliche Zugkraft. Wenn eine »kleine Informationseinheit« unsere kollektive Aufmerksamkeit erregt, für wie kurze Zeit auch immer, dann sagen wir, sie »ist viral gegangen«: Burroughs' Sprachgebrauch ist zum alltäglichen Slang geworden. Es ist egal, wer hinter dem Vorhang steckt; Memes benötigen keine Namensnennung. Vielmehr hängt die Viralität von einer Art De-Authoring ab, die Burroughs sehr vertraut war, da er in seinen Cut-ups oft Material aus ungenannten Quellen verwendete. Digitalisierte Medien – einschließlich Musik – sind endlich von der Tyrannei der Herkunft befreit. Alles, was zerschnitten werden kann, *wird* zerschnitten, ohne dass eine Namensnennung oder Ehrerbietung erfolgt.

De-Authoring ist unter den Remixern weit verbreitet: Es ist ein Oberbegriff, der eine Reihe Cut-up-ähnlicher Aktivitäten umfasst. Etwas zu remixen, bedeutet, die ursprüngliche Form von etwas zu verändern, indem man Teile davon entfernt oder unkenntlich macht oder Elemente aus bereits existierenden Quellen hinzufügt. Dieses Phänomen baut auf den Sampling-Techniken auf, die von Künstlern wie Throbbing Gristle und Public Enemy entwickelt wurden, was den Remix zu einem klaren Nachfahren des Cut-ups macht. Ein großer Teil der Online-Aktivitäten ist albern oder respektlos, Remix jedoch zielt manchmal auch auf das Tiefgründige ab.

Künstler wie James Leyland Kirby, auch bekannt als der »Caretaker«, sind bei einem Ansatz federführend, der als »Hauntology« bekannt geworden ist. Kirby nimmt den Ballroom-Pop der 1920er- und 30er-Jahre – Musik, die Burroughs weitaus vertrauter war als Rock 'n' Roll – und verfremdet ihn digital, um so etwas wie den Schleier einer verblassenden Erinnerung zu erhalten. Das britische Label Ghost Box erkundet laut seiner Website »die falsch erinnerte Musikgeschichte einer Parallelwelt«.[388] Bands des Labels, zum Beispiel Pye Corner Audio und die Focus Group, remixen sogenannte »Bibliotheksmusik« (Archiv-Sounds, die in den 60er- und 70er-Jahren in öffentlich-rechtlichen Sendungen verwendet wurden) in »einem abwechslungsreichen Programm musikalischer Aktivitäten für den pädagogischen und rituellen Gebrauch«. Man erinnere Burroughs' Bemerkung auf der Internationalen Schriftstellerkonferenz 1962: »Diese Methode wird natürlich in der Musik angewandt, wo wir durch die Wiederholung und Neuanordnung musikalischer Themen ständig auf der Zeitschiene vorwärts und rückwärts bewegt werden.«[389] Mit anderen Worten: Aufgezeichneter Sound macht Vergangenheit, Gegenwart und Zukunft völlig formbar.

The Western Lands

Zu wissen, dass man es vielleicht nicht schafft – aus diesem Wissen erwächst Mut.[390]

WILLIAM S. BURROUGHS, *Western Lands*

Home on the Range

Als Burroughs sich 1981 dann endlich in Lawrence niederließ, bezog er eine Wohnung in der Nähe der University of Kansas, in einem Gebäude in der Oread Avenue, wo auch Grauerholz wohnte. Ursprünglich wollte er nur die Lage sondieren, während er an *The Place of Dead Roads* (1983) arbeitete, dem zweiten Band seiner Trilogie *Städte der Roten Nacht.* »Ich hatte die Nase voll von New York«, sagte er seinem Biografen Ted Morgan. »Es hatte mir nichts mehr zu bieten. Es gab keinen Grund, dort zu bleiben.« Burroughs passte sich schnell an die liberale College-Stadt an, die anders war als so manche Teile von Kansas, in denen die religiöse Rechte das Sagen hatte. »Ich verabscheue das Christentum im Bible Belt – tot, erstickend unter Schichten von Ignoranz, Dummheit und kaum versteckter Bigotterie und bösartigem Hass«, schrieb Burroughs in *Last Words*, einer Sammlung von Tagebucheinträgen, die im Jahr 2000 von Grove Press veröffentlicht wurde.

Die sanft geschwungenen Hügel von Lawrence bilden einen Kontrast zu den flachen Horizontlinien eines Großteils des Mittleren Westens; das Stadtzentrum ist charmant-urig. Burroughs beklagte jedoch den Mangel an anständigen Restaurants. Die meisten seiner Mahlzeiten, zubereitet von einer wechselnden Gruppe von Freunden aus der Umgebung, nahm er zu Hause ein. Burroughs war nun in der glücklichen Lage, so ziemlich immer, wenn ihm danach war, Schießübungen veranstalten zu können.

Das nächste Gebäude, das er mietete, war ein zweistöckiges Steinhaus etwas außerhalb der Stadt, zu dem ein Fischteich und eine große Scheune gehörten, auf die zu schießen großen Spaß machte. Da Burroughs zu diesem Zeitpunkt noch kein Auto besaß, war er darauf angewiesen, dass eine Gruppe von Grauerholz-Kollegen – darunter Wayne Propst, Bill Rich und Susan Brosseau – ihm bei Besorgungen halfen. Propst, ein talentierter Künstler, wurde Burroughs besonders vertraut und diente ihm als eine Art Allrounder. Auch Rich war ein guter Kumpel; er war eine bekannte Größe in der lokalen Musikszene, spielte in Bands und promotete Shows im Outhouse, wo Nirvana auftraten, bevor der Ruhm Kurt Cobain auf seinen tragischen Weg führte.

Burroughs wurde in Lawrence zum Katzenliebhaber. Alles begann mit Ruski – einem streunenden Russisch Blau, der eines Nachts vorbeikam, als Burroughs auf der Veranda einen Joint rauchte. Bald schlossen sich weitere pelzige Freunde der Familie an, was dazu führte, dass Burroughs ein »Katzen-Tagebuch« führte, das 1986 mit Zeichnungen von Brion Gysin unter dem Titel *The Cat Inside* veröffentlicht wurde. »Ich ziehe Katzen den Menschen vor«, sagte Burroughs. »Die meisten Menschen sind überhaupt nicht niedlich, und wenn sie niedlich sind, wachsen sie schnell aus dem Stadium heraus.«[391] Wenn er sich nicht um seine pelzige Menagerie kümmerte, machte Burroughs gute Fortschritte mit *The Place of Dead Roads*, einem Buch, das stark von dem britischen Autor Denton Welch beeinflusst ist, dessen peinlich genau beobachtende Prosa Burroughs schon lange bewundert hatte.

Burroughs begann auch mit der Malerei, was ihm zusätzliche Einnahmen einbrachte und seinen Ruf auf ein völlig neues Gebiet ausdehnte. Für den Zufall stets empfänglich, entstanden auch seine »Shotgun Paintings« durch einen solchen: Während er eine neue Schusswaffe ausprobierte, zielte er auf eine Schichtholzplatte und bemerkte, dass sein Schuss die Schichten in interessanten Mustern abtrug. Er beschloss, Fotos aus Magazinen als Collage-Elemente hinzuzufügen, bevor er auf das nächste Stück Holz schoss. Burroughs hatte anfangs nicht die Absicht, diese Werke zum Verkauf anzubieten, doch dann besuchte ihn Timothy Leary und bot 10.000 Dollar für ein einziges Bild. Zu einem weiteren Durchbruch kam es, als Burroughs erkannte, dass er bloß auf eine Dose Sprühfarbe schießen musste, um seinen Readymade-Leinwänden eine neue Dimension von Farbe und Chaos zu verleihen. Nach dem Tod von Brion Gysin nahm er die eigentliche Malerei wieder auf, sein Ansatz blieb jedoch intuitiv. »Beim Malen sehe ich mit meinen Händen, und was meine Hände gemacht haben, weiß ich erst, wenn ich es hinterher betrachte«, sagte er. »Sehr oft stellt sich heraus, dass es eine Veranschaulichung dessen ist, was ich geschrieben habe, oder dessen, was ich gerade zu schreiben gedenke.«[392]

Im Februar 1983 starb Burroughs' Bruder Mort, sodass ihm keine direkten Blutsverwandten mehr blieben. Grauerholz sollte von da an sein engster Angehöriger sein. Kurze Zeit später beschloss der Vermieter des Steinhauses, die Miete zu erhöhen, was Burroughs und Grauerholz dazu veranlasste, 28.000 Dollar für das Haus in der Learnard 1927 im Südosten von Lawrence anzuzahlen. Der bescheidene Bungalow, der 1929 aus einem Bausatz von Sears and Roebuck errichtet worden war, sollte für den Rest seines Lebens Burroughs' Zuhause sein. Das einstöckige Haus war ursprünglich weiß, aber Burroughs ließ es in einem kräftigen Rot neu streichen. Es hatte eine schöne Veranda, einen großen Schutzkeller und eine freistehende Garage. Burroughs' Zimmer befand sich an der Rückseite, wo er oft an einem kleinen hölzernen Schreibtisch saß und las oder Ideen in eine elektrische Schreibmaschine hämmerte. Hinter dem Haus befand sich ein Garten, den er mit einem kleinen Viehtreiberstock nach Ungeziefer absuchte. Burroughs durfte innerhalb der Stadtgrenzen nicht schießen, also suchte er entweder seinen Freund Fred Aldrich auf, dessen Haus etwa fünfzehn Meilen außerhalb der Stadt lag, oder er schoss im Keller mit einem langen Rohr, das sein Freund George Kaull gebaut hatte und das als überdimensionaler Schalldämpfer diente. Wenn er spazieren ging, hatte er immer seinen Stockdegen dabei. »Ich muss vorbereitet sein«, sagte Burroughs. »Schauen Sie sich an, was mit Lennon passiert ist.«[393] Anstelle von prominenten Dinnerbegleitern hatte er jetzt seine lokalen Kumpel.

Grauerholz wohnte zwar nicht mit Burroughs in der Learnard Ave, war aber in der Nähe und besuchte den roten Bungalow mindestens ein paar Mal pro Woche. Er rekrutierte eine wechselnde Gruppe von Freunden, die Mahlzeiten kochten, im Haus aushalfen und Burroughs Gesellschaft leisteten. Höchst anerkennenswert ist die Hilfsbereitschaft, die Grauerholz Burroughs entgegenbrachte, indem er ihm zum ersten Mal in seinem bereits langen Leben eine Art Fürsorgenetzwerk organisierte. Grauerholz erwog zunächst eigentlich einen klaren Bruch, als er 1980 zurück nach Kansas zog. Er dachte sich, dass er von Lawrence aus an seiner eigenen Musikkarriere arbeiten könnte, einem Ort, der für einen Singer-Songwriter hip genug war. »Das Problem, das ich in New York hatte und das mich zwang, wegzugehen und eine neue Perspektive zu suchen, bestand darin, dass ich weder Williams Abhängigkeit von mir noch meine Abhängigkeit von ihm akzeptieren konnte«, sagte Grauerholz 1982.

> Ich konnte unsere Beziehung weder akzeptieren noch ablehnen und sagen: »William, ich werde alles einpacken und weggehen und Rock-'n'-Roll-Star werden«, oder was auch immer ich meinte, werden zu können. Das war die schizophrene Situation … Und ich muss sagen, nach zweieinhalb Jahren, in denen ich in Lawrence lebe und für William arbeite, hat sich die Situation von selbst gelöst, und ich akzeptiere das. Ich bin stolz darauf. Und was mein Schicksal angeht … es ist ein ziemlich tolles Schicksal.[394]

Man mag versucht sein, Grauerholz als eine Art Svengali-Figur oder Puppenspieler zu sehen. Selbstverständlich besaß er ein Talent dafür, Burroughs' Namen im Umlauf zu halten, und die Hartnäckigkeit eines Business Managers, um sicherzustellen, dass Geschäfte zustande kamen. Aber es lag, wie Victor Bockris anmerkt, nicht in Burroughs' Natur, Dinge zu tun, die er nicht wollte. »Ich möchte versuchen, ein für alle Mal mit der Vorstellung aufzuräumen, dass William zu irgendetwas manipuliert wurde«, sagte er.

> Es war James' Aufgabe, die vielen Angebote und Anfragen zu bearbeiten, die gleichermaßen von Geschäftsleuten und alten Freunden kamen. Als Bill seine späten Siebziger erreichte, war er weniger geneigt zu reisen und mehr darauf bedacht, die ihm noch bleibende Zeit zu nutzen, um seine Arbeit zu beenden … Wenn James diese Einladung oder jenes Geschäft ablehnen musste, zog er sich den Unmut der Leute zu, die er abwies … Unentschuldbar erscheint mir, wenn dieselben Leute, die behaupteten, sich so sehr um Bill zu sorgen, beklagten, dass sein Leben völlig manipuliert wurde, und nicht zu erkennen schienen, wie sehr das den Mann, den sie angeblich verehrten, verletzt hätte.[395]

Making Lunch

Obwohl Grauerholz ein fähiger Pförtner war, blieb Burroughs kaum von der Welt abgeschottet. Alte und neue Freunde kamen regelmäßig nach Lawrence, um ihn zu besuchen. Einige, darunter Mitglieder von Sonic Youth, R.E.M. und Ministry, stammten aus der Musikwelt. Andere, wie der Filmemacher David Cronenberg, waren langjährige Fans, die seine Werke zu adaptieren suchten – so wurde *Naked Lunch* schließlich zum Kinofilm. Neben *Finnegans Wake* von James Joyce und *Die Enden der Parabel* von Thomas Pynchon galt *Naked Lunch* als das am wenigsten verfilmbare Hauptwerk der Literatur des zwanzigsten Jahrhunderts. Dennoch gab es bereits in den 60er-Jahren mehrere Versuche, Burroughs' bekanntesten Roman zu verfilmen. Als Burroughs' enger Freund und Mitarbeiter Antony Balch an dem Projekt arbeitete, war Mick Jagger für die Hauptrolle vorgesehen. Die Pläne scheiterten an den Spannungen zwischen Balch und Jagger, woraufhin Dennis Hopper die Regie übernahm, während Terry Southern das Drehbuch produzierte. Diese Version war dem Untergang geweiht, auch weil der Großteil der Finanzierung in Hoppers Nase landete. Frank Zappa wollte eine Musical-Version von *Naked Lunch* machen, aber diese Idee gelangte nie über das Ideenstadium hinaus, obwohl er Burroughs zur Inspiration in den Film *The Best Little Whorehouse in Texas* mitnahm. Der höchst einflussreiche Fernsehmann Chuck Barris (*The Gong Show*, *The Dating Game*) war ebenfalls interessiert, doch letztendlich konnte niemand das Projekt auf die Beine stellen; das heißt, bis Cronenberg seine Ideen für *Naked Lunch* präsentierte, als er mit Burroughs auf dessen siebzigster Geburtstagsparty im Limelight in New York City 1984 ins Gespräch kam. Im Jahr zuvor hatte der Regisseur seinen Durchbruch mit *Videodrome* gefeiert, in dem Burroughs' Freundin Debbie Harry mitspielte. Der Film zeigte groteske Mutationen, die durch Sende- und Wiedergabetechnologie ausgelöst wurden, und machte Cronenberg zu einem hundertprozentig geeigneten Kandidaten für die lange geplante Adaption von *Naked Lunch*. Burroughs hatte erst kurz zuvor mit Viking einen Vertrag über sieben Bücher für 200.000 Dollar abgeschlossen, was seine finanziellen Sorgen erheblich erleichterte. Ein Film, sollte er es tatsächlich durch die Entwicklungsphase schaffen, könnte sich als weiterer großer Zahltag erweisen.

Es sollte noch sechs Jahre dauern, bis *Naked Lunch* mit Peter Weller in der Rolle des William Lee im Dezember 1991 in die Kinos kam. Cronenberg wollte unbedingt ein Drehbuch vorlegen, das Burroughs absegnete, und unternahm mehrere Reisen nach Lawrence, um auf eine Wellenlänge zu kommen. Schließlich einigten sie sich auf eine metatextuelle Herangehensweise an das Leben des Autors, die eher übersteigerte Impression als direkte Adaptierung war. Der Tod von Joan Vollmer ist ein Hauptthema, auch wenn im Buch nicht einmal darauf angespielt wird. Vielleicht war es das Schicksal, das eine Abrechnung erzwang; vielleicht wurde Burroughs' selbstschützende emotionale Hülle mit dem Alter dünner. Was auch immer der Grund war, zum ersten Mal in seinem Leben setzte er sich öffentlich mit der Erschießung seiner Frau auseinander – zunächst in seiner Einleitung zu *Queer*, dem Kernstück des Viking-Deals. Und dann, indem er erlaubte, dass in Cronenbergs Vision für *Naked Lunch* Elemente des tragischen Ereignisses eingebaut wurden, das ihn so lange in einsamen Stunden heimgesucht hatte.

Cronenberg beschrieb die Beweggründe für den Filmcharakter William Lee, eine Ersatzfigur, die Burroughs auch in seinen Büchern verwendete. »Es ist Joans Tod, der ihm den Anstoß gibt, seine eigene Umgebung, seine eigene Interzone zu schaffen«, sagte Cronenberg in einem gemeinsamen Interview mit Burroughs, das 1992 von *Esquire* veröffentlicht wurde. »Und das treibt ihn weiter an. In gewisser Weise findet dieser Tod also immer wieder statt.« Wie zu erwarten, war Burroughs mit der Darstellung von Vollmers Tod im Film zunächst nicht ganz einverstanden. »Ich war natürlich bestürzt, als ich die Szenen sah, die David geschrieben hat, in denen ›Bill Lee‹ seine Frau ›Joan‹ erschießt; aber wenn ich darüber nachdenke, habe ich das Gefühl, dass die Szenen im Drehbuch sich so sehr von den tragischen und schmerzhaften Episoden in meinem Leben unterscheiden, von denen er sich inspirieren ließ, dass kein intelligenter Mensch den Film für eine realistische Darstellung halten kann.«[396]

Bevor die Dreharbeiten begannen, begaben sich Burroughs und Grauerholz mit Cronenberg und einigen Mitarbeitern nach Tanger, um Drehorte auszukundschaften. Nichts war mehr so, wie Burroughs es in Erinnerung hatte; seine Stammlokale waren verschwunden, ebenso wie seine Freunde aus der freizügigen Expatriate-Zeit. Als 1991 der Golfkrieg ausbrach, musste Cronenberg die Idee, in Marokko zu drehen, schließlich aufgeben, obwohl es immerhin rund 7.500 Meilen von Kuwait entfernt war. Stattdessen wurde der Film in Toronto, der Heimat des Regisseurs, gedreht.

Die Musik zu *Naked Lunch* stammt von Howard Shore und enthält die dissonanten Free-Jazz-Saxofontöne von Ornette Coleman, der Burroughs 1973 nach Tanger begleitet hatte, um mit den Master Musicians of Joujouka aufzutreten und Aufnahmen zu machen. Als der Film schließlich in die Kinos kam, wurde er von Kritikern wohlwollend erwähnt, spielte aber an den Kinokassen nur wenig ein. Den größten Eindruck hinterließ er als VHS-Kassette, die von einer neuen Generation in der für die Vor-Internet-Ära typischen Mund-zu-Mund-Propaganda verbreitet wurde. Auch hier kann man davon ausgehen, dass mehr als ein paar dieser Kids Bands gründeten – darunter auch der Autor des Buches, das Sie gerade lesen.

Magick and Loss

Mitte der 80er begann sich Brion Gysins Gesundheitszustand drastisch zu verschlechtern. Im Juli 1986 wurde bei ihm Lungenkrebs diagnostiziert, und er erfuhr, dass er nur noch Tage – nicht Wochen oder Monate – zu leben habe. Burroughs buchte einen Flug nach Paris. Leider verstarb Gysin vor dem Abflugdatum, und Burroughs trat die Reise nicht an. Er lobte seinen alten Freund in der Einleitung zu *The Last Museum*, einem von Gysin verfassten und posthum veröffentlichten Werk spekulativer Fiktion:

> Brion Gysin starb am Sonntagmorgen, dem 13. Juli 1986, an einem Herzinfarkt. Er war der einzige Mensch, den ich je respektiert habe. Ich habe viele andere bewundert, andere geachtet und geschätzt, aber nur ihn respektiert. Seine Präsenz war majestätisch, ohne eine Spur von Anmaßung. Er war zu jeder Zeit tadellos.

Burroughs war wegen des Verlusts am Boden zerstört. Gysin war nicht nur Mitarbeiter und Weggefährte gewesen, sondern auch Guru und Muse. »Brion zu begegnen, war eines der bedeutsamsten Ereignisse meines Lebens«, sagte Burroughs 1990. »Er hat mir alles beigebracht, was ich über die Malerei weiß, er hat die Cut-up-Methode in die Schriftstellerei gebracht, er hat mich in die marokkanische Musik und die Pipes of Pan eingeführt – ich würde sagen, keine einzelne Person hat mich stärker beeinflusst.«[397] Da sein eigenes Ende früher oder später absehbar war, beschäftigte sich Burroughs zusehends mehr mit dem Tod, bewahrte dabei jedoch seinen Sinn für Humor. Im Gespräch mit dem Punk-Schreiber Legs McNeil für eine Ausgabe von *Spin* aus dem Jahr 1991 beschrieb Burroughs einen wiederkehrenden Traum: »Jeder, den ich sehe, ist tot. Das Einzige, was mich an dem Traum vom Land der Toten stört, ist, dass ich nie ein Frühstück bekomme. Das ist typisch für das Land der Toten.«

Burroughs' Freund und gelegentlicher intellektueller Sparringspartner Timothy Leary starb im Mai 1996. Learys Sohn Zach rief

Burroughs ganz am Ende an und sagte, dass sein Vater gerne mit ihm sprechen würde. Kurz aus dem Koma erwacht, schaffte es Leary, ans Telefon zu kommen, und fragte Burroughs: »Ist es wahr?« Burroughs wusste nicht, wovon er sprach, beschloss aber, mitzuspielen. »Na ja, ich denke, es ist wahr«, sagte er. »Es ist wahr, Tim.« Worauf Leary erwiderte: »Also, ich liebe dich, Bill.« Burroughs antwortete: »Ich liebe dich auch, Tim.«[398] Leary starb nur ein paar Stunden später. Seine letzten Worte waren: »Warum nicht?«

Allen Ginsberg war häufig in Lawrence zu Besuch, wo er in einem Gästezimmer des Bungalows wohnte. Burroughs' ortsansässiger Freund David Ohle erinnerte sich: »Ein unvergesslicher Moment war es, William und Allen eines Morgens in ihren Pyjamas zu sehen, wie sie versuchten, Waschbären mit einem Gehstock aus Williams Küche zu verjagen.« Ginsberg war immer ein loyaler Freund geblieben, und 1984 war es dem Dichter endlich gelungen, die American Academy of Arts and Letters dazu zu bewegen, Burroughs als Mitglied aufzunehmen. Dass die versnobte Institution jemanden mit einer derartigen Vergangenheit aufnahm, dessen Bücher viele immer noch als abstoßend empfanden, war ein Beweis für Ginsbergs Hartnäckigkeit. Möglich wurde dies durch seinen leidenschaftlichen Glauben an Burroughs' Verdienste und den Wunsch, seinen Freund als einen der bedeutendsten Autoren seiner Zeit – oder gar aller Zeiten – anerkannt zu sehen. Trotz seiner Abneigung gegen die literarische Intelligenzija nahm Burroughs die Wahl zum Commandeur de l'Orde des Arts et des Lettres mit Freuden an und trug das dazugehörige Abzeichen mit Stolz an dem Jackett, in dem er auch beerdigt wurde.

Im Lauf des nächsten Jahrzehnts verschlechterte sich Ginsbergs Gesundheitszustand. Irgendwann im Sommer 1996 klagte er über zunehmende Erschöpfung, die auf eine Reihe von Krankheiten zurückzuführen war, darunter die Bell'sche Lähmung, Diabetes, Bluthochdruck und Herzprobleme. Im März 1997 riet Ginsbergs Arzt, als er von den Symptomen hörte, zur sofortigen Einweisung ins Krankenhaus. Diagnostiziert wurden sowohl Hepatitis C als auch Leberkrebs, wobei Letzterer ein unbehandelbares Stadium erreicht hatte. Die Prognose lautete nur drei bis sechs Monate, was

Ginsberg mit den Worten »Das geht bestimmt schneller« zurückwies.[399]

Burroughs wurde sofort informiert. Ginsbergs innere Uhr war genauer als die des Onkologen; am 5. April 1997 fiel er ins Koma und starb kurz darauf.

Gysin zu verlieren, war eine Qual gewesen. Ginsbergs Tod war unerträglich. Die *New York Times* veröffentlichte ein kurzes Statement von Burroughs, in dem die typische Zurückhaltung eines Mannes aus dem Mittleren Westen kaum den Schmerz kaschieren konnte, den er empfand, weil er einen Freund verloren hatte, dem er mehr als ein halbes Jahrhundert lang eng verbunden gewesen war. »Allen war ein großartiger Mensch mit weltweitem Einfluss«, sagte Burroughs. »Er war ein Pionier des Freimuts und lebenslanges Vorbild an Aufrichtigkeit. Er stand für freie Meinungsäußerung, und lange bevor andere es taten, trat er dafür ein, sich in jeder Hinsicht zu offenbaren. Er fand Gehör, weil er sagte, was er glaubte. Ich werde ihn vermissen.«

Burroughs machte weiter, so gut er es vermochte. Seine Schriften wurden weiterhin veröffentlicht, und seine Bilder wurden international ausgestellt. In den frühen 90er-Jahren wurden Burroughs' Kunstwerke in prominenten Galerien in Madrid, Marseille, Venedig, Lyon, San Francisco und New York gezeigt. Im Jahr 1996 hatte er die bisher größte Ausstellung mit mehr als 150 Werken im Los Angeles County Museum. Kuratiert von Robert S. Sobieszek, etablierte *Ports of Entry: William S. Burroughs and the Arts* Burroughs als legitimes Mitglied der Kunstwelt. Seit seinem Tod erzielen seine Arbeiten Sammlerpreise und werden heute in Deutschland, Österreich, Slowenien und Großbritannien permanent ausgestellt.

Ports of Entry verhalf Burroughs zu einem dringend benötigten Stimmungsaufschwung. Da das Spencer Museum of Art der University of Kansas der nächste Gastgeber der Ausstellung sein sollte, wurde beschlossen, ein zusätzliches Programm anzubieten. Das Ergebnis war die Nova Convention Revisited, eine Veranstaltung, an der viele Künstler von damals teilnahmen, darunter Patti Smith, Laurie Anderson, Philip Glass und John Giorno. Auch Debbie Harry und Chris Stein traten auf. Frank Zappa, der 1978 freundlicherweise Keith Richards' Platz eingenommen hatte, war 1993 gestorben. Die Lücke des Rockstars füllte diesmal Michael Stipe von R.E.M., der zusammen mit Patti Smith und ihrer Band auf die Bühne ging. Es gab auch Lesungen – einen von Smith rezitierten Auszug aus *Queer* zum Beispiel – sowie Videoclips von Burroughs' eigenen Auftritten. Burroughs sagte, er würde nicht an der Nova Convention Revisited teilnehmen, trat aber gegen Ende der Veranstaltung dennoch auf und überraschte mit einer kurzen Lesung, die ihm stehende Ovationen einbrachte.

Youth Movement

Burroughs genoss sein ruhiges Leben in weitgehender Anonymität. Zwar empfing er in seinem letzten Lebensjahrzehnt eine Reihe berühmter Gratulanten, doch die Anzahl der Besucher war bei weitem nicht so groß wie zu Bunker-Zeiten. Abgesehen von Cobain, der Burroughs echt beeindruckte, bedeuteten die meisten Stippvisiten den jeweiligen Besuchern mehr als dem Gastgeber. So bei Sonic Youth, die mehr als einmal auftauchten. Damals verheiratet, klangen Thurston Moore und Kim Gordon, wenn sie sich an die Zeit mit Burroughs erinnerten, als würden sie von einem geliebten Großvater sprechen.

Sonic Youth waren als Vorgruppe von R.E.M. auf Tour, als sie Burroughs zum ersten Mal besuchten. Grauerholz war Fan beider Bands und arrangierte das Treffen. Thurston Moore war sowohl von der Gemütlichkeit des Bungalows als auch von der Liebenswürdigkeit ihres Gastgebers gerührt. »Ich werde nie vergessen, wie ich sein kleines Haus betrat, das aus einem dieser Bausätze entstanden war, die Sears and Roebuck in den 50er-Jahren zum Selberbauen verkauft hatten«, erinnert er sich. »[Burroughs] war extrem gastfreundlich. Er war schon älter. Er hatte überall Zeitschriften und Bücher über Messer und Waffen liegen. Das war ein wenig beunruhigend. Ich wusste nicht, was ich davon halten sollte, denn nichts interessierte mich weniger als so was … Wir besuchten seine Wilhelm-Reich-Orgon-Maschine im Garten. Ich setzte mich rein. Sie war voller Spinnweben.«[400]

Sonic Youth kamen ein paar Jahre später noch einmal zu Besuch, nicht lange nach Cobains Selbstmord. »Ich werde nie vergessen, wie William mit mir darüber sprach«, sagt Moore.

> Er hatte diesen Blick in den Augen, der zu fragen schien: »Warum sollte sich jemand das Leben nehmen?« Er konnte sich keinen Reim darauf machen. Warum sollte man das tun? Warum sollte man seine Energie und seine kosmische Seele so zerstören? So etwas tut man nicht. Man beschützt sie. Man muss darum kämpfen. Du kannst tun, was immer du willst, du kannst dein ganzes Leben in die Hand nehmen, du kannst Alkoholiker sein oder ein Widerling, aber du löschst dich nicht selbst aus. Man bringt sich nicht absichtlich um.[401]

Kim Gordon spürte von Anfang an so etwas wie eine familiäre Verbindung. »An jenem Tag konnte ich nur daran denken, wie sehr Burroughs mich an meinen Vater erinnerte«, sagt sie. »Sie waren gleichermaßen umgänglich und besaßen den gleichen trockenen Humor. Sie sahen sich sogar ein wenig ähnlich.«[402] Zur familiären Atmosphäre trug auch die kleine Tochter von Gordon und Moore bei, die das Paar auf die Tournee mitgenommen hatte. Gordon erinnert sich: »Als sie einmal anfing zu weinen, sagte Burroughs mit dieser Burroughs-Stimme: ›Oohhh – sie *mag* mich.‹«[403] Burroughs verbrachte kaum Zeit mit Kindern, aber bei diesem Baby bewies er ein Händchen. »Sie lag in meinen Armen und wimmerte«, sagt Moore. »Er streckte seine Hand in Richtung ihres Gesichts aus, aber letztlich machte er nur eine kleine Handbewegung, und sie wurde sofort ruhig. Es war wie die Handbewegung eines Zauberers.«[404]

Als Hauptkomponist von Sonic Youth borgte sich Moore etwas von Burroughs' Magie für seine eigene: »Der Cut-up-Prozess war definitiv etwas, das ich benutzt habe, und ich mache das nicht nur mit literarischer Sprache, sondern auch mit Musik.«

> Mich hat schon immer interessiert, was passiert, wenn man Dinge nimmt und sie umherbewegt. In gewisser Weise war das auch immer die Arbeitsweise von Sonic Youth. Es hieß immer, Sonic Youth sei eine experimentelle Band in Bezug auf Gitarren oder andere Dinge, aber eigentlich experimentierte die Band am allermeisten mit der Songstruktur. Wir haben uns traditionelle Songstrukturen vorgenommen und an ihnen verschiedene Techniken ausprobiert. Eine dieser Techniken war sicherlich das Cut-up.[405]

Sonic Youth lösten sich 2011 auf, als die Partnerschaft von Moore und Gordon, die bis ins Jahr 1981 zurückreichte, ihr Ende fand. Beide haben weiterhin Platten gemacht und sind auf Tournee gegangen, wobei sich Moore als produktiver erwies. Gordons Musik mit Body/Head und Glitterbust ist experimentell und oft improvisiert. Moore tendiert zu wildem und chaotischem Rock mit Texten, die sich der Cut-up-Methode bedienen. Seine Band Chelsea Light Moving – benannt nach einem tatsächlichen Umzugsunternehmen, das Philip Glass gegründet hatte, um Geld für die Miete einer Konzerthalle zu verdienen – steht für Moores Wunsch, »eine Band zu gründen, die Burroughs-Rock spielt.«[406] Ihre Debütsingle hieß tatsächlich »Burroughs«, und die einflussreiche Musik-Website Stereogum sagte über den Track: »Der Text, ja, der bezieht sich auf den Autor William Burroughs, und die Musik klingt, ja, sehr nach Sonic Youth. Und an alledem ist nicht das Geringste auszusetzen.«[407]

Moore förderte schließlich mit seinem Namen und seinem Enthusiasmus die Veranstaltungen zum Gedenken an Burroughs, dessen Geburt sich im Jahr 2014 zum hundertsten Mal jährte. Dazu gehörte eine Ausstellung in Großbritannien, die sich auf die ursprüngliche Nova Convention konzentrierte und Fotografien von James Hamilton präsentierte, der 1978 für *Village Voice* über die Convention berichtet hatte. »Für mich war es persönlich sehr aufregend, weil ich als Neunzehnjähriger dabei gewesen war«, so Moore.

> Ich denke, William Burroughs war immer in der Lage, die Welt als etwas zu betrachten, das weit mehr ist als das, was man vor Augen hat. Sein Interesse an verschiedenen Kontrollsystemen sowohl in der physischen als auch in der metaphysischen Welt brachte Ideen hervor, die von der Realität durchdrungen waren, und Ideen, die für einen neuartigen Ort und fast Science Fiction hätten sein können … Er war definitiv einer der esoterischsten und abgehobensten Schriftsteller, in einer Hinsicht sehr persönlich und in einem anderen Sinne sehr politisch.[408]

Oder wie Ann Douglas von der Columbia University es ausdrückte: »Er reiste in der Fantasie außerhalb des menschlichen Wirkungsbereichs, oder so weit außerhalb, wie eine durch und durch menschliche Person sich vorwagen und uns darüber berichten konnte.«[409]

Just One Fix

Mitglieder der Band Ministry besuchten Burroughs im Jahr 1993. Angeführt von dem Junkie-Provokateur Al Jourgensen hatten sich Ministry im Lauf ihrer Karriere von einer Synthesizer-überladenen Gothic-Band zu einer Full-Metal-Terrorgruppe entwickelt, die mit Alben wie *The Land of Rape and Honey*, *The Mind Is a Terrible Thing to Taste* und *Psalm 69* Misanthropen auf der ganzen Welt begeisterte (sofern Misanthropen begeistert werden können). Die Musik der Band kommt wie eine Batterie Sägeblätter daher, oder vielleicht wie eines dieser Rettungswerkzeuge namens ›Jaws of Life‹, das man aufs Gegenteil programmiert hat. Burroughs hätte sicherlich keine Freude daran gehabt, Ministry zu hören, aber er hätte vielleicht den Beitrag der Band zur Aufrüstung des Sounds zu schätzen gewusst.

Jourgensen entdeckte Burroughs während seiner Zeit in der Highschool, nachdem er in eine Schlägerei mit ein paar Kids geraten war, die seine Gitarre zertrümmerten – so ziemlich der einzige

Besitz, der ihm etwas bedeutete. Als die Behörden eine regelrechte Apotheke bei ihm entdeckten, wurde er für zwölf Monate in eine Nervenheilanstalt eingewiesen. »Es war eines der besten Jahre meines Lebens«, sagte Jourgensen.[410] »Zunächst einmal gab man mir kostenlos Medikamente, für die ich zuvor bezahlt hatte – Tuinal, Seconal Sodium, Valium. Man tat damals alles, was man konnte, um die Patienten sediert zu halten … Ich war also die ganze Zeit high, und während ich dort war, wurde mir ein Tutor zugeteilt, der mich auf die Bücher von William Burroughs aufmerksam machte.«[411] Wie so vielen anderen Künstlern ging *Naked Lunch* auch Jourgensen direkt unter die Haut. »Ich würde sagen, wenn du einen Anreiz brauchst, um mit Heroin anzufangen oder aufzuhören, kannst du ihn in diesem Buch finden«, sagte er.

> Es war ein totaler Mindfuck für mich, Mann. Überall waren Junkies, und da ist diese Figur, Dr. Benway, dieser kranke Wichser, der diese verrückte Operation durchführt. Es gibt Mugwumps, diese homosexuellen Amphibien, deren Wichse einen high macht, und es gibt all diese Orgien und Enthauptungen und totalitäre Regime und Brillanz und totalen Blödsinn. Es ist verdammt unglaublich … Ich konnte echt nicht genug kriegen.[412]

Jello Biafra, Jourgensens Bandkollege im Nebenprojekt Lard, beschrieb ihn als wahren Gläubigen des Burroughs-Katechismus: »Eine Zeit lang schrieb [Jourgensen] seine Langlebigkeit dem Heroin zu, weil William Burroughs ihn überzeugt hatte, dass es diese heilenden Eigenschaften besaß. Wer weiß? Vielleicht tut es das, denn Al ist ja immer noch hier.«[413]

Burroughs beeinflusste auch die Art, wie Jourgensen im Studio arbeitete. »Ich bearbeitete ein Band zwölf bis vierzehn Stunden lang«, sagte er. »Von so viel Cutten hatte ich überall an den Händen feine Schnittwunden wie von Rasierklingen … Aber es war wirklich anregend, weil ich die gleiche Schnittmethode benutzte wie William Burroughs, nur dass ich es mit Musik tat. Deshalb verstanden wir uns ein paar Jahre später so gut, als wir uns trafen, um an dem Song ›Just One Fix‹ von *Psalm 69* zu arbeiten.«[414] Jourgensen wollte Burroughs im Kontext seiner eigenen Control-Smashing-Musik präsentieren, stieß jedoch auf rechtliche Schwierigkeiten. Wie er in seiner Autobiografie beschreibt:

> Ich bekam all diese Spoken-Word-Mitschnitte von William Burroughs, aus Lesungen und Reden, die er gehalten hatte. Wir waren so weit, das Album zu veröffentlichen, aber es verzögerte sich um zwei Monate, weil Warner Bros. sagte, Burroughs würde mir nicht die Erlaubnis geben, sein Material zu verwenden. Zu der Zeit hatte alle Welt Angst, wegen illegaler Verwendung von Samples verklagt zu werden, und für diesen ganzen Scheiß die Freigabe zu bekommen, wurde für die Labels wichtiger als die Musik selbst. Ich erzählte dem *Rolling Stone*, dass sich unser Album verzögerte, weil Burroughs uns nicht erlaubte, ihn zu sampeln … James Grauerholz las das, rief mich an und sagte: »Uns hat niemand gefragt. Und wir haben nie gesagt, dass ihr das Zeug nicht benutzen dürft. Warum kommst du nicht nach Lawrence, Kansas, wo Bill lebt, und wir machen neues Material?«[415]

Jourgensen rief Howie Kein von Warner Bros. an, nannte ihn ein Arschloch, und machte sich dann von Ministrys Heimatbasis in Chicago aus auf den Weg nach Kansas. Na ja, so in etwa. »Wir hatten Hinweise, wie wir zu dem Haus kommen sollten, aber wir tauchten drei Tage zu spät auf, ohne jemandem Bescheid zu sagen«, gestand Jourgensen. »William Burroughs drei Tage lang warten zu lassen, war wohl keine so gute Idee.«[416] Jourgensen schaffte es, »Enigma 23« in seine Ausrede einzubauen, das Mysterium, das Burroughs selbst erforschte und propagierte. »Ich sollte am Dreiundzwanzigsten dieses Monats abfliegen, aber ich fliege nicht am Dreiundzwanzigsten, weil ich sehr abergläubisch bin«, sagte er. »Wenn man am Dreiundzwanzigsten reist, ist man erledigt. Das stammt noch aus der Zeit der Wagentrecks im Wilden Westen. Wenn du am Dreiundzwanzigsten in einem Planwagen von Missouri nach Oregon fährst, wirst du mit Sicherheit sterben.«[417] Wie konnte der alte Mann einer solchen Logik widersprechen?

Schließlich fanden Jourgensen und ein Junkie-Freund dann doch den Weg zur Learnard Avenue. »Ich muss zugeben, dass es nicht dem entsprach, was ich erwartet hatte«, erinnert sich Jourgensen. »Das Haus wirkte bescheiden und sah nicht aus wie das eines legendären Schriftstellers, sondern eher wie das Haus eines kleinen Ladenbesitzers.« Jourgensen und Co. kamen gegen 14 Uhr an, schlurften zur Veranda und klopften an die Tür. »Bill öffnete, und das Erste, was er sagte, war: ›Habt ihr was dabei? Wo ist es? Einen Junkie riech ich aus einer Meile Entfernung.‹«, erzählt Jourgensen. Burroughs' Gäste hatten gerade mal genug Heroin bei sich, um nicht krank zu werden. Außerdem sollte Burroughs sowieso clean sein. Jourgensen verneinte also. »Und bevor ich noch etwas anderes sagen konnte, knallte Bill uns die Tür vor der Nase zu.«

Auf dem Rückweg nach Kansas City – fast zwei Stunden Hin- und Rückfahrt – schaffte Jourgensen es, Heroin zu besorgen. Er erinnert sich: »Wir gingen zurück zu Bills Haus, und er öffnete die Tür. Dann sagte er nur: ›Oh, *ihr* schon wieder.‹« Er wusste, dass er ein Video mit uns machen musste, denn er hatte bereits zugestimmt. Aber er wollte es nicht ohne Drogen machen, und deswegen sagten wir hastig: ›Nein, nein, wir haben was beschafft.‹ Also sagte er: ›Kommt rein.‹«[418] Burroughs war zu dieser Zeit auf Methadon, und Grauerholz achtete streng auf die Einhaltung der Vorschriften und den Gebrauch von legalen Aufputschmitteln wie Alkohol. Aber laut Jourgensen lag Grauerholz grippekrank im Bett:

> Wenn die Katze aus dem Haus ist, wollen die Mäuse tanzen. Wir holen die Tütchen mit dem Heroin hervor, und Bill kommt die Treppe runter, mit so einem Ledergürtel aus den 1950er-Jahren und diesen großen, dicken Spritzen und Nadeln aus derselben Zeit, die er alle liebevoll verpackt hatte … Als ich aufwachte, sah ich, dass auf dem Wohnzimmertisch ein Brief lag, der ein Siegel vom Weißen Haus

> hatte. Ich bemerkte, dass er ungeöffnet war. Bill wachte auf, und ich sagte: »Hey Bill, du hast einen Brief aus dem Weißen Haus.« Und er sagte: »Na und? Ist nur *junk mail.*«[419]

Trotz der etwas heiklen ersten Begegnung verstanden sich Burroughs und Jourgensen schon bald sehr gut. Nachdem sie die Dreharbeiten für das »Just One Fix«-Video abgeschlossen hatten, nahm Jourgensen den alten Mann mit zu einem Auftritt von Jim Rose, der eine moderne Freakshow präsentierte, die mit dem ursprünglichen Lollapalooza-Festival auf Tournee war. Burroughs wusste die Geste zu schätzen, war aber von dem Auftritt nicht beeindruckt. Jourgensen erinnerte sich, dass er nur sagte: »Ich kannte einmal einen Mann in Marokko, der drei Schlangen gleichzeitig schlucken konnte, alle in verschiedenen Farben. Dann zahlte man ihm einen Dollar und sagte ihm, welche Farbe die Schlange haben sollte, die er wieder auswürgen sollte. Der Kerl muss hundert Dollar am Tag mit dem Erbrechen von Schlangen verdient haben. Das war *wirklich* beeindruckend. Ihr Jungs esst Glas und hämmert euch Nägel in den Kopf – alles schon gesehen.«[420] Burroughs und Jourgensen blieben eng befreundet. »Ich war sofort auf Bills Freundesliste – und es war eine kurze Liste«, sagte Jourgensen. »Bis zu seinem Tod rief er mich etwa einmal pro Woche an und wir redeten. Aber eigentlich wollte er mich dafür beschimpfen, dass ich Kokain nahm. Er sagte wörtlich: ›Warum sollte jemand eine Droge nehmen, die einen die ganze Nacht wachhält und ständig zucken lässt? Bleib bei Heroin, Junge.‹«[421]

Space Oddities

Zusätzlich zum Faible für Katzen gewann Burroughs in seinen letzten Lebensjahren zunehmend Interesse an UFOs. Er fühlte sich schon lange zu Randwissenschaften hingezogen – von Wilhelm Reich über Scientology bis hin zu ESP und der »bikameralen Psyche«[422] –, aber die Vorstellung von kleinen grünen Männchen (oder grauen Männchen, um genau zu sein) übte eine besondere

Faszination auf ihn aus. Er fühlte sich zu den Arbeiten von Whitley Strieber hingezogen, dessen Buch *Communion* ein Bericht aus erster Hand über die Entführung durch Außerirdische ist.

Burroughs erkannte die Parallelen zwischen den Verletzungen, die Strieber erlebte, und dem »Ugly Spirit«, unter dessen Bann er selbst vor langer Zeit gefallen war. Er wandte sich an Strieber, nicht um weitere Entführungsberichte zu hören, sondern um Tipps zu bekommen, wie man auf das Radar der Außerirdischen gerät. Burroughs war höchst verärgert, dass er nicht schon kontaktiert worden war. »Ich denke, ich bin einer der wichtigsten Menschen auf dieser scheiß Welt, und wenn sie auch ein Fünkchen Verstand besäßen, hätten sie sich gemeldet«, sagte er. »Es mag bedeuten, dass es für sie nicht günstig war, mich zu diesem bestimmten Zeitpunkt abzuholen. Es kann auch bedeuten, dass sie mich zu einem späteren Zeitpunkt kontaktieren werden, oder es kann heißen, dass sie mich als Feind betrachten … Es mag sein, dass sie mein Eingreifen für feindselig gegenüber ihren Absichten halten. Und ihre Absichten sind vielleicht ganz und gar nicht freundlich.«[423] Burroughs ging sogar so weit, seinen Rasen ungepflegt wuchern zu lassen, um schließlich einen Bereich in Form eines Penis mähen zu können – eine Art erotischer Kornkreis, der Außerirdische zu seinem kleinen roten Bungalow locken sollte.

Burroughs widmete sich der UFO-Forschung, als die Serie *The X-Files* zum ersten Mal im Fernsehen lief. Sie trug dazu bei, die Erforschung von Außerirdischen wieder ins öffentliche Bewusstsein zu rücken, und zwar in einem Ausmaß, wie es seit den 1950er-Jahren nicht mehr der Fall gewesen war, als der Roswell-Absturz und die darauffolgenden UFO-Sichtungen die Amerikaner gleichermaßen erregt und erschreckt hatten. Burroughs schmähte eine Rasse von Außerirdischen – die Grauen – als Agenten von »Control«. Und irgendwann verdächtigte er Strieber, mit ihnen zusammenzuarbeiten. Nach einigen Gesprächen kam Burroughs zu dem Schluss, dass Strieber nicht besonders hell im Kopf war und daher als bevorzugtes Ziel für Manipulationen durch höhere Intelligenzen gelten konnte. »Warum werden immer nur Menschen mittelmäßiger und minderwertiger Intelligenz entführt oder kontaktiert?«, schrieb Burroughs am 3. Februar 1997 in sein Tagebuch. »Warum kommen sie nicht und nehmen MICH ins Visier? Weil sie es nicht wollen, weil sie Angst haben, jemanden mit fortgeschrittenem spirituellem Bewusstsein zu kontaktieren. Die Grauen wollen die Menschen dümmer machen. Jede Person mit Durchblick ist eine Gefahr. Eine tödliche Gefahr.«[424]

Es wäre interessant gewesen, wenn Burroughs noch zu Lebzeiten Tom DeLonge getroffen hätte, den ehemaligen Sänger der Pop-Punk-Schwachköpfe Blink-182, der heutzutage unverblümt für die Ufologie wirbt. Frustriert von der Geheimhaltung, mit der die Regierung in Bezug auf Besuche von Außerirdischen operierte, gründete DeLonge die Organisation To the Stars, »als ein machtvolles Instrument für Veränderungen, indem ein Konsortium aus Wissenschaft, Raumfahrt und Unterhaltung geschaffen wird, das gemeinschaftlich daran arbeitet, begabten Forschern die Freiheit zu bieten, exotische Wissenschaften und Technologien zu erforschen, und zwar mit einer Infrastruktur und mit Ressourcen, die es erlauben, die Ergebnisse zügig in Produkte umzusetzen, die die Welt verändern können.«[425] DeLonge behauptet, direkt mit der US-Regierung zusammenzuarbeiten, um dabei zu helfen, jahrzehntelange Fehlinformationen und Verschleierungen durch die Behörden aufzuklären. Das alles mag verrückt erscheinen, aber von Wikileaks aufgedeckte E-Mails bestätigen den Kontakt zwischen DeLonge und John Podesta, einem Politikberater aus dem demokratischen Lager und eingefleischten Enthusiasten, was alles Außerirdische betrifft. DeLonge hat auch den ehemaligen Air-Force-Generalmajor William N. McCasland gebeten, ihm zu helfen, ein Beraterkomitee zu gründen, das ihn bei seinen Untersuchungen unterstützt.

Im Jahr 2017 veröffentlichte die *New York Times* einen langen Artikel darüber, welche Rolle die US-Regierung bei der gegenwärtigen Untersuchung des UFO-Phänomens spielt. In dem Text wurde enthüllt, dass es ein geheimes Pentagon-Projekt namens »Advanced Aerospace Threat Identification Program« (Programm zur Identifizierung von Bedrohungen aus der Luft- und Raumfahrt) gibt, das von Luis Elizondo geleitet wurde, einem Beamten des militärischen Nachrichtendienstes, der erst kurz zuvor zurückgetreten war, weil die Chefetage »die vielen Berichte der Navy und anderer Dienste ignoriert hatte, Berichte über ungewöhnliche Flugsysteme, die militärische Waffensysteme störten und Fähigkeiten aufwiesen, die moderner seien als unsere Technik der nächsten Generation«.[426] Angeblich erhält das Programm 22 Millionen Dollar aus dem jährlichen Etat des Verteidigungsministeriums von 600 Milliarden Dollar. Wenn Burroughs noch leben würde, wäre er vielleicht Berater des Verteidigungsministeriums oder zumindest Mitglied in DeLonges Beirat.

The Western Lands

Burroughs' letzter Roman ist einer seiner besten. In gewisser Weise ist *The Western Lands* wie eine »Greatest Hits«-Schallplatte: Es enthält alles, was man liebt – aber keinen Füllstoff. Burroughs sagte, das Buch handele von »der Möglichkeit der Hybridisierung, der Kreuzung von Mensch und Tier«.[427] Vielleicht aber ist es auch ein herzzerreißender Rückblick auf verlorene Freunde und Liebhaber, verlassene Familien und die Erkundungen des Autors zum Sinn der Existenz und zu möglichen Wegen zur Unsterblichkeit. Letzteres wird durch Burroughs' fiktive Analyse der »sieben Seelen« angesprochen – einer spirituellen Kosmologie, die im alten Ägypten weit verbreitet war. Ihrer Hauptaussage nach besitzt der Mensch tatsächlich sieben verschiedene Seelen, die jeweils unveränderlichen Gesetzen unterliegen, welche die Fortsetzung des Seins im Jenseits regeln. Der Tod ist demnach nur der Anfang einer noch größeren Reise, die viele Gefahren birgt und mit ungewissen Verheißungen lockt. *The Western Lands* ist der erratische Bericht über eine Reise durch das Land der Toten, in dem die Charaktere mit neuen Raum-Zeit-Bedingungen zu kämpfen haben, während sie gegen – man ahnt es – »Control« kämpfen. Diesmal gibt es aber Hilfe. Burroughs erfand einen Geheimdienst namens Margaras Unlimited, der die wandernden Seelen in kritischen Situationen kontaktiert. Die Gruppe, deren einzige Loyalität der eigenen Mission gilt, unterstützt die Erforschung des Weltraums, die Simulation von Weltraumbedingungen und die Erweiterung des menschlichen Bewusstseins. *The Western Lands* enthält Elemente der Biografie, aber die Szenen und Charaktere werden in einem willkürlichen Spektrum aus Beobachtungen, Erinnerungen und »Routines« präsentiert. »Ein Schriftsteller, der versucht, dem nahezukommen, was in Kopf und Körper seiner Figuren vorgeht, kann sich nicht auf eine so zufällige Sequenz festlegen lassen«, sagte Burroughs.[428]

Vielleicht war das Buch aus diesem Grund ein so großartiges Ausgangsmaterial für Bill Laswells gleichnamiges Album von 1998, das Burroughs' knochentrockene Rezitationen über verschlungenen Grooves und antik klingenden Melodien präsentiert. Die Musik fängt die Essenz des Buches ein, das Burroughs auf einen einzigen Satz über seine Hauptfigur reduzierte: »Also nimmt sich William Seward Hall nun vor, schreibend dem Tod zu entgehen.«[429] Und das schließt nicht nur seinen eigenen Tod ein, sondern auch den des magischen Universums, das von einer Verschwörung dogmatischer, autoritärer Agenten bedroht ist, die eine Realität durchsetzen wollen, die »kontrolliert, vorhersehbar und tot« ist.

Das Ende des Buches ist eine der größten Verabschiedungen aller Zeiten, gleichauf mit David Bowies letztem Album *Blackstar*:

> Ich will die Western Lands erreichen – gleich da drüben sind sie, jenseits des blubbernden Gewässers. Es ist eine vereiste Kloake. Man nennt es Duad, erinnerst du dich? Angst, Hass, Krankheit und Tod, der ganze Dreck und Horror der Menschheitsgeschichte fließt zwischen dir und den Western Lands. Lass es fließen! Mein Kater Fletch streckt sich hinter mir auf dem Bett …
>
> Wie lange braucht ein Mensch, bis er begreift, dass er nicht will und wollen kann, was er »will«?

> Der alte Schriftsteller konnte nichts mehr schreiben, denn er hatte das Ende aller Worte erreicht, das Ende dessen, was sich mit Worten sagen lässt. Und dann? …
>
> Die Parade Bar in Tanger ist geschlossen. Schatten der Dämmerung senken sich auf den Berg.
>
> »Beeil dich, bitte. Es ist Zeit.«[430]

Am 22. Mai 1997 absolvierte Burroughs im Video zu »Last Night on Earth« von U2 seinen letzten öffentlichen Auftritt. Inmitten eines Cut-up-Wirrwarrs von Bildern ist Burroughs zu sehen, wie er einen überdimensionalen Scheinwerfer aufblitzen lässt und mit seinem Stockdegen herumfuchtelt. In seinen Tagebüchern bezeichnete er die Band als »You Too«, da er ihren Namen nie in gedruckter Form gesehen hatte. Im darauffolgenden Monat ging Burroughs zu seinen letzten Dreharbeiten in Fred Aldritchs Haus. Als er nach Hause kam, entdeckte er die Leiche seiner Katze Fletch, die unter seinem Toyota hervorlugte, wohin sich das geliebte Tier zum Sterben verkrochen hatte. Drei Tage später erlitt Burroughs einen Herzinfarkt. Freund und Haushaltshilfe Tom Peschio entdeckte ihn um 16 Uhr. Er hatte es geschafft, eine Nitroglycerin-Tablette einzunehmen und war bei vollem Bewusstsein, als Grauerholz eintraf und kurz nach ihm die Sanitäter. Pat Connor, ein ortsansässiger Mann, der an diesem Abend mit Burroughs zum Essen verabredet war, eilte aus seinem Auto und fragte Burroughs: »Was ist los?« Burroughs' Antwort: »Bin gleich wieder da.«[431] Das waren die letzten Worte, die er sprechen sollte.

William Seward Burroughs II starb am 2. August 1997 um 18:50 Uhr. Seine langjährige Freundin Patricia Elliott erinnert sich, wie Grauerholz Burroughs' Hand ergriff und unkontrolliert schluchzte. »Ich hatte James noch nie so anrührend schön gesehen«, sagte sie. »Die Liebe und der Respekt, die ich zwischen den beiden über die Jahre beobachtet hatte, erhellten meine Gedanken wie aufblitzende Lichter.«[432] Burroughs wurde in einem weißen Hemd und einer blauen Krawatte, einer marokkanischen Weste, die er von Brion Gysin geschenkt bekommen hatte, und den schwarzen Schuhen, die er bei Aufführungen zu tragen pflegte, beerdigt. In seinem dunkelgrünen Sportsakko befanden sich seine Lesebrille, ein Kugelschreiber, etwas Marihuana der Spitzenklasse und ein kleines Päckchen Heroin. Ein Fünf-Dollar-Goldstück war auch dabei, als Fahrgeld für Burroughs' Reise in die Western Lands. An seiner Seite befanden sich sein geliebter Stockdegen und eine .38 Special Snubnose, voll geladen.

Bei einem Abendessen kurz vor seinem Tod rief Burroughs aus: »Ich möchte nicht eingeäschert werden, ich möchte in die Erde hinabsteigen und verrotten!«[433] Daher wurde sein Leichnam zurück nach St. Louis gebracht, um im Familienmausoleum auf dem Bellefontaine-Friedhof beigesetzt zu werden: Block 37, Lot 3938. Am 6. August um 19 Uhr fand eine Feier statt, bei der Grauerholz die Schlussworte sprach. Burroughs wurde am folgenden Tag beigesetzt. Patti Smith flog aus Detroit ein; auch Grant Hart reiste an, um ihm die letzte Ehre zu erweisen. Die bei Burroughs' Beerdigung Anwesenden wünschten sich, dass Ginsberg dabei gewesen wäre. Er hätte genau die richtigen Worte gefunden, um die Trauernden zu trösten.

Burroughs' Einfluss auf andere Künstler sollte inzwischen klar sein. Auch wenn er persönlich kein großer Freund von Musik war, verstand er sehr gut, wie seine Ideen und Methoden andere zu Innovationen in diesem Medium anregten. Er mochte keine Nachahmungen, war aber stolz darauf, dass andere sich von seiner Arbeit inspirieren ließen. Es ging darum, etwas zu tun, irgendetwas, um aus der sterilen, konditionierten Welt auszubrechen, die uns allen auferlegt wurde. Burroughs' Schriften, Interviews, Aufnahmen, Performances und Gemälde werden weiterleben. Ebenso wie die Freundschaften, die er mit vielen der Menschen pflegte, die auf diesen Seiten erwähnt werden. William S. Burroughs bleibt in den Herzen derer, die ihn am besten kannten – allen voran John Giorno, Victor Bockris und James Grauerholz. Diejenigen, die nur die Ikone kennen, haben die Möglichkeit, Burroughs' umfangreiches Werk besser kennenzulernen. Dabei entdecken wir vielleicht auch etwas von uns selbst – unsere Ängste, Wünsche, Sehnsüchte, Abneigungen und Hoffnungen für die Zukunft. So ist es jedenfalls dem Autor dieses Buches ergangen. Und ich bin nicht allein. »Einer meiner Lieblingsaspekte an Burroughs ist, dass er zu so mancher Gedankenreise ermutigt«, sagt Beat-Kennerin Regina Weinreich. »Man muss zusammen mit ihm ein Reisender werden.«[434]

Es ergibt Sinn, die letzten Worte dieses Buches von Grauerholz sprechen zu lassen: »Es ist, wie der alte Schriftsteller sagt: ›Wann immer du diese Worte liest, bin ich da.‹ [Burroughs'] Unsterblichkeit wohnt in seinen Lesern … Dort in ihnen lebt er.«[435]

Danksagung

Dieses Buch war eine Reise für seinen Autor, eine, die ohne die Ermutigung und Unterstützung meiner Frau Faith Rebecca Swords nicht hätte unternommen oder vollendet werden können. Sie hat mir nicht nur dabei geholfen, Ideen und Themen zu durchdenken, sondern mir auf dem langen Weg zur Veröffentlichung mit Lektorat, Kritik und Überarbeitungen sehr geholfen. Und wir hatten einen Riesenspaß dabei; ich stelle mir unsere Beziehung oft so wie die von William und Joan vor – ohne die Drogensucht, die sexuelle Inkompatibilität und den tragischen Todesfall, dafür aber mit Schlagfertigkeit und echter Zuneigung. Etwas Besseres gibt es nicht in dieser brutalen alten Welt.

Riley Greene spielte die Rolle der unerschrockenen Assistentin mit Bravour, hielt mich auf dem Laufenden, was Termine betraf, arrangierte Interviews und war mit dem Blick einer Chefredakteurin für Details stets zur Stelle. Sie tat dies alles mit dem üblichen Fleiß und Humor; ich danke ihr sehr für ihre Beiträge.

Ich bin Victor Bockris und James Grauerholz, die eine direkte Verbindung zum Leben und den Zeiten von William S. Burroughs herstellten, zu großem Dank verpflichtet. Als ich mich an Bockris wandte, dachte ich, er würde mich abweisen. Schließlich war er als Erster mit dem Thema beschäftigt, und er hatte bereits viel zur Legende von Burroughs beigetragen, vor allem unter den Art Punks im New York der 1970er-Jahre. Stattdessen versorgte er mich mit einer Fülle von Beobachtungen und Einsichten. Seine Bücher, wie zum Beispiel *Beat Punks: New York's Underground Culture from the Beat Generation to the Punk Explosion* und *With William Burroughs: A Report from the Bunker*, halfen zusammen mit einer Reihe von vorhandenen Interviews, mein Verständnis von Burroughs in einem sich entwickelnden kulturellen Kontext auszubilden. Bockris' Biografien von Lou Reed und Patti Smith erwiesen sich ebenfalls als nützlich, genau wie seine behutsame Korrektur fehlerhafter Apokryphen in Bezug auf das »Symbol Burroughs«.

Grauerholz forderte mich auf, über das Symbol, die Ikone hinauszugehen, um etwas von dem Menschen zu erfassen, der sich dahinter verbarg. Falls mir das in irgendeiner Weise gelungen sein sollte, dann dank Grauerholz, der mir eindringliche, durchdringende, berührende und oft auch witzige Einblicke in Burroughs' Persönlichkeit und seinen Charakter schenkte. Da ich dem Autor nie begegnet bin, war dies von entscheidender Bedeutung. Ich lernte auch Grauerholz' Engagement für Burroughs zu schätzen, das sowohl seinen Geschäftssinn als auch sein intensives persönliches Engagement für das Wohlergehen des Autors einschloss. Grauerholz rettete Burroughs das Leben und sorgte dafür, dass er während der Ära, in der ich auf ihn stieß, weit vorn im öffentlichen Bewusstsein blieb. Ich danke dir, James.

Ich möchte auch Genesis P-Orridge, Chris Stein, Alex McLeod, Bill Laswell, Tav Falco, Robert Wilson, Douglas Rushkoff, Joe Ambrose, Jamie Curcio und Gareth Branwyn für ihre Einsichten zu einigen ziemlich obskuren Themen danken. Mein Dank gilt auch den vielen Musikern, deren Geschichten diese Seiten bevölkern; es war nicht nur ihre Verbindung zu Burroughs, die mich inspirierte, sondern auch ihre Musik. Meine Vintage-Vinyl-Sammlung wuchs im Laufe der Arbeit an diesem Buch beträchtlich, ebenso wie mein Respekt vor den Künstlern, die der Burroughs-Doktrin ihre eigene, meisterhafte Note verliehen.

Anerkennung gebührt auch den vielen Burroughs-Biografen. Ohne Ted Morgans bahnbrechendes *Literary Outlaw: The Life and Times of William S. Burroughs* wären der Welt viele Zitate und Einsichten, die El Hombre Invisible zugeschrieben werden, nicht bekannt. Was mich zu Barry Miles führt, der nicht nur ein, sondern gleich zwei Bücher über Burroughs geschrieben hat. *Call Me Burroughs: A Life*, das letzte, ist vielleicht die endgültige Chronologie der langen und geschichtsträchtigen Existenz des Schriftstellers. Ich schätze auch die Arbeit von

Matthew Levi Stevens, Autor von *The Magical Universe of William S. Burroughs*; David S. Willis, Autor von *Scientologist! William S. Burroughs and the »Weird Cult«*; und Jennie Skerl, deren wissenschaftlich fundierter Sammelband *William S. Burroughs at the Front: Critical Reception* sich für meine neuerliche Untersuchung der Themen und Obsessionen von Burroughs als unverzichtbar erwies. Mein Lob gilt auch den nicht-akademischen Forschern auf Websites wie *Reality Studio* und *Beatdom*. Die Vermächtnis-Website *williamsburroughs.org* erwies sich ebenfalls als wunderbarer Online-Spaziergang mit einer Fundgrube an Erinnerungen und Ephemera.

Meine Agenten William LoTurco und David Kuhn halfen mir dabei, einem Konzept, über das ich schon seit einiger Zeit nachgedacht hatte, Form zu geben, und boten mir Unterstützung und Ermutigung, als ich es in ein Buch umsetzte. Meine tiefe Dankbarkeit gilt Casey Kittrell und allen bei der University of Texas Press für die enge Zusammenarbeit bei der Entwicklung des Manuskripts und auch dafür, das Werk an die Öffentlichkeit gebracht zu haben. Und tief in der Schuld stehe ich bei meinen ersten Lektoren – meiner Mutter, Matthew G. Paradise und Pamela Polston. Ihr habt all dies zu verantworten.

Nicht dass ich mit einem Wermutstropfen enden möchte, aber das Verfassen dieses Buches hat mich dazu gebracht, viel über meine eigene Sterblichkeit nachzudenken. Natürlich ist das nichts Neues. Neu ist jedoch, dass ich gelernt habe, mit den Gedanken an meine eigene unausweichliche Reise in die Western Lands besser zurechtzukommen, weil ich – zusammen mit einigen inzwischen verstorbenen Künstlern wie David Bowie, Lou Reed, Peter Christopherson, John Balance, Grant Hart und anderen – die Geschichte von William S. Burroughs erzählen durfte. Vielleicht hat es auch etwas mit der Geburt meiner Tochter Ruby zu tun, die auf die Welt kam, als ich mitten in der Schreibarbeit steckte. (Sie ist und bleibt das Großartigste, bei dem ich je Co-Autor war.) Wichtig und erwähnenswert ist, dass ich so etwas wie eine Erleuchtung hatte. Deren Quintessenz ist, dass wir zwar alle sterben müssen – viele von uns ohne einen Hauch öffentlicher Anerkennung –, dass wir uns aber darüber definieren, was wir in unserem Leben geliebt haben. Deshalb möchte ich am Ende dieser Danksagung meine lieben Freunde Mark Cooley und Stephen Balgooyen erwähnen – meine alten Musik-Kumpel, die mich vor fast dreißig Jahren an der Eingangstür des metaphysischen Beat Hotels absetzten, mit nichts als einem Kopf voller Acid und meinem Verstand, um mich zu leiten. Dank ihrer Liebe und Ermutigung wurde ich zu mir selbst. Betrachtet dieses Buch als meinen bescheidenen Versuch, mich zu revanchieren.

Quellen

Nirvana the Hard Way

1 Barry Miles, *Call Me Burroughs: A Life* (New York: Twelve, 2015), S. 623.
2 Frank Morris, »William S. Burroughs And Lawrence, Kansas: Linked Inexorably«, *KCUR*, 5. Februar 2014, http://kcur.org/post/william-s-burroughs-and-lawrence-kansas-linked-inexorably, zuletzt abgerufen am 12. April 2018.
3 William S. Burroughs, *The Adding Machine: Selected Essays* (New York: Grove Press, 2013), S. 49.
4 Telefoninterview, geführt vom Autor am 5. Februar 2017.
5 Miles, *Call Me Burroughs*, S. 580.
6 Morris, »William S. Burroughs«.
7 Telefoninterview, geführt vom Autor am 5. Februar 2017.
8 Ebd.
9 Steve Knopper, »The Grunge Gold Rush«, *NPR*, 12. Januar 2018, https://www.npr.org/sections/therecord/2018/01/12/577063077/the-grunge-gold-rush, zuletzt abgerufen am 12. April 2018.
10 1992 sagte Cobain einem Magazin aus Singapur: »Rebellion bedeutet, Typen wie Guns N' Roses die Stirn zu bieten«; im selben Jahr nannte Axl Rose Cobain während eines Guns-N'-Roses-Konzerts »einen verfluchten Junkie mit einer Junkie-Ehefrau«. Die Situation eskalierte noch im selben Jahr im Backstage-Bereich der MTV Video Music Awards, wo Axl Cobain physische Gewalt androhte. Zu körperlichen Übergriffen kam es dabei aber nicht. https://www.rollingstone.com/music/music-news/guns-n-roses-vs-nirvana-a-beef-history-166180/.
11 Burroughs, *The Adding Machine*, S. 59.
12 1939 besuchte Burroughs ein Seminar bei Korzybski. 1974 sagte er bei einer Pressekonferenz, er sei damals »sehr beeindruckt von [Korzybskis] Worten gewesen. Ich bin es immer noch. Ich denke, dass jeder, wirklich jeder, vor allem jeder Student, Korzybski gelesen haben sollte. [Das würde] allen sehr viel Zeit sparen.«, »William Burroughs Press Conference at Berkeley Museum of Art on November 12, 1974«, Archive, 12. November 1974, http://www.archive.org/details/BurroughsPressConf, zuletzt abgerufen am 12. April 2018.
13 Blake hatte bekanntermaßen auch Einfluss auf Ginsberg, der ihn in *Howl (Das Geheul)* erwähnte.

14 »Hoodlums and riff-raff of the lowest caliber filled the highest offices of the land. When the Supreme Court overruled some of the legislation perpetrated by this vile route, Roosevelt forced that honest body, one after the other on threat of immediate reduction to the rank of congressional lavatory attendants, to submit to intercourse with a purple-assed baboon so that venerable honored men surrendered themselves to the embraces of a lecherous, snarling simian while Roosevelt and his strumpet wife and veteran brown-nose Harry Hopkins, smoking a communal hookah of hashish, watched the immutable spectacle with cackles of obscene laughter.« William S. Burroughs, James Grauerholz und Ira Silverberg, »Roosevelt After Inauguration«, *Word Virus: The William S. Burroughs Reader* (New York: Grove Press, 1998), S. 333.

15 William S. Burroughs, *Western Lands* (Frankfurt a. M. / Berlin: Limes Verlag, 1988). Deutsch von Carl Weissner.

16 In seiner Einleitung zu *Queer* – in den 1950er Jahren verfasst, aber erst 1985 veröffentlicht – schreibt Burroughs über den Tod seiner Frau Joan Vollmer, die bei einem Wilhem-Tell-Spiel unter Alkoholeinfluss einer Kugel aus Burroughs Pistole zum Opfer fiel: »I am forced to the appalling conclusion that I would never have become a writer but for Joan's death, and to a realization of the extent to which this event has motivated and formulated my writing. I live with the constant threat of possession, from Control. So the death of Joan brought me in contact with the invader, the Ugly Spirit, and manoeuvred me into a lifelong struggle, in which I have had no choice except *to write my way out.*«

17 Telefoninterview, geführt vom Autor am 28. Oktober 2017.

18 Ebd.

19 Telefoninterview, geführt vom Autor am 3. Februar 2017.

20 Matthew Gilbert, »The Life and Times of William S. Burroughs«, *Boston Globe*, 25. Januar 2014. https://www.bostonglobe.com/arts/books/2014/01/25/the-life-and-times-williamburroughs/NdXpBePErha2VEwsdnzUmN/story.html, zuletzt abgerufen am 12. April 2018.

21 Telefoninterview, geführt vom Autor am 28. Oktober 2017.

22 »William S. Burroughs & Kurt Cobain – The Priest They Called Him«, *Genius*, 1. Juli 1993, https://genius.com/William-s-burroughs-and-kurt-cobain-the-priest-they-called-him-lyrics, zuletzt abgerufen am 12. April 2018.

23 »Nirvana – In Bloom«, *Genius*, 30. November 1992, https://genius.com/Nirvana-in-bloom-lyrics, zuletzt abgerufen am 12. April 2018.

24 Burroughs, *The Adding Machine*, S. 61.

25 »William S. Burroughs and Kurt Cobain – A Dossier«, *RealityStudio*, 18. Februar 2007, http://realitystudio.org/biography/william-s-burroughs-and-kurt-cobain-a-dossier/, zuletzt abgerufen am 12. April 2018.

26 Ebd.

27 Sarah Smarsh, *It Happened in Kansas: Remarkable Events That Shaped History* (Guilford, CT: Globe Pequot, 2010), S. 109.

28 Telefoninterview, geführt vom Autor am 3. Februar 2017.

29 Ted Morgan, *Literary Outlaw: The Life and Times of William S. Burroughs* (New York: W. W. Norton, 2012), S. 311.

30 Ebd.

31 Ebd.

32 Einen so berührenden wie humorvollen Zugang bietet Wayne Propst in der 2007 erschienen Dokumentation *Words of Advice: William S. Burroughs On the Road.*

33 Jason Louv, »The Scientific Assassination of a Sexual Revolutionary: How America Interrupted Wilhelm Reich's Orgasmic Utopia«, *Motherboard*, 15. Juli 2013, https://motherboard.vice.com/en_us/article/mggzpn/the-american-quest-to-kill-wilhelm-reich-and-orgonomy, zuletzt abgerufen am 12. April 2018.

34 Mary Bellis, »Why Did the U.S. Government Want This Device Destroyed?«, *ThoughtCo*, 9. April 2017, https://www.thoughtco.com/wilhelm-reich-and-orgone-accumulator-1992351, zuletzt abgerufen am 12. April 2018.

35 »William S. Burroughs and Kurt Cobain – A Dossier«, *RealityStudio.*

36 »Noise Poetry: An Interview with Thurston Moore«, *Beatdom*, 8. August 2016, http://www.beatdom.com/noise-poetry-an-interview-with-thurston-moore/, zuletzt abgerufen am 12. April 2018.

37 Jim McCrary, »When Hunter S. Thompson Visited William S. Burroughs«, *William S. Burroughs*, 21. Mai 2014, http://www.williamsburroughs.org/features/category/guns, zuletzt abgerufen am 12. April 2018.

38 Brenda Knight, *Women of the Beat Generation: The Writers, Artists and Muses at the Heart of a Revolution* (Berkeley, CA: Conari, 2010), S. 54.

39 Jack Kerouac, *Unterwegs* (Reinbek bei Hamburg: Rowohlt 1998). S. 207.

40 Telefoninterview, geführt vom Autor am 28. Oktober 2017.

41 James Grauerholz, »The Death of Joan Vollmer: What Really Happened?«, *Fifth Congress of the Americas* (2012), http://docplayer.net/7574805-The-death-of-joan-vollmer-burroughs-what-really-happened.html, zuletzt abgerufen am 12. April 2018.

42 Jack Black, *You Can't Win* (Chico: Nabat Books, 2001).

43 Wie Burroughs nahmen auch die Musiker Sonny Rollins, Chet Baker und Elvin Jones am Heroin-Entzugsprogramm in Lexington teil.

44 Das berüchtigte MKUltra-Projekt der CIA war ein groß angelegtes, geheimes Forschungsprojekt, bei dem unter anderem amerikanische Staatsbürger unter den Einfluss experimenteller, wahrnehmungsverändernder Substanzen gestellt worden sind – in vielen Fällen ohne ihr Wissen. Eines der Ziele dieses Projekts war es, »die Einleitung von Hypnose zu erleichtern« und »die Widerstandsfähigkeit des Einzelnen gegenüber Entbehrung, Folter und Zwang zu verbessern«. Kat Eschner, »What We Know About the CIA's Midcentury Mind-Control Project«, *Smithsonian Magazine*, 13. April 2017, https://www.smithsonianmag.com/smart-news/what-we-know-about-cias-midcentury-mind-control-project-180962836/, zuletzt abgerufen am 12. April 2018.

45 Grauerholz, »The Death of Joan Vollmer«.

46 *Burroughs: The Movie*, mit William S. Burroughs, Allen Ginsberg, Lucien Carr, John Giorno u.v.a., Regie Howard Brookner, (United Kingdom: Criterion, 1983). DVD.
47 Grauerholz, »The Death of Joan Vollmer«.
48 William S. Burroughs und James Grauerholz (Hrsg.), *Last Words*. (Bonn: Pociao's Books 2001). Deutsch von Pociao und Walter Hartmann.
49 Morgan, *Literary Outlaw*, S. 252.
50 Victor Bockris, »King of the Underground«, *Gadfly Online* (August 1999), http://www.gadflyonline.com/home/archive/August99/archive-burroughs.html, zuletzt abgerufen am 12. April 2018.
51 »William S. Burroughs and Kurt Cobain – A Dossier«, RealityStudio.
52 Telefoninterview, geführt vom Autor am 28. Oktober 2017.
53 »William S. Burroughs and Kurt Cobain – A Dossier«, RealityStudio.

Subterranean Homesick Burroughs

54 William S. Burroughs, *Western Lands*, S. 261.
55 Simon Warner, *Text and Drugs and Rock 'n' Roll: The Beats and Rock Culture* (London: Bloomsbury, 2013).
56 Telefoninterview, geführt vom Autor am 28. Oktober 2017.
57 Ebd.
58 Ebd.
59 William S. Burroughs: *A Man Within*, mit William S. Burroughs, Patti Smith, and Iggy Pop, Regie Yony Leyser (United States: Oscilloscope Laboratories, 2010). DVD.
60 William S. Burroughs, *Der Job – Interview mit Daniel Odier* (Köln: Kiepenheuer & Witsch 1973), S. 26.
61 Ebd., S. 26.
62 William S. Burroughs: *Der Job – Interview mit Daniel Odier*, ebd.
63 James Henke, »Jerry Garcia: The Rolling Stone Interview«, *Rolling Stone*, 31. Oktober 1991, https://www.rollingstone.com/music/news/jerry-garcia-the-rolling-stone-interview-19911031, zuletzt abgerufen am 12. April 2018.
64 Burroughs, *The Adding Machine*, S. 132.
65 Telefoninterview, geführt vom Autor am 28. Oktober 2017.
66 Burroughs, *The Adding Machine*, S. 36.
67 »Burroughs Statements at the 1962 International Writers' Conference«, RealityStudio, 21. Februar 2008, https://realitystudio.org/texts/burroughs-statements-at-the-1962-international-writers-conference/, zuletzt abgerufen am 12. Juli 2018.
68 Morgan, *Literary Outlaw*, S. 52.
69 Telefoninterview, geführt vom Autor am 28. Oktober 2017. »If not for you / Winter would have no spring / Couldn't hear the robin sing / I just wouldn't

have a clue / Anyway it wouldn't ring true / If not for you.« Bob Dylan »If Not For You«, 19. Oktober 1970, Quelle: *Genius*, https://genius.com/Bob-dylan-if-not-for-you-lyrics, zuletzt abgerufen am 12. April 2018.

70 Vergleiche mit: »Therefore all seasons shall be sweet to thee / Whether the summer clothe the general earth / With greenness, or the redbreast sit and sing / Betwixt the tufts of snow on the bare branch / Of mossy apple-tree.« Samuel Taylor Coleridge, »Frost at Midnight«, *The Rime of the Ancient Mariner and Other Poems* (Grasmere, Cumbria: Wordsworth Trust, 2006).

71 Morgan, *Literary Outlaw*, S. 61.

72 Michael Limnios, »Interview with Poet, Musician and Artist Daevid Allen of Psychedelic Rock Groups Soft Machine and Gong«, *Blues.Gr.,* 1. April 2014, http://blues.gr/profiles/blogs/interview-with-poet-musician-and-artist-daevid-allen-of, zuletzt abgerufen am 12. April 2018.

73 Oliver Hall, »William S. Burroughs on the Cut-up Technique and Meeting Samuel Beckett & Bob Dylan«, *Dangerous Minds*, 22. März 2018, https://dangerousminds.net/comments/william_s._burroughs_on_the_cut-up_technique_and_meeting_samuel_beckett_bob, zuletzt abgerufen am 12. April 2018.

74 Cameron Crowe, Liner Notes, veröffentlicht im Booklet von Bob Dylans Compilation-Album *Biograph* (Columbia Records, 1985).

75 Sean Wilentz, *Bob Dylan und Amerika* (Stuttgart: Reclam, 2012).

76 Crowe, *Bob Dylan: Biograph.*

77 Ebd.

78 Ebd.

79 James Adams, »Brother Bill: How William S. Burroughs Influenced Bob Dylan«, *RealityStudio*, 8. Mai 2016, http://realitystudio.org/scholarship/brother-bill-how-william-s-burroughs-influenced-bob-dylan/, zuletzt abgerufen am 12. April 2018.

80 Oliver Harris und Ian MacFadyen, *Naked Lunch @ 50: Anniversary Essays* (Carbondale: Southern Illinois University Press, 2009).

81 Adams, »*Brother Bill*«.

82 Crowe, *Bob Dylan: Biograph.*

83 Alan Faena, »Cut Up: The Creative Technique Used by Burroughs, Dylan, Bowie and Cobain«, *Faena Aleph,* 1. April 2015, http://www.faena.com/aleph/articles/cut-up-the-creative-technique-used-by-burroughs-dylan-bowie-and-cobain/, zuletzt abgerufen am 12. April 2018.

84 Adams, »*Brother Bill*«.

85 Ebd.

Here, There and Everywhere

86 William S. Burroughs, *Naked Lunch*, S. 57.

87 Richard Metzger, *Book of Lies: The Disinformation Guide to Magick and the Occult* (New York: Disinformation, 2003).

88 Sinclair Beiles, William S. Burroughs, Gregory Corso, Brion Gysin und Claude Pélieu, *Minutes to Go* (San Francisco: Beach Books, Texts & Documents, 1968).

89 Macy Halford, »Patti Smith's Levels of Reality«, *New Yorker*, 18. November 2010, https://www.newyorker.com/books/page-turner/patti-smiths-levels-of-reality, zuletzt abgerufen am 12. Juli 2018.

90 Miles, *The Beat Hotel: Ginsberg, Burroughs, and Corso in Paris, 1958–1963* (New York: Grove, 2001), S. 156.

91 Ebd.

92 Miles, *Call Me Burroughs*, S. 301.

93 Burroughs, Grauerholz und Silverberg, *Word Virus*, S. 272.

94 William S. Burroughs, »The Conspiracy«, *Interzone* (New York: Viking, 1989), S. 108.

95 William S. Burroughs, *Naked Lunch – Die ursprüngliche Fassung*. Deutsch von Michael Kellner (München: Nagel & Kimche 2010).

96 Burroughs, *The Adding Machine*, S. 11.

97 Burroughs, *Naked Lunch*, S. 74/75.

98 Ebd.

99 »Dr Benway's House«, Sonic Youth website, http://www.sonicyouth.com/mustang/sy/song423.html, zuletzt abgerufen am 12. Juli 2018.

100 Dasselbe Schema liegt auch der Zusammenarbeit von King-Crimson-Gitarrist Robert Fripp und dem Soundkünstler Brian Eno zugrunde. Sie haben Musik produziert, die auf genauso fesselnde Weise einzigartig ist wie Burroughs beste Texte.

101 Burroughs, *Naked Lunch*, S. 145.

102 Oliver Harris, »The Frisco Kid He Never Returns: Naked Lunch and San Francisco«, *RealityStudio*, 20. November 2009, http://realitystudio.org/scholarship/the-frisco-kid-he-never-returns-naked-lunch-and-san-francisco/, zuletzt abgerufen am 12. April 2018.

103 William S. Burroughs, *Radiert die Worte aus, Briefe 1959–1974*. Deutsch von Michael Kellner (München: Nagel & Kimche 2014). S. 30.

104 Burroughs, *Naked Lunch*, S. 65.

105 Derek Jones, *Censorship: A World Encyclopedia* (London: Fitzroy Dearborn, 2001).

106 Ebd.

107 Morgan, *Literary Outlaw*, S. 368.

108 Ebd.

109 Barry Miles, *Paul McCartney: Many Years from Now* (Reinbek bei Hamburg: Rowohlt, 1998).

110 Ebd.
111 Ebd.
112 Bockris, »Burroughs«, E-Mail an den Autor, vom 9. April 2017.
113 Ebd.
114 Genesis P-Orridge, »Brian Jones' Visit to Jajouka Is Described by Brion Gysin to Genesis Beyer P-Orridge in Paris«, YouTube, 11. November 2014, https://www.youtube.com/watch?v=xDUIDQhOzOk, zuletzt abgerufen am 12. April 2018.
115 Bockris, »Burroughs«, E-Mail an den Autor, vom 9. April 2017.
116 The Rolling Stones, »Undercover of the Night«, http://www.rollingstones.com/release/undercover/, zuletzt abgerufen am 12. April 2018.
117 In: *ACID – Neue amerikanische Szene*, (März Verlag: Darmstadt 1969). Herausgegeben von R.D. Brinkmann und R.R. Rygulla, S. 166/167. Deutsch von Katja Behrens.
118 Bockris, »Burroughs«, E-Mail an den Autor, vom 9. April 2017.

Watch That Man

119 Burroughs, *The Adding Machine*, S. 105
120 »Cut Up Technique – David Bowie«, YouTube, 27. Oktober 2013, https://www.youtube.com/watch?v=m1InCrzGIPU, zuletzt abgerufen am 12. April 2018.
121 Ebd.
122 Den Prozess seiner eigenen Individuation beschreibt Jung in *Das Rote Buch*, einem Kompendium von Texten und Bildern, welches er zwischen 1913 und 1939 zusammenstellte. Auch wenn *Das Rote Buch* erst 2009 vollständig veröffentlicht wurde, brachte der Autor zwischenzeitlich ein Exzerpt mit dem Titel »Sieben Predigten zu den Toten« in Umlauf, das als »Zusammenfassung der Offenbarungen des *Roten Buchs*« galt. – C. G. Jung, »VII Sermones Ad Mortuos« («The Seven Sermons to the Dead [Septem Sermones Ad Mortuos]«), http://www.gnosis.org/library/7Sermons.htm, zuletzt abgerufen am 17. April 2018.
123 Burroughs, *Naked Lunch*, S. 235.
124 Neil McCormick, »1970s: Punk and Glitter, Grit and Glamour«, *Telegraph*, 4. September 2015, https://www.telegraph.co.uk/music/news/the-1970s-glamour-and-music-in-seventies/, zuletzt abgerufen am 17. April 2018.
125 John Coulthart, »Looking for the Wild Boys«, *Feuilleton*, 1. Dezember 2012, http://www.johncoulthart.com/feuilleton/2011/10/20/looking-for-the-wild-boys/, zuletzt abgerufen am 12. April 2018.
126 Jon Savage, »When Bowie Met Burroughs«, *The Guardian*, 9. März 2013, https://www.theguardian.com/music/2013/mar/09/david-bowie-william-burroughs, zuletzt abgerufen am 17. April 2018.

127 Gary Graff, »Bowie on Bowie: The Rock Icon on the Music Business, Being a Late Bloomer and His Daughter Making Him More Optimistic«, *Billboard*, 1. Januar 2016, https://www.billboard.com/articles/news/6836569/david-bowie-interview-1980s-through-2000s-life-career, zuletzt abgerufen am 12. April 2018.

128 »David Bowie FAQ – Frequently Asked Questions«, *Bowie Wonderworld*, http://www.bowiewonderworld.com/faq.htm, zuletzt abgerufen am 13. April 2018.

129 Craig Copetas, »Beat Godfather Meets Glitter Mainman: William Burroughs Interviews David Bowie«, *Rolling Stone*, 28. Februar 1974, https://www.rollingstone.com/music/news/beat-godfather-meets-glitter-mainman-19740228, zuletzt abgerufen am 13. April 2018.

130 Nick Maslow, »›There Is No Definitive David Bowie‹: How the Late Music Legend Explained Creating His Iconic Persona to People in 1976«, *People*, 11. Januar 2016, http://people.com/celebrity/david-bowies-people-cover-story-from-1976/, zuletzt abgerufen am 13. April 2018.

131 Paul Gorman, »Journalism: Interviewing David Bowie on Working with Eno Engaging with Visual Arts, 1995«, *Paul Gorman Is*, 18. Januar 2013, http://www.paulgormanis.com/?p=7510, zuletzt abgerufen am 13. April 2018.

132 Michael W. Clune, *American Literature and the Free Market, 1945-2000* (Cambridge: Cambridge University Press, 2010), S. 79.

133 Jennifer Walden, *Art and Destruction* (Newcastle upon Tyne, UK: Cambridge Scholars, 2013), S. 63.

134 Dylan Jones, *David Bowie. Ein Leben* (Hamburg 2018), S. 276. Deutsch von Friederike Moldenhauer.

135 Matthew Braga, »The Verbasizer was David Bowie's 1995 Lyric Writing Mac App«, *Motherboard*, 11. Januar 2016, https:// motherboard.vice.com/en_us/article/xygxpn/the-verbasizer-was-david-bowies-1995-lyric-writing-mac-app, zuletzt abgerufen am 13. April 2018.

136 *BBC News*, »How David Bowie Used ›Cut Ups‹ to Create Lyrics«, YouTube, 11. Januar 2016, https://www.youtube.com/watch?v=6nlW4EbxTD8, zuletzt abgerufen am 13. April 2018.

137 Ebd.

138 Einige dieser Experimente finden sich in *The Third Mind* von Burroughs und Gysin. Die französische Originalausgabe erschien 1977 bei Viking Press, die englische Ausgabe wurde im darauffolgenden Jahr veröffentlicht.

139 Daniel Ferreira, »Verbasizer (David Bowie)«, *7luas*, 30. Oktober 2013, http://www.7luas.com.br/all/research/researchblog/verbasizer-david-bowie-eng/, zuletzt abgerufen 13. April 2018.

140 Alan Yentob, »David Bowie Documentary 1998«, *YouTube*, 5. September 2009, https://www.youtube.com/watch?v=JNcMQe_aRK0, zuletzt abgerufen am 13. April 2018.

141 Ebd.

142 Martin Schneider, »Red Peppers, Milk, Cocaine: David Bowie-Themed Menu from the Big Bowie Exhibit in Chicago«, *Dangerous Minds*, 16. September

2014, https://dangerousminds.net/comments/red_peppers_milk_cocaine_david_bowie-themed_menu, zuletzt abge-rufen 17. April 2018.

143 »David Bowie – We Can Be Heroes«, *The Foxley Docket*, 2. Juni 2017, https://www.thefoxleydocket.com/luxury-news/david-bowie-heroes/, zuletzt abgerufen am 13. April 2018.

144 »David Bowie Interview on Dick Cavett – 1974«, *YouTube*, 11. Januar 2016, https://www.youtube.com/watch?v=RSSf3k4UU64, zuletzt abgerufen am 13. April 2018.

145 Jack Cummings, »I Went in Search of the ›Brown Note‹, the Frequency That Makes You Shit Yourself«, *Vice*, 24. November 2016, https://www.vice.com/en_us/article/ppv35z/in-search-of-the-brown-noise, zuletzt abgerufen am 17. April 2018.

146 Greg Myre, »How The U.S. Military Used Guns N' Roses to Make a Dictator Give Up«, *NPR*, 30. Mai 2017, https://www.npr.org/sections/thetwo-way/2017/05/30/530723028/how-the-u-s-military-used-guns-n-roses-to-make-a-dictator-give-up, zuletzt abgerufen am 17. April 2018.

147 »US Special Forces Use Heavy Metal Music to Fight Taliban«, *The Telegraph*, 6. April 2010, http://www.telegraph.co.uk/news/worldnews/7558783/US-special-forces-use-heavy-metal-music-to-fight-Taliban.html, zuletzt abgerufen am 13. April 2018.

148 The Intercept, »Leaked Documents Reveal Counterterrorism Tactics Used at Standing Rock to Defeat Pipeline Insurgencies«, *The Intercept*, 27. Mai 2017, https://theintercept.com/2017/05/27/leaked-documents-reveal-security-firms-counterterrorism-tactics-at-standing-rock-to-defeat-pipeline-insurgencies/, zuletzt abgerufen am 13. April 2018.

149 Lily Hay Newman, »This Is the Sound Cannon Used against Protesters in Ferguson«, *Slate*, 14. August 2014, http://www.slate.com/blogs/future_tense/2014/08/14/lrad_long_range_acoustic_device_sound_cannons_were_used_for_crowd_control.html, zuletzt abgerufen am 13. April 2018.

150 Layla Quran, »The Mysterious Cuba ›Sonic Attacks‹ Are Still Puzzling Investigators«, *PBS*, 10. Januar 2018, https://www.pbs.org/newshour/politics/the-mysterious-cuba-sonic-attacks-are-still-puzzling-investigators, zuletzt abgerufen am 13. April 2018.

151 »The Sound of Fear: The History of Noise as a Weapon«, *FACT Magazine*: Music News, New Music, 19. Oktober 2016, http://www.factmag.com/2016/10/09/sound-fear-room40-boss-lawrence-english-history-noise-weapon/, zuletzt abgerufen am 13. April 2018.

152 Copetas, »Beat Godfather«.

153 Burroughs und Odier, *Der Job*, S. 64.

154 Copetas, »Beat Godfather«.

155 Jeffrey Morgan, »Inside William Burroughs«, Rock's Backpages (1979), https://www.rocksbackpages.com/Library/Article/inside-william-burroughs, zuletzt abgerufen am 13. April 2018.

156 Peter R. Koenig, »The Laughing Gnostic – David Bowie and the Occult«, *Ordo Templi Orientis Phenomenon* (1996), http://www.parareligion.ch/bowie.htm, zuletzt abgerufen am 17. April 2018.

157 »APIKORSUS«, *Chaos Matrix*, (1986), http://www.chaosmatrix.org/library/chaos/texts/apikindx.html, zuletzt abgerufen am 13. April 2018.

158 Annie Webb, »How Hermetic Initiates Used Magick to Study Reality«, *Ultraculture*, 5. Juli 2017, https://ultraculture.org/blog/2016/04/19/hermetic-initiates-magick-study-reality/, zuletzt abgerufen am 18. April 2018.

159 Eric Olsen, »David Bowie Was No Stranger to the Occult«, *America's Most Haunted*, 12. Januar 2016, http://www.americas-most-haunted.com/2016/01/12/david-bowie-was-no-stranger-to-the-occult/, zuletzt abgerufen am 17. April 2018.

160 Mikal Gilmore, »Cover Story Excerpt: David Bowie«, *Rolling Stone*, 18. Januar 2012, https://www.rollingstone.com/music/news/cover-story-excerpt-david-bowie-20120118, zuletzt abgerufen am 17. April 2018.

161 Tara Isabella Burton, »Apocalypse Whatever«, *Real Life*, 13. Dezember 2016, http://reallifemag.com/apocalypse-whatever/, zuletzt abgerufen am 13. April 2018.

162 »David Bowie – Playboy Magazine«, *The Uncool – The Official Site for Everything*, Cameron Crowe (1976), http://www.theuncool.com/journalism/david-bowie-playboy-magazine/, zuletzt abgerufen am 13. April 2018.

163 »Features: Rock's Backpages: Classic David Bowie Interview: Adolf Hitler and the Need for a New Right«, *The Quietus*, 25. Januar 2010, http://thequietus.com/articles/03598-david-bowie-nme-interview-about-adolf-hitler-and-new-nazi-rock-movement, zuletzt abgerufen am 13. April 2018.

164 Telefoninterview, geführt vom Autor am 28. Oktober 2017.

165 Rod Meade Sperry, »That Time David Bowie Almost Became a Buddhist Monk – and What He Said (and Sang) about That Time«, *Lion's Roar*, 13. Januar 2017, https://www.lionsroar.com/that-time-david-bowie-almost-became-a-buddhist-monk/, zuletzt abgerufen am 18. April 2018.

166 »Thurston Moore Reflects on David Bowie«, *Pitchfork*, 12. Januar 2016, https://pitchfork.com/news/62878-thurston-moore-reflects-on-david-bowie/, zuletzt abgerufen am 18. April 2018.

167 Victor Bockris, William S. Burroughs, *Bericht aus dem Bunker. Interviews, Gespräche und Gedanken*. (Ullstein Metropolis, Berlin 1999). Aus dem Amerikanischen von Esther Breger und Udo Breger.

168 Thomas Jerome Seabrook, *Bowie in Berlin: A New Career in a New Town* (London: Jawbone, 2008), S. 170.

169 Copetas, »Beat Godfather«.

170 Morgan, *Literary Outlaw*, S. 632.

171 Lee Konstantinou, »William S. Burroughs' Wild Ride with Scientology«, *Io9*, 11. Mai 2011, http://io9.gizmodo.com/5800673/william-s-burroughss-wild-ride-with-scientology, zuletzt abgerufen am 18. April 2018.

172 David S. Wills, *Scientologist! William S. Burroughs and the Weird Cult* (United Kingdom: Beatdom Books, 2013). Kindle.
173 »William Burroughs: Nothing Is True, Everything Is Permitted«, *BBC Radio 4*, 4. März 2008, http://www.bbc.co.uk/programmes/b0092bz5, zuletzt abgerufen am 18. April 2018.
174 Burroughs, *Junkie* (Zweitausendeins: Frankfurt a. M. 1978). Deutsch von Carl Weissner, S. 31.
175 Klappentext von Burroughs, Grauerholz, Miles und Ballard, *Naked Lunch: The Restored Text* (London: Harper Perennial, 2010).
176 Daniel Bates, »Exclusive: How Lou Reed Was Given Electroshock Therapy Aged Just 17 Because of Mental Illness and His Bisexuality—at New York Psychiatric Hospital Described as ›Hell in Queens‹«, *Daily Mail*, 18. September 2015, http://www.dailymail.co.uk/news/article-3222881/How-Lou-Reed-given-electroshock-therapy-aged-just-17-sexuality-New-York-psychiatric-hospital-described-hell-Queens.html, zuletzt abgerufen am 23. Mai 2018.
177 Victor Bockris, *Transformer – Die exklusive Biografie* (Innsbruck: Hannibal Verlag, 2014).
178 Lester Bangs, »Lou Reed v. Lester Bangs: A Classic Interview from the Vaults«, *The Guardian*, 8. November 2011, https://www.theguardian.com/music/2011/nov/08/lou-reed-lester-bangs-interview, zuletzt abgerufen am 23. Mai 2018.
179 »David Bowie on Working with Lou Reed«, *PBS*, http://www.pbs.org/video/american-masters-david-bowie-working-lou-reed/, zuletzt abgerufen am 23. Mai 2018.
180 Kristine McKenna, »Eno: Voyages in Time and Perception«, *Musician Magazine* (Oktober 1982).
181 Ben Beaumont-Thomas, »David Bowie: Lou Reed's Masterpiece Is Metallica Collaboration Lulu«, *The Guardian*, 20. April 2015, https://www.theguardian.com/music/2015/apr/20/david-bowie-lou-reed-masterpiece-metallica-lulu, zuletzt abgerufen am 18. April 2018.
182 Stephen Davis, *Jim Morrison: Life, Death, Legend* (New York: Gotham Books, 2005). Kindle.
183 Bockris, *Transformer*.
184 E-Mail-Interview, geführt vom Autor am 19. April 2017.
185 Bockris, *Transformer*, Appendix B.
186 E-Mail-Interview, geführt vom Autor am 19. April 2017.
187 Ebd.
188 Ebd.
189 Ebd.
190 Bockris, *Transformer*, Appendix B.
191 Ebd.
192 Ebd.
193 Ebd.

194 Ebd.

195 E-Mail-Interview, geführt vom Autor am 19. April 2017.

Musik und andere dunkle Künste

196 »Jimmy Page 1957«, *YouTube*, 18. März 2009, https://youtube/iNViLFU6rdc, zuletzt abgerufen am 29. April 2018.

197 Brad Tolinski, *Licht und Schatten: Gespräche mit Jimmy Page* (Hamburg: Edel Books, 2013). Deutsch von Michael Mundhenk.

198 Ebd.

199 Master Musicians of Joujouka, *Brian Jones Presents the Pipes of Pan at Joujouka*, Rolling Stones Records, 1971. Vinyl.

200 »Jimmy Page: ›Forget the Myths about Led Zeppelin‹«, *Uncut*, 12. Mai 2015, http://www.uncut.co.uk/features/jimmy-page-forget-the-myths-29362/3, zuletzt abgerufen am 3. Mai 2018.

201 Burroughs und Gysin, *The Third Mind*.

202 Anger kontaktierte als Nächstes Bobby Beausoleil aus dem Umfeld der Manson Family, der den Soundtrack zu Lucifer Rising aufnahm, während er lebenslänglich im Gefängnis saß, weil er den Musiklehrer Gary Hinman im Zuge eines schiefgelaufenen Drogendeals ermordet hatte.

203 Molly McBride Jacobson, »Boleskine House«, *Atlas Obscura*, 21. September 2014, https://www.atlasobscura.com/places/boleskine-house, zuletzt abgerufen am 3. Mai 2018.

204 Greg Newkirk, »Did Aleister Crowley Accidentally Summon the Loch Ness Monster?«, *Week In Weird*, 15. Juni 2016, http://weekinweird.com/2011/04/11/the-boleskine-house-loch-ness-other-stranger-monster/, zuletzt abgerufen am 3. Mai 2018.

205 William S. Burroughs, »Rock Magic: Jimmy Page, Led Zeppelin, and a Search for the Elusive Stairway to Heaven«, *Crawdaddy* (Juni 1975), https://arthurmag.com/2007/12/05/willima-burroughs-onled-zeppelin/.

206 »Boleskine House, Legendary Residence of Jimmy Page and Aleister Crowley, Destroyed by Fire«, *Daily Grail*, 23. Dezember 2015, https://www.dailygrail.com/2015/12/boleskine-house-legendary-residence-of-jimmy-page-and-aleister-crowley-destroyed-by-fire/, zuletzt abgerufen am 14. Mai 2018.

207 Burroughs, »Rock Magic«.

208 Ebd.

209 Jaan Uhelszki, »How Led Zeppelin *III* Was Their Most Misunderstood Album«, *Loudersound*, 5. Oktober 2016, https://www.loudersound.com/features/how-iii-was-led-zeppelins-most-misunderstood-album, zuletzt abgerufen am 14. Mai 2018.

210 Burroughs, *Western Lands*, Kapitel 3.

211 C. Partridge, »Occulture Is Ordinary«, in *Contemporary Esotericism*, hg. von E. Asprem und K. Granholm (Abingdon, UK: Routledge, 2014), S. 113–133.
212 Andrea Juno und V. Vale, *Re/Search #6/7*: Industrial Culture Handbook (San Francisco: Re/Search Publications, 1983), S. 11.
213 Simon Ford, *Wreckers of Civilisation: The Story of Coum Transmissions and Throbbing Gristle* (London: Black Dog, 1999), S. 15.
214 Telefoninterview, geführt vom Autor im Mai 2017.
215 Ebd.
216 »William S. Burroughs; Throbbing Gristle; Brion Gysin«, *RE/Search 4:5* (1982), S. 67.
217 Die Compilation wurde auf P-Orridges Label Dais neu aufgelegt.
218 Genesis P-Orridge, *Thee Psychick Bible: Thee Apocryphal Scriptures ov Genesis Breyer P-Orridge and Thee Third Mind ov Thee Temple ov Psychick Youth* (Port Townsend, WA: Feral House, 2010). Kindle.
219 Ebd.
220 Ebd.
221 Ebd.
222 William S. Burroughs, »Playback from Eden to Watergate«, *Harper's* (November 1973), http://harpers.org/archive/1973/11/playback-from-eden-to-watergate/.
223 Rich McCormick, »Odds Are We're Living in a Simulation, Says Elon Musk«, *The Verge*, 2. Juni 2016, https://www.theverge.com/2016/6/2/11837874/elon-musk-says-odds-living-in-simulation, zuletzt abgerufen am 3. Mai 2018.
224 Dom Galeon, »The World's First Album Composed and Produced by an AI Has Been Unveiled«, *Futurism*, 21. August 2017, https://futurism.com/the-worlds-first-album-composed-and-produced-by-an-ai-has-been-unveiled/, zuletzt abgerufen am 4. Mai 2018.
225 *Re/Search 4:5* »William S. Burroughs«, S. 69.
226 *FLicKeR*, mit Marianne Faithfull, DJ Spooky, the Stooges, Iggy Pop, Lee Ranaldo und Genesis P-Orridge, Regie von Nik Sheehan (Canada: Makin' Movies, 2008). Film.
227 Ebd.
228 Ebd.
229 Ebd.
230 Ebd.
231 Ebd.
232 Ebd.
233 Der vielleicht bedeutendste Rechtsstreit, in dem es um Sampling ging, war der Fall *Bridgeport Music, Inc. gegen Dimension Films* im Jahr 2005, in welchem der Richter entschied, dass jedes Sample einer Tonaufnahme die Erlaubnis des Rechteinhabers erfordere.
234 John Zorn, *Arcana V: Music, Magic and Mysticism* (New York: Hips Road, 2010), S. 308.
235 Ebd., S. 309.

236 Ebd., S. 310.

237 Joseph Vecchio, »›I Was in a Position to Dismantle It‹: Industrial Music Appropriations of William S. Burroughs«, PhD diss., Texas State University, 2014.

238 Ebd.

239 Richard Metzger, *Book of Lies: The Disinformation Guide to Magick and the Occult* (New York: Disinformation, 2003). Kindle.

240 Ebd.

241 »Chaos Magic in a Nutshell«, Specularium—Peter J. Carroll, 24. Juli 2014, http://www.specularium.org/wizardry, zuletzt abgerufen am 4. Mai 2018.

242 Matthew Levi Stevens, *The Magical Universe of William S. Burroughs* (London: Mandrake, 2014).

243 Metzger, *Book of Lies*.

244 Ebd.

245 Ebd.

246 Ebd.

247 Robert A. Sobieszek, *Ports of Entry: William S. Burroughs and the Arts* (Los Angeles: Museum of Art, 1996).

248 *Fist* (o.O..: 1992).

249 Edward S. Robinson, »Nothing Here Now but the Lost Recordings«, *RealityStudio*, http://realitystudio.org/scholarship/nothing-here-now-but-the-lost-recordings/.

250 Joe Ambrose und A. D. Hitchin, *Cut Up!: An Anthology Inspired by the Cut-up Method of William S. Burroughs and Brion Gysin* (Swansea: Oneiros Books, 2014), S. 328.

251 Christopherson ist 2010 gestorben, sein Partner Balance sechs Jahre zuvor. Das Paar hat so obskure wie anspruchsvolle Musikstücke hinterlassen, die in der Regel auch bei Burroughs-Bewunderern Anklang finden.

252 David Keenan, *England's Hidden Reverse: A Secret History of the Esoteric Underground* (London: Strange Attractor, 2017).

253 Mike Barnes, »›Sleazy' Peter Christopherson Unedited«, *The Wire* (August 2009), https://www.thewire.co.uk/in-writing/interviews/p=14906, zuletzt abgerufen am 14. Mai 2018.

254 Ebd.

255 Ebd.

256 Stevens, »Nothing Here Now But the Recordings«.

257 *William S. Burroughs, Die Städte der Roten Nacht* (Frankfurt: Zweitausendeins 1982). Deutsch von Carl Weissner.

258 P-Orridge, *Thee Psychick Bible*. Kindle.

259 Klint Finley, »Interview with James Grauerholz on William S. Burroughs and Magick«, *Technoccult*, 2. September 2010, http://technoccult.net/archives/2010/09/02/interview-with-james-grauerholz-on-william-s-burroughs-and-magick/, zuletzt abgerufen am 4. Mai 2018.

260 Telefoninterview, geführt vom Autor im August 2017.

Bunker, Punker und Junkies

261 William S. Burroughs, *Nova Express* (Frankfurt a. M.: Zweitausendeins 1978), S. 606. Deutsch von Carl Weissner.
262 »Avant-Garde Unites Over Burroughs«, New York Times, 1. Dezember 1978, https://archive.nytimes.com/www.nytimes.com/books/00/02/13/specials/burroughs-avant.html, zuletzt abgerufen am 14. Mai 2018.
263 »Thurston Moore Curated William Burroughs Nova Convention Exhibition, Fütüristika!«, 5. September 2014, http://www.futuristika.org/thurston-moore-curated-william-burroughs-nova-convention-exhibition/, zuletzt abgerufen am 14. Mai 2018.
264 Burroughs, *Naked Lunch*, S. 154 ff.
265 *Burroughs: The Movie*, Bonusmaterial.
266 »Thurston Moore Curated«.
267 Telefoninterview, geführt vom Autor im August 2017.
268 »Here To Go«, *YouTube*, 4. Mai 2011, https://youtube.com/watch?v=Ibp-B4MSh8w, zuletzt abgerufen am 15. Mai 2018.
269 Patti Smith, *The Nova Convention*, mit Laurie Anderson, William Seward Burroughs und John Cage (John Giorno, 1979). Vinyl.
270 Ebd.
271 Kevin EG Perry, »William Burroughs at 100: Thurston Moore on Seeing Him Watch Patti Smith at CBGB, His Response to Kurt Cobain's Suicide and ›Cut-up‹ Songwriting«, *The Collected Works of Kevin EG Perry*, 10. Februar 2014, https://kevinegperry.com/2014/02/05/william-s-burroughs-at-100-thurston-moore-on-seeing-him-watch-patti-smith-at-cbgb-his-response-to-kurt-cobains-suicide-and-cut-up-songwriting/, zuletzt abgerufen am 14. Mai 2018.
272 Bockris, »Burroughs«, E-Mail an den Autor.
273 Telefoninterview, geführt vom Autor am 3. Februar 2017.
274 Eine Art Taktstock, der durch eine Schraubfeder betrieben wird und bei Angriff und Verteidigung als Waffe genutzt werden kann.
275 Bockris, »Burroughs«, E-Mail an den Autor.
276 Ebd.
277 Ebd.
278 Burroughs und Bockris, *With William Burroughs*, S. 225.
279 Ebd.
280 Ebd.
281 Ebd.
282 Strummers Besuch fand 1980 statt, kurz bevor Burroughs von New York nach Lawrence zog.
283 Patti Smith schrieb selbst über Musik; einmal brach sie ein Interview mit Eric Clapton mitten im Gespräch ab, weil sie bemerkte, dass sie ihm lieber von ihrer Arbeit erzählte, als ihn nach seiner zu fragen.

284 Victor Bockris, *Beat Punks: New York's Underground Culture from the Beat Generation to the Punk Explosion* (London: Da Capo, 2000). Kindle.

285 Burroughs: *A Man Within*. DVD.

286 Ebd.

287 Mish Barber-Way, »Hole's Patty Schemel Wrote the Realest Book About Being an Addict in a Band«, *Pitchfork*, 14. November 2017, https://pitchfork.com/thepitch/holes-patty-schemel-wrote-the-realest-book-about-being-an-addict-in-a-band/, zuletzt abgerufen am 15. Mai 2018.

288 Punk aus England war zwar eleganter als sein amerikanisches Pendant, aber es waren amerikanische Punks, allen voran Hell, die den typischen Look und die Attitüde von Punk nachhaltig prägten.

289 Robin Lydenberg und Jennie Skerl, *William S. Burroughs at the Front: Critical Reception, 1959–1989* (Carbondale: Southern Illinois University Press, 1997), S. 146.

290 William S. Burroughs, *Die wilden Boys*, (Frankfurt a. M.: Zweitausendeins 1980), S. 148. Deutsch von Carl Weissner.

291 Ebd.

292 Richard Hell, *Blank Generation*. Autobiografie (Berlin: Edition Tiamant, 2015). Aus dem Amerikanischen von Thomas Atzert.

293 Ebd.

294 Burroughs und Bockris, *With William Burroughs*.

295 Bockris, »Burroughs«, E-Mail an den Autor.

296 D. Amorosi, »Seventh Heaven«, *Philadelphia City Paper*, 23. November 1995, http://www.oceanstar.com/patti/intervus/philly2.htm, zuletzt abgerufen am 15. Mai 2018.

297 Burroughs und Bockris, *With William Burroughs*.

298 Burroughs: *A Man Within*. DVD.

299 Victor Bockris und Roberta Bayley, *Patti Smith. Die unautorisierte Biografie* (Frankfurt a. M., Krüger Verlag 2003). Deutsch von Ekkehard Rolle.

300 Ebd.

301 Ebd.

302 Ebd.

303 Ebd.

304 Ebd.

305 *Burroughs: The Movie*.

306 *Burroughs: A Man Within*. DVD.

307 Bockris und Bayley, *Patti Smith*.

308 Ebd.

309 Lisa Robinson, »Patti Smith: The High Priestess of Rock and Roll«, *Hit Parader* (Januar 1976), http://www.oceanstar.com/patti/intervus/760100hS.htm.

310 Ebd.

311 Ebd.

312 Bockris und Bayley, *Patti Smith*.

313 Ebd.
314 Morgan, *Literary Outlaw*, S. 252.
315 Bockris und Bayley, *Patti Smith*.
316 Ebd.
317 Ebd.
318 Patti Smith, *Just Kids* (Köln: Kiepenheuer & Witsch, 2010). Aus dem amerikanischen Englisch von Clara Drechsler und Harald Hellmann.
319 Ebd.
320 Ebd.
321 Bockris und Bayley, *Patti Smith*.
322 Victor Bockris, *Beat Punks*.
323 Simon Warner, *Text and Drugs and Rock 'N' Roll: The Beats and Rock Culture* (New York: Bloomsbury Academic 2014). Kindle.
324 *Burroughs: A Man Within*. DVD.
325 Perry, »William Burroughs at 100«.
326 Telefoninterview, geführt vom Autor am 28. Oktober 2017.
327 Ebd.
328 Bockris, *Beat Punks*.
329 Bockris, »Burroughs«, E-Mail an den Autor, 9. April 2017.
330 Ebd.

Here To Go

331 Victor Bockris, William S. Burroughs, *Bericht aus dem Bunker*.
332 William S. Burroughs, *Western Lands*, S. 261
333 »William S. Burroughs and Joy Division«, *RealityStudio*, 29. Mai 2008, http://realitystudio.org/biography/william-s-burroughs-and-joy-division/, zuletzt abgerufen am 15. Mai 2018.
334 Ebd.
335 James Henke, »Jerry Garcia: The Rolling Stone Interview«, *Rolling Stone*, 31. Oktober 1991, https://www.rollingstone.com/music/news/jerry-garcia-the-rolling-stone-interview-19911031, zuletzt abgerufen am 16. Mai 2018.
336 Mary Eisenhart, »Jerry Garcia Interview«, *YoYow*, 12. November 1987, http://www.yoyow.com/marye/garcia2.html, zuletzt abgerufen am 16. Mai 2018.
337 Rock Scully und David Dalton, *Amerikanische Odysee. Die legendäre Reise von Jerry Garcia und den Grateful Dead* (Innsbruck: Hannibal Verlag 2005). Aus dem Amerikanischen von Bernhard Schmid.
338 Fred Goodman, »Jerry Garcia: The Rolling Stone Interview«, *Rolling Stone*, 30. November 1989, https://www.rollingstone.com/music/features/the-rolling-stone-interview-jerry-garcia-19891130, zuletzt abgerufen am 16. Mai 2018.

339 William S. Burroughs und James Grauerholz (Hrsg.), *Last Words.*
340 Ebd.
341 Janet Maslin, »Review/Film; Drifting In and Out Of a Kafkaesque Reality«, *New York Times*, 27. Dezember 1991, https://www.nytimes.com/1991/12/27/movies/review-film-drifting-in-and-out-of-a-kafkaesque-reality.html, zuletzt abgerufen am 17. Mai 2018.
342 »John Oswald's ›burrows‹ Cutups«, *RealityStudio*, 27. Juni 2006, http://realitystudio.net/viewtopic.php?t=173, zuletzt abgerufen am 17. Mai 2018.
343 »Grateful Dead Family Discography: Grayfolded«.
344 Stevens, »A Report on The Final Academy«, *Beatdom*, 14. Oktober 2012, www.beatdom.com/a-report-on-the-final-academy-then-now/, zuletzt abgerufen am 16. Mai 2018.
345 Ebd.
346 Ebd.
347 Ebd.
348 Ebd.
349 John Coulthart, »The Final Academy«.
350 Joe Ambrose, »Final Academy«, E-Mail an den Autor.
351 *Words of Advice: William S. Burroughs On the Road*, Regie Lars Movin und Steen Møller Rasmussen, 2007. DVD.
352 Miles, *Call Me Burroughs*. Kindle.
353 *Words of Advice*. DVD.
354 William S. Burroughs, *Dead Roads* (Goldmann: München 1985), Deutsch von Rose Aichele, S. 52/53.
355 *Burroughs: A Man Within*. DVD.
356 Ebd.
357 Ebd.
358 Ebd.
359 Ebd.
360 Tav Falco, »Questions for Burroughs Book«, E-Mail an den Autor, 23. September 2017.
361 Bockris, *Beat Punks*.
362 Sara Rosen, »Ruby Ray: Punk Passage«, *Missrosen*, 30. Juni 2010, http://www.missrosen.com/ruby-ray-punk-passage/, zuletzt abgerufen am 18. Mai 2018.
363 *Every Everything: The Music, Life and Times of Grant Hart*, mit Grant Hart, Regie von Gorman Bechard (US: What Were We Thinking Films, 2013).
364 Ebd.
365 Joshua Klein, »Grant Hart«, *AV Club*, 26. Juli 2000, https://www.avclub.com/grant-hart-1798208091, zuletzt abgerufen am 18. Mai 2018.
366 *Every Everything.*
367 Ebd.
368 John Giorno, »Giorno Poetry Systems – History«, *Brainwashed*, http://brainwashed.com/giorno/history.php, zuletzt abgerufen am 17. Mai 2018.

369 Ebd.

370 Nate Freeman, »›Don't Wait For Anything‹: Dinner With John Giorno, and the Ghost of Burroughs«, *Observer*, 31. März 2015, http://observer.com/2015/03/dont-wait-for-anything-dinner-with-john-giorno-and-the-ghost-of-burroughs/, zuletzt abgerufen am 18. Mai 2018.

371 Marc Campbell, »William Burroughs, Gus Van Sant and the Discipline of ›Do Easy‹«, *DangerousMinds*, 4. August 2014, https://dangerousminds.net/comments/william_burroughs_gus_van_sant_and_the_discipline_of_do_easy, zuletzt abgerufen am 18. Mai 2018.

372 Ebd.

373 Ebd.

374 Van Sant drehte einen inhaltlich nur leicht verfremdeten Film über Kurt Cobains Suizid, der 2005 unter dem Titel *Last Days* in die Kinos kam. Nachdem er sich von Burroughs eine Scheibe abgeschnitten hatte, wohl kein Zufall.

375 Paula Bernstein, »Gus Van Sant: On Working with William S. Burroughs and the Evolution of Indie Film«, *IndieWire*, 28. Mai 2016, http://www.indiewire.com/2015/05/gus-van-sant-on-working-with-william-s-burroughs-and-the-evolution-of-indie-film-62460/, zuletzt abgerufen am 18. Mai 2018.

376 *Words of Advice*. DVD.

377 Ebd.

378 Robert Wilson, »Interview«, E-Mail an den Autor, Nachricht vom 25. Januar 2018.

379 Ebd.

380 Spencer Kansa, »William Burroughs—Heavy Metal Guru«, *Beatdom*, 24. August 2010, http://www.beatdom.com/william-burroughs-heavy-metal-guru/, zuletzt abgerufen am 18. Mai 2018.

381 »Devo Gets Down with William S. Burroughs«, *Trouser Press* (Februar 1982).

382 David Kushner, »William Gibson on Life Inside and Outside the Internet«, *Rolling Stone*, 18. November 2014, https://www.rollingstone.com/culture/features/william-gibson-on-life-inside-and-outside-the -Internet-20141118, zuletzt abgerufen am 18. Mai 2018.

383 Douglas Rushkoff, »William S. Burroughs and the Internet«, E-Mail an den Autor, Nachricht vom 18. Januar 2018.

384 James Jackson Toth, »Too Much Music: A Failed Experiment In Dedicated Listening«, *NPR*, 16. Januar 2018, https://www.npr.org/sections/therecord/2018/01/16/578216674/too-much-music-a-failed-experiment-in-dedicated-listening, zuletzt abgerufen am 18. Mai 2018.

385 Gareth Branwyn, »Quote for Burroughs Book«, E-Mail an den Autor, Nachricht vom 22. Januar 2018.

386 Tav Falco, »Questions for Burroughs Book«, E-Mail an den Autor, Nachricht vom 23. September 2017.

387 Jamie Curcio, »Burroughs and Chaos Magick«, E-Mail an den Autor, Nachricht vom 17. Januar 2018.

388 *Ghost Box*, https://ghostbox.co.uk/, zuletzt abgerufen am 18. Mai 2018.

389 »Burroughs' Statements at the 1962 International Writers' Conference«, *RealityStudio*, 21. Februar 2008, http://realitystudio.org/texts/burroughs-statements-at-the-1962-international-writers-conference/, zuletzt abgerufen am 18. Mai 2018.

The Western Lands

390 William S. Burroughs, *Western Lands*, S. 21.

391 William S. Burroughs im Interview mit Jim McMenamin in *Across the Wounded Galaxies*, hrsg. von Larry McCaffery (Champaign: University of Illinois Press, 1990), S. 51.

392 William S. Burroughs, *Painting and Guns* (Madras: Hanuman Books, 1992).

393 Kathryn Shattuck, »For Burroughs at 82, a Legion of Fans Under the Influence«, *New York Times*, 26. November 1996, http://www.nytimes.com/1996/11/26/books/for-burroughs-at-82-a-legion-of-fans-under-the-influence.html, zuletzt abgerufen am 21. Mai 2018.

394 *Burroughs: The Movie*, Bonusmaterial.

395 Dave Teeuwen, »Interview with Victor Bockris on William Burroughs«, *RealityStudio*, 27. Mai 2010, http://realitystudio.org/interviews/interview-with-victor-bockris-on-william-burroughs/, zuletzt abgerufen am 21. Mai 2018.

396 Ira Silverberg, *Everything Is Permitted: The Making of Naked Lunch* (New York: Grove Weidenfeld, 1992), S. 15.

397 Burroughs im Interview mit Kristine McKenna, geführt am 13. September 1990, in »Burroughs Live: Collected Interviews« (Los Angeles: Semiotext(e), 2000), S. 722.

398 William S. Burroughs und James Grauerholz (Hrsg.), *Last Words*.

399 Miles, *Call Me Burroughs*, S. 623.

400 Perry, »William Burroughs at 100«.

401 Ebd.

402 Kim Gordon, *Girl in a Band: Eine Autobiographie* (Köln: Kiepenheuer & Witsch, 2015).

403 Ebd.

404 Perry, »William Burroughs at 100«.

405 Ebd.

406 »Thurston Moore Starts New Group Chelsea Light Moving«, *The Wire*, 22. Juni 2012, https://www.thewire.co.uk/news/19179/thurston-moore-starts-new-group-chelsea-light-moving, zuletzt abgerufen am 21. Mai 2018.

407 Michael Nelson, »Chelsea Light Moving (Thurston Moore's New Band)«, *Stereogum*, 22. Juni 2012, https://www.stereogum.com /1073092/chelsea-light-moving-thurston-moores-new-band-burroughs/mp3s/, zuletzt abgerufen am 21. Mai 2018.

408 »Nova Convention: William Burroughs«, Interview mit Thurston Moore, Eva Prinz und James Hamilton [auf Spanisch], *YouTube*, 15. Mai 2017, https://www.youtube.com/watch?v=Bb0tNIRjsvk, zuletzt abgerufen am 21 Mai 2018.

409 *Words of Advice*. DVD.

410 Al Jourgensen und Jon Wiederhorn, Ministry: The Lost Gospels According to Al Jourgensen (Boston: Da Capo, 2014). Kindle.

411 Ebd.

412 Ebd.

413 Ebd.

414 Ebd.

415 Ebd.

416 Ebd.

417 Ebd.

418 Ebd.

419 Ebd.

420 Ebd.

421 Ebd.

422 Die bikamerale Psyche ist eine von Julian Jaynes begründete entwicklungspsychologische Theorie, die von zwei unterschiedlichen kognitiven Hemisphären ausgeht. Eine davon erzeugte bei Menschen früherer Epochen befehlsbasierte akustische Halluzinationen, die in nachfolgenden religiösen Texten möglicherweise als die Stimme Gottes interpretiert wurden.

423 *Miles, Call Me Burroughs*, S. 608.

424 William S. Burroughs und James Grauerholz (Hrsg.), *Last Words*.

425 Rania Aniftos, »A Timeline of Tom DeLonge's Connection With UFOs«, *Billboard*, 12. Dezember 2017, https://www.billboard.com/articles/columns/rock/8071145/tom-delonge-ufo-timeline, zuletzt abgerufen am 21. Mai 2018.

426 Helene Cooper, Ralph Blumenthal und Leslie Kean, »Glowing Auras and ›Black Money‹: The Pentagon's Mysterious U.F.O. Program«, *New York Times*, 16. Dezember 2017, https://www.nytimes.com/2017/12/16/us/politics/pentagon-program-ufo-harry-reid.html, zuletzt abgerufen am 21. Mai 2018.

427 Larry McCaffery (Hrsg.), *Across the Wounded Galaxies: Interviews with Contemporary American Science Fiction Writers* (Champaign: University of Illinois Press, 1990). *Bulletin of Science, Technology and Society* 11, no. 1.

428 Burroughs und Odier, *Der Job*, S. 19.

429 Burroughs, *Western Lands*, S. 12.

430 Ebd., S. 302.

431 Miles, *Call Me Burroughs*, S. 625.
432 Ebd.
433 Ebd.
434 *Words of Advice*. DVD.
435 Ebd.

Register

Caryn Rose

Why Patti Smith Matters

240 Seiten, ISBN 978-3-442-77338-1
Übersetzt von Nina Lieke

Warum ist Patti Smith so wichtig? Warum wird sie seit ihren Anfängen als Underground-Dichterin und dann Punk-Sängerin im New York der frühen 1970er so abgöttisch verehrt wie sonst höchstens ihre männlichen Weggefährten Bob Dylan oder Bruce Springsteen?

Die Musikjournalistin Caryn Rose untersucht Smiths Werk und ihren Einfluss auf die Rock 'n' Roll-Geschichte, die bildende Kunst und das geschriebene Wort. Rose steigt tief in Smiths Werk ein, das weit über ihre Musik hinausreicht – von ihrem ersten Album *Horses* bis hin zu ihren gefeierten Memoiren.

Eine intime Auseinandersetzung mit dem Werk und Einfluss von Patti Smith, der Punk-Poetin, deren Kreativität eine ganze Generation inspirierte und eine Kulturrevolution auslöste.

btb